A MORTE É MEU OFÍCIO

Robert Merle

A MORTE É MEU OFÍCIO

TRADUÇÃO Arnaldo Bloch

VESTÍGIO

Copyright do texto principal © 1999 Éditions Gallimard
Copyright do Prefácio © 1972

Título original: *La mort est mon métier*

Todos os direitos reservados pela Editora Vestígio. Nenhuma parte desta publicação poderá ser reproduzida, seja por meios mecânicos, eletrônicos, seja via cópia xerográfica, sem a autorização prévia da Editora.

AMBASSADE DE FRANCE AU BRÉSIL
Liberté
Égalité
Fraternité

Cet ouvrage, publié dans le cadre du Programme d'Aide à la Publication année 2022 Carlos Drummond de Andrade de l'Ambassade de France au Brésil, bénéficie du soutien du Ministère de l'Europe et des Affaires étrangères.

Este livro, publicado no âmbito do Programa de Apoio à Publicação ano 2022 Carlos Drummond de Andrade da Embaixada da França no Brasil, contou com o apoio do Ministério francês da Europa e das Relações Exteriores.

DIREÇÃO EDITORIAL
Arnaud Vin

EDITOR RESPONSÁVEL
Eduardo Soares

ASSISTENTE EDITORIAL
Alex Gruba

PREPARAÇÃO DE TEXTO
Sonia Junqueira

REVISÃO
Eduardo Soares

DIAGRAMAÇÃO
Guilherme Fagundes

CAPA
Diogo Droschi
(sobre imagem de Donald Jean / Arcangel Images)

Dados Internacionais de Catalogação na Publicação (CIP)
Câmara Brasileira do Livro, SP, Brasil

Merle, Robert, 1908-2004
A morte é meu ofício / Robert Merle ; tradução Arnaldo Bloch. -- 1. ed. -- São Paulo, SP : Vestígio, 2022.

Título original: : La mort est mon métier
ISBN 978-65-86551-75-4

1. Ficção francesa 2. Nazismo 3. Campos de concentração e extermínio 4. Rudolf Höss I. Título.

22-107778   CDD-843

Índices para catálogo sistemático:
1. Ficção : Literatura francesa 843
Eliete Marques da Silva - Bibliotecária - CRB-8/9380

A **VESTÍGIO** É UMA EDITORA DO **GRUPO AUTÊNTICA**

São Paulo
Av. Paulista, 2.073 . Conjunto Nacional
Horsa I . Sala 309 . Cerqueira César .
01311-940 São Paulo . SP
Tel.: (55 11) 3034 4468

Belo Horizonte
Rua Carlos Turner, 420
Silveira . 31140-520
Belo Horizonte . MG
Tel.: (55 31) 3465 4500

www.editoravestigio.com.br
SAC: atendimentoleitor@grupoautentica.com.br

A quem eu posso dedicar este livro a não ser às vítimas daqueles para quem a morte é um ofício?

Prefácio do autor 9

1913 13
1916 53
1918 89
1922 127
1929 161
1934 189
1945 295

Posfácio do tradutor:
O ofício de traduzir a morte 311

Prefácio do autor

Imediatamente após 1945, começaram a aparecer, na França, testemunhos perturbadores sobre os campos da morte localizados do outro lado do Reno. Esse florescimento, contudo, foi breve. O rearmamento da Alemanha marcou o declínio, na Europa, da literatura concentracionária. As recordações da casa dos mortos incomodavam a política do Ocidente: assim, eram esquecidas.

Enquanto redigia *A morte é meu ofício*, de 1950 a 1952, eu estava perfeitamente consciente do que fazia: escrevia um livro *contracorrente*. Melhor dizendo: meu livro não ficara ainda pronto e já estava fora de moda.

Não me espantou, portanto, a recepção da crítica. Foi exatamente o que eu esperava. Os tabus mais eficazes são aqueles que não confessam seu nome.

Dessa acolhida posso falar hoje sem amargura, já que, de 1952 a 1972, não faltaram leitores de *A morte é meu ofício*. Apenas sua idade variou: os que o leem atualmente nasceram depois de 1945. Para eles, *A morte é meu ofício* é "um livro de História". E, em grande parte, dou razão a eles.

Rudolf Lang existiu. Ele se chamava, na realidade, Rudolf Hoess e era comandante do campo de Auschwitz. O essencial de sua vida chegou até mim por intermédio do psicólogo americano Gustave Gilbert, que o interrogou em sua cela durante o processo de Nuremberg. O curto resumo desses encontros – que Gilbert concordou em me repassar – é, em seu conjunto, infinitamente mais revelador que a confissão escrita posteriormente pelo próprio Hoess em sua prisão polonesa. Existe uma diferença entre organizar lembranças sobre uma folha de papel e ser interrogado por um psicólogo...

A primeira parte de meu relato é uma recriação ampliada e imaginária da vida de Rudolf Hoess a partir do resumo de Gilbert. A segunda parte – na qual, a meu ver, realizei realmente a obra de um historiador – delineia, com base em documentos do Processo de Nuremberg, o lento e hesitante desenvolvimento da usina de morte de Auschwitz.

Com o mínimo de reflexão, enxergamos o quanto é inconcebível que homens do século XX, vivendo num país civilizado da Europa, tenham sido capazes de empenhar tanta metodologia, engenhosidade e dons criadores na construção de um imenso complexo industrial com o objetivo de assassinar em massa seus semelhantes.

Evidentemente, antes de iniciar minhas pesquisas para *A morte é meu ofício,* eu já sabia que, de 1941 a 1945, cinco milhões de judeus haviam sido executados pela ação de gases asfixiantes em Auschwitz. Mas uma coisa é sabê-lo de forma abstrata e outra é ter à mão, em textos oficiais, a organização material do horripilante genocídio. Ainda que para cada fato parcial eu pudesse produzir um documento, era difícil acreditar na verdade global que emergia do conjunto.

Existem várias maneiras de dar as costas à verdade. Podemos nos refugiar no racismo e dizer: "Os homens que fizeram isso são alemães". Pode-se também apelar para a metafísica e berrar, com horror, como um padre que conheci: "É o demônio! É o mal"...

De minha parte, prefiro pensar que tudo se torna possível numa sociedade cujos atos não são mais controlados pela opinião popular. A partir desse ponto, a matança pode perfeitamente parecer, a tal sociedade, a solução mais rápida para seus problemas.

O que é assustador e nos dá uma opinião pesarosa da espécie humana é que, para arquitetar sua estrutura, uma sociedade desse tipo encontre invariavelmente os executores zelosos de seus crimes.

É um desses homens que eu quis descrever em *A morte é meu ofício.* Não nos enganemos: Rudolf Lang não era um sádico. O sadismo floresceu nos campos da morte, sim, mas nos escalões subalternos. No topo da hierarquia, era preciso um equipamento psíquico bem diferente.

Existiram, sob o nazismo, centenas, milhares, de Rudolf Lang – "morais" no interior da imoralidade, conscienciosos sem consciência. Pequenos quadros cuja seriedade e cujos "méritos" levavam às mais altas atribuições. Tudo o que Rudolf fez não foi por maldade, mas em nome do imperativo categórico, por fidelidade ao chefe, por submissão à ordem, por respeito pelo Estado. Em suma, era um homem do dever: e é nisso, exatamente, que reside sua monstruosidade.

27 de abril de 1972
Robert Merle

1913

Virei a esquina da Kaiser-Allee; uma rajada de vento e chuva glacial castigou minhas pernas nuas e lembrei com aflição que era sábado. Percorri os últimos metros correndo, enfiei-me no saguão do prédio, subi os cinco andares saltando os degraus de quatro em quatro e dei duas batidas leves.

Reconheci, com alívio, o passo arrastado da gorda Maria. A porta se abriu, Maria afastou do rosto sua mecha cinzenta, e seus bondosos olhos azuis encontraram os meus. Inclinou-se e sussurrou, furtivamente:

— Você está atrasado.

Foi como se Pai surgisse diante de mim, magro, sombrio, e dissesse, com sua voz entrecortada: "A pontualidade — é uma virtude alemã — *mein Herr*!".

Respondi num só fôlego:

— Onde ele está?

Maria fechou a porta com cuidado.

— No escritório. Fazendo as contas da loja.

E acrescentou:

— Trouxe os seus chinelos. Assim, você não precisa passar no quarto.

Para chegar ao meu quarto era obrigatório passar pelo escritório de Pai. Apoiei um joelho no chão e comecei a desamarrar meus sapatos. Maria continuou de pé, robusta, imóvel. Ergui a cabeça.

— E minha pasta?

— Eu mesma levo. De toda forma, ainda tenho que encerar o seu quarto.

Tirei meu blusão e o pendurei junto ao sobretudo preto de Pai.

– Obrigado, Maria.

Ela abanou a cabeça, fazendo sua mecha cinzenta cair sobre os olhos, e me afagou com um tapinha no ombro.

Cheguei à cozinha, abri com cuidado a porta e a fechei atrás de mim. Mamãe estava de pé diante da pia, lavando a louça.

– Bom dia, Mamãe.

Ela girou o corpo. Seus olhos pálidos caíram sobre os meus. Depois, deslizaram para o relógio no bufê. Receosa, advertiu:

– Você está atrasado.

– Havia muitos alunos na confissão. E, depois, o padre Thaler me reteve.

Ela me deu as costas e voltou a lavar a louça. Sem me olhar, continuou:

– A bacia e os panos estão sobre a mesa. Suas irmãs já estão trabalhando. Melhor se apressar.

Passei pela sala de jantar. A porta estava aberta. Vi Gerda e Bertha de pé, diante da janela, sobre duas cadeiras. Elas me deram as costas. Em seguida, passei pelo salão e entrei no quarto de Mamãe. Maria ajeitava a escadinha de frente para a janela. Tinha ido buscá-la para mim na despensa. Olhei-a e pensei: "Obrigado, Maria" – mas não abri a boca. Não tínhamos o direto de falar durante a limpeza das vidraças.

Depois de um momento, transferi a escadinha para o quarto de Pai, voltei para pegar a bacia e os panos, subi na escadinha e recomecei a esfregar. Um trem apitou, a estrada de ferro à minha frente encheu-se de fumaça e ruído, e, de repente, eu estava praticamente pendurado na janela, tentando espiar. Com terror, eu disse, baixinho: "Deus, faça com que eu não tenha olhado a rua". Depois, acrescentei: "Deus, faça com que eu não cometa nenhum erro limpando os vidros".

Então, orei, entoei um cântico à meia-voz e me senti um pouco melhor.

Quando as janelas de Pai estavam limpas, fui até o salão. Gerda e Bertha apareceram no fundo do corredor. Elas caminhavam, uma atrás da outra, carregando suas bacias. Estavam indo limpar as janelas do seu próprio quarto. Apoiei a escadinha na parede para abrir espaço, elas passaram por mim, dei-lhes as costas. Eu era o mais velho, mas elas eram mais altas que eu.

Pus a escadinha diante da janela do salão, voltei ao quarto de Pai para buscar a bacia e os panos e os deixei num canto. Meu coração começou a bater forte, fechei a porta e comecei a olhar os retratos. Os três irmãos, o tio, Pai e o avô de Pai estavam lá: todos eles oficiais, todos com seus melhores uniformes. Demorei-me na foto do meu avô. Era coronel. Diziam que me parecia muito com ele.

Abri a janela, subi na escadinha; o vento e a chuva entraram e eu era uma sentinela em seu posto avançado, de pé, aguardando, sob a tempestade, a aproximação do inimigo. A cena mudou, agora eu me via no pátio de uma caserna, havia sido punido por um oficial, o oficial tinha os olhos brilhantes e o rosto magro de Pai, eu me punha em sentido e dizia, respeitosamente: *"Jawohl, Herr Hauptmann!"*.* Um formigamento percorreu minha espinha, a flanela ia e vinha no vidro com um rigor mecânico, e eu sentia pesarem deliciosamente sobre meus ombros e minhas costas os olhares inflexíveis dos oficiais da família.

Quando terminei, fui guardar a escadinha na despensa, voltei para buscar a bacia e os panos e me dirigi à cozinha.

De costas, Mamãe disse:

— Ponha suas coisas no chão e venha lavar as mãos.

Aproximei-me da pia, Mamãe abriu espaço, mergulhei as mãos na água, estava quente, Pai proibia que nos lavássemos com água quente.

— Mas a água está quente! — sussurrei.

Mamãe suspirou, pegou a bacia, esvaziou-a na pia sem uma palavra e abriu a torneira. Peguei o sabão, ela se afastou, virou as costas parcialmente, a mão direita apoiada na borda da pia, os olhos fixos no bufê. A mão tremia um pouco.

Quando terminei ela me entregou o pente e disse, sem me olhar:

— Penteie-se.

Fui até o pequeno espelho do bufê, ouvi mamãe pôr de volta na pia a bacia de roupa suja, olhei o espelho e me perguntei se era ou não parecido com meu avô. Importava-me saber, pois, caso fosse, poderia ter a esperança de me tornar, como ele, coronel.

Atrás de mim, mamãe anunciou:

— Seu pai está esperando.

---

* "Sim, meu capitão!"

Pousei o pente no bufê e comecei a tremer.

– Não ponha o pente no bufê – ela disse.

Mamãe caminhou dois passos, pegou o pente, enxugou-o no avental. Olhei-a em desespero, sua vista fixou-se em mim por um momento, mas novamente ela deu as costas e ocupou seu lugar diante da pia.

Saí e caminhei lentamente até o escritório de Pai. No corredor, cruzei de novo com minhas irmãs. Elas me lançaram olhares dissimulados. Entendi que adivinhavam aonde eu ia.

Postei-me diante do escritório, fiz um violento esforço para cessar o tremor e bati à porta. A voz de Pai gritou: "Entre!". Abri a porta, fechei-a atrás de mim e fiquei em posição de sentido.

Imediatamente, um frio glacial atravessou minhas roupas e penetrou nos ossos. Pai estava sentado no escritório, mirando a grande janela aberta. Deu as costas e não se moveu. Continuei em sentido. A chuva entrava em lufadas, trazendo correntes bruscas de vento, e notei que havia uma pequena poça diante da janela.

Pai disse, com sua voz entrecortada:

– Venha — sentar-se.

Avancei e sentei-me à sua esquerda, numa cadeirinha baixa. Pai girou sua poltrona e olhou para mim. As órbitas de seus olhos estavam ainda mais fundas que o habitual, e seu rosto, tão magro que seria possível enumerar os músculos, um por um. A pequena lâmpada do escritório estava acesa. Felizmente, eu estava situado na sombra.

– Está com frio?

– Não, Pai.

– Você não — treme, — eu espero?

– Não, Pai.

Percebi então que ele próprio tinha grande dificuldade em evitar o tremor: suas faces e suas mãos estavam azuis.

– Você terminou — de limpar — os vidros?

– Sim, Pai.

– Você — falou?

– Não, Pai.

Ele inclinou a cabeça com o ar ausente, e, como não disse nada, acrescentei:

– Eu... cantei uma cantiga.

Pai ergueu a cabeça e me advertiu:

— Limite-se — a responder — minhas perguntas.

— Sim, Pai.

Ele retomou o interrogatório, só que distraidamente, como se fosse uma rotina:

— Suas irmãs — falaram?

— Não, Pai.

— Você — derramou água?

— Não, Pai.

— Você — olhou a rua?

Hesitei um quarto de segundo.

— Não, Pai.

Ele me encarou.

— Preste bem atenção. Você — olhou a rua?

— Não, Pai.

Fechou os olhos. Devia estar realmente distraído: do contrário, não teria me liberado tão rápido.

Fez-se um silêncio. Ele moveu seu grande e rígido corpo sobre a poltrona. Uma onda de chuva penetrou no cômodo e senti meu joelho esquerdo encharcado. O frio me apunhalava, mas não era o que me fazia sofrer: era, sim, o medo de Pai notar que eu tremia, de novo.

— Rudolf, — tenho um assunto — para falar.

— Sim, Pai.

Uma tosse dilacerante sacudiu seu corpo todo. Depois, ele olhou a janela, e tive a impressão de que ia se levantar para fechar os batentes. Mas mudou de ideia e prosseguiu:

— Rudolf, — temos que falar — do seu futuro.

— Sim, Pai.

Permaneceu um longo tempo em silêncio, olhando a janela. Suas mãos estavam azuis de frio, mas ele não se permitia o menor movimento.

— Primeiro — nós vamos fazer — uma oração.

Levantou-se, e eu também. Caminhou até o Cristo postado na parede, atrás da cadeirinha, e ajoelhou-se no piso. Também me pus de joelhos, não a seu lado, mas atrás dele. Fez o sinal da cruz e começou um pai-nosso lento, com distinção, sem perder uma sílaba. Quando rezava, sua voz era fluente.

Mantive os olhos fixos na grande forma pétrea ajoelhada à minha frente e, como de hábito, pareceu-me que era a *ele*, muito mais que a Deus, que minha oração se dirigia.

Pai disse "Amém" com força e ergueu-se. Fiz o mesmo. Instalou-se na escrivaninha.

– Sente-se.

Ocupei minha cadeirinha. As têmporas latejavam.

Pai olhou de lado, furtivamente, e tive a incomum sensação de que lhe faltava coragem para falar. Como ele hesitava, a chuva, bruscamente, cessou. Seu rosto iluminou-se, e compreendi o que estava para acontecer. Pai ergueu-se e fechou a janela: Deus, ele mesmo, suspendera a punição.

Sentou-se de novo. A coragem voltara.

– Rudolf – ele disse –, você está com treze anos — a idade — do entendimento. Graças a Deus — você é inteligente — e graças a mim... ou melhor – retomou –, graças à luz que Deus — teve a bondade — de me conceder — para sua educação, — você é — na escola — um bom aluno. Pois eu lhe ensinei, — Rudolf, — eu lhe ensinei — a fazer seus deveres, — assim como você limpa as vidraças: a fundo!

Calou-se por uma fração de segundo e recomeçou com a voz mais forte, quase um grito:

– A fundo!

Compreendi que era minha vez de falar e disse, baixinho: "Sim, Pai".

Com a janela fechada, o escritório parecia muito mais gelado.

– Então eu vou — dizer a você — o que decidi — sobre — seu futuro. Ponderou:

– Mas quero — que você saiba, — que você compreenda, — as razões — da minha decisão.

Parou, apertou as mãos uma contra a outra e seus lábios começaram a tremer.

– Rudolf, — uma vez, no passado, — eu cometi um erro.

Olhei-o com espanto.

– E para que você compreenda — minha decisão — é preciso que hoje mesmo — eu conte a você — o meu erro. Um erro, — Rudolf, — um pecado — tão grande, — tão assustador, — que eu não posso,

— eu *não devo* — esperar — que Deus me perdoe, — pelo menos, não nesta vida...

Fechou os olhos. Um tremor convulsivo agitou seus lábios, e o desespero em seu rosto era tamanho que um nó se formou em minha garganta. Por alguns segundos, parei de tremer.

Com esforço, Pai desatou as mãos e pousou-as sobre os joelhos.

– Você deve imaginar — o quanto — é penoso para mim — me rebaixar, — me humilhar, — assim — diante de você. Mas meus sofrimentos — não importam. Eu não sou nada.

Fechou os olhos e repetiu.

– Eu não sou nada.

Essa era sua frase favorita, e como sempre, ao ouvi-la, senti um horrível incômodo, como se fosse minha a culpa por meu pai, aquela criatura quase divina, "não ser nada".

Abriu os olhos e fixou o vazio.

– Rudolf, — um tempo, — mais exatamente — algumas semanas, — antes do seu nascimento — eu tive — que viajar — a negócios...

Articulou, com desgosto:

– ... à França, a Paris.

Fez uma pausa, fechou os olhos, e todo traço de vida deixou sua face.

– Paris, Rudolf, é a capital de todos os vícios!

Endireitou-se abruptamente na cadeira e me fulminou com os olhos cobertos de ódio.

– Você entende?

Eu não entendia, mas seu olhar era horrendo, e, com um fio de voz, respondi "Sim, Pai".

Ele recomeçou, em voz baixa.

– Deus, em sua ira — visitou — meu corpo e minha alma.

Fixou o vazio.

– Fiquei doente – disse, com um desgosto atroz –, tratei-me e curei a doença, — mas minha alma não se curou.

De repente, estava gritando:

– Ela *não devia* se curar!

Fez um longo silêncio até se dar conta, novamente, da minha presença.

– Está tremendo? – perguntou, maquinalmente.

– Não, Pai.

– Voltei — à Alemanha. Confessei — meu erro — à sua mãe e decidi — desde então — *carregar nas minhas próprias costas* — além dos meus erros — os erros de meus filhos — e de minha esposa — e pedir perdão — a Deus — por esses erros — como se fossem os meus.

Fez uma pausa e, quando retomou, era como se rezasse: sua fala voltou a ficar fluente.

– Por fim, prometi solenemente à Santa Virgem que, se o filho que nascesse fosse um menino, eu o consagraria a serviço dela.

Olhou-me fundo.

– A Santa Virgem quis — que fosse um menino.

Num movimento de audácia surpreendente, eu me ergui.

– Sente-se – ele disse, sem elevar a voz.

– Pai...

– Sente-se.

Obedeci.

– Quando eu terminar, você poderá falar.

Eu disse "Sim, Pai", mas sabia que quando ele terminasse eu não poderia falar.

– Rudolf, desde que você teve a idade — de cometer — erros, — eu os carreguei — um após o outro — *sobre minhas costas*. Pedi — perdão a Deus — por você — como se fosse eu — o culpado — e vou continuar a agir assim — enquanto você for — menor.

Começou a tossir.

– Mas você — por sua vez, — Rudolf ,— quando você for ordenado padre, — se ao menos — eu viver até lá, — terá que carregar — sobre as suas costas — os meus pecados.

Insinuei um movimento e ele gritou:

– Não me interrompa!

Voltou a tossir, mas dessa vez de um modo torturante, dobrando o corpo sobre a mesa, e de repente pensei que, se ele morresse, eu não seria padre.

– Se eu morrer... – ele prosseguiu como se adivinhasse meus pensamentos, e uma onda de vergonha me invadiu. – Se eu morrer — antes que você seja ordenado, — tomei providências — com seu futuro tutor — para que minha morte não mude nada. E mesmo após minha morte, — Rudolf, — mesmo após minha morte, — seu dever de padre — será o de interceder junto a Deus — por mim.

Pareceu aguardar uma resposta. Eu não conseguia falar.

– Talvez, — Rudolf, — você tenha achado — algumas vezes — que eu fui — mais severo — com você — do que com suas irmãs — ou sua mãe, — mas compreenda, — Rudolf, — compreenda que você, — você! — não tem o direito, — está ouvindo? Você não tem — o direito! — de cometer erros.

Com paixão, prosseguiu:

– Como se, — não bastassem meus próprios pecados, — esse fardo — esse fardo assustador — tivesse que ser (de repente ele começou a gritar) — ampliado — por todos vocês — nesta casa!

Levantou-se, começou a caminhar pelo escritório, e sua voz percutia seu ódio.

– Aí está — o que vocês fazem por mim! Vocês me enterram! Todos! Todos! Vocês me enterram! Cada dia vocês me enterram! Mais!

Avançou na minha direção, fora de si. Eu o olhava, horrorizado. Pai nunca havia me batido, até aquele dia.

A um passo de fazê-lo, interrompeu-se de súbito, respirou fundo, contornou minha cadeira e jogou-se aos pés do crucifixo. Ergui o corpo mecanicamente.

– Fique onde está – disse, voltando-se, – isso não lhe diz respeito.

Iniciou um pai-nosso com a dicção lenta e perfeita que lhe era habitual quando rezava.

Orou por um longo momento. Depois voltou a sentar-se na escrivaninha e me examinou tão demoradamente que meu tremor voltou.

– Tem algo a dizer?

– Não, Pai.

– Achava que você tinha algo a dizer.

– Não, Pai.

– Está bem, pode sair.

Levantei-me e fiquei em posição de sentido. Pai fez um breve sinal com a mão. Dei meia-volta, saí e fechei a porta.

Voltei ao meu quarto, abri a janela, fechei as persianas. Acendi a lâmpada, sentei-me diante da mesa, comecei a trabalhar num problema de aritmética, mas não pude avançar. O aperto na garganta voltava, e doía.

Deixei o estudo e fui pegar meus sapatos embaixo da cama, a fim de limpá-los. Já tinham tido tempo de secar desde que eu chegara da escola. Apliquei um pouco de graxa e os esfreguei bem com uma flanela. Instantes depois começaram a brilhar, mas continuei a esfregá-los cada vez mais rápido e mais forte, até meus braços doerem.

Às sete e meia, Maria tocou a sineta anunciando o jantar. Depois do jantar, houve a reza da noite. Pai nos fez as perguntas de sempre, ninguém tinha cometido faltas durante o dia, e ele se recolheu ao escritório.

Às oito e meia voltei para meu quarto, e às nove horas, Mamãe veio apagar a luz. Eu já estava na cama. Ela fechou a porta sem uma palavra e sem olhar para mim. Fiquei só, no escuro.

Momentos depois, estiquei e contraí as pernas bem juntas, a cabeça rígida, os olhos apertados e as duas mãos cruzadas sobre o peito. Eu morrera. Minha família rezava em torno do leito, ajoelhada no piso do quarto. Maria chorava. Isso durava um bom tempo, até que Pai enfim se erguia, magro e sombrio, partia em seu passo obstinado, trancava-se em seu escritório glacial, sentava-se diante da janela escancarada e esperava que a chuva cessasse para fechá-la de novo. Mas isso não servia mais a nada. Eu já não estava lá, não podia mais ser padre e interceder em seu nome diante de Deus.

Na segunda-feira posterior, saí da cama, como sempre, às cinco horas. Fazia um frio glacial, e ao abrir as persianas verifiquei que o teto da estação de trem estava coberto de neve.

Às cinco e meia, tomei o café da manhã com Pai na sala de jantar. Quando eu voltava ao quarto, Maria ergueu-se de um salto no corredor. Ela me esperava.

Maria pousou sua enorme mão vermelha sobre meu ombro e disse, baixinho:

– Não se esqueça de ir lá.

Desviei os olhos e respondi:

– Sim, Maria.

Fiquei parado, a mão de Maria pressionou meu ombro e ela sussurrou:

– Não adianta dizer "Sim, Maria". É preciso ir. Agora.

– Sim, Maria.

Ela apertou mais forte.

– Vamos, Rudolf.

Ela enfim me largou. Caminhei na direção do lavabo sentindo seus olhos pesarem sobre minha nuca. Abri e fechei a porta, que não tinha chave, e Pai havia retirado a lâmpada elétrica. A luz cinzenta da manhã penetrava por uma claraboia sempre bem aberta. O cômodo estava escuro e gelado.

Sentei-me e, tilintando, olhei para o piso, obstinadamente, mas isso não me serviu. *Ele* estava ali, com seus chifres, seus grandes olhos saltados, seu nariz arqueado, seus lábios grossos. O papel com a imagem ficara um pouco amarelado, porque fazia já um ano que Pai o havia pregado na porta, de frente para o assento, na altura dos olhos. O suor inundou minhas costas, e pensei: "É só uma gravura". Reergui a cabeça. O diabo me olhou, cara a cara, e seus lábios infames sorriram. Levantei-me, puxei os calções e fugi para o corredor.

Maria agarrou-me e apertou seu corpo contra o meu.

– Você *fez*?

– Não, Maria.

Ela abanou a cabeça e seus olhos tristes e bondosos recaíram sobre os meus.

– Teve medo?

– Sim – respondi, num suspiro.

– É só não olhar para *ele*.

Eu a abracei e esperei, aterrorizado, que ela me desse a ordem de voltar para lá. Mas ela disse, apenas:

– Um menino grande como você!

Ouviu-se um som de passos no escritório de Pai e ela sentenciou, com pressa:

– Você vai *fazer* na escola. Não se esqueça.

– Não, Maria.

Ela me liberou e fui para o quarto. Abotoei os calções, calcei os sapatos, apanhei minha pasta na mesa e me sentei numa cadeira com a pasta sobre os joelhos, como se estivesse numa sala de espera.

Segundos depois ouvi a voz de Pai através da porta:

– Seis e dez, *mein Herr*!*

Pai fazia estalar esse "*Mein Herr*" como uma chicotada.

A neve, na rua, já estava bem espessa. Pai caminhava com seu passo rijo e regular, sem uma palavra, e olhando para a frente. Minha cabeça mal chegava à altura de seus ombros, e eu tinha dificuldade em acompanhar sua cadência. Sem girar a cabeça ele gritou:

– Vamos! Mantenha o passo!

Troquei o passo e contei, em voz baixa, "Esquerda, esquerda...", as pernas de Pai se alongavam demais, caí de novo sobre o pé errado, e Pai replicou, com sua voz entrecortada:

– Eu disse — para manter — o passo.

Recomecei, quase dobrando-me em dois, tentando alcançar suas passadas, e vi, lá no alto, seu rosto contraído, colérico.

Como todos os dias, chegamos à igreja dez minutos antes da missa. Ocupamos nossos lugares, ajoelhamo-nos e começamos a rezar. Instantes depois, Pai se levantou, pôs seu livro de missas na prateleira do genuflexório, sentou-se e cruzou os braços. Eu o imitei.

Fazia frio, a neve escorria pelos vitrais, eu estava de pé numa imensa estepe congelada e desferia tiros, na retaguarda, com meus homens. A estepe desapareceu, e agora era uma floresta virgem, o fuzil nas mãos, caçado por animais selvagens, perseguido pelos indígenas, sofrendo de calor e de fome. Eu vestia uma batina branca.

Os indígenas alcançaram-me, amarraram meu corpo num mastro, arrancaram meu nariz, minhas orelhas, minhas partes sexuais, e de repente eu estava no palácio do governador, sitiado pelos negros; um soldado tombou ao meu lado, peguei sua arma e atirei sem parar, com uma precisão inacreditável.

A missa começou, ergui o corpo, concentrei-me e supliquei: "Deus, faça com que, ao menos, eu seja missionário". Pai inclinou-se para pegar seu livro no genuflexório, eu o imitei e acompanhei o ofício sem pular uma única linha.

Depois da missa, ficamos ainda dez minutos na igreja, e de repente minha garganta se apertou, veio-me a ideia de que Pai, talvez, já tivesse

---

* "Senhor."

decidido pelo clero secular. Saímos, demos alguns passos na rua, e, reprimindo o tremor que me agitava, eu disse:

— Por favor, Pai.

Ele respondeu sem virar o rosto.

— *Ja?**

— Por favor, Pai, permissão para falar?

Os músculos de sua mandíbula se contraíram, e ele disse, num tom seco e aborrecido.

— *Ja?*

— Por favor, Pai, eu queria ser missionário.

— Você fará o que disserem — respondeu, com frieza.

Era o fim. Mudei o passo e contei, baixinho: "Esquerda... esquerda...". Pai estancou bruscamente e permitiu-se olhar para mim.

— E por que você quer ser missionário?

Eu menti:

— Porque é o mais penoso.

— Então, você quer ser missionário porque é mais penoso?

— Sim, Pai.

Voltou a caminhar, demos mais uns vinte passos, girou o pescoço ligeiramente e disse, perplexo:

— Vamos ver.

Um pouco adiante, recomeçou:

— Então, você quer ser missionário?

Ergui os olhos, ele desviou os seus, franziu as sobrancelhas e repetiu, com severidade:

— Vamos ver.

Chegamos à esquina da Schloss-Str. Ele parou.

— Até logo, Rudolf.

Fiquei em posição de sentido.

— Até logo, Pai.

Ele fez um sinal, dei a meia-volta regulamentar e segui meu caminho, alinhando os ombros. Peguei a Schloss-Str., olhei para trás, Pai não estava mais lá e comecei a correr como um louco. Alguma coisa inesperada havia acontecido: Pai não tinha dito "não".

---

* "Sim?"

Enquanto corria, ergui o fuzil que pegara do soldado ferido no palácio do governador e atirei contra o diabo. Ao atingi-lo, o primeiro tiro destruiu completamente o lado esquerdo de sua cara. Metade do cérebro espirrou na porta do escritório, o olho esquerdo pendia, arrancado, enquanto, com o direito, ele me olhava aterrorizado, e, na boca mutilada e sanguinolenta, sua língua ainda se movia. Disparei pela segunda vez, e agora foi o lado direito que estourou, enquanto o outro se reconstituiu instantaneamente, e era seu olho que agora me olhava com um lampejo imundo de terror e de súplica.

Passei pelo alpendre da escola, tirei meu quepe para cumprimentar o porteiro e parei de atirar. O sinal tocou, entrei na fila, e o padre Thaler chegou.

Às dez horas, os estudos começaram, e Hans Werner sentou-se a meu lado. Tinha o olho direito roxo e inchado, eu o fitei e ele me abordou, com uma ponta de orgulho na voz:

– *Mensch,*˙ que surra eu levei!

E acrescentou, num suspiro.

– Explico na hora do recreio.

Afastei o olhar imediatamente e voltei ao meu livro. O sinal tocou e fomos para o pátio dos grandes. A neve tinha ficado muito escorregadia. Cheguei à parede da capela e comecei a contar meus passos. Havia 152 passos da parede da capela à parede da sala de desenho. Se eu não alcançasse 151 ou 153 no final, o trajeto não contava. Em uma hora eu deveria completar 40 trajetos. Se, devido aos meus erros, só completasse 38, no recreio seguinte deveria fazer não só dois trajetos a mais (para compensar meu atraso), como dois trajetos suplementares além daqueles, como punição.

Contei: "1, 2, 3, 4...". Hans Werner surgiu, aproximou-se, alegre e ruivo, me agarrou pelo braço e me puxou, gritando:

– *Mensch*, que surra eu levei!

Perdi a conta de meus passos, recuei do percurso, voltei ao ponto de partida ao pé do muro da capela, e contei "1, 2...".

– Está vendo isso? – disse Werner, tocando o olho com a mão. – Foi meu pai!

˙ "Meu velho", "camarada".

Preferi parar.

— Ele bateu em você?

Werner caiu na gargalhada.

— Bateu? Não é essa a palavra certa! Uma sova, *Mensch*, uma sova colossal!

Ele riu com intensidade ainda maior.

— E sabe o que eu tinha feito? Tinha quebrado... o vaso de porcelana... da sala...

Em seguida, repetiu, sem rir, mas num tom extraordinariamente feliz:

— Quebrei o vaso de porcelana da sala!

Retomei minha marcha, contando baixinho: "3, 4, 5...". Parei. Não aceitava que ele pudesse estar contente depois de ter cometido um crime desse porte.

— E você contou ao seu pai?

— Eu? Contar? Que nada! Foi o Velho que descobriu tudo sozinho.

— O Velho?

— Meu pai, ora!

Assim ele chamava seu pai: "o Velho", e, mais estranho ainda que essa inconcebível falta de respeito, ele o dizia com afeto.

— O Velho fez sua pequena investigação... ele é esperto, o Velho. *Mensch*, o Velho descobriu tudo!

Observei Werner. Seus cabelos ruivos refletiam o sol, ele dançava na neve e, apesar do olho roxo, tinha o ar radiante. Notei que eu havia perdido a conta de meus passos. O mal-estar e a culpa me assolaram, e saí correndo para voltar o quanto antes ao muro da capela.

— Ei, Rudolf! — disse Werner, correndo ao meu lado. — O que há com você? Por que está correndo? A gente vai acabar quebrando a cara na neve!

Sem dizer uma palavra, encostei-me na parede e reiniciei a contagem.

— Então — disse Werner, sincronizando maquinalmente seu passo com o meu —, o Velho: como ele me bateu! No início, era mais para fazer troça, mas quando eu meti um chute na canela dele...

Perplexo, interrompi o passo.

– Meteu um chute na canela dele?!

– Pois é! – divertiu-se Werner. – E, *Mensch*!, o Velho não fez por menos! Caiu de pancada! Como eu apanhei! Ele batia, batia! No fim, me nocauteou!...

Werner não parava de rir.

– ... e ficou bem chateado! Lavou meu sangue e me obrigou a beber um copo de conhaque. Não sabia mais o que fazer por mim, o Velho!

– E depois?

– Depois? Bom, eu neguei tudo, claro.

– Negou.

– Claro. Aí, o Velho ficou ainda mais contrariado. Finalmente, ele vasculhou a cozinha, voltou e me deu um doce.

– Um doce?

– Claro. E agora, escute só o que eu disse a ele: "Se é assim, vou quebrar o outro vaso!...".

Eu o olhava com estupor.

– Você disse isso?! E o que ele fez?

– Ele riu.

– Riu?

– Ele se contorcia de tanto rir, o Velho! Ficou com os olhos cheios de lágrimas! Depois, ele disse, o pilantra: "Espécie de porquinho, se você quebrar o outro vaso, vou deixar seu outro olho inchado!".

– E depois? – perguntei, maquinalmente.

– Eu ri, e começamos a brincar.

– A brincar!

– Claro!

Eu estava pasmo com todo aquele êxtase.

Werner acrescentou:

– "Porquinho", ele me chamou de "porquinho".

Despertei de meu atordoamento. Tinha perdido completamente a conta dos meus passos. Chequei o relógio. Meia hora de recreio já havia passado. Estava atrasado em vinte trajetos, o que, junto com a punição, somava quarenta trajetos. Concluí que não poderia jamais recuperar esse atraso. Um sentimento de angústia me dominou, junto com um surto de ódio por Werner.

– O que há com você? – perguntou, correndo atrás de mim. – Aonde vai? Por que você volta toda hora a essa parede?

Não respondi, apenas reiniciei a contagem. Werner continuou atrás de mim.

– Aliás – disse –, vi você na missa essa manhã. Você vai todos os dias?

– Vou.

– Eu também. Como pode ser que nunca o encontre na saída?

– Pai fica sempre mais dez minutos depois do encerramento.

– Por quê? Se a missa já terminou...

Parei bruscamente e mudei de assunto:

– Sobre o vaso... você não teve que rezar?

– Rezar? – estranhou Werner, apontando para mim os olhos redondos. – Por quê? Rezar por ter quebrado o vaso?

Caiu de novo na gargalhada, e senti seu olhar me inquirindo. Bruscamente, tomou meu braço e me forçou a parar.

– E você? Teria rezado pelo vaso?

Dei-me conta, com desespero, de ter, mais uma vez, perdido a conta dos passos.

– Me solte!

– Diga! Você teria rezado pelo vaso?

– Me solte!

Ele soltou meu braço e voltei à parede da capela. Werner me seguiu. Recomecei o percurso, apertando os dentes. Ele caminhou um instante em silêncio ao meu lado, até que, de repente, começou a rir:

– Então é isso, hein? Você teria rezado!

Detive-me e o encarei com fúria.

– Não eu! – respondi. – Meu pai é que iria rezar!

Seus olhos ficaram ainda mais redondos.

– Seu pai?!

E voltou a rir, num crescendo.

– Seu pai? Que engraçado! Seu pai, rezar porque você quebrou alguma coisa...

– Cale a boca!

– Mas ele é...

Avancei sobre Werner, os dois punhos à frente. Ele recuou, tropeçou, fez um esforço para se reequilibrar, mas deslizou na neve e caiu em cima de uma das pernas. Ouviu-se um estalo seco, um grito aflitivo. O osso do joelho, quebrado, atravessara a pele.

O professor e três alunos mais velhos vieram correndo, cuidadosamente, sobre a neve. No instante seguinte, Werner estava deitado num banco, um círculo de alunos à sua volta, e eu olhava com estupor para o osso que emergia da pele de seu joelho. Werner estava pálido, com os olhos fechados, e gemia suavemente.

– Desastrado! – gritou o professor. – Como foi que você fez isso?

Werner abriu os olhos e notou, com um meio-sorriso, que eu estava lá.

– Eu corri e caí.

– Deixamos bem claro que não era para correr com essa neve!

– Eu caí – disse Werner.

A cabeça tombou para trás e ele desmaiou. Os alunos mais velhos ergueram-no com cuidado e o levaram.

Fiquei ali, estupidamente pregado ao chão, aniquilado pela gravidade de meu crime. Instantes depois, voltei-me para o professor e fiquei em posição de sentido.

– Por favor, eu poderia ir ver o Padre Thaler?

O professor me olhou, consultou o relógio e fez que "sim" com a cabeça.

Tomei a escada norte, subi os degraus quatro a quatro, o coração acelerado. No terceiro andar, virei à esquerda, dei mais alguns passos e bati à porta.

– Entre! – gritou uma voz forte.

Entrei, fechei a porta e fiquei em posição de sentido. O Padre Thaler estava de pé, envolto por uma nuvem de fumaça. Ele agitou a mão para dissipá-la.

– O que há, Rudolf? O que você quer?

– Por favor, meu padre, eu gostaria de me confessar.

– Você já se confessou na segunda-feira.

– Cometi um pecado.

O padre Thaler olhou para seu cachimbo e disse, num tom irrefutável:

– Não é a hora.

– Por favor, padre, fiz uma coisa muito grave.

Coçou a barba com o polegar.

– O que você fez?

– Por favor, padre, quero contar em ato de confissão.

– E por que não conta de uma vez?

Fiquei em silêncio. O padre Thaler deu um trago do cachimbo e me examinou por um momento.

– É tão grave assim?

Corei, mas não disse nada.

– Que seja – disse o padre, com uma ponta de mau humor na voz. – Estou escutando.

Olhou para seu cachimbo com pesar, postou-o sobre a escrivaninha e sentou-se numa cadeira. Ajoelhei-me diante dele e contei tudo. Padre Thaler escutou com atenção, fez algumas perguntas e, antes de me absolver, impôs como penitência recitar vinte pais-nossos e vinte ave-marias.

Levantou-se e acendeu de novo seu cachimbo, enquanto olhava para mim.

– Por isso você queria o segredo da confissão.

– Sim, padre.

Encolheu os ombros e lançou-me um olhar vivo que alterou sua expressão.

– E Hans Werner, ele disse que foi você?

– Não, padre.

– O que ele disse?

– Que levou um tombo.

– *So, so*!* – ponderou ele, olhando para mim. – Em outras palavras, sou o único a saber o que aconteceu, e estou sob segredo de confissão.

Pousou o cachimbo na mesa.

– Seu pequeno canalha! – exclamou, indignado. – Assim você consegue, ao mesmo tempo, livrar-se do peso na consciência e escapar da punição.

– Não, padre! – reagi, com fervor. – Não! Não é isso! Não é para escapar da punição! Na escola, podem me punir à vontade!

Focou com surpresa.

– Então, por quê?

– Porque não quero que Pai descubra.

---

* "Então é isso!"

O padre coçou a barba com o polegar. Sentou-se, recuperou o cachimbo e fumou em silêncio.

— O que ele faria com você? Daria uma surra?

— Não, padre.

Pareceu estar a ponto de fazer outras perguntas, mas mudou de ideia e voltou a fumar.

— Rudolf – recomeçou, enfim, com uma voz gentil.

— Meu padre?

— Mesmo assim, seria melhor contar a ele.

Imediatamente, comecei a tremer.

— Não, meu padre! Não, meu padre! Por favor, não!

Padre Thaler levantou-se abruptamente, espantado.

— Mas... o que é que você tem? Está tremendo? Não vai desmaiar, espero!

Sacudiu-me pelos ombros, deu duas palmadas nas minhas faces, largou-me, foi abrir a janela, aguardou um pouco e disse:

— Melhorou?

— Sim, padre.

— Sente-se, então.

Obedeci, e ele começou a andar de um lado para o outro, resmungando, lançando olhadelas furtivas em minha direção. Depois, fechou a janela. A sineta tocou.

— Agora vá indo. Você vai se atrasar para os estudos.

Levantei-me e fui até a porta.

— Rudolf?

Olhei para trás. Ele estava bem próximo.

— Quanto a seu pai – concluiu, em voz baixa –, faça como quiser.

Pousou a mão sobre minha cabeça e a manteve ali por alguns segundos. Enfim, abriu a porta e me empurrou para fora.

Naquela noite, quando cheguei em casa, Maria disse, baixinho:

— Seu tio Franz está aqui.

— De uniforme? – perguntei, animado.

Tio Franz era só suboficial. Por isso não tinha um retrato seu junto com os oficiais do salão. Mesmo assim, eu o admirava muito.

— Sim – disse Maria, preocupada. – Mas você não deve falar com ele.

— Por quê?

– *Herr* Lang proibiu.

Tirei meu casaco e, quando fui pendurá-lo, notei que o sobretudo de Pai não estava lá.

– Onde está Pai?

– Ele saiu.

– Por que eu não posso falar com tio Franz?

– Ele blasfemou.

– O que ele disse?

– Não é da sua conta – replicou Maria, severamente.

E acrescentou, logo em seguida, com um ar solene e atemorizado:

– Ele disse que a Igreja era "uma grande farsa".

Ouvi um ruído na cozinha, prestei atenção e reconheci a voz do tio Franz.

– *Herr* Lang proibiu que você fale com ele – reforçou Maria.

– Posso pelo menos cumprimentá-lo?

– Provavelmente – disse Maria, com um ar hesitante. – Não há mal em ser educado.

Passei em frente à cozinha, a porta estava bem aberta, e parei, em posição de sentido. Tio Franz estava sentado, um copo na mão, a jaqueta desabotoada, os pés apoiados sobre uma cadeira, e Mamãe, de pé, a seu lado, com o ar alegre e culpado.

Ele me viu e gritou, com vigor:

– Ei, olhe quem está aí, o pequeno padre! Bom dia, padreco!

– Franz! – exclamou Mamãe, em tom de censura.

– O que você quer que eu diga? "Eis a pequena vítima"? Bom dia, vitimazinha!

– Franz! – ela insistiu, e virou o corpo assustada, como se Pai fosse surgir pelas suas costas.

– *Was denn!*[*] – gritou tio Franz. – Eu estou dizendo a verdade, *nicht wahr?*[**]

Permaneci imóvel diante da porta, em posição de sentido. Olhei para tio Franz.

---

[*] "O que foi?"

[**] "Não é mesmo?"

— Rudolf — disse Mamãe num tom seco, — vá imediatamente para o seu quarto.

— Bah! — exclamou tio Franz, piscando o olho para mim. — Deixe ele em paz pelo menos um minutinho.

Levantou o copo na minha direção, deu outra piscadela e acrescentou, com aquele jeito amalucado que tanto me agradava:

— Deixe-o ver um homem de verdade de vez em quando!

— Rudolf! — repetiu Mamãe. — Vá para o quarto!

Dei meia-volta e alcancei o corredor, mas ainda ouvi a voz do tio Franz:

— *Armes Kind!*[*] Você há de admitir que é um pouco excessivo forçá-lo a virar padre, simplesmente porque o seu marido, na França...

A porta da cozinha bateu ruidosamente, e não ouvi o resto da conversa. Depois, escutei a voz de Mamãe, que, mais uma vez, o censurava. Tio Franz elevou o tom e pude ouvir, claramente: "... uma grande farsa".

Jantamos um pouco mais cedo naquela noite, porque Pai tinha que sair para uma reunião de pais de alunos na escola. Depois de comer, todos se ajoelharam na sala de jantar e fizeram a oração da noite. Quando Pai terminou, virou-se para Bertha e disse:

— Bertha, você cometeu alguma falta?

— Não, pai.

Depois foi a vez de Gerda.

— Gerda, você cometeu alguma falta?

— Não, pai.

Ele se levantou e todos o imitaram. Puxou seu relógio de bolso, olhou para Mamãe e disse:

— Oito horas. Às nove, todos na cama!

Mamãe fez que sim com a cabeça. Pai virou-se para a gorda Maria.

— A senhora também, *meine Dame.*[**]

— Sim, senhor.

Pai inspecionou a família com os olhos, saiu para o vestíbulo, apanhou seu sobretudo, sua echarpe e seu chapéu. Todos permaneceram imóveis. Ele não dera permissão para nos movermos.

---

[*] "Pobre garoto!"

[**] "Madame" (ironicamente).

Voltou à soleira, já vestido e calçando luvas pretas; a luz da sala de jantar fez seus olhos ocos brilharem e percorrerem a sala, em vistoria:

– *Gute Nacht.*[*] Três *"Gute Nacht"* foram ouvidos em uníssono. Depois, com um pequeno atraso, veio o *"Gute Nacht, Herr Lang"* de Maria.

Mamãe seguiu Pai até a saída, abriu a porta e cedeu o lugar para que ele passasse. Ela tinha direito a um *"Gute Nacht"* só para ela.

Eu já estava na cama havia dez minutos quando Mamãe entrou no quarto. Abri os olhos e a surpreendi enquanto me olhava. Isso não durou mais que uma fração de segundo, pois logo desviou o olhar e apagou a luz. Depois, fechou a porta sem dizer uma só palavra e ouvi, no corredor, seus passos desaparecerem.

Fui acordado pelo estrondo da porta de entrada e um passo carregado martelando o piso do corredor. Uma luz forte ofuscou meus olhos, pisquei e tive a impressão de ver Pai ao lado da cama, ainda vestindo seu sobretudo, o chapéu na cabeça. Um braço me sacudiu e eu despertei de verdade: Pai estava lá, de pé, imóvel, todo de preto. No fundo das órbitas, seus olhos reluziam.

– Levante-se! – disse, com uma voz gelada.

Olhei-o. Eu estava paralisado pelo terror.

– Levante-se!

Ele puxou violentamente os lençóis com suas luvas pretas. Consegui escorregar até a borda da cama e me abaixei para apanhar minhas pantufas.

– Não. Venha do jeito que está!

Ele saiu para o corredor, obrigando-me a passar à sua frente, fechou a porta do meu quarto e, com seu passo carregado, caminhou até o quarto de Maria, bateu violentamente na sua porta e gritou:

– *Aufstehen!*[**]

Em seguida, foi bater à porta de minhas irmãs.

– *Aufstehen!*

---

[*] "Boa noite."

[**] "De pé!"

E, por fim, com mais violência ainda, se é que isso era possível, bateu à porta de Mamãe.

– *Aufstehen*!

Maria foi a primeira a dar as caras, com grampos no cabelo, vestindo uma camisola verde com motivos florais. Ela olhou para Pai com seu sobretudo e seu chapéu, e para mim, ao seu lado, descalço, trêmulo.

– Vistam seus casacos e venham.

Ele aguardou, imóvel, em silêncio. As mulheres saíram de seus quartos, e ele marchou para a sala de jantar, seguido por todos nós. Acendeu as luzes, tirou o chapéu, deixou-o no bufê e anunciou:

– Vamos fazer uma oração.

Todos se ajoelharam, e Pai começou a rezar. A lareira estava apagada, mas, mesmo de joelhos, o pijama sobre o assoalho congelado, eu mal sentia o frio.

Pai disse "Amém" e levantou-se. De pé, imóvel, com suas luvas, parecia um gigante.

– Existe — aqui — entre nós – ele disse, sem elevar a voz – um Judas.

Ninguém se moveu, ninguém ergueu os olhos.

– Ouviu, Martha?

– Sim, Heinrich – disse Mamãe, com a voz frágil.

Pai prosseguiu:

– Esta noite — na oração — todos vocês ouviram — quando perguntei a Rudolf — se ele tinha — alguma falta — a se repreender.

Olhou para Mamãe e Mamãe fez que "sim" com a cabeça.

– E vocês — todos — escutaram, — vocês — escutaram — bem, — não é? — quando Rudolf — respondeu "não"?

– Sim, Heinrich – disse Mamãe.

– Rudolf! – ordenou Pai. – Levante-se.

Obedeci. Eu tremia dos pés à cabeça.

– Olhem para ele!

Mamãe, minhas irmãs e Maria olharam para mim.

– Então, Rudolf respondeu "não" – disse Pai, num tom de triunfo –, mas saibam — agora, — que apenas algumas horas — antes de responder "não" — ele cometeu — um ato — de uma brutalidade — rara.

– Ele – prosseguiu Pai, com sua voz gelada – encheu de pancada — um pequeno camarada indefeso — e quebrou a perna — do menino!

Pai não precisou dizer "Olhem para ele" outra vez. Todos os olhos me alvejaram.

– Em seguida – recomeçou Pai, levantando o tom de voz –, esse ser cruel — sentou-se entre nós — comeu nosso pão — calado — e ele rezou — rezou!... — ...conosco...

Pai deslizou os olhos na direção de Mamãe.

– Eis o filho — que você me deu!

Mamãe afastou o rosto.

– Olhe para ele! – disse Pai, com ódio na voz.

O olhar de Mamãe fixou-se novamente em mim, e seus lábios começaram a tremer.

– E esse filho – continuou Pai, num tom vibrante –, esse filho — que só recebeu — aqui — lições de amor...

Passou-se, então, algo inesperado: a gorda Maria murmurou.

Pai ficou ereto, lançou sobre todos um olhar cintilante, e disse suavemente, de forma ponderada e quase com um sorriso nos lábios:

– Quem — tiver algo — a dizer — que o diga.

Olhei para Maria. Ela mantinha a vista baixa, mas seus lábios grossos entreabriam-se e seus grandes e gordos dedos estavam crispados sobre o casaco. No instante seguinte, ouvi, com estupor, minha própria voz romper o silêncio:

– Eu me confessei.

– Eu já sabia! – gritou Pai, num tom de triunfo.

Eu o fitei, aniquilado.

– Saibam – retomou Pai com uma voz forte –, que esse pequeno demônio, — uma vez cometido o ato, — foi — de fato — procurar um dos padres — com o coração cheio de malandragem — e recebeu dele, — após um arrependimento fingido, — a absolvição! E com o santo perdão ainda ocultando sua face, ele ousou — o quanto antes — profanar o respeito — que devia a seu pai — ao esconder dele o seu crime. E se circunstâncias fortuitas — não me tivessem revelado — tamanho crime, — o crime, — eu, seu pai...

Interrompeu-se, e um soluço percorreu sua voz.

– Eu, seu pai, — que desde a mais tenra idade — me ocupei — por amor — de seus pecados — como se fossem os meus próprios, — teria manchado — minha própria consciência — sem saber.

E, num grito, concluiu:

– ... sem saber!... de seu crime.

Olhou Mamãe, furioso.

– Você está ouvindo, Martha?... Está ouvindo? Se eu não tivesse sabido — por acaso — do crime do seu filho, — seria eu — que — aos olhos de Deus...

Socou o próprio peito.

– ... à minha revelia — eu seria responsabilizado — para sempre — por sua crueldade — por suas mentiras!

– Senhor! – continuou Pai, jogando-se de joelhos com violência, — como — poderia o Senhor — jamais — me perdoar...

Cortou a própria voz, e lágrimas caudalosas correram pelas rugas de sua face. Depois ele escondeu a cabeça entre as mãos, inclinou-se e se pôs a balançar para a frente e para trás, gemendo, com uma voz monótona e doída:

– Perdão, Senhor! Perdão, Senhor! Perdão, Senhor! Perdão, Senhor!...

Depois, pareceu orar em voz baixa e foi se acalmando aos poucos até erguer a cabeça e dizer:

– Rudolf, ajoelhe-se e confesse seu pecado!

Eu me ajoelhei, juntei as mãos, abri a boca, mas não consegui articular uma única palavra.

– Confesse seu pecado!

Todos os olhares voltaram-se para mim. Fiz um esforço desesperado, abri novamente a boca, mas nenhuma palavra saiu dela.

– É o demônio! – gritou Pai numa voz frenética. – É o demônio que o impede de falar!

Olhei para Mamãe, e usando toda a força que me restava, silenciosamente, pedi socorro. Ela tentou desviar o olhar, mas dessa vez não conseguiu. Permaneceu um segundo inteiro a me fixar com seus olhos dilatados, depois vacilou, empalideceu e, sem uma palavra, seu corpo caiu esticado no chão.

Compreendi, num lampejo, o que se passava: uma vez mais, ela me entregava ao Pai.

Maria se endireitou do jeito que pode.

– Não se mova! – gritou Pai, com uma voz assustadora.

Maria imobilizou-se, e, lentamente, se ajoelhou. Pai olhou o corpo de Mamãe estendido, sem movimento, diante do seu, e disse em voz baixa, com uma espécie de alegria:

– O castigo começa.

Olhou para mim e insistiu, numa voz surda:

– Confesse sua falta!

E foi, de fato, como se o demônio tivesse me possuído: eu não conseguia falar.

– É o demônio! – repetiu Pai.

Bertha ocultou o rosto nas mãos e começou a soluçar.

– Senhor – disse Pai –, já que abandonaste — meu filho, — permita-me — em tua misericórdia — *assumir* — *uma vez mais* — *sobre minhas costas* — seu abominável fardo!

A dor devastou sua expressão, ele contorceu as mãos, uma a uma, até que as palavras emergiram de sua garganta, acompanhadas de um medonho suspiro:

– Meu Deus, — eu me acuso — de ter quebrado — a perna — de Hans Werner.

Nada do que ele pudesse ter dito até aquele ponto me afetara tanto.

Pai levantou a cabeça e percorreu todos com os olhos relampejantes.

– Oremos.

E iniciou um pai-nosso. Com um curto atraso, Maria e minhas duas irmãs uniram suas vozes à dele. Pai olhou para mim. Abri a boca, nenhuma palavra saiu, o demônio havia entrado no meu corpo. Mexi os lábios como se rezasse em voz baixa, tentei pensar nas palavras da oração enquanto os movia, mas tudo era em vão, eu não podia.

Pai fez o sinal da cruz, levantou-se, foi buscar um copo d'água na cozinha e despejou o conteúdo no rosto de Mamãe. Ela se mexeu um pouco, abriu os olhos e ergueu o corpo, cambaleante.

– Vá se deitar – disse Pai.

Dei um passo à frente.

– Não você, *mein Herr*! – ele disse, com sua voz gélida.

Mamãe saiu sem me olhar. Minhas duas irmãs a seguiram. Na soleira, Maria virou-se na direção de Pai e disse, lenta e distintamente:

– É uma vergonha!

Ela saiu. Eu quis gritar: "Maria!", mas não consegui falar. Ouvi seu passo arrastado sumir aos poucos no corredor. Uma porta bateu e ficamos só eu e Pai.

Ele voltou-se, examinando minha figura com tanto ódio que tive um momento de esperança: acreditei que fosse me bater.

– Venha! – ordenou, com voz surda.

Partiu em seu passo duro, e eu o segui. Depois do ladrilho da sala de jantar, as tábuas do corredor pareceram quase quentes aos meus pés descalços.

Pai abriu a porta de seu escritório, o cômodo estava glacial; ele me fez passar à sua frente e fechou a porta. Não acendeu nenhuma luz, só abriu as cortinas da janela. A noite era clara, e os telhados da estação de trem estavam cobertos de neve.

– Oremos.

Ajoelhou-se ao pé do crucifixo e eu fiz o mesmo, atrás dele. Após um instante, voltou-se.

– Você não está rezando?

Olhei para ele fazendo sinal de "sim" com a cabeça.

– Reze em voz alta!

Eu quis dizer "não posso", mas meus lábios colaram-se um ao outro. Levei as mãos ao pescoço, mas nenhum som saiu.

Pai agarrou meus ombros, ia me sacudir, mas logo soltou, como se o contato com meu corpo lhe desse repulsa.

– Reze! – disse, com ódio. – Reze! Reze!

Agitei os lábios, mas eles não produziram nada. Pai estava de joelhos, parcialmente virado, seus olhos encovados e brilhantes apontaram para mim, e parecia que agora era a ele que faltavam as palavras. Em seguida, desviou os olhos e disse:

– Está bem, pode rezar em voz baixa.

Ele deu as costas e iniciou uma ave-maria. Desta vez não fiz nem mesmo o esforço de mover os lábios.

Minha cabeça estava vazia e abrasada. Não tentava mais evitar o tremor. De tempos em tempos, eu apertava as bordas da camisa contra as ancas.

Pai fez o sinal da cruz, virou-se, olhou para mim e disse, num tom triunfante:

– Depois disso, — Rudolf, — você compreende, — eu espero, — você compreende — que se ainda puder se tornar padre — você não poderá mais ser — missionário...

No dia seguinte, caí gravemente doente. Não reconhecia ninguém, não compreendia nada do que me diziam e não conseguia falar. Viravam-me para um lado, para o outro, aplicavam compressas, davam-me água, punham gelo na minha testa, lavavam meu corpo. A isso se limitavam minhas relações familiares.

O que me dava especial prazer era não poder mais distinguir os rostos. Eu os via como círculos cheios e um pouco esbranquiçados, sem nariz, sem olhos, sem boca, sem cabelos. Esses círculos iam e vinham no espaço do quarto, curvavam-se sobre mim, recuavam novamente. Ao mesmo tempo, ouvia um murmúrio contínuo de vozes, indistinto e monótono, como um zumbido de inseto. Os círculos eram embaçados, a linha de sua circunferência oscilava como uma gelatina, e as vozes também tinham algo de frouxo e tremelicante. Nem os círculos nem as vozes me davam medo.

Certa manhã, estava eu sentado na cama, as costas apoiadas em travesseiros, e olhava distraidamente para um dos círculos que se movia à altura de meu edredom quando, subitamente, algo pavoroso aconteceu: o círculo se coloriu. Primeiro, vi duas pequenas manchas vermelhas de cada lado de uma mancha maior, amarela, que parecia mexer-se incessantemente. Depois a imagem ficou mais nítida, voltou a turvar-se, tive um momento de esperança. Tentei desviar os olhos, mas eles se voltaram, sozinhos, para a imagem, que foi ganhando foco com uma rapidez assustadora, e uma grande cabeça apareceu, ladeada por duas fitas vermelhas, a fisionomia se desenhou numa velocidade implacável: os olhos, o nariz e a boca surgiram, e, de uma só vez, reconheci – sentada numa cadeira ao lado da cabeceira, e inclinada sobre um livro – minha irmã Bertha. Meu coração bateu com violência, fechei os olhos e abri de novo: ela estava lá.

A angústia apertou minha garganta, levantei as costas sobre os travesseiros e, antes de entender o que acontecia comigo, lentamente, dolorosamente e como uma criança que soletra o que diz, articulei:

– Onde — está — Maria?

Bertha me olhou com espanto, deu um salto da cadeira, deixando o livro cair no chão, e deixou o quarto, aos berros:

– Rudolf falou! Rudolf falou!

No instante seguinte, Mamãe, Bertha e minha outra irmã entraram no quarto num passo hesitante, e postaram-se diante do meu leito, olhando-me com medo.

– Rudolf?

– Sim.

– Você pode falar?

– Sim.

– Eu sou sua mãe.

– Sim.

– Você me reconhece?

– Sim, sim.

Desviei a cabeça, irritado, e perguntei:

– Onde está Maria?

Mamãe baixou os olhos e calou-se. Repeti, furioso:

– Onde está Maria?

– Ela partiu – disse Mamãe, precipitadamente.

Meu estômago se contraiu e minhas mãos começaram a tremer. Com esforço, perguntei:

– Quando?

– No dia em que você caiu doente.

– Por quê?

Mamãe não respondeu. Insisti:

– Pai mandou ela embora?

– Não.

– Foi ela que quis partir?

– Sim.

– No dia em que eu caí doente?

– Sim.

Maria também me abandonara. Fechei os olhos.

– Você quer que eu fique com você, Rudolf?

Respondi sem abrir os olhos.

– Não.

Ouvi seus passos pelo cômodo, as pílulas tilintaram na mesinha, ela suspirou, depois seu passo leve afastou-se, o trinco da porta estalou de leve, e eu pude, enfim, abrir os olhos.

Consumi as semanas seguintes refletindo sobre a traição do padre Thaler.

E perdi a fé.

Várias vezes por dia, Mamãe entrava no meu quarto.

– Você está se sentindo bem?

– Sim.

– Você quer algum livro?

– Não.

– Quer que eu leia para você?

– Não.

– Quer que suas irmãs lhe façam companhia?

– Não.

Um silêncio caía, e ela dizia:

– Você quer que eu fique?

– Não.

Ela arrumava os remédios na mesinha, ajeitava meus travesseiros, percorria o cômodo sem motivo. Eu observava tudo com os olhos semicerrados. Quando se virava, eu fixava suas costas e pensava, com força: "Saia daqui! Saia daqui!" Instantes depois, ela saía, e eu me sentia contente, como se tivesse sido a força de meu olhar o motivo de sua partida.

Uma noite, pouco antes do jantar, ela surgiu no quarto com o ar constrangido e culpado. Encenou, como sempre, o ato de arrumar as coisas, e disse, sem me olhar:

– O que você quer comer esta noite, Rudolf?

– O mesmo que todos.

Foi puxar as cortinas da janela e disse, de costas:

– Pai disse que você deve vir jantar conosco.

Então era isso.

– Certo – respondi, secamente.

– Você acha que consegue?

– Sim.

Levantei-me da cama. Ela se ofereceu para me ajudar, mas recusei auxílio. Depois, fui sozinho até a sala de jantar. Parei na soleira. Pai e minhas duas irmás já estavam à mesa.

– Boa noite, Pai.

Ele ergueu a cabeça. Tinha o aspecto magro e doente.

– Boa noite, Rudolf.

Depois, acrescentou:

– Você está se sentindo bem?

– Sim, Pai.

– Sente-se.

Eu me sentei e não disse mais uma única palavra. Quando o jantar terminou, Pai puxou seu relógio de pulso e disse:

– E agora, vamos fazer a oração.

Todos se ajoelharam. A nova empregada saiu da cozinha e se ajoelhou conosco. O frio do assoalho atravessou meus joelhos.

Pai iniciou um pai-nosso. Imitei os movimentos dos seus lábios sem emitir som. Voltou-se para mim, seus olhos ocos estavam tristes e cansados, parou a oração e disse com uma voz surda.

– Rudolf, reze em voz alta.

Todos os olhos se voltaram para mim. Encarei Pai por um longo momento e respondi, com esforço:

– Eu não consigo.

Pai me examinou, com espanto.

– Você não consegue?

– Não, Pai.

Ele me fitou por uns instantes ainda, e disse:

– Se você não consegue, então reze em voz baixa.

– Sim, Pai.

Ele recomeçou a oração, voltei a mexer os lábios e me esforcei para não pensar em nada.

Dois dias depois, voltei à escola. Ninguém falou do acidente.

No recreio matinal, retomei o ritual de contar meus passos, fiz seis trajetos; uma sombra surgiu entre mim e o sol, e ergui os olhos: era Hans Werner.

– Bom dia, Rudolf.

Não respondi e continuei meu percurso. Ele caminhou ao meu lado. Ao mesmo tempo que contava os passos, eu olhava para suas pernas. Ele mancava ligeiramente.

– Rudolf, preciso falar com você.

Parei.

– Eu não quero falar com você.

– *So!* – respondeu, após uma pausa. Parecia pregado ao chão.

Retomei minha marcha, cheguei à parede da capela, Werner ainda estava lá onde eu o havia deixado. Voltei na sua direção, ele pareceu hesitar, até que, por fim, deu as costas e foi embora.

No mesmo dia, num corredor, reencontrei o padre Thaler. Ele me interpelou. Parei e fiquei em posição de sentido.

– Aí está você!

– Sim, meu padre.

– Disseram que esteve muito doente.

– Sim, padre.

– Mas você está bem agora?

– Sim, padre.

Ele me encarou em silêncio, como se tivesse dificuldade em me reconhecer.

– Você mudou.

Ele prosseguiu.

– Com que idade você está agora, Rudolf?

– Treze anos, padre.

Balançou a cabeça.

– Treze anos! Só treze anos!

Ele balbuciou algo através de sua barba, deu uma palmadinha na minha face e partiu. Observei suas costas, ele era largo e forte, e pensei: "É um traidor", e um ódio insano me invadiu.

No dia seguinte, pela manhã, depois de me despedir de Pai, eu virava a esquina da Schloss-Str. quando ouvi passos atrás de mim.

– Rudolf!

Virei o rosto. Era Hans Werner. Dei-lhe as costas e marchei.

– Rudolf – ele suplicou, com uma voz ofegante –, eu preciso falar com você.

– Não quero falar com você – respondi, sem virar o rosto.

– Mas você não entende, Rudolf, eu tenho que falar com você!

Apressei o passo.

– Não vá tão rápido, Rudolf, por favor. Eu não consigo seguir seu ritmo.

Apressei ainda mais o passo. Ele começou a correr desastradamente, saltitando. Eu o olhei de lado e vi que seu rosto estava vermelho e contraído pelo esforço.

– Naturalmente – ele disse, arfando –, eu entendo que você não queira mais... falar comigo... depois do que eu fiz com você...

Parei bruscamente.

– O que você fez comigo?

– Não fui eu – ele disse, num tom embaraçado –, foi meu pai. Foi meu pai que denunciou você.

Fitei-o com assombro.

– Ele foi contar aos padres?

– Na mesma noite! – retomou Werner – Foi tomar satisfações com eles. Encontrou todos em plena reunião dos pais de alunos. E gritou com os padres na frente de todos.

– Ele disse meu nome?

– E então! Ele até falou: "Se há valentões entre os alunos, vocês devem expulsá-los!".

– Ele disse isso?

– Sim – confirmou Werner, quase alegremente –, mas você não precisa se preocupar porque, no dia seguinte, ele escreveu ao superior que não era sua culpa, a culpa era da neve, e que ele não desejava que você fosse punido.

– Então foi isso – eu disse, lentamente, roçando a ponta do pé na calçada.

– Eles puniram você? – perguntou Werner.

Eu olhava fixamente para a ponta de meu pé quando Werner repetiu:

— Eles puniram você?

— Não.

Werner hesitou.

— E o seu...

Ele ia dizer "seu velho", mas conteve-se a tempo.

— E seu pai?

— Não disse nada — respondi, com urgência.

Depois de uma pausa, ergui os olhos e disse de uma só vez:

— Hans, peço perdão pela sua perna.

Ele ficou constrangido.

— Não precisa! Não precisa — apressou-se a dizer, — foi a neve!

— Você vai ficar manco para sempre?

— Ah, não — disse, rindo –, é só...

Procurou uma palavra.

— ... temporário. Entende? É temporário.

Repetiu a palavra, com um ar extasiado.

— Quer dizer — acrescentou — que não vai durar o tempo todo.

Antes de passar pelo portão da escola, voltou-se para mim, sorriu e estendeu a mão. Olhei-a e me senti paralisado. Com esforço, consenti:

— Vou apertar sua mão, mas depois não falarei mais com você.

— *Aber Mensch*!* — gritou ele, com estupor. — Você continua chateado comigo!

— Não, não estou chateado com você.

Fiz uma pausa e concluí:

— Não quero falar com ninguém.

Levantei o braço lentamente, mecanicamente, e apertei sua mão. Retirei a minha o quanto antes. Werner me olhou em silêncio, petrificado.

— Você é estranho, Rudolf.

Examinou-me ainda por um instante, depois deu as costas e passou pelo portão da escola. Deixei-o ganhar um pouco de distância antes de entrar.

Refleti sobre aquela conversa o resto do dia e durante a semana que se seguiu. Finalmente, dei-me conta, com surpresa, de que, à parte

---

* "Meu caro!"

meus sentimentos pessoais pelo padre Thaler, nada havia mudado a partir da conversa: eu perdera a fé, e ela estava bem perdida.

Em 15 de maio de 1914, Pai morreu. A rotina da casa permaneceu a mesma, continuei a ir à missa todas as manhãs, Mãe tomou conta da loja, e nossa situação material melhorou. Mãe desprezava e odiava os alfaiates judeus tanto quanto Pai, mas não achava que isso fosse motivo para recusar-lhes seus tecidos. Além disso, Mãe elevou alguns preços fixos, antes tão ridiculamente baixos que nos perguntamos se Pai, como alegava o tio Franz, não teria de fato lesado, voluntariamente, seus próprios interesses.

Cerca de oito dias após a morte de Pai, experimentei, ao entrar na igreja pela manhã, uma forte contrariedade. Nossos lugares estavam ocupados. Sentei-me duas fileiras atrás e a missa começou. Eu a seguia no meu livro de orações, linha após linha, quando um súbito alheamento me dominou.

Ergui a cabeça, olhei as abóbadas e tive a impressão de que a igreja se expandia, alcançando dimensões monstruosas. Os assentos, as estátuas, as colunas recuaram no espaço numa velocidade insana. As paredes, como os ângulos de uma caixa que se dobra, desmoronaram. Diante de mim só havia, então, um deserto lunar, inabitado, sem limites. A angústia esmagava minha garganta, e eu tremia. Havia no ar uma ameaça medonha. Estava tudo parado, numa espera lúgubre, como se o mundo se esvaísse e me deixasse só, no vácuo.

Uma campainha tocou, ajoelhei-me, curvei a cabeça. Sob a mão esquerda, senti a madeira do genuflexório. Uma sensação de calor e solidez me invadiu. Tudo voltou ao normal, estava acabado.

Mas nas semanas seguintes a crise se repetiu. Observei que ela surgia sempre que eu me afastava da rotina. A partir daí, não ousei mais fazer um só gesto sem ter certeza de que pertencia, sem qualquer dúvida, aos meus hábitos. Quando, por acaso, um de meus movimentos parecia sair da "regra", um nó se formava na minha garganta e eu fechava os olhos, proibindo-me de olhar para as coisas, com medo de vê-las desabarem.

Se estava no quarto, procurava imediatamente dirigir minha atenção para uma ocupação maquinal. Por exemplo, engraxar meus sapatos. Sobre a superfície polida, minha flanela ia e vinha, devagar, com suavidade, depois cada vez mais rápido. Fixava-os, inebriado, respirando o odor da graxa e do couro. Um sentimento de segurança ia crescendo no meu íntimo, e, por fim, eu me sentia embalado e protegido.

Uma noite, antes do jantar, Mãe entrou no meu quarto. Não seria necessário dizer que me levantei imediatamente.

— Preciso falar com você.

— Sim, Mãe.

Ela suspirou, sentou-se, e logo a fadiga deformou seu rosto.

— Rudolf...

— Sim, Mãe.

Ela desviou o olhar e disse, numa voz hesitante:

— Você vai continuar a se levantar todos os dias às cinco horas para a missa?

A angústia apertou minha garganta. Eu queria responder, mas estava sem voz. Mãe ajeitou de forma vaga seu avental sobre os joelhos e recomeçou:

— Pensei que você talvez pudesse ir só a cada dois dias.

A voz saiu, num grito:

— Não!

Olhou-me, admirada, depois fixou-se novamente em seu avental e disse, num tom vacilante:

— Você está com o ar cansado, Rudolf.

— Não estou cansado.

Novamente seu olhar oblíquo percorreu o meu, novamente ela o desviou e disse, num suspiro:

— Pensei também... para a oração da noite... que cada um poderia rezar à vontade, no seu próprio quarto.

— Não.

Mãe afundou na cadeira, pestanejou e fez uma pausa. Depois, timidamente, insistiu:

— Mas você mesmo...

Achei que ela fosse dizer: "Mas você mesmo não reza". Ela reformulou.

— Mas você mesmo só reza em voz baixa.

— Sim, Mãe.

Ela me olhou e eu respondi, sem elevar a voz, exatamente como Pai, quando dava uma ordem:

– Está fora de cogitação qualquer mudança.

Ela fez uma pausa, suspirou, levantou-se e deixou o quarto sem uma palavra.

Certa noite de agosto, tio Franz apareceu, no meio do jantar. Seu rosto estava vermelho e alegre quando, da soleira da porta, ele gritou, com um ar de triunfo:

– A guerra foi declarada!

Mãe empalideceu. Ergueu-se de um pulo.

– Não faça essa cara! – reagiu Franz. – Em três meses, tudo estará acabado.

Esfregou as mãos com uma expressão satisfeita e acrescentou:

– Minha mulher está furiosa.

Mãe deixou a mesa para buscar a garrafa de *kirsch*[*] no bufê. Tio Franz sentou-se, jogou-se sobre o encosto, esticou as pernas calçadas de botas, desabotoou a jaqueta e piscou os olhos para mim.

– *Na, Junge?*^{**} – ele disse, jovialmente. – O que você tem a dizer a respeito?

Eu o encarei:

– Vou me alistar.

Mãe gritou.

– Rudolf!

Ela estava parada diante do bufê, a garrafa de kirsch na mão, ereta e lívida. Tio Franz me encarou, agora com a expressão grave.

– Isso é bom, Rudolf. A primeira coisa que lhe veio à mente foi o dever.

Voltou-se para Mãe e falou, gracejando:

– Ponha logo essa garrafa na mesa, senão vai quebrar.

Mãe obedeceu e tio Franz lhe disse, num tom amável:

– Fique tranquila. Ele ainda não tem idade.

E acrescentou:

– Para alistar-se, é necessário ter idade. E quando ele tiver idade, tudo já estará acabado.

Levantei-me em silêncio, fui para o quarto e desatei a chorar.

---

[*] Aguardente incolor feita a partir da destilação de uma cereja negra típica da Alemanha. [N.T.]

^{**} "E então, meu jovem?"

Dias depois, consegui um emprego, fora do horário da escola, como ajudante-maqueiro da Cruz-Vermelha, com a função de descarregar os comboios de soldados feridos.

Minhas crises desapareceram. Com avidez, lia as notícias da guerra nos jornais diários. Recortava das revistas ilustradas as fotos mostrando pilhas de cadáveres inimigos no campo de batalha e, com elas, enchia as quatro paredes de meu quarto, pregando-as com tachinhas.

Mãe havia instalado uma lâmpada no lavabo, e era ali que, toda manhã, antes de ir à missa, eu relia o jornal que já havia lido na véspera. Ele estava cheio de atrocidades que os franceses cometiam para dar cobertura à sua retirada. Eu tremia de indignação, erguia a cabeça e o diabo me olhava de frente. Eu não tinha mais medo dele e devolvia seu olhar. Tinha cabelos castanhos, olhos negros, semblante perverso. Ele era, em todos os quesitos, parecido com os franceses. Tirei um lápis do bolso do calção. Ao pé da gravura, rabisquei "*der Teufel*"[*] e, no alto, escrevi "*der Franzose*".[**]

Cheguei à igreja dez minutos adiantado, ocupei o lugar de Pai, pus meu livro de missa no genuflexório, sentei-me e cruzei os braços. Milhares de diabos revelaram-se à minha frente. Desfilavam, derrotados, desarmados, os *képi*[***] franceses entre seus cornos, os braços erguidos sobre suas cabeças. Eu os obrigava a se despirem. Davam ainda uma volta inteira até, por fim, se jogarem a meus pés. Eu estava sentado, com meu quepe e minhas botas, fumava um cigarro, tinha uma metralhadora reluzente entre as pernas, e quando eles estavam bem perto eu fazia o sinal da cruz e começava a atirar. O sangue jorrava, eles caíam aos berros, pedindo perdão enquanto rastejavam sobre os ventres moles. Em resposta, arrebentava-lhes os focinhos com minhas botas e continuava a atirar. Outros iam surgindo, e mais outros, ainda, milhares e milhares; eu os derrubava com minha metralhadora, eles gritavam ao cair, riachos de sangue corriam em enxurrada, os corpos iam se empilhando à minha frente e eu continuava a atirar. Depois, de um instante para o outro, estava tudo acabado, não havia mais um

---

[*] "O diabo."

[**] "O francês."

[***] Espécie de quepe militar francês, com uma viseira. [N.T.]

único deles. Eu me levantava e, com um breve comando, mandava meus homens limparem tudo aquilo. Depois, vestindo minhas luvas e minhas botas, ia beber um copo de conhaque no refeitório dos oficiais. Estava só, sentia-me duro e justo e usava uma pequena corrente de ouro no punho direito.

Eu já era bem conhecido na estação de trem graças à minha função de ajudante-maqueiro e da braçadeira que usava.

Na primavera de 1915, não suportei mais. Um trem de soldados começava a se mover, pus os pés no estribo, várias mãos me agarraram, fui içado para dentro vagão, e só quando estava no meio deles ocorreu aos soldados perguntar o que eu queria. Eu disse que desejava ir ao *front*, lutar ao lado deles. Quiseram saber minha idade, e eu disse: "quinze anos". Então, começaram a rir e dar palmadas nas minhas costas. Finalmente, um deles, que todos chamavam "o Velho" concluiu que, de toda forma, eu seria detido assim que chegássemos e mandado de volta para casa; mas que, nesse intervalo, provavelmente não seria mau eu viver a vida de um soldado e ver "como as coisas eram". Então, abriram espaço para mim, e um deles me ofereceu pão. Era um pão negro e bastante ruim, e "o Velho" disse, às gargalhadas: "*Besser K.-Brot als kein Brot*".** Comi aquele pão com imenso prazer, depois os soldados começaram a cantar, e o canto forte e viril que entoavam me penetrou como uma flecha.

A noite veio, os homens desafivelaram seus cintos, abriram bem os colarinhos e esticaram as pernas. No escuro úmido do vagão, respirei avidamente o odor de couro e de suor que emanava deles.

Fiz uma segunda tentativa no início de março de 1916. Não obtive mais sucesso que da primeira vez. Chegando ao *front*, como previsto, fui detido, interrogado e enviado de volta para casa. Depois disso, minha entrada na estação foi proibida. O hospital parou de me mandar descarregar comboios de soldados feridos, e fui contratado como servente.

---

* "Melhor um 'Pão K' que nenhum pão."

** "K-Brot" era como os alemães chamavam um pão de baixa qualidade, adulterado, contendo batata, consumido pelos pobres e pelos soldados nos anos de crise. [N.T.]

1916

Passei pela sala 6, virei à esquerda, ultrapassei a farmácia, dobrei de novo à direita, os quartos dos oficiais estavam lá, diminuí o passo. A porta do *Rittmeister** Günther estava aberta, como sempre, e eu sabia que ele se sentava sobre seus travesseiros, coberto de curativos da cabeça aos pés, os olhos fixos no corredor.

Passei diante da porta, dei uma olhada e ele gritou com sua voz trovejante:

– *Junge!***

Meu coração acelerou.

– Venha!

Deixei meu balde, meu esfregão e meus panos no corredor e entrei no quarto.

– Acenda-me um cigarro.

– Eu, *Herr Rittmeister*?

– Você, *Dummkopf*!*** Tem alguém mais aqui? – respondeu, levantando os dois braços para mostrar as bandagens que envolviam suas mãos.

Eu disse:

– *Jawohl,***** *Herr Rittmeister*!

---

* Capitão (de cavalaria).

** "Jovem!"

*** "Pateta!"

**** "Sim" (uso militar; correspondente ao "senhor, sim senhor").

Pus um cigarro em sua boca. Acendi. Ele deu dois ou três tragos em rápida sucessão e disse, apressado:

– *Raus!**

Retirei delicadamente o cigarro e aguardei. O Rittmeister sorriu, olhando o vazio. Até onde eu podia adivinhar, pela fenda da atadura que encapava seu rosto, era um homem muito bonito e tinha, no sorriso e nos olhos, algo de insolente que me lembrava o tio Franz.

– *Rein!*** – ordenou o Rittmeister.

Pus de novo o cigarro entre seus lábios. Ele aspirou.

– *Raus!*

Retirei o cigarro. Ele me encarou por uns instantes, em silêncio, e perguntou:

– Como se chama?

– Rudolf, *Herr Rittmeister.*

– Bom, Rudolf – ele disse, jovialmente –, vejo que apesar de tudo você não é tão estúpido quanto o Paul. Aquele porco, quando acende um cigarro, põe fogo em pelo menos metade do fumo. Além disso, nunca está por perto quando eu chamo.

Fez sinal para que eu lhe pusesse o cigarro na boca, deu uma baforada e disse:

– *Raus!*

Examinou-me.

– E onde foi que o encontraram, pirralho?

– Na escola, *Herr Rittmeister.*

– Então sabe escrever?

– *Ja, Herr Rittmeister.*

– Sente-se. Vou ditar uma carta para meus dragões.

Acrescentou:

– Você sabe onde ficam meus dragões?

– Sala 8, *Herr Rittmeister.*

– Bem – prosseguiu, num tom satisfeito –, sente-se.

---

* "Fora!"

** "Dentro!"

Sentei-me à sua mesa e ele começou a ditar. Escrevi. Quando ele terminou de ditar, trouxe-lhe a carta, ele a leu balançando a cabeça e pediu que eu me sentasse novamente para fazer um *post-scriptum*.

Foi quando soou, atrás de mim, a voz da enfermeira-chefe:

— Rudolf? O que faz aqui?

Levantei-me. Ela estava na soleira da porta, alta e rígida, os cabelos longos bem lisos, as duas mãos cruzadas sobre o ventre, o ar severo e distante.

— Rudolf trabalha para mim — respondeu o Rittmeister Günter, encarando a enfermeira-chefe com arrogância.

— Rudolf — retrucou a enfermeira-chefe sem olhar para ele —, eu lhe dei a ordem de limpar a sala 12. Sou eu que dou ordens aqui, e ninguém mais.

O Rittmeister Günther sorriu.

— *Meine Gnädige** — ele disse, com uma polidez desaforada —, Rudolf não limpará a sala 12 nem hoje, nem amanhã.

— *So!* — reagiu a enfermeira-chefe, voltando-se para ele num movimento brusco. — E eu poderia lhe perguntar por que, *Herr Rittmeister*?

— Porque a partir de hoje ele passa a estar a meu serviço, e a serviço dos dragões. Quanto a Paul, ele pode limpar a sala 12, se a senhora desejar, *meine Gnädige*.

Ela se se recompôs e indagou, com frieza:

— O senhor tem queixas de Paul, *Herr Rittmeister*?

— Com certeza, *meine Gnädige*, eu tenho queixas de Paul. Paul tem mãos de porco, e Rudolf tem mãos limpas. Paul acende cigarros como um porco, e Rudolf os acende corretamente. Paul escreve igualmente como um porco, e Rudolf escreve muito bem. Por todas essas razões, *meine Gnädige*, além do fato de que ele nunca está por perto, Paul pode ir para o inferno, e Rudolf, a partir de hoje, está a meu serviço.

Os olhos da enfermeira-chefe faiscaram.

— E eu poderia lhe perguntar, *Herr Rittmeister*, quem decidiu isso?

— Eu decidi.

---

* "Madame".

– *Herr Rittmeister*! – urrou a enfermeira-chefe, com o peito arfante. – Espero que o senhor compreenda de uma vez por todas que, neste hospital, é a mim, e só a mim, que compete a decisão sobre o emprego do pessoal!

– *So*! – disse o Rittmeister Günther.

E sorriu com uma insolência fantástica, olhando para a enfermeira-chefe como se a despisse.

– Rudolf! – ela gritou, trêmula de cólera. – Siga-me! Imediatamente!

– Rudolf – disse o Rittmeister Günther, com calma –, sente-se.

Olhei para um e para o outro e, por um segundo, hesitei.

– Rudolf! – berrou a enfermeira-chefe.

Desta vez o Rittmeister não disse nada, apenas sorriu.

Ele se parecia com o tio Franz.

– Rudolf! – urrou furiosamente a enfermeira-chefe uma última vez.

Sentei-me. Ela girou os calcanhares e deixou o quarto.

– Eu me pergunto – gritou o Rittmeister com sua voz de trovão – o que essa garça loira, imensa e toda empertigada, renderia numa cama? Não grande coisa, provavelmente! O que você acha, Rudolf?

No dia seguinte, a enfermeira-chefe mudava de função e eu era efetivado, a serviço do Rittmeister Günther e de seus dragões.

Certa manhã, quando eu estava ocupado arrumando seu quarto, ele disse, atrás de mim:

– Soube de coisas incríveis sobre você.

Voltei-me. Seus olhos transmitiam severidade. Um nó se formou em minha garganta.

– Venha cá.

Aproximei-me de seu leito. Ele girou o pescoço afundado nos travesseiros para ficar face a face comigo.

– Parece que você se aproveitou de seu trabalho na estação para se infiltrar duas vezes nos comboios para o *front*. É verdade?

– *Ja, Herr Rittmeister*.

Manteve, em silêncio, o ar severo.

– Sente-se.

Eu jamais ficara sentado diante dele, a não ser para escrever as cartas dos dragões. Por isso, hesitei.

– Sente-se, *Dummkopf*! – teimou.

Apanhei uma cadeira, puxei-a para perto da cama e obedeci, com o coração pulsante.

– Pegue um cigarro.

Peguei um cigarro e o estendi em sua direção. Com um gesto, ele recusou.

– É para você.

Uma torrente de orgulho inundou meu ser. Levei o cigarro à boca, acendi, dei várias tragadas de uma vez e tive um acesso de tosse. O Rittmeister abandonou o ar sério para rir da cena.

– Rudolf! – ele disse, voltando de repente a fechar a cara. – Eu o andei observando. Você é pequeno, você não tem muito porte, você não fala. Mas você é inteligente, instruído, e tudo o que faz, faz como um bom alemão deve fazer: a fundo!

Ele disse essa frase no mesmo tom de Pai, e a mim pareceu que era, também, a mesma voz.

– Além disso, você é corajoso e entende o seu dever diante da pátria.

– *Ja, Herr Rittmeister.*

– É uma coisa boa você ter desejado lutar aos quinze anos.

– *Ja, Herr Rittmeister.*

– É uma coisa boa você ter tentado de novo depois de um primeiro fracasso.

– *Ja, Herr Rittmeister.*

– É uma coisa boa você trabalhar aqui.

– *Ja, Herr Rittmeister.*

– Mas seria ainda melhor você se tornar um dragão!

Levantei-me, atordoado.

– Eu, *Herr Rittmeister*?

– Sente-se! – gritou, com a voz de trovão. – Ninguém deu ordem para você se levantar.

Fiquei em posição de sentido, disse "*Jawohl, Herr Rittmeister*" e voltei a me sentar.

– Bem! – ele disse depois de uma pausa. – O que você acha?

Respondi com a voz trêmula:

– Por favor, *Herr Rittmeister*, acho que isso seria simplesmente maravilhoso!

Seus olhos brilharam de orgulho, ele meneou a cabeça e repetiu, duas ou três vezes, num tom contido: "simplesmente maravilhoso". Depois, de um modo sóbrio, sussurrou:

– Bom, Rudolf, bom.

Meu coração saltou no peito. Após um silêncio, o Rittmeister anunciou:

– Rudolf, quando esses meus arranhões estiverem curados, tenho a ordem de organizar um destacamento...

Novo silêncio.

– ... para operar num de nossos *fronts*. Eu darei a você o endereço da caserna antes de partir daqui, e você se apresentará diretamente a mim. Vou preparar tudo.

– *Ja, Herr Rittmeister*! – exclamei, trêmulo da cabeça aos pés.

Logo um pensamento assustador atravessou-me o espírito.

– Mas, *Herr Rittmeister* – balbuciei –, eles não vão querer saber de mim: não tenho nem dezesseis anos.

– *Ach was*! – respondeu, divertindo-se. – Era isso? Aos dezesseis anos a gente é velho o bastante para lutar! Essas leis idiotas deles! Não tenha medo, Rudolf. Eu cuidarei de tudo!

Ele ajeitou os travesseiros e, com um clarão nos olhos, gritou, na direção da porta:

– Bom dia, meu tesouro!

Olhei para a entrada. A pequena enfermeira loira que cuidava dele estava lá. Fui lavar as mãos no banheiro do quarto e a ajudei a desfazer os curativos. A operação durou um bom tempo, durante o qual o Rittmeister, que parecia realmente insensível à dor, não parou de rir e brincar. Finalmente, a enfermeira começou a enrolá-lo de novo em suas ataduras, como se fosse uma múmia. Com sua mão enfaixada sob o queixo da moça, ele ergueu sua cabeça e lhe perguntou, num tom meio sério, meio jocoso, "quando ela iria decidir, *Herrgott*,* de uma vez por todas, dormir com ele?".

– *Ach*! Mas eu não quero, *Herr Rittmeister*! – respondeu a moça.

---

* "Por Deus!", "Credo!".

— Como assim? – espantou-se o oficial, olhando-a com ar guloso. – Eu não agrado você?

– *Doch, doch!* *Herr Rittmeister*! – ela riu. – O senhor é um homem muito bonito!

Depois acrescentou, com um ar verdadeiramente compungido.

— Mas é um pecado.

– *Ach was*! – irritou-se o Rittmeister. – Um pecado! Que besteira!

E manteve os dentes cerrados até o fim. Depois que ela saiu, voltou-se para mim, furioso.

— Você ouviu isso, Rudolf? Que tola! Ter uns peitinhos tão bonitos e acreditar no pecado! *Herrgott*, os pecados, que besteira! É isso que todos esses *Pfaffen*** enfiam na cabeça delas! Pecados! É assim que eles enganam os bons alemães! Esses porcos os enchem de pecados, e nossos bons alemães enchem esses porcos de dinheiro! E quanto mais esses piolhos sugam seu sangue, mais nossos *Dummköpfe* ficam contentes. Piolhos, Rudolf! Piolhos! Piores que judeus! Eu queria tê-los todos nas mãos, *Herrgott*, eles passariam por um péssimo quarto de hora! Os pecados! Você mal nasceu, isso é que é, e você já tem um! De joelhos, ao nascer! É desse modo que eles embrutecem os bons alemães! Pelo medo! E esses pobres idiotas ficaram tão covardes que não ousam nem mesmo foder! No lugar disso, arrastam-se de joelhos, esses idiotas, e eles rezam, e socam o peito: "Perdão, Senhor!... Perdão, Senhor!...".

Ao dizê-lo, fez uma imitação tão impressionante de um fiel em flagelo de culpa que, por uma fração de segundo, tive a certeza de ter Pai diante dos olhos.

– *Donnerwetter*!*** Que besteira! Só existe um pecado, Rudolf, escute bem: não ser um bom alemão. Eis o pecado! E eu, Rittmeister Günther, sou um bom alemão. O que a Alemanha manda fazer, eu faço! O que meus chefes alemães mandam fazer, eu faço! Isso é tudo. Não quero que esses piolhos, depois de tudo, suguem meu sangue.

---

* "Sim!"

** "Padres".

*** "Raios!"

Ergueu-se um pouco nos travesseiros, e pude ver seu tórax potente voltado para mim. Seus olhos relampejavam. Ele nunca me parecera tão belo.

Passado um momento, levantou-se e deu alguns passos pelo quarto, apoiando-se em meu ombro. Aquele seu humor adorável havia voltado, e ele ria pelos motivos mais fúteis.

– Diga-me, Rudolf, o que falam de mim aqui?

– Aqui? No hospital?

– *Ja, Dummkopf*! No hospital! Onde você acha que estamos?

Perscrutei cuidadosamente minha memória.

– Dizem que o senhor é um verdadeiro herói alemão, *Herr Rittmeister*.

– Ah! Eles dizem isso? E o que mais?

– E as mulheres dizem que o senhor é...

– Sou o quê?

– Devo repetir o que elas dizem, *Herr Rittmeister*?

– Claro, *Dummkopf*.

– Um patife.

– Ah, ah! Elas não estão erradas! Elas vão ver!

– E também dizem que o senhor é terrível.

– E o que mais? O que mais?

– Dizem que o senhor ama os seus homens.

Era verdade que diziam isso, e pensei que ficaria contente ao sabê-lo, mas a frase o deixou irritado.

– *Quatsch*!* Que besteira! "Eu amo meus homens"! Que sentimentalismo estúpido! Eles têm que meter o amor em tudo! Escute, Rudolf, eu não amo meus homens. Eu cuido deles, é diferente. Cuido deles porque são dragões, isso é tudo!

– Mas eles contam que quando o pequeno Erik morreu, o senhor enviou metade do seu próprio soldo para a mulher dele.

– *Ja, ja* – disse o Rittmeister, piscando os olhos –, e, além disso, uma linda carta na qual eu cantarolava, em todos os tons, a elegia desse pequeno porco inútil do Erik que não conseguia nem mesmo montar a bunda num cavalo! E por que eu fiz isso, Rudolf? Porque eu amava

---

* "Tolice!"

Erik? *Ach*! Pense com a cabeça, Rudolf! Aquele pequeno porco já estava morto: logo, ele não era mais um dragão. Não! Se fiz isso, foi para que todo mundo, na cidade, lesse minha carta e dissesse: "Nosso Erik era um herói alemão, e seu comandante é um comandante alemão".

Parou de falar e me fixou.

– É para dar o exemplo, entende? Se um dia virar oficial, lembre-se: o dinheiro, a carta, tudo. É assim que precisa ser feito, exatamente assim! Para dar o exemplo, Rudolf. Pela Alemanha!

Ficou de frente para mim, apoiou pesadamente suas duas mãos sobre meus ombros e me puxou para junto dele.

– Rudolf!

– *Jawohl, Herr Rittmeister.*

Do alto de sua grande estatura, mergulhou seu olhar no meu.

– Escute bem!

– *Ja, Herr Rittmeister.*

Apertou meu corpo contra o dele e articulou, com força:

– *Für mich gibt's nur eine Kirche, und die heisst Deutschland*!*

Um frisson me percorreu da cabeça aos pés e eu disse, energicamente:

– *Jawohl, Herr Rittmeister.*

Ele se debruçou sobre mim e me esmagou impiedosamente num abraço.

– *Meine Kirche, heisst Deutschland*!** Repita!

– *Meine Kirche, heisst Deutschland*!

– Mais alto!

Repeti num tom refulgente:

– *Meine Kirche, heisst Deutschland*!

– Bom, Rudolf.

Por fim, largou-me e, sem minha ajuda, voltou para a cama. Depois, fechou os olhos e fez sinal para que eu me retirasse. Antes de sair, catei rapidamente, no cinzeiro, o cigarro que ele me havia oferecido e, já no corredor, guardei-o com cuidado na carteira.

---

* "Só existe uma igreja para mim, e ela se chama Alemanha!"

** "Minha igreja é a Alemanha."

Quando cheguei em casa naquela noite, eram sete e meia. Mãe e minhas duas irmãs já estavam à mesa. Elas me esperavam. Parei por um momento na soleira e percorri lentamente a sala com o olhar.

– *Guten Abend.*

– *Guten Abend*, Rudolf – disse Mãe, seguida imediatamente por minhas duas irmãs.

Sentei-me. Mãe serviu a sopa. Pus a colher na boca e, em seguida, as três me imitaram.

Quando a sopa acabou, Mãe trouxe um grande prato de batatas e pôs sobre a mesa.

– Batatas, de novo! – queixou-se Bertha, empurrando seu prato com um ar amuado.

Olhei-a e disse:

– Bertha, nas trincheiras os soldados não têm nem mesmo batatas todos os dias.

Bertha corou, mas prosseguiu:

– Como é que você sabe? Você nunca foi lá.

Descansei meu garfo na mesa e continuei olhando para ela:

– Bertha, eu tentei duas vezes ir ao *front*. Eles não me quiseram. Mas, enquanto espero minha chance, passo duas horas por dia num hospital.

Fiz uma pausa e pronunciei as palavras com ênfase:

– Eis o que eu faço pela Alemanha. E você, Bertha? O que é que você faz pela Alemanha?

– Bertha – disse Mãe –, você deveria se envergonhar...

Não permiti que ela concluísse.

– Por favor, Mãe.

Calou-se. Voltei a encarar Bertha nos olhos e repeti, sem elevar a voz.

– Bertha, o que é que você faz pela Alemanha?

Bertha começou a chorar, e não se disse mais uma palavra até a hora da sobremesa. Quando Mãe fez menção de se levantar para tirar a mesa, eu a impedi:

– Mãe...

Sentou-se e ouviu.

– Andei refletindo. Talvez seja melhor suprimir a oração conjunta da noite. Cada um rezará no seu próprio quarto, sozinho.

Mãe olhou para mim.

— Foi você quem primeiro disse "não", Rudolf.

— Eu pensei melhor.

Após um silêncio, Mãe disse:

— Será como você quiser, Rudolf.

Mãe quis acrescentar alguma coisa, mas mudou de ideia. Junto com minhas irmãs, começou a tirar a mesa. Permaneci sentado, sem um movimento. Quando elas voltaram da cozinha, continuei:

— Mãe...

— Sim, Rudolf.

— Tem outra coisa.

— Sim, Rudolf.

— A partir de amanhã, vou tomar o café da manhã com vocês.

Senti que minhas irmãs me encaravam e devolvi o olhar. As duas baixaram suas vistas na hora. Mãe pôs de volta na mesa o copo que acabara de pegar. Também tinha os olhos baixos.

Após um instante, ela retrucou:

— Até hoje, você acordava às cinco da manhã, Rudolf.

— Sim, Mãe.

— E você não quer mais... continuar?

— Não, Mãe.

Acrescentei:

— A partir de amanhã, vou acordar às sete horas.

Mãe não se moveu. Estava um pouco pálida, e sua mão mexia o copo para lá e para cá na mesa. Hesitante, ela prosseguiu:

— Às sete horas não é um pouco tarde demais, Rudolf?

— Não, Mãe. Eu irei diretamente de casa para a escola.

Enfatizei bem a palavra "diretamente". Mãe pestanejou, mas não disse nada.

Prossegui:

— Estou me sentindo um pouco cansado.

A expressão de Mãe iluminou-se.

— Naturalmente — ela disse, animada, como se minha observação a tivesse livrado de um grande peso —, com todo o trabalho que você tem tido...

Interrompi seu ímpeto:

– Está combinado?

Ela fez que "sim" com a cabeça, eu disse "*Gute Nacht*", esperei todas responderem e saí para o quarto.

Abri meu livro de geometria e comecei a repassar o dever de casa para o dia seguinte. Não consegui me concentrar. Pus o livro na mesa, peguei meus sapatos e comecei a engraxá-los. Minutos depois, eles estavam brilhando, e eu senti um contentamento. Guardei-os cuidadosamente embaixo da cama, preocupando-me em alinhar as solas com o rodapé. Depois, fiquei diante do armário espelhado e, como se ouvisse uma voz de comando, pus-me, subitamente, em posição de sentido. Durante um bom minuto, estudei e corrigi pacientemente minha posição, e quando ela estava realmente perfeita, fixei o espelho, olhei para mim mesmo nos olhos, e, lentamente, distintamente, sem perder uma sílaba, exatamente como Pai fazia quando rezava, pronunciei: "*Meine Kirche, heisst Deutschland*!".

Depois me despi, voltei para a cama, apanhei o jornal da cadeira e passei a ler as notícias da guerra, da primeira à última linha. Soaram nove horas na estação. Dobrei o jornal, pus de volta na cadeira e estiquei o corpo na cama, os olhos semiabertos, prontos a se fecharem assim que Mãe entrasse no quarto para apagar a luz. Ouvi a porta de minhas irmãs ranger levemente, e, depois de identificar a marcha suave de Mãe passando pelo meu quarto, ouvi sua porta ranger e escutei o estalar do trinco. Do outro lado do corredor, ela tossiu, e o silêncio imperou.

Esperei ainda um minuto, imóvel. Depois, peguei de novo o jornal e continuei a ler. Passado um tempo, consultei meu relógio. Eram nove e meia. Apoiei o jornal na cadeira e me levantei para apagar a luz.

Em 1º de agosto de 1916, depois de fugir pela terceira vez de casa, eu me alistei, graças ao Rittmeister Günther, no B.D Regiment 23, em B. Tinha, então, quinze anos e oito meses.

A instrução foi rápida. Eu era baixo, mas bastante robusto para minha altura, e resisti honrosamente às fadigas do treinamento. Tinha uma grande vantagem sobre os outros recrutas: já sabia montar, tendo passado muitos períodos de férias numa fazenda em Mecklembourg. E, acima de tudo, eu amava os cavalos. Não era somente o prazer de montar. Gostava de vê-los, respirar seu odor, estar perto e cuidar deles. Na caserna, ganhei logo a reputação de ser prestativo, pois assumia de bom grado, no estábulo, o turno de guarda de meus colegas, além do meu próprio. Mas não havia nisso nenhum mérito: eu apenas amava estar entre os bichos.

Da mesma forma, a rotina da vida na caserna era para mim uma grande fonte de prazer. Eu pensava saber perfeitamente o que a rotina significava, pois em casa nós tínhamos horários muito regulares. Mas ainda estava longe disso: em casa havia, vez por outra, períodos inúteis, momentos vazios; já na caserna, a regra era verdadeiramente perfeita. O manuseio das armas me encantava especialmente. E eu desejava que toda a vida pudesse se dividir assim: ato por ato. Para as manhãs, no momento em que soasse o despertador, eu tinha inventado – e posto em prática – um pequeno jogo, tomando cuidado para que nenhum camarada notasse.

Eu decompunha os atos de levantar, lavar e vestir em diferentes movimentos parciais. Por exemplo, só para o ato de levantar eram quatro movimentos: 1) livrar-me dos cobertores, 2) erguer as pernas, 3) apoiar os pés no chão, 4) ficar de pé. Esse jogo me trazia uma sensação de bem-estar e segurança, e durante todo o período de instrução não falhei uma única fez em cumpri-lo, passo a passo. Acho mesmo que poderia tê-lo estendido, no decorrer do dia, a todos os meus gestos, se não temesse o risco de, com o tempo, os outros perceberem.

O Rittmeister Günther não parava de repetir, com um ar jubiloso, que nós iríamos "além, *Herrgott*, além". Os pessimistas diziam que aquela sua alegria, no fundo, nada mais era que uma "piada de mau gosto", e que em breve nós iríamos parar era no *front* russo, isso sim. Certa manhã, porém, recebemos a ordem de ir ao depósito buscar novos trajes. Fizemos uma fila diante da porta, e quando os primeiros saíram com suas mochilas, foi possível ver que continham roupas em tom cáqui e capacetes coloniais. Uma palavra logo se espalhou pelas fileiras, como um pavio, até explodir num estampido de felicidade e alívio coletivo: "*Turkei*!".*

---

* "Turquia!".

E o Rittmeister Günther apareceu, todo sorridente. A condecoração "Por Mérito", que ele acabara de receber, brilhava em torno de seu pescoço. Ele escolheu como modelo um dos seus dragões e, peça por peça, mostrou-nos a nova farda, fazendo questão de frisar que "marcos e mais marcos haviam sido investidos nos trajes". Quando chegou ao *short*, ele o desdobrou, girou-o na ponta dos dedos como se fizesse um número cômico e disse que "o Exército nos fantasiava de garotinhos para não amedrontar demais os ingleses". Os dragões morreram de rir, e um deles disse que "os garotinhos saberiam botar os ingleses para correr". O Rittmeister Günther disse: "*Jawohl, mein Herr!*" e acrescentou que, por enquanto, "esses vagabundos dos ingleses passavam o tempo todo às margens do Nilo, bebendo chá e jogando bola, mas nós, *bei Gott*, mostraríamos a eles que o Egito não era um salão de chá nem um campo de futebol!".

Chegando a Constantinopla, enviaram-nos – ao contrário do que nos tinham dito – ao Iraque, e não à Palestina. Desembarcamos do trem em Bagdá, o destacamento montou nos cavalos e, em pequenas etapas, alcançamos uma aldeia miserável, formada por baixos e longos casebres de barro e palha, chamada Fellalieh. Havia ali alguns elementos de fortificações. A cerca de duzentos metros do campo turco, montamos nosso próprio campo.

Exatamente uma semana depois da nossa chegada, num tempo maravilhosamente claro, os ingleses, após um bombardeio muito violento, atacaram com suas tropas de indianos.

Por volta de meio-dia, o Unteroffizier escolheu três homens – Schmitz, Becker e eu –, e uma metralhadora. Ele nos levou até uma posição bem avançada, na ala direita das nossas tropas, num conjunto de trincheiras isoladas, pouco profundas e atochadas na areia. Diante de nós havia uma imensa extensão com pequenos conjuntos de palmeiras esparsas. As linhas de assalto indianas corriam quase paralelamente a nós. Elas estavam perfeitamente visíveis.

Pusemos a metralhadora em posição de tiro, e o Unteroffizier disse, num tom seco:

– Se houver um sobrevivente, ele levará a metralhadora de volta.

Schmitz virou-se para mim. Suas faces carnudas estavam pálidas, e ele disse, por entre os dentes: "Você ouviu isso?".

– Becker! – bradou o Unteroffizier.

Becker sentou-se atrás da metralhadora, cerrou os lábios e o Unteroffizier deu o comando:

– Fogo à vontade.

Ao fim de alguns segundos, pequenos projéteis começaram a espocar à nossa volta, e Becker desabou para trás, reto. Ele não tinha mais um rosto.

– Schmitz! – disse o Unteroffizier, fazendo um pequeno gesto com a mão.

Schmitz puxou o corpo de Becker para trás. Suas faces tremiam.

– *Los,* *Mensch*! – gritou o Unteroffizier.

Schmitz instalou-se atrás da metralhadora e começou a atirar. O suor escorria pelo seu rosto. O Unteroffizier afastou-se dois ou três metros para a direita sem mesmo se dar ao trabalho de proteger o próprio corpo. Schmitz praguejou por entre os dentes. Ouviu-se um estalo seco e uma chuva de areia espirrou em nossa direção. Quando erguemos a cabeça, o Unteroffizier havia desaparecido.

– Vou lá ver – disse Schmitz.

Ele partiu, rastejando. Percebi que faltavam vários pregos em suas solas.

Alguns segundos se passaram até que Schmitz reaparecesse. Seu rosto estava cinzento, e ele disse, numa voz sem timbre:

– Partido em dois.

Continuou a falar à meia-voz, como se o Unteroffizier ainda pudesse escutá-lo:

– Um louco! De pé, assim, sob essa artilharia! O que ele estava pensando? Que as balas iriam contorná-lo?

Sentou-se de novo atrás da metralhadora e ficou ali, sem atirar, imóvel. Ouvimos os sons do canhoneio bem ao longe e à esquerda, mas, depois que nossa metralhadora se calou, o inimigo parou de nos alvejar. Era estranho de repente tudo estar tão tranquilo no nosso posto, quando o resto do *front* se via inteiro sob fogo.

Schmitz pegou um punhado de areia, deixou escorrer entre os dedos e disse, desgostoso:

– E pensar que nós lutamos por isso!

---

* "Rápido!"

Posicionou lentamente a face contra a metralhadora, mas, em vez de atirar, olhou-me de lado e disse:

– E agora, se nós...

Eu o observava. Ele estava inclinado para a frente, a bochecha gorda e redonda imantada à metralhadora, a outra metade do rosto de bebê voltada para mim:

– De qualquer forma – ele disse –, nós cumprimos nosso dever.

E continuou:

– Agora, não temos mais nenhuma ordem.

Depois, como permaneci mudo, acrescentou:

– O Unteroffizier disse para levar de volta a metralhadora, se houvesse sobreviventes.

Enfim respondi, num tom seco:

– O Unteroffizier disse: "*um* sobrevivente".

Schmitz fixou-se em mim, e seus olhos de porcelana ficaram mais redondos.

– *Junge*! – ele disse. – Mas você é louco! Não há nenhuma razão para esperar que um de nós morra aqui!

Olhei-o sem responder.

– Mas isso é uma loucura! – continuou. – Já podemos voltar ao campo. Ninguém vai se zangar conosco! Ninguém sabe o que o Unteroffizier nos disse!

Aproximou de mim sua grande cabeça circular e apoiou a mão sobre meu braço. Afastei-me dele imediatamente.

– *Herrgott*! – bradou. – Tenho uma mulher! Tenho três filhos!

Fez-se silêncio, e ele retomou, decidido:

– Vamos, venha! Não tenho nenhuma vontade de ser partido no meio! Cai muito bem para um Unteroffizier dar uma de herói. Mas não é nosso papel!

Segurou a metralhadora como se fosse levantá-la. Eu o interceptei e disse:

– Você pode ir, se quiser. Mas eu fico. A metralhadora, também.

Ele afastou a mão da arma e me olhou, pasmo.

– *Aber Mensch*! – exclamou com a voz rouca. – Mas você é mesmo louco! Se eu voltar sem a metralhadora, vão me fuzilar! Isso está claro!

Súbito, seus olhos se tingiram de um vermelho vivo, ele gritou um palavrão e, com o punho, me atingiu em cheio no peito.

Balancei para trás, ele agarrou a metralhadora com as duas mãos e levantou-a. Peguei rapidamente minha carabina, engatilhei e apontei na sua direção. Ele me encarou, estupefato.

– Mas... o que é isso? Como? O quê?... – balbuciava como um autômato.

Permaneci em silêncio, imóvel, o cano da arma fixo no seu peito. Ele repôs lentamente a metralhadora em posição, sentou-se atrás dela e desviou o olhar.

Apoiei a carabina sobre os joelhos, direcionada para seu peito e alimentei a metralhadora com um novo cinto de munição.

Schmitz voltou-se para mim, boquiaberto, e seus olhos de porcelana luziram como um farol. Depois, sem dizer palavra, colou a bochecha redonda à metralhadora e recomeçou a atirar. Segundos depois, os projéteis voltaram a chover sobre nós, espirrando rajadas de areia a cada tiro.

A metralhadora começou a fumegar.

– Pare! – alertei.

Schmitz cessou a artilharia e olhou para mim. Mantive a mão direita na carabina, puxei meu cantil com a mão esquerda, destampei a garrafa com a boca e despejei o conteúdo no cano da metralhadora. À medida que caía sobre o metal, a água evaporava, num crepitar. O inimigo parou de atirar.

Schmitz estava encolhido sobre si próprio. Ele observava minha ação em silêncio. O suor percorria devagar suas faces quando, timidamente, ele suplicou:

– Me deixe ir.

Fiz que não com a cabeça. Ele umedeceu seus lábios com a língua, desviou os olhos e disse, com a voz apática:

– A metralhadora fica com você. Me deixe ir.

– Pode ir se quiser. Sem sua carabina.

Ele me encarou, estupefato.

– Você é louco! Eles vão me fuzilar no mesmo segundo!

Como eu me calasse, ele retrucou:

– Por que sem a carabina?

– Não tenho nenhuma vontade de ser fuzilado pelas costas para, depois, você levar a metralhadora.

Olhou para mim.

– Eu juro que não estava pensando nisso.

Desviou os olhos e recomeçou, com uma voz de criança, baixa e suplicante:

– Me deixe ir.

Recarreguei a metralhadora, ouviu-se um clique, ele ergueu a cabeça. Depois, sem mais palavras, colou a bochecha redonda na arma e atirou. Os projéteis recomeçaram a chover. Eles caíam atrás de nós com estalos secos, lançando estilhaços de areia às nossas costas, como se alguém escavasse.

Num tom de voz agora perfeitamente normal, Schmitz comentou:

– Estou mal sentado.

Levantou a cabeça e ergueu-se ligeiramente em seu posto. De repente, lançou os dois braços para cima, como um fantoche, e tombou sobre mim. Virei seu corpo. Tinha um grande buraco negro no peito, e eu estava coberto de sangue.

Schmitz era grande e pesado, e tive muita dificuldade em puxá-lo para trás. Quando terminei, peguei seu cantil e também o de Becker, reguei a metralhadora e aguardei. A arma estava quente demais para puxá-la. Observei Schmitz. Estava deitado de barriga para cima, esticado. Suas pálpebras, semicerradas sobre a íris, davam-lhe o aspecto dessas bonecas que abrem os olhos quando são postas sentadas.

Levei a metralhadora duzentos metros acima, para um buraco mais estreito e um pouco menos profundo, posicionei-a e apoiei minha face sobre ela. Sentia-me só, a metralhadora resplendecia entre minhas pernas, e uma sensação de contentamento me invadiu.

A aproximadamente oitocentos metros de mim, vi, de repente, um grupo de indianos erguer-se do chão com uma lentidão que me pareceu cômica, e avançar em passos curtos de corrida, numa longa fileira, praticamente paralela a mim. Eu via nitidamente suas longas pernas raquíticas se agitarem. Uma segunda fileira surgiu atrás da primeira, depois uma terceira. Eu as tinha todas alinhadas. Mirei um pouco adiante da primeira linha e apertei o gatilho. Ao mesmo tempo que atirava, movia lentamente o cano para frente e para trás, depois, uma segunda vez: para frente – para trás. Cessei o fogo.

No mesmo instante, senti como que um violento soco na altura do ombro esquerdo. Caí de costas, mas voltei a sentar-me rapidamente. Examinei meu ombro, estava coberto de sangue; eu não sentia nenhuma dor, mas não conseguia mover o braço. Peguei um pacote de curativos com a mão direita, rasguei com os dentes e encaixei a gaze entre a jaqueta e o ombro. Mesmo ao tocá-lo, eu nada sentia. Refleti e concluí que seria aquele o momento de recolher a metralhadora.

Durante o recuo, percebi, parados sobre uma elevação do terreno, diante de um palmeiral, quatro ou cinco cavaleiros indianos. Suas lanças se destacavam, delgadas e retas, contra o céu. Posicionei a metralhadora e os derrubei.

Depois disso percorri ainda algumas centenas de metros na direção de nossas linhas, mas, pouco antes de chegar, provavelmente desmaiei – pois não me lembro de mais nada.

Recuperado do ferimento, fui condecorado com a Cruz de Ferro e enviado ao *front* da Palestina, em Bersebá. Mas não fiquei muito tempo porque contraí malária e fui prontamente transferido para Damasco.

No hospital de Damasco, durante um bom tempo, fiquei fora do meu juízo perfeito, e minha primeira memória clara é de um rosto loiro inclinado sobre mim.

– Tudo bem, *Junge?* – disse uma voz risonha.

– *Ja, Fräulein.*

– *Fräulein* não – disse a voz. – "Vera". Para os soldados alemães, é Vera. E agora, atenção!

Duas mãos frescas e fortes escorregaram sob meu tronco e me levantaram.

Tudo estava confuso, uma mulher me segurava, eu ouvia sua respiração sibilante, e, bem perto de meus olhos, enormes gotas de suor pareciam desfilar em seu pescoço. Senti que meu corpo era disposto sobre uma cama.

– E pronto! – disse a voz risonha. – Vamos aproveitar que este bebê está com menos febre para dar um banho nele!...

Parecia que me despiam, e que uma mão percorria meu corpo, lavando-o com um tecido rugoso que me friccionava a pele, e eu relaxava, refrescava-me, os olhos semiabertos, a cabeça sobre travesseiros. Girei lentamente o pescoço, a nuca doía, notei que estava num pequeno dormitório.

– *Na, Junge?* Está se sentindo bem?

– *Ja, Fräulein.*

– Vera. Para os soldados alemães, Vera.

Uma mão vermelha levantou minha nuca, bateu os travesseiros e pousou minha cabeça sobre fronhas limpas.

– Você se incomoda de ficar sozinho num quarto? Você sabe por que o puseram aqui?

– Não, Vera.

– Porque à noite, quando você delira, faz tanta bagunça que impede os vizinhos de dormir.

Ela riu, e inclinou-se para me ajeitar. A pele de seu pescoço estava vermelha como se tivesse saído de um banho quente; seus cabelos loiros eram lisos e trançados, e ela tinha um cheiro bom de sabonete.

– Qual o seu nome?

– Rudolf Lang.

– Está bem! Vou chamá-lo de Rudolf. O senhor dragão permite?

– Por favor, Vera.

– Como você é educado para um dragão, Rudolf! Quantos anos tem?

– Dezesseis anos e meio.

– *Gott im Himmel!* Dezesseis anos!

– E meio.

– Não podemos esquecer o "meio", Rudolf. É o "meio" que importa, *nicht wahr?*

Ela me olhou sorrindo.

– De onde você é?

– Da Baviera.

---

* "Deus do céu!"

– Da Baviera? *Ach*! Eles têm a cabeça dura na Baviera! Você tem a cabeça dura, Rudolf?

– Não sei...

Ela riu novamente e passou as costas da mão na minha face. Depois olhou sério e disse, suspirando:

– Dezesseis anos, três ferimentos e malária.

Em seguida, acrescentou:

– Você tem certeza de que não tem a cabeça dura, Rudolf?

– Não sei, Vera.

Ela riu.

– Está bem. É uma resposta muito boa, essa: "Eu não sei, Vera". Você não sabe, então você responde: "Eu não sei, Vera". Se você soubesse, você responderia: "Sim, Vera" ou "Não, Vera", não é mesmo?

– Sim, Vera.

Ela riu.

– "Sim, Vera!". Vamos, é melhor não falar muito. Parece que a febre está aumentando. Você está todo vermelho de novo, Rudolf. Até à noite, bebê.

Ela deu alguns passos na direção da porta, depois olhou para trás, sorrindo.

– Diga-me, Rudolf, de quem foi que você quebrou a perna?

Tive um sobressalto. O coração pressionou as costelas. Ergui o tronco, aflito.

– Mas o que deu em você?! – ela disse, assustada, voltando às pressas ao leito. – Vamos, deite-se de novo! O que significa isso? É você mesmo que conta essa história sem parar durante seus delírios. Vamos! Deite-se de uma vez, Rudolf!

Ela me agarrou pelos ombros, forçando-me a deitar. Depois alguém se sentou à borda da cama e encostou a mão na minha testa.

– *Na*! – disse uma voz. – Você está melhor? O que poderia me importar se você quebrou a perna de uma ou de dez mil pessoas?

O quarto parou de girar em torno de mim, e percebi que era Vera quem estava sentada à minha cabeceira, Vera com sua pele vermelha, seus cabelos lisos e seu perfume de sabonete. Virei o rosto para vê-la melhor, e, súbito, ela se esvaiu numa nuvem rubra.

– Vera!

– Sim?

— É você?

— Sou eu. Vamos, sou eu, seu fedelho. Sou eu. É a Vera. Deite-se.

— Sobre a perna quebrada, Vera, não fui eu. Foi a neve, Vera.

— Eu sei, eu sei. Você repetiu essa história várias vezes. Vamos, fique calmo.

Duas mãos frescas agarraram meus braços.

— Chega disso! Assim você vai fazer a febre subir!

— Não é minha culpa, Vera.

— Eu sei, eu sei.

Lábios frescos aproximaram-se de meu ouvido.

— Não é culpa sua — disse uma voz —, está ouvindo?

— Sim.

Alguém encostou a mão na minha testa e a manteve ali por um longo momento.

— Agora durma, Rudolf.

Pareceu-me que a mão de alguém segurava os pés da minha cama e a balançava.

— *Na*! — disse uma voz, e eu abri os olhos.

— É você, Vera?

— Sim, sim. Vamos, fique quieto agora.

— Alguém está balançando a cama.

— Não é nada.

— Por que estão balançando a cama?

Um rosto loiro inclinou-se e senti um perfume de sabonete.

— É você, Vera?

— Sou eu, bebê.

— Fique um pouco mais, por favor, Vera.

Escutei um riso claro, depois o escuro se abriu, um sopro gélido me abraçou e eu caí vertiginosamente no breu.

— Vera! Vera! Vera!

Uma voz ressoou, muito longe.

— *Ja, Junge?*

— Não é minha culpa!

— Não, não, *mein Schäfchen*!˙ Não é sua culpa! Agora, chega disso!

˙ "Meu pequeno!"

E pensei, com uma alegria suprema:

– É uma ordem.

Fez-se uma sombra diante de mim, depois um murmúrio confuso de vozes ecoou, e quando abri os olhos, o cômodo estava mergulhado numa escuridão absoluta, e alguém, que eu não conseguia ver, agitava sem parar o pé de minha cama. Pedi, aos berros:

– Pare de balançar minha cama!

Um grande silêncio reinou, e Pai emergiu de minha cabeceira, todo de preto, e me fulminou com seus olhos fundos e brilhantes.

– Rudolf! – ele disse, com sua voz entrecortada. – Levante-se — e venha — como está.

De repente, ele começou a recuar no espaço a uma velocidade louca, mas sem fazer nenhum movimento, e logo não era nada além de uma silhueta alta entre outras; suas pernas se tornaram longas e delgadas, era um indiano que corria junto com os outros, eu estava sentado em meu leito, a metralhadora entre as pernas, atirava em fileiras de indianos que corriam, a metralhadora aos saltos sobre o colchão, e eu pensava: "Não é de se espantar que a cama balance".

Abri os olhos e enxerguei Vera diante de mim. O sol inundava o quarto e eu disse:

– Acho que dormi um pouco.

– Um pouco! – brincou Vera.

E acrescentou:

– Você está com fome?

– Sim, Vera.

– Bom, bom, a febre caiu. Bebê, você berrou de novo a noite toda.

– A noite passou?

Ela riu.

– Não, ela não passou não. O que você acha? É o sol que está errado.

Vera me olhou comendo e, quando terminei, recolheu o prato e curvou-se sobre mim para aconchegar meu corpo. Vi seus cabelos loiros bem lisos, seu pescoço um pouco vermelho, e respirei seu cheiro de sabonete. Quando sua cabeça estava bem próxima, envolvi seu pescoço com meu braço.

Ela não tentou tirá-lo. Só girou o rosto na minha direção.

— Essas são as maneiras de um dragão!

Não me movi. Ela continuou a me olhar, parou de sorrir e disse, à meia-voz, num tom de censura:

— Até você, bebê?

E, de um instante ao outro, assumiu uma expressão triste e cansada. Senti que ia falar, e eu precisaria responder. Retirei meu braço.

Ela acariciou minha face com as costas da mão e falou, meneando a cabeça:

— Naturalmente.

Concluiu, baixinho: "Mais tarde", sorriu com tristeza e foi embora. Eu a observei partir. Estava surpreso por meu gesto. As fichas estavam lançadas, eu não podia mais voltar atrás. Mas não conseguia decidir se isso me agradava ou não.

À tarde, Vera me trouxe jornais e cartas da Alemanha. Uma delas era do doutor Vogel. Tinha demorado três meses para chegar às minhas mãos. A carta anunciava a morte de Mãe. Havia também, sobre o mesmo assunto, duas cartas de Bertha e Gerda. Elas estavam mal escritas e cheias de erros.

O doutor Vogel comunicava também que se tornara meu tutor a partir de então. Havia confiado as minhas duas irmãs aos cuidados do tio Franz, e providenciara um administrador para a nossa loja. Quanto a mim, ele compreendia, "com certeza", os motivos patrióticos aos quais eu respondera ao me alistar, mas me fazia notar, no entanto, que minha fuga precipitada tinha feito minha pobre mãe sofrer muito e que, certamente, essa fuga, ou, melhor dizendo, deserção, contribuíra para agravar seu estado e talvez, mesmo, abreviar seu fim. Ele esperava, ao menos, que eu cumprisse, no *front*, todos os meus deveres, lembrando que, contudo, logo que a guerra terminasse, outros deveres me aguardavam.

Dobrei as cartas com cuidado e as juntei na minha carteira. Depois abri os jornais e li tudo que se dizia sobre a guerra na França. Quando terminei, dobrei os jornais em seu invólucro e os deixei na cadeira ao lado da cama. Então, cruzei os braços e olhei, pela janela, o sol ir-se estendendo sobre os telhados retos.

A noite chegou, e eu dormi com Vera.

***

Retornei ao *front* palestino, fui ferido novamente, citado e condecorado, e quando voltei às linhas inimigas, apesar de minha tenra idade, fui nomeado suboficial. Pouco depois, o destacamento Günther foi anexado à 3ª divisão de cavalaria, comandada pelo coronel turco Essad bey, e integrou o contra-ataque à cidade de Es Salt, que havia sido entregue por aliados árabes aos ingleses.

A luta foi extenuante. Tivemos que descer dos cavalos e guerrear no terreno. Só depois de quarenta e oito horas de combate corpo-a-corpo conseguimos, finalmente, entrar no vilarejo.

No dia seguinte fui acordado por pancadas fortes e surdas. Saí do acampamento, o sol me cegou, apoiei-me numa parede até que uma fenda se abrisse entre minhas pálpebras. Avistei uma massa branca, ofuscante: era uma multidão compacta de árabes imóveis, silenciosos, cabeças erguidas. Ergui também a cabeça e percebi, sob o sol que os iluminava pelas costas, uns quarenta árabes, os pescoços torcidos sobre os ombros, sacolejando no ar de um modo extravagante, como se dançassem, os pés descalços agitando-se sobre as cabeças dos espectadores. Depois, pouco a pouco, os movimentos foram se atenuando, mas sem cessar completamente, e eles continuaram girando e pavoneando sem sair do lugar, ora de frente, ora de perfil. Dei alguns passos, a sombra de uma casa desenhou um quadrado negro no chão reluzente, entrei no quadrado, um frescor delicioso invadiu meu corpo. Enfim abri os olhos por completo, e só então enxerguei as cordas.

O intérprete turco Suleiman estava de pé, um pouco afastado, os braços cruzados sobre o peito, o ar desdenhoso e entediado.

Aproximei-me dele e apontei para os enforcados.

– Ah, isso! – ele disse, franzindo as sobrancelhas sobre o nariz curvo. – São os rebeldes do Emir Faissal.

Olhei-o.

– São os notáveis que entregaram Es Salt aos ingleses. Uma amostra modesta, *mein Freund*!* Sua Excelência Djemal Pacha é realmente muito misericordioso! Mais correto seria enforcar todos.

---

* "Meu amigo!"

– Todos?

Ele me encarou em silêncio, expondo seus dentes brancos:

– Todos os árabes.

Eu já tinha visto muitos mortos desde que chegara à Turquia, mas aqueles enforcados produziram em mim uma impressão estranha, desagradável. Dei as costas para eles e saí do local.

À noite, o Rittmeister Günther mandou me chamar. Ele estava sentado em sua tenda sobre uma cadeirinha dobrável. Fiquei em posição de sentido e o saudei. Ele fez o sinal de descansar e, sem dizer uma palavra, continuou a brincar com um magnífico punhal árabe com cabo de prata, que virava e revirava em suas mãos.

Instantes depois, o subtenente von Ritterbach chegou. Era altíssimo e muito magro, com sobrancelhas negras que se esticavam para o alto até alcançar as têmporas. O Rittmeister apertou a mão dele e disse, sem olhá-lo:

– Tarefa maldita para esta noite, *Leutnant*. Os turcos vão fazer uma expedição punitiva contra uma aldeia árabe perto daqui. É uma cidadezinha que se comportou mal quando os ingleses caçaram os turcos de Es Salt.

O Rittmeister olhou de lado para von Ritterbach.

– Na minha opinião – prosseguiu o Rittmeister num tom rude –, é uma história que só diz respeito aos turcos. Mas eles querem uma participação alemã.

Von Ritterbach elevou as sobrancelhas com um ar altivo. O Rittmeister ergueu-se com impaciência, deu-lhe as costas e caminhou uns dois passos pela tenda.

– *Herrgott*! – ele disse, voltando-se. – Eu realmente não estou aqui para lutar contra os árabes!

Von Ritterbach nada disse. O Rittmeister deu mais uns passos, voltou-se de novo para ele e recomeçou, quase jovialmente:

– Escute-me, *Leutnant*, pegue uns trinta homens, junto com nosso pequeno Rudolf, que está aqui, e tudo o que vocês têm a fazer é cercar a aldeia.

Von Ritterbach, enfim, fez ouvir sua voz:

– *Zu Befehl,*[*] *Herr Rittmeister*.

---

[*] Às ordens.

O Rittmeister pegou o punhal árabe, balançou-o em seu estojo e olhou de lado para von Ritterbach.

– Suas ordens são de estabelecer uma barreira e impedir os aldeões rebeldes de passar por ela. Isso é tudo.

As sobrancelhas negras de von Ritterbach avançaram sobre as têmporas.

– *Herr Rittmeister...*

– *Ja?*

– E as mulheres que quiserem passar pela barreira?

O Rittmeister olhou-o aborrecido, manteve o silêncio por um instante e respondeu secamente:

– A ordem não especifica isso.

Von Ritterbach elevou o queixo e vi seu pomo de adão subir e descer no pescoço magro.

– Devemos considerar as mulheres e as crianças como rebeldes, *Herr Rittmeister?*

O major se levantou.

– *Herrgott, Leutnant!* – disse, com a voz áspera. – Eu já lhe expliquei que a ordem não entra nesses detalhes!

Von Ritterbach empalideceu um pouco, corrigiu a postura e disse com uma polidez fria:

– Uma última pergunta, *Herr Rittmeister*: e se os rebeldes quiserem passar?

– Deem a ordem de recuar.

– E se não quiserem recuar?

– *Leutnant!* – gritou o Rittmeister. – Você é um soldado, sim ou não?

Von Ritterbach fez algo inesperado: sorriu.

– Com certeza, sou um soldado – disse, num tom amargo.

O Rittmeister agitou a mão. Von Ritterbach o saudou com uma rigidez incrível e saiu. Nem uma única vez durante toda a conversa, nem mesmo quando o Rittmeister mencionou *"unsern kleinem Rudolf"*[*] ele se dignou a olhar para mim.

---

[*] "Nosso pequeno Rudolf".

– *Ach*! Rudolf! – resmungou o Rittmeister seguindo-o com os olhos. – Esses nobrezinhos da província! Com seus ares! Com sua presunção! Com sua maldita consciência cristã! Qualquer dia, nós varreremos todos esses "*von*"!

Expliquei a missão aos meus homens, e, por volta de onze horas da noite, o tenente von Ritterbach deu o sinal da partida. A noite estava extremamente clara.

Depois de quinze minutos de trote, Suleiman, que garantia a comunicação com o pelotão turco, nos alcançou para dizer que estávamos próximos do local, e que ele fora designado para nos guiar. E, de fato, alguns minutos mais tarde, manchas brancas surgiram ao luar, e as primeiras casas da aldeota apareceram. Von Ritterbach ordenou que eu seguisse com meus homens pelo leste, mandou partir um outro grupo pelo oeste, e em alguns segundos eu encontrava esse segundo grupo do outro lado da aldeia, depois de ter escalonado meus homens. Nem um cão latiu. Aguardamos alguns minutos; o trote dos cavaleiros turcos que chegavam pelo sul fez o solo vibrar, houve um silêncio, um comando rouco rasgou o ar, os cascos voltaram a martelar, um clamor selvagem se elevou, dois tiros foram deflagrados e um dragão à minha esquerda disse, com voz surda:

– Começou.

Os gritos cessaram, ouviu-se ainda um tiro isolado, e o silêncio voltou a reinar.

Um dragão aproximou-se de mim e gritou:

– *Herr Unteroffizier*,* ordem do tenente: reagrupamento no flanco sul.

E acrescentou:

– Os turcos se enganaram de aldeia.

Recolhi meus homens e refiz o caminho, agora no sentido inverso. Na entrada da aldeia, von Ritterbach travava uma conversa extremamente enérgica com Suleiman. Parei a poucos metros deles. Von Ritterbach estava ereto sobre seu cavalo, a face iluminada em cheio pela Lua, e ele encarava Suleiman com decidido desprezo. Num dado momento sua voz se elevou, e eu entendi claramente:

– *Nein*!... *Nein*!... *Nein*!

---

* "Senhor suboficial".

Suleiman partiu como uma flecha. Voltou poucos segundos depois acompanhado de um comandante turco tão alto e tão gordo que seu cavalo, visivelmente, tinha dificuldades em carregá-lo. O comandante turco desembainhou seu sabre e emitiu um longo discurso em turco, agitando a espada diante de von Ritterbach, que ficou imóvel como uma estátua. Quando o comandante turco terminou, a voz de Suleiman soou em alemão, solene, instável e estridente. Pelo que ouvi, dizia: "Comandante... palavra de honra... sobre seu sabre... não é a aldeia certa..."

Von Ritterbach saudou friamente o comandante turco e veio juntar-se a nós. Com a voz glacial aproximou-se de mim, anunciando:

– Houve um engano. Nós vamos partir novamente.

Seu cavalo estava bem perto do meu, e eu vi suas longas mãos morenas tremerem sobre as rédeas. Passado um instante, ele prosseguiu:

– Você tomará a frente. Esse tal de Suleiman lhe indicará o caminho.

– *Zu Befehl, Herr Leutnant!* * – respondi. Ele fixou o vazio à sua frente e, num rompante, gritou, furioso:

– Você não sabe dizer nada que não seja *"Zu Befehl, Herr Leutnant"*?

Ao fim de uma hora de trote, Suleiman estendeu o braço à altura do meu peito. Eu me detive.

– Escute!... São os cães.

E complementou:

– Desta vez, é a aldeia rebelde.

Enviei um dragão para alertar o tenente, e realizou-se a mesma manobra de antes, dessa vez pontuada por latidos ferozes. Os homens ocuparam suas posições. Estavam sombrios e silenciosos.

Uma forma branca muito pequena apareceu entre as casas. Os dragões não se moveram, mas senti como que uma tensão atravessando as linhas. A forma branca se aproximou de nós com um ruído estranho, e finalmente parou. Era um cão. Ele se pôs a latir clamorosamente, recuando diante de nós passo a passo, com o rabo roçando o chão. No mesmo instante os cascos começaram a martelar, houve uma salva de carabinas, e no breve silêncio que se seguiu, um grito de mulher ressoou alto, um *Aah-Aah!-Aah!* agudo, desolador, interminável. No momento seguinte, os tiros vieram simultaneamente de todas as direções, e um

---

* "Às ordens, meu tenente!"

lampejo vivo iluminou o céu, ouviram-se estampidos surdos, atropelos, lamentos, e nossos cavalos começaram a se agitar.

Num rompante, três cães saíram do vilarejo, vieram em disparada na nossa direção, detiveram-se subitamente, quase aos pés dos cavalos. Um deles tinha um corte profundo e sangrento na altura do pescoço. Os três começaram a latir, em gemidos curtos e agudos, como crianças. Depois um tomou coragem e lançou-se como uma flecha entre o cavalo de Bürkel e o meu. Os outros dois logo o seguiram, e eu girei o corpo sobre a sela para segui-los com o olhar. Eles deram alguns saltos, depois, de súbito, sentaram-se sobre as traseiras e começaram a uivar enlouquecidamente.

O *Aah-Aah!-Aah!* ecoou de novo, estridente. Voltei à posição; os estampidos surdos, na aldeia, ressoavam com violência, e por duas vezes as balas assoviaram sobre nossas cabeças. Atrás de nós, os cães uivavam em desespero, e os cavalos se debatiam. Virei o pescoço.

– Bürkel, dê uns tiros para afastar esses animais.

– Neles, *Herr Unteroffizier?*

Repliquei energicamente:

– Claro que não! Pobres bichos. Dê uns tiros para o alto.

Bürkel atirou. Um grupo de formas brancas saiu da aldeia em disparada, escalou o aclive em nossa direção, uma voz muito aguda de mulher ressoou a nossos pés. Ergui o corpo sobre a sela.

– Vá embora! – gritei.

As formas brancas pararam, refugaram, e, como hesitassem, outras formas sombrias mergulharam sobre elas, reflexos de sabres brilharam, e isso foi tudo. Havia agora, trinta metros à nossa frente, destacando-se claramente no solo, um amontoado branco, inerte, e que ocupava, na verdade, pouco espaço.

À minha direita, uma pequena chama azul clareou as mãos e a face de um dragão. Notei que olhava as horas, e como isso não tinha realmente importância, aquiesci:

– Pode fumar.

"*Schönen Dank!*"* – respondeu alegremente uma voz. Logo pequenos pontos vermelhos brilharam através da linha, e a tensão diminuiu.

---

* "Muito obrigado!"

Os gritos e os urros recomeçaram com tanta força que eclipsaram os uivos dos cães. Era impossível distinguir as vozes dos homens das vozes das mulheres – eram, de novo, aqueles "Aah-Aah!-Aah!" ao mesmo tempo roucos e agudos, entoados como se formassem um cântico.

Uma calmaria se fez, e Bürkel disse:

– Olhe, *Herr Unteroffizier*!

Uma pequena forma branca descia a colina na nossa direção, oscilando de modo estranho, e uma voz disse, com indiferença: "Outro cão". A pequena forma latia docemente, como uma criança que choraminga. Ela avançava num passo lento exasperante e tropeçava nas pedras. A certa altura, pareceu cair e rolar vários metros, depois ficou novamente de pé. Passou pela sombra de uma casa, e a perdemos de vista completamente, até que, de repente, a forma emergiu à luz do luar e ficou diante de nós. Era um garotinho de cinco a seis anos, de pijama, descalço, um lanho sangrento no pescoço. Ele estava de pé, cambaleando um pouco sobre as pernas, e nos olhava com olhos sombrios. De repente se pôs a gritar com uma voz extraordinariamente forte: *"Baba! Baba!"*. Em seguida, caiu com a cara no chão, esticado.

Bürkel saltou de seu cavalo, correu em sua direção e se ajoelhou. O cavalo afastou-se um metro. Consegui agarrar as rédeas, e chamei, com a voz firme:

– Bürkel!

Não houve resposta, e, depois de uma pausa, repeti, sem elevar a voz.

– Bürkel!

Ele se levantou devagar e veio na minha direção. Ficou um tempo de pé ao lado de meu cavalo; seu rosto quadrado brilhava sob a luz. Olhando-o, indaguei:

– Quem permitiu que você desmontasse?

– Ninguém, *Herr Unteroffizier*.

– Eu por acaso lhe dei ordem para desmontar?

– Não, *Herr Unteroffizier*.

– E por que você desmontou?

Fez-se um silêncio.

– Achei que era a coisa certa a fazer, *Herr Unteroffizier*.

– Não é para achar, Bürkel. É para obedecer.

Ele cerrou os lábios e vi o suor que escorria pelo seu queixo contraído. Ele disse, com esforço:

– *Ja, Herr Unteroffizier*.

– Você será punido, Bürkel.

O silêncio retornou. Senti que os homens estavam tensos diante dessa quietude e prossegui:

– Monte.

Bürkel me fitou por um longo segundo. O suor corria pelas suas faces. Tinha o ar aparvalhado.

– *Herr Unteroffizier*, eu tenho um filho da mesma idade.

– Monte no cavalo, Bürkel!

Ele retomou as rédeas de minhas mãos e saltou para a sela. Depois de um momento, vi um cigarro aceso descrever um arco luminoso na noite e cair no chão, produzindo pequenas centelhas. Um segundo depois, outro cigarro, depois outro, e ainda outro, e assim por diante, numa sequência que abrangia toda a fileira de soldados. Compreendi que meus homens me odiavam.

– Depois da guerra – disse Suleiman, na hora da sesta –, eliminaremos os árabes exatamente como eliminamos nossos súditos armênios. E pela mesma razão.

Mesmo sob a tenda, a luz do sol era insuportável. Apoiei-me sobre o cotovelo quando senti que as palmas de minhas mãos estavam ficando suadas.

– Por que razão?

Suleiman respondeu rápido e num tom professoral:

– Não há lugar na Turquia para os árabes e os turcos.

Sentou-se de pernas cruzadas e, de repente, sorriu.

– Era isso que o nosso grande comandante tentava explicar, ontem à noite, ao seu tenente Ritterbach. Felizmente, o seu tenente não entende a língua turca...

Fez uma pausa.

– ... porque ele não teria de forma alguma concordado que, tendo os habitantes da aldeia rebelde prudentemente fugido, nós simplesmente liquidássemos a cidade árabe mais próxima...

Olhei para ele, boquiaberto. Suleiman começou a rir, de um riso agudo, feminino. Seus ombros saltavam convulsivamente, ele balançava o tórax para a frente e para trás, e quando voltava para a frente, batia no chão com as duas mãos.

Depois acalmou-se um pouco, acendeu um cigarro, expirou a fumaça longamente pelo nariz e disse:

– É para isso que serve ser um bom intérprete.

Após um momento, repliquei:

– Mas essa aldeia era inocente!

Ele balançou a cabeça.

– *Mein Lieber*,[*] você não entende! Essa aldeia era árabe. Logo, não era inocente.

Suleiman mostrou os dentes brancos.

– Sabe... é interessante... mas sua objeção foi feita por outros, em tempos passados, em circunstâncias similares, ao nosso profeta Maomé...

Tirou o cigarro da boca, sua expressão mudou, e ele disse, num tom grave e devoto.

– A paz de Alá esteja com ele!

Depois continuou.

– E nosso profeta Maomé respondeu: "*Quando você é picado por uma pulga, você não mata todas as outras?*".

Como era meu dever, à noite relatei ao Rittmeister Günther o que Suleiman havia me contado. Ele caiu numa gargalhada que durou um minuto, repetiu várias vezes, com deleite, a frase do Profeta sobre as pulgas, e entendi que ele considerava o caso como uma boa peça que os turcos pregaram "nesse idiota de von Ritterbach".

Não sei se o Rittmeister se deu ao prazer de contar a história ao tenente, mas, de todo modo, isso não tinha importância: dois dias depois, von Ritterbach acabou morto inutilmente, por uma bobagem, diante de mim, e seria possível supor que o fez de propósito, pois exatamente

---

[*] "Meu querido".

naquele dia ele havia pregado todas as suas condecorações em seu uniforme mais elegante.

Mandei transportá-lo à sua tenda, pedi para chamarem o Rittmeister Günther e aguardei com o suboficial Schrader junto ao corpo. O Rittmeister chegou logo em seguida, ficou em posição de sentido ao pé do leito de campanha, saudou-o, mandou Schrader sair da tenda e me perguntou como a coisa tinha se passado. Contei tudo em detalhes. Ele franziu a testa enquanto ouvia e, quando terminei, começou a caminhar de um lado para o outro, abrindo e fechando as mãos atrás das costas. Depois se deteve, olhou para o corpo com ar aborrecido e murmurou entre os dentes: "Quem teria imaginado que esse idiota...". Depois me lançou um rápido olhar e calou-se.

No dia seguinte houve uma inspeção de armas e, após a apresentação, ele fez um pequeno discurso, e eu achei que foi um belo discurso, com certeza útil ao moral dos homens – mas que o Major fizera, talvez, mais elogios a von Ritterbach do que ele merecia.

Em 19 de setembro de 1918, os ingleses atacaram com determinação, e o *front* se desfez. Os turcos começaram a fugir para o norte, e nós estacionamos em Damasco, mas foi um curto descanso: mais uma vez, foi preciso recuar até Alepo. No início de outubro, o destacamento foi transportado até Adana, perto do Golfo da Alexandria, onde passamos alguns dias sem fazer nada. Suleiman recebeu a Cruz de Ferro por sua bravura durante o recuo.

Lá pelo fim de outubro, o cólera disseminou-se em todas as aldeias em torno de Adana; depois, pouco a pouco, ganhou a metrópole, e, em 28 de outubro, o Rittmeister Günther viu a morte chegar em questão de horas.

Foi, sem dúvida, um triste fim para um herói. Eu admirava o Rittmeister Günther. Graças a ele, tinha entrado no Exército. Mas, naquele dia e nos seguintes, fiquei espantado com o fato de sua morte não ter surtido um efeito maior sobre mim. Ao refletir sobre isso, entendi que a questão de saber se eu o amava ou não poderia se referir tanto a ele quanto, por exemplo, a Vera.

No dia 31 de outubro, soubemos que a Turquia havia assinado um armistício com a Entente.* – "A Turquia capitulou!" – disse-me Suleiman, coberto de vergonha. "E, mesmo assim, a Alemanha ainda luta".

O capitão Comte von Reckow recebeu o comando do Destacamento Günther, e teve início o repatriamento. Seguimos lentamente em direção à Alemanha, passando pelos Bálcãs. A travessia foi torturante, pois vestíamos somente os nossos leves trajes coloniais, e o frio, extremamente intenso para a estação, causou um grande estrago na tropa.

Na Macedônia, em 12 de novembro, numa manhã cinzenta e chuvosa, ao sairmos de uma aldeia miserável onde passáramos a noite, o capitão Conde von Reckow deu-nos a ordem de parar a coluna e nos posicionarmos à esquerda da estrada. Ele cavalgou até um campo cultivado e recuou até que fosse possível avistar as duas extremidades da coluna. Ficou um longo tempo sem nada dizer. Estava imóvel, encurvado sobre si próprio, e seu cavalo branco, junto com seu uniforme esfarrapado, delineavam uma mancha clara sobre a terra escura. Finalmente, ergueu a cabeça, fez um pequeno sinal com a mão direita e disse, com uma voz extraordinariamente frágil e sem timbre: "A Alemanha capitulou". Boa parte dos homens não o ouviu; uma vibração e uma onda de sussurros percorreu a coluna de uma ponta a outra, e von Reckow, agora com sua voz habitual, gritou: "*Ruhe!*"**. O silêncio imperou, e ele repetiu, só um pouco mais alto que da primeira vez: "A Alemanha capitulou". Depois disso, esporeou seu cavalo, reassumiu a liderança da coluna, e só se ouviram os ruídos dos cascos.

Olhei à minha frente, e foi como se um grande fosso escuro se abrisse de uma só vez sob meus pés. Passados alguns minutos, uma voz entoou: "Nós venceremos, nós venceremos a França". Alguns dragões começaram a acompanhar o canto, num coro selvagem. A chuva caiu mais forte, as ferraduras dos cavalos quebraram o ritmo do refrão, soando em contratempo, e, de repente, choveu e ventou tanto que o canto foi-se atenuando, dispersou-se e morreu. Depois disso, foi muito pior do que se não tivéssemos cantado.

---

* Tríplice Entente, aliança formada por Rússia, França e Grã-Bretanha. O armistício em questão encerrou as hostilidades entre o Império Otomano e os aliados da Primeira Guerra mundial. [N.T.]

** "Silêncio!"

1918

Na Alemanha, os homens do destacamento foram sendo dispensados de base em base, sem que alguém fosse capaz de decidir quem deveria se ocupar dos soldados, e o suboficial Schrader me disse: "Ninguém quer saber de nós... somos um destacamento perdido". Finalmente, alcançamos nossa base de partida, a pequena cidade de B. Ali, tiveram pressa em desmobilizar os homens para não terem que alimentá-los, restituíram nossos registros civis e deram-nos um pouco de dinheiro e um mapa das estradas para voltarmos para nossas casas.

Peguei o trem para H. No compartimento, vi quão ridículos eram meu casaco e minhas calças, agora curtos demais para mim. Fui até o corredor. Depois de um instante avistei, de costas, um rapagão magro e moreno, com a cabeça raspada, cujos ombros largos espetavam uma jaqueta gasta. Olhou para trás. Era Schrader. Ao me ver, coçou com o dorso da mão o nariz quebrado e caiu na gargalhada.

— Mas é você! Olhe que figura! Está disfarçado de menininho?

— Você também.

Ele examinou o próprio traje.

— Eu também.

Suas sobrancelhas negras se abaixaram, formando uma sombra espessa e compacta sobre os olhos. Ele me observou por um momento, e seu rosto ficou triste.

— Parecemos dois palhaços magros.

Tamborilou com os dedos no vidro da janela do vagão, e prosseguiu:

— Para onde você vai?

– Vou para H.

Schrader assobiou.

– Eu também. Seus pais moram lá?

– Eles morreram, mas minhas irmãs e meu tutor estão na cidade.

– E o que você vai fazer?

– Não sei.

Voltou a tamborilar no vidro da janela, em silêncio. Depois, tirou um cigarro do bolso, cortou-o em dois e me deu a metade.

– Veja bem – disse, com amargura –, são muitos de nós aqui. Nem deveríamos ter voltado.

Fez-se um novo silêncio, e ele disse:

– Por exemplo, você vê aquela loirinha ali?

Apontou, com o indicador, para seu compartimento.

– Uma coisinha linda, sentada de frente para mim. Bom, ela me olhava como se eu fosse merda.

Ele socou o ar, na direção do solo:

– Como assim, merda?! Cruz de ferro e tudo o mais! Como assim?!

E acrescentou:

– Foi por isso que eu saí da cabine.

Soltou uma baforada, inclinou a cabeça na minha direção e perguntou:

– Sabe o que os civis fazem com os oficiais que passeiam de uniforme nas ruas?

Respondeu a si próprio:

– Eles arrancam suas ombreiras!

Um nó se formou em minha garganta, e duvidei:

– Tem certeza?

Ele moveu a cabeça afirmativamente e ficou um tempo quieto. Depois, retomou:

– Então, o que você vai fazer agora?

– Não sei.

– O que você sabe fazer?

Não consegui pensar em nada. Ele riu, com escárnio.

– Não se canse. Vou responder por você: nada. E o que eu sei fazer? Nada. Nós sabemos lutar, mas, pelo jeito, não precisamos mais lutar. Então, quer que eu diga a verdade? Estamos desempregados.

E praguejou:

– Melhor assim! *Herrgott*! Prefiro ficar desempregado toda a minha vida a trabalhar para essa maldita República deles!

Schrader cruzou as duas grandes mãos por trás das costas e olhou a paisagem desfilar. Depois de um instante, tirou do bolso papel e lápis, rabiscou algumas linhas apoiando-se no vidro da janela e me entregou o papel.

– Tome, esse é meu endereço. Se você não souber para onde ir, é só bater na minha porta. Só tenho um quarto, mas sempre haverá nele espaço para um ex-combatente do destacamento Günther.

– Você tem certeza de que vai conseguir recuperar seu quarto?

Ele riu.

– Ah, quanto a isso, não há dúvida.

Esclareceu:

– A proprietária é uma viúva.

Chegando em H., fui imediatamente para a casa do tio Franz. Já era noite, o tempo estava fechado e caía uma chuvinha fina. Eu não tinha um sobretudo e estava molhado dos pés à cabeça.

A mulher do tio Franz veio abrir a porta.

– Ah, é você? – disse, como se tivesse me visto na véspera. – Pode ir entrando!

Era uma mulher alta, seca e triste, com um rastro de bigode e uns pelos negros nas bochechas. Sob a lâmpada do vestíbulo, ela me pareceu muito velha.

– Suas irmãs estão aqui.

– E o tio Franz? – eu quis logo saber.

Do alto de sua grande estatura, ela me olhou com desdém e respondeu, friamente:

– Morto na França.

Imediatamente, mudou de assunto:

– Calce as pantufas, senão você vai sujar tudo.

Ela me precedeu e abriu a porta da cozinha. Duas moças estavam costurando. Eu sabia que eram minhas irmãs, mas mal as reconheci.

– Pode entrar – disse Tia.

As duas jovens se levantaram e ficaram imóveis diante de mim.

– É seu irmão, Rudolf – informou minha tia.

Elas vieram apertar minha mão, uma após a outra, sem dizer uma só palavra, e voltaram a sentar-se.

– Bom, sente-se também – disse Tia. – Não custa nada.

Obedeci e observei as irmãs. Continuavam muito parecidas entre si, e agora eu já não conseguia distinguir uma da outra. Elas voltaram a costurar, lançando-me, de vez em quando, um olhar de lado.

– Você está com fome? – quis saber Tia.

Sua voz soava falsa.

– Não, Tia.

– Nós já terminamos de comer, mas se você tiver fome...

– Obrigado, Tia.

Ela recomeçou, após uma pausa.

– Como você está malvestido, Rudolf!

Minhas irmãs ergueram a cabeça para verificar.

– É a roupa com a qual eu parti.

Tia balançou a cabeça com um ar de reprovação e voltou ao seu bordado.

– Não quiseram nos deixar o uniforme, porque era um traje colonial – esclareci.

Um novo silêncio se fez, rompido por ela:

– Bom, aí está você!

– Sim, Tia.

– Suas irmãs cresceram.

– Sim, Tia.

– Você vai encontrar muitas coisas mudadas aqui. A vida é extremamente dura. Nós não temos praticamente nada para comer.

– Eu sei.

Ela suspirou e voltou a bordar. Minhas duas irmãs tinham as cabeças curvadas e costuravam, mudas. Um longo momento se passou. De repente, o silêncio pareceu eterno e sólido. Houve uma tensão no ar, e eu entendi o que se passava. Minha tia aguardava: eu deveria falar de minha mãe, perguntar os detalhes de sua doença e de sua morte. Então minhas irmãs começariam a chorar, e minha tia faria um relato patético, e, sem me acusar diretamente em nenhum momento, ficaria subentendido que eu fora a causa da morte de minha mãe.

– Bom – disse Tia ao fim de um momento –, você não está muito falante, Rudolf.

– Não, Tia.

– Nem parece que você acabou de passar dois anos longe de casa.

– Sim, Tia, dois anos.

– Você não parece muito interessado em nós.

– Sim, Tia.

Um nó se formou em minha garganta, e pensei: "É este o momento". Cerrei os punhos sob a minha cadeira e disse:

– Eu queria justamente perguntar a vocês...

As três mulheres levantaram suas cabeças e fixaram os olhos em mim. Detive-me. Havia na espera delas algo ao mesmo tempo tétrico e risível que me paralisava, e eu não saberia dizer por que, em vez de perguntar "Como mamãe morreu?" (minha intenção original), indaguei:

– Como foi que tio Franz morreu?

Houve um silêncio pesado e minhas irmãs olharam para Tia.

– Não me fale desse patife – disse Tia com uma voz gelada, e acrescentou –, ele só tinha uma ideia na cabeça, como todos os homens: guerrear, guerrear, guerrear, guerrear. E correr atrás de mulheres.

Ao ouvir isso, eu me levantei. Tia me seguiu com os olhos.

– Você já vai embora?

– Sim.

– Já encontrou um lugar para ficar?

Menti

– Sim.

Ela ficou de pé.

– Que bom. Aqui é muito pequeno e, além disso, tem as suas irmãs. Mas por uma noite ou duas pode-se dar um jeito.

– Obrigado, Tia.

Olhou-me e fixou-se no meu casaco.

– Você não tem um sobretudo?

– Não, Tia.

Refletiu.

– Espere. Eu talvez tenha um velho sobretudo do seu tio.

Ela saiu e fiquei só com minhas irmãs. Elas costuravam em silêncio. Olhei para uma, para outra, e perguntei:

– Qual de vocês é Bertha?

– Sou eu.

A que havia falado levantou o queixo e nossos olhares se cruzaram, mas ela logo desviou o seu. Não deviam estar falando muito bem de mim no círculo familiar.

– Tome – disse Tia, ao voltar de dentro –, experimente esse aqui.

Era um capote verde, rasgado, destruído pelas traças, em farrapos, e grande demais para mim. Eu não me lembrava de jamais ter visto tio Franz usá-lo. Tio Franz, em trajes civis, era sempre muito elegante.

– Obrigado, Tia.

Vesti o sobretudo.

– Vai ser preciso encurtá-lo.

– Sim, Tia.

– Ele ainda está bom, sabe? Se você cuidar dele, vai ser bastante útil.

– Sim, Tia.

Ela sorriu com um ar orgulhoso e enternecido. Tinha me dado um sobretudo. Eu não havia falado de Mãe e, mesmo assim, ela tinha me dado um sobretudo. Todos os erros eram meus.

– Ficou contente?

– Sim, Tia.

– Tem certeza de que não quer nem uma xícara de café?

– Tenho, Tia.

– Pode ficar ainda um pouco se você quiser, Rudolf.

– Obrigado Tia. Mas preciso ir.

– Bom, então não vou segurar você.

Bertha e Gerda se levantaram e vieram apertar minha mão. Ambas estavam um pouco mais altas do que eu.

– Venha ver a gente quando quiser – disse Tia.

Eu estava de pé na soleira da cozinha. Os ombros do sobretudo sobravam e pesavam sobre os braços, e minhas mãos eram engolidas pelas mangas. De repente, as três mulheres me pareceram gigantescas; uma delas virou a cabeça de lado, ouvi como que um clique, e tive impressão de que seus pés não tocavam o solo, e elas dançavam no ar como os enforcados árabes na cidade de Es Salt. Depois, seus rostos sumiram, as paredes da cozinha também, um deserto imóvel e gelado descortinou-se e, em sua imensa extensão, a perder de vista, só havia aqueles manequins estrangulados cujos corpos bailariam, suspensos, para toda a eternidade.

— Bem — disse uma voz —, você não está escutando? Eu disse que você pode voltar quando quiser!

Respondi "obrigado" e caminhei rapidamente na direção da saída. A barra do sobretudo batia praticamente nos calcanhares.

Minhas irmãs ficaram na cozinha. Tia me acompanhou até a porta.

— Amanhã cedo — ela disse — você vai ter que ir ver o doutor Vogel. Amanhã sem falta. Não deixe de ir.

— Sim, Tia.

— Bom, então, até logo Rudolf.

Ela abriu a porta. Senti sua mão seca e fria em contato com a minha.

— Então, você ficou feliz com o sobretudo, Rudolf?

— Muito contente, Tia. Obrigado.

Ganhei a rua. Tia fechou a porta imediatamente, e eu ouvi, no interior, o som do ferrolho. Permaneci atrás da porta e escutei seus passos desaparecerem, e foi como se eu estivesse dentro da casa e visse Tia abrir a porta da cozinha, pegar seu bordado, e o tique-taque do relógio batesse, seco e duro, no silêncio. Depois de uns instantes, Tia olharia para minhas irmãs e diria, movendo a cabeça: "Ele nem mesmo mencionou sua mãe". Então minhas irmãs chorariam, Tia enxugaria algumas lágrimas, e ficariam as três juntas e felizes.

A noite estava fria, caía aquela chuvinha fina, eu não conhecia bem o caminho, e foi necessária meia hora de marcha para chegar ao endereço que Schrader tinha me dado.

Bati à porta, e instantes depois uma mulher a abriu. Era alta, loira, com os peitos fortes.

— *Frau* Lipman?

— Sou eu.

— Estou à procura do Unteroffizier Schrader.

Ela julgou meu sobretudo e disse, com desprezo:

— Qual o motivo?

— Sou um dos amigos dele.

— Você é um dos amigos dele?

Ela me observou um pouco mais detidamente e disse:

— Entre.

Eu entrei e, mais uma vez, ela julgou meu sobretudo.

– Siga-me.

Eu a segui por um longo corredor. Ela bateu numa porta, abriu sem esperar resposta e disse, com os lábios cerrados:

– Um dos seus amigos, *Herr* Schrader.

Schrader estava usando uma camisa de mangas curtas. Virou a cabeça, espantado:

– É você! Já? Vá entrando! Você está com uma cara... E que sobretudo! Onde arrumou esse lixo? Vá entrando! *Frau* Lipman, eu lhe apresento o *Unteroffizier* Lang, do Destacamento Günther! Um herói alemão, *Frau* Lipman!

Frau Lipman acenou com a cabeça, mas não apertou minha mão.

– Você não vai entrar? – ele disse, com uma alegria repentina. – Vá entrando! E você também, *Frau* Lipman! E você, primeiro, vá tirando esse lixo! Ah! Agora está bem melhor! *Frau* Lipman! *Frau* Lipman!

Frau Lipman sussurrou, docemente:

– *Ja*, *Herr* Schrader?

– *Frau* Lipman, você me ama?

– *Ach*! – disse *Frau* Lipman. – *Herr* Schrader! E na frente do seu amigo ainda por cima!

– Porque, se você me ama, você vai agora mesmo trazer cerveja e torradas com... com o que você encontrar... Para esse rapaz, para mim e para você também, *Frau* Lipman! Isso, *Frau* Lipman, se você me der a honra de jantar comigo!

Ele ergueu as sobrancelhas espessas, deu uma piscada de olho malandra, enlaçou-a e ensaiou com ela alguns passos de valsa, assoviando a melodia.

– *Ach*! *Herr* Schrader! – disse *Frau* Lipman, com um riso floreado. – Eu sou velha demais para valsar! Canhão velho não atira, você sabe disso muito bem!

– O quê? Velha demais? – exclamou Schrader. – Você então não conhece o provérbio francês?

Cochichou algo no seu ouvido, ela riu e alvoroçou-se.

– E depois, escute, *Frau* Lipman – disse, largando-a. – Você vai arrumar um colchão para esse rapaz. Ele vai dormir aqui esta noite!

Frau Lipman parou de rir e cerrou os lábios.

– Aqui?

– Vamos, vamos! – disse Schrader. – Ele é um órfão, um órfão não pode dormir na rua! *Herrgott*! É um herói alemão! *Frau* Lipman, é preciso saber fazer alguma coisa por um herói alemão.

Ela fez beiço, e ele começou a gritar:

– *Frau* Lipman! *Frau* Lipman! Se você recusar, eu não sei o que sou capaz de fazer com você!

Ele a tomou em seus braços, levantou-a como uma pluma e saiu correndo pelo quarto, bradando: "O lobo está levando a moça! O lobo está levando a moça!".

– *Ach*! *Ach*! Você é louco, *Herr* Schrader – exclamou *Frau* Lipman com um jeito de menina.

– *Los, mein Schatz*[*] – ele disse, pondo-a de volta no chão (de forma bastante rude, segundo me pareceu). *Los, meine, Liebe*![**] *Los*!

– *Ach*! Mas só faço isso para agradá-lo, *Herr* Schrader!

Quando ela cruzou a porta, ele deu um bom tapa no seu traseiro. "*Ach*! *Herr* Schrader!", ela exclamou. E ouvimos seu riso floreado desaparecer no corredor.

Ela voltou logo. Bebemos cerveja, comemos pão com banha de porco, e Schrader a convenceu a trazer o seu *Schnaps*[***] e mais umas cervejas. Bebemos novamente. Schrader falou sem parar; a viúva ficou cada vez mais vermelha e agitada. Por volta de onze horas, Schrader escapou com ela e voltou só meia hora mais tarde com um punhado de cigarros na mão. "Tome", ele disse com um ar sombrio, jogando a metade dos cigarros sobre o meu colchão. "É preciso fazer alguma coisa por um herói alemão."

No dia seguinte, à tarde, fui à casa do Dr. Vogel. Informei meu nome à empregada e ela voltou logo em seguida dizendo que *Herr Doktor* não demoraria a me receber. Esperei aproximadamente três quartos de hora no salão. Os negócios do Dr. Vogel pareciam ter prosperado após a guerra, pois o espaço tinha ficado tão luxuoso que eu nem o reconhecia mais.

---

[*] "Rápido, meu tesouro!"

[**] "Rápido, meu amor!"

[***] Aguardente.

Finalmente, a empregada voltou e me conduziu até o escritório. O Dr. Vogel estava sentado atrás de uma mesa de trabalho imensa e vazia. Havia engordado e ficado ainda mais pálido, mas seu rosto continuava tão belo quanto antes.

Ele olhou para meu sobretudo, fez sinal para me aproximar, apertou minha mão com frieza e indicou uma poltrona.

— Bem, Rudolf — ele disse, apoiando as duas mãos bem espalmadas sobre a escrivaninha –, aqui está você, afinal!

— *Ja*, *Herr Doktor* Vogel.

Ele me observou por um bom momento. Seu torso e suas mãos estavam perfeitamente imóveis. O rosto de traços fortes e regulares, "rosto de imperador romano", como dizia Pai, tinha o aspecto de uma bela máscara impassível, ao abrigo da qual seus pequenos olhos azuis-cinzentos se remexiam e espreitavam sem parar.

— Rudolf — ele disse, com a voz grave e bem empostada –, eu não vou repreendê-lo.

Fez uma pausa e fixou bem o olhar.

— Não, Rudolf — retomou, enfatizando as palavras-chave. — Eu não vou *repreendê-lo*. O que você fez ninguém poderá desfazer. A responsabilidade que você carrega já é bastante *pesada* para que eu precise acrescentar algo. De resto, escrevi para você sobre o que eu pensava da sua *deserção* e das consequências *irreparáveis* que ela acarretou.

Ergueu a cabeça com uma expressão dolorosa e acrescentou:

— Presumo que já disse o suficiente a respeito.

Levantou ligeiramente a mão direita:

— O que passou é passado. Trata-se agora do seu futuro.

Olhou com um ar grave, como se esperasse uma resposta, mas eu não disse nada.

Inclinou a cabeça ligeiramente para a frente, numa atitude de recolhimento.

— Você conhece a vontade de seu pai. Sou agora o *depositário* dela. Prometi a seu pai fazer tudo o que estivesse a meu alcance, tanto no plano moral como no plano material, para garantir a execução dessa vontade.

Ergueu a cabeça e me encarou fundo nos olhos:

— Rudolf, eu preciso agora lhe fazer uma pergunta. Você tem intenção de *respeitar* a vontade do seu pai?

Fez-se um silêncio, ele tamborilou sobre a mesa com a ponta dos dedos e eu disse: "Não".

O Dr. Vogel fechou os olhos por uma fração de segundo. Nenhum músculo do seu rosto se moveu.

– Rudolf – disse, com a voz carregada –, as vontades de um *morto* são sagradas.

A isso, eu nada respondi.

– Você não ignora – prosseguiu – que seu pai, a esse respeito, era, ele próprio, *ligado* por um voto.

E, como eu nada dissesse, concluiu:

– *Por um voto sagrado.*

Continuei calado, e, instantes depois, ele retomou:

– Sua alma endureceu, Rudolf, e, sem dúvida, é preciso enxergar aí a consequência do seu erro. Mas você vai ver, Rudolf. A *Providência* faz direito o seu trabalho. Ao mesmo tempo que, para puni-lo, *ela* transformava seu coração num deserto, *ela* punha, por assim dizer, o *remédio* ao lado do mal, criando assim as condições propícias ao seu *resgate*.

– Rudolf – continuou, após uma pausa –, quando você abandonou sua mãe, a loja ia bem, a situação financeira de vocês era boa...

– ... ou, ao menos – acrescentou, com soberba – era suficiente. Quando sua mãe morreu, contratei um gerente. Um homem trabalhador e um bom católico. Um homem acima de qualquer suspeita. Mas os negócios agora estão indo realmente muito mal, e o que a loja rende hoje mal basta para pagar a pensão das suas irmãs.

Ele cruzou as duas mãos diante de si.

– Até o presente momento, deplorei essa lamentável situação, mas hoje me dou conta de que aquilo que eu considerava um mal injusto nada mais era, na verdade, que *uma bênção camuflada*.

Fez uma pausa e olhou para mim.

– Rudolf – recomeçou, com a voz mais forte –, é preciso que saiba que hoje só há um caminho, e *apenas um*, para você fazer seus estudos na universidade: obter, como estudante de teologia, uma bolsa episcopal, e ser alimentado num lar. Para tudo o que for necessário além disso, eu farei, *pessoalmente*, um adiantamento.

Seus olhos azuis começaram a brilhar como se contra sua vontade, mas logo em seguida as pálpebras se baixaram, cessando o brilho.

Depois, ele espalmou suas mãos bem cuidadas sobre a escrivaninha e aguardou. Eu examinei, impassível, seu belo rosto, e comecei a odiá-lo com todas as minhas forças.

– E então, Rudolf?

Engoli a saliva e disse:

– O senhor não poderia me dar esse adiantamento para outros estudos que não sejam os estudos teológicos?

– Rudolf! Rudolf! – ele disse, permitindo-se quase um meio-sorriso. – Como tem coragem de me fazer uma pergunta como essa, Rudolf? Como pode me pedir para ajudar a desobedecer a seu pai quando eu sou o *depositário* das suas últimas vontades?

Quanto a isso eu não tinha nada a dizer. Levantei-me. Ele objetou docemente:

– Sente-se, Rudolf. Eu não terminei.

Sentei-me novamente.

– Você está em pleno estado de revolta, Rudolf – ele disse, com uma nota de tristeza na sua bela voz grave –, e não quer ver o sinal que a *Providência* lhe faz. E, no entanto, esse sinal é claro: ao arruiná-lo, ao jogá-lo na pobreza, *ela* mostra a você *a única via possível*, aquela que ela deseja para você, aquela que seu pai escolheu...

A isso eu tampouco pude responder. O Dr. Vogel cruzou as mãos, inclinou-se ligeiramente para a frente, fulminou-me com seus olhos penetrantes e arguiu:

– Você tem certeza, Rudolf, de que esse não é o seu caminho?

Depois, baixou o tom e disse suavemente, quase com ternura:

– Você tem certeza de que não nasceu para ser padre? Olhe para dentro de si, Rudolf. Não há nada em você que o *chame* para uma vida de padre?

Ele ergueu sua bonita cabeça branca.

– Você não se sente *tentado* a ser padre?

Eu nada disse.

– Bom, você não responde, Rudolf – lamentou, depois de um tempo. – Sei que seu sonho, antigamente, era se tornar oficial. Mas você sabe, Rudolf, já não existe mais um exército alemão. Pense bem, qual a sua alternativa neste momento? Eu não compreendo você.

Fez uma pausa e, como eu continuasse me recusando a responder, repetiu, com certa impaciência.

– Eu não entendo você. O que o impede de ser padre?

Eu disse, enfim:

– Meu pai.

O Dr. Vogel ficou muito corado, seus olhos faiscaram, ele se ergueu de um salto e bradou:

– Rudolf!

Eu também me levantei. Com a voz sufocada, ele disse:

– Você pode se retirar!

Atravessei o escritório no meu sobretudo ridiculamente longo. Ao chegar à porta, ouvi sua voz.

– Rudolf!

Olhei para trás. Ele estava sentado à sua escrivaninha, as mãos espalmadas diante de si. Sua bela fisionomia voltou ao estado normal.

– Reflita. Você pode voltar quando quiser. Minha proposta continua *a mesma*.

Eu disse:

– Obrigado, *Herr Doktor* Vogel.

Deixei a residência. Na rua, caía a mesma chuvinha glacial. Fechei bem a gola do sobretudo e pensei: "Pois bem! Acabou. Acabou de uma vez por todas!".

Caminhei ao acaso. Um automóvel roçou meu corpo, o chofer gritou um palavrão, e percebi que eu marchava no meio da rua como um soldado armado. Subi na calçada e segui, sem rumo.

Cheguei a um bairro animado; jovens moças passaram por mim rindo e viraram-se para caçoar do meu sobretudo. Um caminhão descoberto passou. Estava cheio de soldados e operários usando macacões de trabalho. Todos carregavam um fuzil e uma braçadeira vermelha. Eles cantavam a *Internacional*.* Na multidão, um coro de vozes acompanhava a canção. Um homem magro, calvo, o rosto inchado, passou por mim. Usava um uniforme *Feldgrau*,** e a tinta mais escura do tecido sobre os ombros deixava claro que as insígnias da sua patente haviam sido arrancadas. Outro caminhão passou, lotado de operários

---

* "Internacional Socialista": canção de 1888, inspirada num poema da Comuna de Paris, que virou o hino da URSS e do comunismo internacional. [N.T.]

** Coloração verde-acinzentada dos uniformes das forças alemãs. [N.T.]

que brandiam seus fuzis e gritavam: "Viva Liebknecht!".* A multidão repetiu em coro: "Liebknecht! Liebknecht!". A massa estava agora tão compacta que eu não conseguia mais avançar. Um tumulto me fez tropeçar e, para não cair, apoiei-me no braço de um homem ao meu lado e disse: "Desculpe-me, por favor". O homem levantou a cabeça. Era bem velho, muito corretamente vestido, e seus olhos eram tristes. Ele disse *Keine Ursache*.** A multidão avançou, eu tropecei sobre ele de novo, e perguntei: "Quem é Liebknecht?". Ele me lançou um olhar desconfiado, olhou em volta e baixou a vista sem responder. Depois ouviram-se tiros, todas as janelas se fecharam e a multidão começou a correr. Fui sendo empurrado para a frente até avistar uma rua perpendicular à minha direita. Consegui me livrar da massa, alcancei a rua e saí correndo por ela. Depois de cinco minutos, percebi que estava só, num labirinto de ruazinhas que eu não reconhecia. Escolhi uma ao acaso e segui. A chuva tinha parado. Uma voz gritou:

— Ei, você aí, judeuzinho!

Virei-me. A dez metros, numa rua que desaguava na que eu percorria, avistei uma barreira de soldados e um suboficial.

— Ei, você aí!

— Eu?

— Sim, você!

Com uma voz furiosa, repliquei:

— Eu não sou judeu!

— *Ach was*! — disse o Unteroffizier. — Só um judeu usaria um sobretudo como esse!

Os soldados começaram a rir enquanto me olhavam. Eu tremia de raiva.

— Eu o proíbo de me chamar de judeu!

— Ei, vá com calma, *Kerl*!*** — disse o Unteroffizier. — Com quem você pensa que está falando? Aproxime-se um pouco. E mostre seus documentos.

---

* Chefe revolucionário alemão.

** "Não é nada."

*** "Rapaz!"

Eu me aproximei, parei a dois passos deles, fiquei em posição de sentido, e disse:

— *Unteroffizier* Lang. B Regimento 23, Asien Korps.

O suboficial ergueu as sobrancelhas e disse, brevemente:

— Seus documentos.

Mostrei os papéis. Ele os examinou longamente, desconfiado, até que seu rosto se iluminou e ele me saudou com um forte tapa nas costas:

— Desculpe, dragão! Foi esse sobretudo, você entende? Você estava com um aspecto estranho: você parecia um espartaquista.*

— Tudo bem.

— E o que você está fazendo por essas bandas?

— Passeando.

Os soldados começaram a rir, e um deles gritou:

— Não é uma época boa para passeios!

— Ele tem razão — disse o Unteroffizier. — Vá para casa. Vem confusão por aí.

Eu o examinei. Havia apenas dois dias, eu também usava um uniforme, tinha homens sob meu comando e um chefe que me dava ordens.

Lembrei-me dos gritos da multidão e perguntei:

— Poderia me dizer quem é Liebknecht?

Os soldados começaram a rir às gargalhadas, e o Unteroffizier sorriu.

— Como é?! — espantou-se. — Você não sabe?! De que fim de mundo você vem?

— Da Turquia.

— Ah, verdade! — exclamou o Unteroffizier.

— Liebknecht é um pequeno soldado moreno, é o novo Kaiser!

Todos riram. Depois, um loiro alto me olhou com ar pesado e disse, lentamente e com forte sotaque da Baviera:

— Liebknecht é o porco responsável por a gente estar aqui.

O Unteroffizier olhou para mim sorrindo.

— Vamos, vá para casa.

---

* A Liga Espartaquista (*Spartakusbund*, em alemão), também chamada Liga Spartacus, foi uma organização socialista, marxista, revolucionária, anti-imperialista e antimilitarista atuante na Alemanha durante a Primeira Guerra Mundial. [N.E.]

– E se encontrar Liebknecht – gritou o pequeno soldado moreno –, diga a ele que nós estamos esperando.

E brandiu seu fuzil. Seus camaradas começaram a rir. Era um riso de soldado, franco e alegre.

Afastei-me; seus risos foram ficando para trás, e meu coração apertou. Eu era um civil, tinha um colchão na casa de Schrader, nenhum trabalho e, no bolso, apenas o suficiente para comer por oito dias.

Encontrava-me no centro da cidade, e fiquei surpreso por ver tanta animação. As lojas estavam fechadas, mas as ruas fervilhavam, o tráfego era intenso, ninguém poderia dizer que dez minutos antes houvera uma troca de tiros. Eu caminhava em linha reta, olhando para a frente, mecanicamente, quando, de súbito, a crise começou. Uma mulher passou por mim e riu. Sua boca abriu-se num panorama descomunal que mostrava gengivas rosadas espetadas por dentes monstruosos e brilhantes. O medo me capturou. As fisionomias dos pedestres se sucediam, cresciam e desapareciam em intervalos regulares, depois arredondavam-se e formavam círculos: neles, os olhos, o nariz, a boca, a cor, todos os traços se apagavam e, de repente, só havia esferas esbranquiçadas que lembravam os olhos de um cego; elas se estufavam e avançavam na minha direção, formando uma geleia pulsante, e cresciam a ponto de quase tocarem minha face; eu tinha frêmitos de horror e de desgosto, até que um estalo seco fazia tudo desaparecer – mas, em seguida, dez passos adiante, um outro círculo flácido e leitoso surgia e se lançava em minha direção, num crescente. Eu fechava os olhos, congelado, paralisado pelo medo, e a mão invisível de alguém apertava continuamente minha garganta, como se quisesse me sufocar.

O suor inundou meu corpo, respirei profundamente e fui me acalmando pouco a pouco. Voltei a caminhar sem rumo, em linha reta, olhando para a frente. As coisas estavam pálidas e desfocadas.

Bruscamente, contra minha vontade e como se alguém tivesse gritado: "*Halte!*", eu parei. Diante de mim havia um alpendre de pedra, e, sob o alpendre, uma belíssima porta, com grades de ferro forjado, encontrava-se aberta.

Atravessei a rua, passei pela porta e comecei a subir os degraus. Um rosto rude e familiar apareceu, e uma voz disse:

– O que você quer?

Detive-me, olhei em volta, tudo estava embaçado e cinzento, como num sonho. Com um fio de voz eu disse, involuntariamente:

– Queria ver o Padre Thaler.

– Ele não está aqui.

– Não está mais?

– Não.

Repliquei:

– Sou um ex-aluno.

– Achei que fosse – disse a voz. – Espere... você não é garoto que se alistou aos dezesseis anos?

– Sim.

– Dezesseis anos! – a voz exclamou.

Fez-se um silêncio. Tudo estava pardo e sem forma. O rosto do homem parecia flutuar acima de mim, como um balão. O medo voltou a imperar. Desviei os olhos e perguntei:

– Será que eu poderia entrar e dar uma volta?

– Claro. Os alunos estão em aula.

Eu disse "obrigado" e entrei. Atravessei o pátio das crianças, depois o pátio dos jovens e finalmente cheguei ao meu pátio. Cruzei-o na diagonal e parei diante de um banco de pedra. Era o banco onde tinham estendido Werner.

Fiz um atalho para evitá-lo, continuei meu caminho até alcançar a parede da capela. Dei meia-volta, encostei os calcanhares na base da parede e comecei a caminhar, contando meus passos.

Um longo momento transcorreu, e foi como se uma criatura doce e poderosa tivesse me tomado em seus braços e me acalentasse.

Foi quando não tínhamos mais do que alguns *Pfennigs* no bolso que Schrader conseguiu um emprego para ambos numa pequena fábrica de armários de metal. Schrader foi colocado no ateliê de pintura, o que lhe rendia meio litro de leite desnatado por dia.

O trabalho que me confiaram era fácil. Eu pegava as portas dos armários, uma após outra, e, com um martelo, metia um pequeno pino de aço nos batentes para deixá-los no gabarito das dobradiças. Dava uma martelada na cabeça do pino para fazê-lo entrar, dois pequenos golpes de viés para calibrar, e depois, era só retirá-lo com a mão direita. Sobre uma bancada, empilhava quatro portas de cada vez. Quando uma porta estava pronta, deslizava-a lateralmente e a apoiava, de pé, numa pilastra. Quando quatro portas estavam acabadas, juntava-as num outro pilar à esquerda do montador, que as fixava às dobradiças dos armários.

Como as portas eram muito pesadas, dediquei-me, no início, a uma de cada vez. Mas mal se passara uma hora e o *Meister*[*] ordenou que eu fizesse duas, para ganhar tempo. Obedeci, e foi a partir daí que comecei a ter dificuldades. O montador, um velho chamado Karl, era bem mais lento que eu: depois de encaixar e fixar as portas nas dobradiças, ele ainda tinha que manipular os armários, pesadíssimos e volumosos, e colocá-los nos carrinhos que os levavam à pintura. Fui ficando cada vez mais rápido, e as portas começaram a se acumular na bancada. O chefe percebeu e mandou o velho Karl acelerar. Ele fez um grande esforço, mas, mesmo assim, não conseguiu alcançar meu ritmo. "*Langsam, Mensch, langsam!*",[**] resmungava sempre que eu lhe entregava um novo par de peças. Trabalhando simultaneamente em duas portas não havia como eu reduzir o tempo. Finalmente, a pilha de portas ao lado do velho Karl cresceu ainda mais, e o *Meister* voltou, fazendo uma segunda advertência, agora num tom mais rude. Karl aumentou a velocidade, o que o deixou vermelho e suado, mas não adiantou: quando a sirene tocou, seu atraso não havia diminuído.

Lavei as mãos e o rosto nas pias do vestiário. O velho Karl estava ao meu lado. Era um prussiano alto, magro e moreno, com o ar pensativo, aparentando uns cinquenta anos. Ele se dirigiu a mim:

– Espere na saída. Preciso falar com você.

Fiz que sim com a cabeça, vesti meu sobretudo, entreguei minha ficha no controle e atravessei o portão da fábrica.

O velho Karl me aguardava. Fez um sinal, eu o segui, caminhamos dois ou três minutos em silêncio, até que ele finalmente parou e ficamos frente a frente.

---

[*] Contramestre.

[**] "Calma, meu velho, calma."

– Escute, *Junge*, não tenho nada contra você, mas isso não pode continuar assim. Você está me encurralando.

Fixou os olhos e repetiu:

– Você está me encurralando. Se eu ficar em falta, o sindicato não poderá mais me defender.

Eu nada disse.

– Você parece não estar entendendo. Você sabe o que vai acontecer, se eu ficar em falta?

– Não.

– Primeiro as advertências, depois as multas, e finalmente...

Ele estalou os dedos:

– ... o olho da rua!

Após um silêncio, tentei argumentar.

– A culpa não é minha. Eu fiz o que o mestre mandou.

O velho Karl me examinou por um longo instante.

– É a primeira vez que você trabalha numa fábrica?

– Sim.

– E antes, onde você estava?

– No exército.

– Voluntário?

– Sim.

Ele balançou a cabeça e continuou:

– Então escute, você precisa ir mais devagar.

– Mas eu não posso ir mais devagar. O senhor mesmo viu o que aconteceu...

– Antes de tudo – interrompeu o velho Karl –, não me chame de senhor. Que maneiras são essas?!

Prosseguiu:

– Com o camarada que estava lá antes de você, tudo ia muito bem. E ele também recebeu a ordem de me entregar duas portas de cada vez.

Acendeu um cachimbo preto, velho e todo rachado.

– Entre os batentes que você põe no gabarito, alguns são tão apertados que fica difícil tirar o pino, não é?

– Sim.

– Quantos?

Refleti.

– Um a cada quinze ou vinte.

– E nesses casos, você perde tempo.

– Sim.

– Escute. Há também os batentes nos quais o pino entra sem martelo, como se fosse manteiga, não é mesmo?

– Sim.

– E com esses você ganha tempo.

– Sim.

– Então preste bastante atenção, *Junge*. Amanhã você vai ter dificuldade com um batente em cada dez, em vez de quinze.

Olhei-o com espanto. Ele reagiu.

– Você não está entendendo?

Hesitei, e respondi:

– O senhor está sugerindo que eu finja, uma vez em cada dez, ter dificuldade para retirar o pino?

– Ah, você entendeu! – exclamou, satisfeito. – Mas isso não é tudo. Quando for a vez dos batentes mais folgados, você vai atochar o pino com o martelo, e retirá-lo também com o martelo, e não com a mão. Entendeu? Mesmo que ele entre como manteiga. E você vai ver: vai dar tudo certo. Mas é preciso que isso comece amanhã porque hoje eu montei cinco armários a mais. Uma vez, passa. Os camaradas do ateliê de pintura conseguiram camuflar. Mas se a coisa continuar, aí não vai ser mais possível. Você entende? O *Meister* vai perceber, e se ele perceber, estamos fritos! Ele vai exigir cinco armários a mais todos os dias! E como eu não vou aguentar... rua!

Ele acendeu o cachimbo.

– Então, você entendeu? A partir de amanhã.

Fez-se silêncio.

– Não vou fazer isso – respondi, enfim.

Ele encolheu os ombros.

– Não precisa ter medo do *Meister*, *Junge*. O camarada que estava lá antes de você fez isso durante cinco anos e ninguém percebeu.

– Eu não tenho medo do mestre.

O velho Karl ficou atônito.

– Então, por quê?

Eu o encarei bem de perto e disse:

– Isso é sabotagem.

O velho Karl enrubesceu profundamente, e seus olhos faiscaram de cólera.

– Escute, *Junge*, aqui você não está mais no exército. Sabotagem? Sabotagem meu cu, isso sim! Sou um bom operário. Eu nunca sabotei nada!

Interrompeu-se e, incapaz de prosseguir, apertou o cachimbo na mão direita até seus dedos ficarem pálidos.

Depois, voltou-se e retomou, docemente:

– Não é sabotagem, *Junge*. É solidariedade.

Eu nada disse. Ele continuou.

– Pense bem. No exército, você tem os chefes, você tem as ordens, e isso é tudo. Mas aqui existem também os camaradas. E se você não tem os camaradas em alta conta, nunca será um operário.

Ele manteve seu olhar fixo em mim por um tempo ainda. Depois, balançou a cabeça e concluiu:

– Reflita, *Junge*. Amanhã vamos ver se você entendeu ou não.

O velho Karl deu as costas e foi embora. Voltei para a casa de *Frau* Lipman e encontrei Schrader em seu quarto fazendo a barba. Ele só se barbeava à noite.

Ao entrar, logo avistei sobre a mesa a garrafa de meio litro de leite magro que ele havia recebido na fábrica. Ainda estava pela metade.

– Tome – disse Schrader, virando o corpo e apontando o barbeador para a garrafa. – É para você.

Olhei a garrafa: o leite estava azulado – mas assim mesmo era leite.

– Não, Schrader. Obrigado.

Ele insistiu.

– Não quero mais.

Peguei a metade de um cigarro do bolso e o acendi.

– Não, Schrader. É o seu leite. Para você, é um medicamento.

– Escute, seu idiota! – gritou Schrader, erguendo bem alto o barbeador. – Eu disse que não quero mais! Ou seja, pode pegar, *Dummkopf*!

– De jeito nenhum.

Ele praguejou, "maldito cabeçudo da Bavária!", ficou de torso nu, inclinou-se e começou a assoviar enquanto enxaguava o rosto na pia.

Sentei-me e continuei a fumar. A garrafa de leite ficou na altura do meu rosto. Depois de alguns segundos, virei de lado para não a ver mais.

– O que foi que ele disse, o velho Karl? – perguntou Schrader, enxugando o peito com a toalha.

Contei-lhe tudo. Quando terminei, Schrader jogou a cabeça para trás, projetando o queixo pesado no vazio, e começou a rir.

– Ah, então é isso! – ele gritou. – Ontem, no ateliê de pintura, todos reclamaram que o velho Karl tinha enviado armários demais. Mas não era o velho Karl, era você! Era o pequeno Rudolf!

Vestiu a camisa, deixando-a para fora da calça, e sentou-se:

– E agora, você vai fazer o que o velho Karl ensinou, claro.

– Claro que não.

Encarou-me. A linha negra das sobrancelhas cobria seus olhos.

– E por que não?

– Estão me pagando para fazer esse trabalho. É meu dever fazê-lo bem feito.

– Sim! – ele respondeu. – Você faz o trabalho bem feito, mas eles pagam mal o trabalho bem feito! Você se dá conta de que vão mandar o velho Karl para o olho da rua?

Ele tamborilou sobre a mesa com a ponta dos dedos e continuou:

– Evidentemente, o velho Karl não pode ir dizer ao *Meister*: "Veja bem, com o rapaz que estava aqui antes de Rudolf, nós enganamos vocês durante cinco anos, e foi assim que a coisa funcionou!".

Schrader assumiu uma expressão indagativa. Como eu nada dizia, prosseguiu:

– Ele está completamente encurralado, o velho Karl. Se você não o ajudar, ele está perdido.

– Não posso fazer nada.

Com as costas da mão, ele coçou o nariz quebrado.

– E se isso acontecer, os camaradas na fábrica não vão olhar para você com bons olhos.

– Não posso fazer nada.

– Sim, você pode!

Hesitei.

– Estou cumprindo com meu dever.

— Seu dever! — gritou Schrader, levantando-se bruscamente, fazendo a barra da camisa voar em torno do corpo. — Você quer saber no que consiste o *seu dever*? Fazer cinco armários a mais por dia para que o velho *Säcke* tenha um pouco mais de dinheiro nos bolsos, que já estão rasgados de tão cheios! Você o viu, essa manhã, o velho *Säcke*, entrar na sua Mercedes! Com aquela maldita fuça de porco rosado! E aquela barriga! Pode ter certeza de que ele não dorme num colchão de palha, e o leite, no seu café da manhã, não é um leite magro e desnatado, você pode ter certeza disso! O seu maldito dever, eu vou dizer com o que ele rima, Rudolf: com o velho Karl na sarjeta e o bolso do velho *Säcke* estufado de dinheiro!

Esperei que ele se acalmasse um pouco.

— Não cabe a mim entrar nessas considerações. Para mim, a questão é clara: alguém me confia uma tarefa, e é meu dever fazê-la bem, e a fundo.

Schrader deu alguns passos no quarto, com ar perplexo, e voltou à mesa.

— O velho Karl tem cinco filhos.

Após um curto silêncio, respondi bem rápido, secamente e sem encará-lo:

— Não é isso que está em questão.

— *Donnerwetter*!* — gritou Schrader, dando um soco na mesa. — Você me dá nojo!

Levantei-me, escondi minhas mãos trêmulas no bolso e repliquei:

— Se eu lhe dou nojo, posso ir embora.

Schrader olhou-me, e sua ira imediatamente refluiu.

— Palavra de honra, Rudolf — ele disse, agora com a voz normal —, às vezes eu me pergunto se você é louco.

Ajeitou as barras da camisa para dentro da calça, dirigiu-se até o armário, voltou com pão, banha de porco e cerveja e pôs tudo em cima da mesa.

— *Zu Tisch*! *Zu Tisch*!** — disse, com uma falsa alegria.

---

* "Maldição!"

** "À mesa!"

Voltei a me sentar. Schrader preparou uma torrada e me ofereceu. Depois, fez uma para si próprio e começou a comer. Quando terminou, encheu seu copo de cerveja, acendeu meio cigarro, fechou a lâmina de sua faca e a colocou no bolso. Tinha um ar triste e cansado.

– Olhe! – recomeçou. – A vida civil é isso! Você está na merda até o pescoço, sem ninguém para lhe dar ordens! Sem ninguém para dizer o que é preciso fazer! Cabe a você decidir tudo sozinho!

Refleti por um momento a respeito do que ele dissera, e concluí que tinha razão.

No dia seguinte, ao retornar à fábrica, cruzei com o velho Karl. Ele sorriu e disse, num tom cordial: "*Na, Junge?*" Eu lhe dei bom-dia e me dirigi ao posto de trabalho. Meus joelhos fraquejavam e o suor corria pelas costas, infiltrando-se entre as escápulas. Empilhei quatro portas. O pátio da fábrica começou a vibrar com o ronco das máquinas que cortavam as chapas de metal. Juntei meu pequeno pino de aço e meu martelo e voltei ao serviço.

Deparei-me de início com peças bem difíceis, e perdi, naturalmente, um pouco de tempo com elas. Quando levei as quatro primeiras portas para Karl, ele sorriu e insinuou-se: "Assim está ótimo, *Junge*".

Eu corei e nada disse.

Os batentes que vieram em seguida foram tão difíceis quanto os primeiros. Torci para que todos viessem assim naquele dia e nos dias subsequentes. Dessa maneira, o problema deixaria de existir por si só. Mas, depois de uma hora, toda dificuldade cessou: os batentes eram tão folgados que eu nem precisava usar o martelo para enfiar o pino. Senti novamente o suor escorrer pelas costas e fiz força para esvaziar o espírito. De repente, ouvi um estalido e, no mesmo instante, comecei a trabalhar cegamente, com a perfeição de uma máquina.

Uma hora depois, alguém se postou diante de mim. A mão desse alguém encostou nas minhas portas. Nessa mão havia um pequeno cachimbo preto e rachado. O cachimbo deu dois golpes secos sobre o metal, e então ouvi uma voz, a voz de Karl, que protestava: "O que deu em você?". Posicionei o pino diante da abertura de um batente, empurrei-o, e ele entrou sem dificuldades. Retirei-o diligentemente e

---

* "E então, meu jovem?"

o posicionei diante do segundo batente. De novo, ele penetrou sem nenhuma dificuldade. Eu o retirei num gesto ágil e, mais uma vez, sem erguer os olhos, arrastei a porta e a juntei às outras, de pé, apoiadas num pilar. A mão com o cachimbo continuava ali. Ela tremia ligeiramente. Depois, de repente, nada mais: a mão sumiu, e tudo o que ouvi foram passos que se afastavam.

As máquinas faziam vibrar o imenso pátio; eu trabalhava sem parar, sentia-me ativo e vazio, mal me dava conta de que estava ali. O carrinho do ateliê de pintura chegou, emitindo rangidos, e suas rodas berraram no atrito com o cimento. Furioso, o condutor do carrinho interpelou Karl: "O que há com você? Säcke lhe ofereceu parte dos lucros?". Fez-se silêncio; eu mantinha a vista baixa, mas consegui enxergar, com o canto dos olhos, o cachimbo de Karl erguer-se e apontar na minha direção.

Momentos depois, o carrinho voltou a ranger, uma sombra passou pelo meu posto de trabalho e a voz do *Meister* soou, límpida e desdenhosa, no meio da trepidação das máquinas: "Não entendo... o que há com você? Está dormindo?" – "Fique apenas dez minutos ao meu lado", disse a voz de Karl – "e você vai ver se eu estou dormindo!". Fez-se silêncio, a sombra passou de novo pelo meu posto, ouvi o velho Karl praguejar em voz baixa. O *Meister* voltou meia hora depois, mas dessa vez eu não consegui entender o que ele dizia.

Depois disso, tive por um logo momento a impressão de que o velho Karl não tirava os olhos de mim. Olhei-o de relance, mas ele não me observava. Girei o pescoço e vi sua nuca vermelha, seus cabelos colados pelo suor: ele trabalhava como um louco. Havia nesse momento tantas portas empilhadas na sua bancada que ele mal tinha espaço para se movimentar.

A sirene anunciou meio-dia, as máquinas pararam e um grande vozerio preencheu o pátio da fábrica. Fui lavar as mãos, aguardei Schrader chegar e fui com ele até a cantina. Seu rosto estava empedrado, e ele alertou, sem me olhar.

– Os camaradas da pintura estão furiosos.

Quando abri a porta da cantina, as conversas cessaram de repente. Senti todos os olhares fixados em mim e os evitei, caminhando diretamente até uma mesa. Schrader me seguiu e, pouco a pouco, as pessoas voltaram a conversar.

A cantina era um grande salão claro e limpo, com pequenas mesas esmaltadas em vermelho enfeitadas com buquês de cravos artificiais. Schrader sentou-se a meu lado e, no instante seguinte, um grande operário magro e delgado, a quem eu já ouvira chamarem de "Papel de cigarro" ergueu-se de uma mesa vizinha e veio sentar-se na nossa, de frente para ambos. Schrader levantou a cabeça e o encarou. "Papel de cigarro" saudou-o com um pequeno gesto. Sem dizer uma palavra e evitando cruzar olhares, começou a comer. A moça da cantina chegou com duas tigelas e serviu chá de ervas. O homem diante de mim virou-se para a moça e eu entendi por que o chamavam "Papel de cigarro". Ele era alto e largo, mas, de perfil, tinha-se a impressão de que seu corpo era desprovido de espessura. Eu comia, fixando o olhar acima de sua cabeça. No meio da parede ocre diante de nós havia uma grande mancha retangular, de uma tonalidade mais escura, e eu olhava para essa mancha. De tempos em tempos, fitava Schrader de relance. Ele comia de cabeça baixa, e a linha negra das sobrancelhas ocultava seus olhos.

– *Junge* – disse, de repente, "Papel de cigarro".

Eu o encarei. Ele tinha olhos incolores e sorria.

– É primeira vez que você trabalha numa fábrica?

– Sim.

– E o que você fazia antes?

Pelo tom de voz, era evidente que ele já sabia a resposta.

– Suboficial de dragões.

– Suboficial? – disse "Papel de cigarro", acrescentando um assovio entre os dentes.

Schrader levantou a cabeça e disse, secamente:

– Eu também.

"Papel de cigarro" sorriu e abraçou sua tigela de chá com as duas mãos. Ergui a cabeça e olhei para a grande mancha retangular na parede. O clique da faca de Schrader fez-se ouvir, e pelo movimento de seu cotovelo contra minha cintura, concluí que ele a punha de volta no bolso.

– *Junge* – disse "Papel de cigarro" –, o velho Karl é um bom camarada, e nós não gostaríamos que ele fosse mandado embora.

Eu o olhava. Seu sorriso exasperante ressurgiu e, de súbito, um desejo urgente de jogar minha tigela na sua cara emergiu.

– E se ele for demitido – disse "Papel de cigarro", mantendo o sorriso –, será culpa sua.

Olhei para a mancha retangular na parede, supus que, em outros tempos, ali houvera um quadro, e me perguntei o motivo de ele ter sido removido. Schrader me cutucou com o cotovelo e ouvi minha própria voz responder:

– E daí?

– É bem simples – disse "Papel de cigarro". – Você vai fazer o que o velho Karl lhe disser.

Schrader bateu na mesa com a ponta dos dedos, e eu disse:

– Não.

Schrader parou de batucar na mesa e pôs as duas mãos espalmadas sobre ela. Eu evitava olhar para "Papel de cigarro", mas pressentia seu sorriso.

– Porco miserável – ele disse, suavemente.

E, de repente, entendi: não era um quadro que haviam tirado da parede. Era um retrato do Kaiser. Um segundo depois, ouviu-se na sala um som estranho, aquoso, seguido de um silêncio de morte. Schrader levantou-se e agarrou meu braço.

– Você é louco! – berrou.

"Papel de cigarro" estava de pé e enxugava o rosto com a manga da roupa. Eu havia, no fim das contas, lançado minha tigela na sua cara.

"Papel de cigarro" me encarou, seus olhos brilharam, ele se desvencilhou de sua cadeira e avançou na minha direção. Fiquei inerte. O braço de Schrader passou na minha frente duas vezes seguidas, como num intervalo entre dois relâmpagos, desferindo dois golpes secos que fizeram "Papel de cigarro" desmoronar no chão. Todo mundo se levantou num grande estrondo surdo, e me pareceu que a sala se fechava em torno de nós. Vi as duas mãos de Schrader se crisparem sobre o encosto da cadeira. A voz do velho Karl elevou-se sobre a balbúrdia: "Deixem eles saírem!", e, de uma vez só, atendendo ao comando, um caminho se abriu. Schrader puxou-me pelo braço e me arrastou para fora.

Ele foi lavar as mãos no vestiário. As falanges de seus dedos sangravam. Acendi uma ponta de cigarro e, quando Schrader terminou de se lavar, passei-lhe a guimba. Ele deu alguns tragos e me devolveu.

A sirene da fábrica tocou, mas ambos esperamos ainda dois ou três minutos antes de sair.

Schrader fez um atalho para me levar até o pátio da fábrica. Empurrei a porta e parei, espantado. O pátio estava totalmente vazio. Schrader olhou para mim, balançando a cabeça. Ocupei meu posto de trabalho e, no instante seguinte, Schrader me deixou.

Empilhei quatro portas e comecei a abrir as fendas nos batentes. Depois as levei, duas de cada vez, até a bancada do velho Karl. Consultei o relógio. Havia dez minutos que a sirene tocara. O pátio da fábrica continuava enorme e vazio.

Até que a porta envidraçada do fundo se abriu. O rosto do *Meister* apareceu pela fenda, e ele gritou: "à direção!". Deixei o pequeno pino de aço e o martelo na bancada e saí.

Na porta da direção, reencontrei Schrader, que me empurrou à frente, forçando-me a abrir a porta. Um pequeno burocrata com cara de rato estava de pé atrás de um balcão. Ele esfregava as mãos enquanto nos observava entrar.

— Vocês estão dispensados! — ele disse, com um risinho.

— Por quê? — perguntou Schrader.

— "Ir às vias de fato contra um camarada".

As sobrancelhas de Schrader cobriram seus olhos.

— Mas assim, tão rápido?

— Conselho dos operários — disse Cara-de-rato, franzindo o nariz. — Demissão imediata, ou greve.

— Säcke cedeu?

— *Ja, ja. Herr* Säcke cedeu.

Ele fez dois envelopes deslizarem na superfície do balcão.

— As contas. Um dia e meio.

Depois, repetiu:

— *Ja, ja... Herr* Säcke cedeu.

Deu uma olhada em volta e disse, mais baixo:

— Ou você acha que ainda estamos nos velhos e bons tempos?

No mesmo tom, mudou de assunto:

— Então, quer dizer que "Papel de cigarro" levou um gancho na cara?

— Dois — corrigiu Schrader.

Cara-de-rato olhou de novo em volta e disse, num sopro só:

– Bem feito para esse porco espartaquista.

Piscou para Schrader.

– Em plena merda! – disse. – É exatamente onde nós estamos. Em plena merda!

– Pode apostar – concordou Schrader.

– Mas vamos dar tempo ao tempo, e veremos – disse Cara-de-rato piscando o olho outra vez. – Esses senhores não vão estar sempre por cima, e nós por baixo!

– Até logo! – disse Schrader.

Na rua, a chuvinha glacial que caía havia oito dias nos acolheu. Dei alguns passos em silêncio e disse:

– Você não era obrigado a intervir.

– Deixe... – disse Schrader.

Coçou o nariz quebrado com as costas da mão.

– A meu ver, foi melhor assim – concluiu.

Voltamos ao quarto dele. Instantes depois, ouvimos os passos de *Frau* Lipman no corredor. Schrader saiu e fechou a porta atrás de si.

Primeiro, ouviram-se risos, estalos, sussurros de amantes. Depois, bruscamente, a voz de *Frau* Lipman elevou-se. No lugar dos murmúrios, ela vociferava, estridente.

– *Nein! Nein! Nein!* Assim não quero mais! Se você não encontrar trabalho em oito dias, seu amigo vai ter que sair!

Ouvi Schrader fazer juras. Depois foi a vez de sua voz profunda dominar a discussão:

– Nesse caso, sou eu que vou partir!

Houve um silêncio, depois *Frau* Lipman falou demoradamente em voz baixa, até que, de repente, caiu num riso histérico e soltou um grito esganiçado:

– Então está bem! Entendido, *Herr* Schrader, você partirá!

Schrader voltou para o quarto e bateu a porta. Estava vermelho, e a ira injetava centelhas em seus olhos. Sentou-se na cama e olhou para mim:

– Você sabe o que essa maldita bruxa acabou de me dizer?

– Eu ouvi.

Ergueu-se.

– Essa louca! – ele disse, com os braços para o teto. – Essa louca! Parece que nem sabe o que tem entre as pernas!

Esse gracejo me chocou, e senti minhas faces corarem. Schrader olhou-me de lado, seu rosto voltou a ficar jovial; ele tirou a camisa, pegou o pincel de barbear e começou a enxaguar o rosto enquanto assoviava. Depois, apanhou o barbeador, ergueu cuidadosamente o cotovelo na altura do ombro, parou de assoviar e a lâmina roçou, suave e obstinadamente, sua pele.

Minutos depois, voltou-se para mim, brandindo o pincel para o alto. Seu rosto, à exceção do nariz e dos olhos, era uma mousse branca.

— Diga-me uma coisa, você não liga muito para as mulheres, não é?

Eu não esperava uma pergunta dessas, e respondi "não" sem refletir. Em seguida, concluí, com angústia: "Agora vai começar o interrogatório".

— Por quê?

Desviei o rosto.

— Não sei.

Ele espalhou mais espuma pelo rosto.

— *Ja, ja* — prosseguiu —, mas pelo menos você já tentou, *nicht wahr*?

— Sim, uma vez. Em Damasco.

— E então?

Como eu nada respondia, ele continuou:

— Vamos lá, não fique aí, murcho, nessa cadeira! Como um arenque morto! Olhando para o vazio! Responda logo! Fale um pouco pelo menos uma vez! Você gosta, ou não?

— Sim.

— Então?

Fiz um esforço violento para responder:

— Mas não o suficiente para tentar de novo.

Schrader congelou, com o pincel de barba na mão.

— Mas por quê? Ela era antipática?

— Ah, não...

— Tinha algum odor?

— Não.

— Então fale! Talvez ela não fosse bonita?...

— Era, sim… eu acho.

— Você acha! — exclamou, aos risos.

Ele voltou à carga:

– Então, o que foi que não deu certo?

Depois de mais uma pausa, insistiu:

– Vamos! Fale! Fale!

– Bom – eu disse, constrangido –, com ela era preciso falar o tempo todo. Eu achava isso cansativo.

Schrader me olhou, sua boca ficou em forma de U, precedendo a gargalhada que se seguiu.

– *Herrgott*! – exclamou, rindo. – Mas você não passa mesmo de um arenque, Rudolf!

Uma ira repentina incendiou meu peito, e eu reagi:

– Cale a boca!

– *Ach*! É que você é mesmo engraçado, Rudolf! – berrou Schrader, em meio a um riso cada vez mais estrepitoso. – Quer que eu diga a verdade, Rudolf? Eu me pergunto se não seria melhor mesmo você virar padre, no fim das contas.

Dei um soco na mesa e urrei:

– Cale a boca!

Depois de um instante, Schrader virou-se, ergueu lentamente o cotovelo direito, e a lâmina, no silêncio, começou novamente a roçar sua pele, crepitando, como um inseto.

Frau Lipman não precisou esperar o prazo de uma semana que havia fixado. Dois dias após nossa dispensa da fábrica, Schrader entrou no quarto num rompante e gritou como um louco: "*Los, Mensch, los*! Estão recrutando homens para os Freikorps!".*

Três dias depois, equipados e novamente armados, deixamos a cidade de H.

Frau Lipman chorou muito. Ela nos acompanhou até a estação, agitou seu lenço na plataforma, e Schrader, de pé e com o rosto colado ao vidro do compartimento, disse, com os dentes cerrados: "Ela era louca, mas não era má pessoa, essa moça". Eu estava sentado na

---

* No original o autor opta por "Corps Francs", comum na França. Embora exista a forma Corpos Francos, ela é raramente empregada no Brasil. Por esse motivo, optou-se pela forma alemã, largamente utilizada. [N.T.]

banqueta; o trem começou a se mover, olhei para meu uniforme e tive a sensação de que a vida recomeçava.

Fomos levados ao *Grenzschultz*,* estacionado em W, no destacamento Rossbach. Logo nos afeiçoamos ao *Oberleutnant*** Rossbach. Ele era alto e magro, com os cabelos de um loiro acinzentado, mais claros na parte da frente. Tinha uma postura rígida, como cabe a um oficial, mas ao mesmo tempo havia certa graça nos seus movimentos.

A impaciência o consumia, e a nós também. Não havia nada para fazer em W.: aguardávamos ordens, e as ordens não vinham. De tempos em tempos, ouvíamos falar sobre o que se passava na Letônia. E invejávamos os Freikorps alemães que lutavam contra os bolcheviques. Lá pelo fim de maio, soubemos que Riga havia sido tomada, e pela primeira vez ouvimos falar do *Lieutenant* Leo Albert Schlageter, que, à frente de um punhado de homens, fora o primeiro a entrar na cidade.

A tomada de Riga foi a última proeza dos *Baltikumer*.*** As primeiras derrotas vieram, e Rossbach nos explicou a tática da Inglaterra: enquanto os bolcheviques ocupavam as províncias bálticas, os ingleses, apesar do armistício, fechavam os olhos para a presença dos Freikorps alemães na Letônia. Ele disse: "Os senhores de fraque da República alemã, por sua vez, também fecharam os olhos". Mas, uma vez derrotados os bolcheviques, a Inglaterra percebeu "com espanto" que os *Baltikumer* estavam, em suma, em flagrante violação do armistício. Sob pressão, a República alemã chamou os *Baltikumer* de volta, mas eles não vieram. Curioso... Em vez disso, transformaram-se num corpo de voluntários russos brancos.**** Dizem que começaram a cantar em russo... Todos riram, e Schrader deu tapas nas próprias coxas.

Pouco depois soubemos, com estupor, que "os senhores de fraque" haviam assinado o Tratado de Versalhes. Mas Rossbach não comentou o assunto. A notícia parecia não lhe dizer respeito. Ele disse apenas que

---

* Tropa de proteção das fronteiras (do Oeste). [N.T.]

** Tenente. [N.T.]

*** Freikorps do Báltico.

**** Forças contrarrevolucionárias que se opunham aos bolcheviques e, em geral, defendiam a restauração da monarquia. [N.E.]

a verdadeira Alemanha não era em Weimar, mas em todos os lugares onde os homens alemães continuavam a lutar.

Infelizmente, as notícias dos *Baltikumer* eram cada vez piores. A Inglaterra havia armado os lituanos e os letões contra eles. O ouro inglês fluía como numa enchente, e sua frota estava ancorada em Riga, atirando contra nossas tropas com a bandeira letã içada.

Por volta da metade de novembro, Rossbach avisou que os *Baltikumer* nos honravam com um pedido de socorro. Depois, fez uma pausa estudada e perguntou se, para nós, fazia diferença sermos considerados "rebeldes" pelos senhores de fraque. Muitos sorriram, e Rossbach disse que não obrigaria ninguém a partir: aqueles que quisessem, poderiam ficar. Ninguém deu um pio. Os olhos azuis de Rossbach faiscaram de orgulho ao percorrer nossos semblantes.

Pusemo-nos a caminho, e o governo alemão enviou um destacamento do Exército para tentar nos deter. Mas o destacamento tinha sido mal escolhido: seus homens, ao contrário, juntaram-se a nós. Pouco tempo depois, a primeira mobilização ocorreu. Tropas de lituanos vieram de encontro à nossa. Em menos de uma hora, nós os varremos. À noite, acampamos em terra lituana e cantamos: *"Nós somos os últimos homens alemães a permanecer diante do inimigo"*. Era o canto dos *Baltikumer*. Conhecíamos aqueles versos havia muitos meses, mas, naquela noite, sentimo-nos pela primeira vez no direito de entoá-los.

Poucos dias depois, abrindo caminho entre as tropas letãs, o destacamento Rossbach libertou a guarnição alemã cercada em Thorensberg. Mas logo em seguida iniciou-se o recuo. A neve começou a cair sem parar sobre as estepes e os pântanos de Courlande; um vento glacial soprava todo o tempo, e lutava-se noite e dia. Não sei o que o meu tenente von Ritterbach teria pensado ao nos ver tratar os letões exatamente como os turcos haviam tratado os árabes.

Incendiávamos as aldeias, pilhávamos as fazendas, derrubávamos as árvores, sem diferenciar os civis dos soldados, os homens das mulheres, os adultos das crianças: tudo que fosse letão estava destinado a morrer. Depois que tomávamos uma fazenda e massacrávamos seus habitantes, empilhávamos os cadáveres nos poços e jogávamos granadas em cima. Depois, à noite, retirávamos todos os móveis para o pátio da fazenda e fazíamos uma fogueira comemorativa, e a chama se elevava, alta e clara, sobre a neve. Schrader dizia-me, em voz baixa: "Não gosto disso". Eu não respondia nada. Apenas observava os móveis escurecerem, encarquilhados, ao calor das chamas. Tinha a sensação de que as coisas eram bem reais, porque eu podia destruí-las.

O destacamento Rossbach estava dizimado, e nós continuávamos a recuar. Perto de Mitau, no início de novembro, houve um combate sangrento num bosque. Depois os letões pararam de nos espremer, e veio um momento de calmaria. O assovio dos cartuchos era cada vez mais raro. Schrader se ergueu, encostou-se num pinheiro. Estava exausto e sorridente, tanto que jogou seu capacete para trás e exclamou: "*Herrgott*! Até que eu gosto dessa vidinha". No mesmo instante, inclinou-se um pouco para a frente, olhou-me com surpresa, escorregou lentamente sobre os joelhos, baixou os olhos com uma expressão incomodada e desmoronou. Ajoelhei-me e o virei de costas. Ele tinha um buraco realmente bem pequeno na base do peito esquerdo, e só algumas gotas de sangue no uniforme.

Nesse momento veio a ordem de atacar. Lançamo-nos ao combate, que durou o dia inteiro. Depois recuamos e, à noite, acampamos de novo no bosque. Camaradas que haviam ficado na retaguarda para organizar a posição contaram-me que tinham cavado uma fossa para Schrader. Que seu corpo estava gelado, e, como não conseguiram desdobrar suas pernas, enterraram-no sentado. Entregaram-me sua condecoração. Ela aninhou-se, brilhante e fria, no fundo da minha mão. Nos dias que se seguiram, à medida que recuávamos, eu pensava em Schrader. Via-o sentado no chão, imóvel. Às vezes, em sonho, ele aparecia tentando desesperadamente se recuperar, furando com as mãos a terra dura e gelada sobre sua cabeça. Afora isso, eu não sofria muito por não o ter mais ao meu lado.

Os *Baltikumer* voltaram à Prússia oriental em pequenas etapas. A República alemã desejava realmente nos perdoar por termos lutado pela Alemanha. Ela nos enviou, em guarnição, para S.

E foi, mais uma vez, como em W.: não tínhamos nada para fazer. Esperávamos, só. Finalmente, como uma recompensa, o dia do combate chegou. Os mineiros do vale de Ruhr, incitados pelos judeus e pelos espartaquistas, entraram em greve. A greve tomou dimensões insurrecionais, e fomos convocados a reprimi-la. Os espartaquistas estavam bem munidos de armas leves, lutavam corajosamente e mostravam ser mestres na arte do combate urbano. Mas a luta, para eles, já estava perdida: possuíamos canhões e *Minenwerfer*.* A repressão foi impiedosa, e todo homem que estivesse usando uma braçadeira vermelha era imediatamente fuzilado.

Não era raro descobrir, entre os prisioneiros espartaquistas, antigos camaradas dos Freikorps que a propaganda judaica havia corrompido. No fim de abril, entre os doze operários vermelhos confiados à minha guarda, encontrei um chamado Henckel, que havia combatido ao meu lado em Thorensberg e Mitau. Estava encostado contra uma parede com seus camaradas. As ataduras em torno de sua cabeça estavam manchadas de sangue, e ele estava muito pálido. Não lhe dirigi a palavra, e era impossível saber se tinha me reconhecido. O tenente chegou de motocicleta, saltou, aproximou-se e passou os olhos pelo grupo.

Os operários estavam sentados ao longo da parede, silenciosos, imóveis, as mãos abertas sobre os joelhos. Só seus olhos ainda pareciam vivos, e estavam fixados no tenente. Fui ao seu encontro pedir instruções. O tenente cerrou os lábios e disse: "Como sempre". Informei que havia ali um ex-colega do Báltico. Ele praguejou e pediu que eu o mostrasse. Não quis apontar para ele, preferi dizer: "É aquele com um curativo na cabeça". O tenente olhou e disse, em voz baixa: "Mas... é Henckel!". Em seguida, balançou a cabeça e sentenciou, brevemente: "Que pena. Um soldado tão bom". Voltou à sua moto, fez roncar o motor e acelerou. Os operários o seguiram com os olhos. Quando ele desapareceu na esquina, levantaram-se. Estava claro que haviam compreendido tudo.

Posicionei dois homens à frente, outros dois nos flancos, e eu mesmo fiquei na retaguarda. Henckel estava sozinho na última posição, bem de frente para mim. Dei uma ordem, a coluna se moveu. Por alguns metros, os operários marcharam maquinalmente, em passo cadenciado. Depois, notei que dois ou três mudaram de passo ao mesmo tempo, quebrando o ritmo da marcha, e compreendi que haviam feito de propósito. O guarda de flanco à direita girou o corpo enquanto marchava e me consultou com o olhar. Encolhi os ombros. O guarda de flanco sorriu, encolheu os ombros também e virou-se.

---

* Morteiro de curto alcance usado pelo exército imperial alemão. [N.T.]

Henckel tinha se deixado distanciar um pouco. Ele marchava agora alinhado comigo e à minha direita. Estava muito pálido e olhava obstinadamente para a frente. Logo, ouvi alguém cantarolar baixinho. Virei o pescoço e notei que os lábios de Henckel murmuravam algo. Aproximei-me um pouco, ele me lançou um olhar rápido, seus lábios voltaram a murmurar, e enfim pude reconhecer o que cantavam: "*Nós somos os últimos homens alemães a permanecer diante do inimigo*". Senti que ele ainda me olhava e retomei distância. Percorremos ainda alguns metros, e eu vi, com o canto do olho, o rosto de Henckel erguer-se nervosamente, virando-se sem parar para a direita, um pouco adiante de nós. Olhei na mesma direção, mas não havia nada além de uma pequena rua que desembocava na nossa. Henckel distanciou-se ainda mais, estava agora quase atrás de mim, e cantarolava: "*Nós somos os últimos homens alemães...*" com uma voz baixa e insistente, e eu não conseguia me decidir a dirigir-lhe a palavra, mandá-lo ir mais rápido ou ordenar que se calasse.

No mesmo instante, um bonde passou à minha esquerda com um estrondo de ferragens, e, automaticamente, virei o rosto para o veículo. Ao mesmo tempo ouvi um barulho de correria, dei meia-volta e vi Henckel fugir pela direita. Ele já devia ter quase alcançado a esquina da pequena rua. Posicionei meu fuzil contra o ombro e abri fogo. Ele deu duas piruetas em volta do próprio corpo e caiu de costas.

"*Halte!*" – gritei, e a coluna parou. Corri na direção de Henckel. Seu corpo era percorrido por tremores, e ele me olhava fixamente. Agora sem apoiar o fuzil, atirei a menos de um metro, visando a cabeça.

A bala atingiu a calçada. A dois metros de mim, uma mulher saiu de casa. Ela parou de repente, presa à soleira da porta, os olhos atordoados.

Atirei mais duas vezes seguidas, sem sucesso. O suor escorria pelo meu pescoço, minhas mãos tremiam, sob os olhos atentos de Henckel.

Enfim, encostei o cano da arma nas suas ataduras e disse, em voz baixa: "*Verzeihung, Kamerad*".* Puxei o gatilho. Ouvi um berro, virei o pescoço. A mulher cobria os olhos com as luvas negras e urrava como uma louca.

Após os combates no Ruhr, lutei ainda na Alta-Silésia contra o levante polonês que, auxiliado pela Entente, tentava arrancar da

---

* "Desculpe, camarada."

Alemanha os territórios que o plebiscito lhe havia deixado. Os Freikorps repeliram vitoriosamente os *sokols*, e a nova linha de demarcação estabelecida pela Comissão Interaliada confirmou o avanço de nossas tropas. "*Os últimos homens alemães*" não haviam lutado em vão.

Pouco depois, no entanto, soubemos que a República alemã, em agradecimento por termos defendido a fronteira Leste, reprimido uma insurreição espartaquista e mantido em mãos alemãs os dois terços da Alta Silésia, simplesmente nos jogou na rua. Os Freikorps estavam dissolvidos, e os refratários, detidos e ameaçados de prisão. Voltei a H., fui desmobilizado, recebi de volta meu registro civil e o sobretudo do tio Franz.

Fui visitar *Frau* Lipman e lhe contei sobre a morte de Schrader. Ela chorou bastante e me fez passar a noite lá. Mas nos dias que se seguiram, adquiriu o hábito de entrar toda hora no meu quarto para falar de Schrader. Quando terminava, enxugava as lágrimas, ficava um tempo em silêncio, e, subitamente, caía numa gargalhada lânguida e começava a me lançar seu charme. Finalmente, fingindo que era mais forte do que eu, propunha uma luta corpo-a-corpo, apostando que poderia me vencer. Como eu não aceitava o desafio, ela então me agarrava pelos braços com violência, eu lutava para me soltar, ela me apertava ainda mais, ambos rolávamos pelo chão, sua respiração ficava rouca, seus seios e suas coxas roçavam meu corpo e isso me dava, ao mesmo tempo, repulsa e prazer. Quando eu finalmente conseguia me libertar, ela se erguia de um pulo, vermelha e suada, lançava-me um olhar malvado e passava a me insultar. Às vezes tentava me espancar de verdade, eu acabava me irritando e reagia, devolvendo os golpes com franqueza. Ela agarrava-se a mim com a respiração veloz e sibilante, e tudo recomeçava.

Numa noite, *Frau* Lipman trouxe cerveja e uma garrafa de Schnaps. Eu havia corrido o dia inteiro à procura de trabalho, estava triste e exausto. Ela foi buscar carne. Entre uma dentada e outra, servia mais cerveja e aguardente e bebia junto comigo. Quando terminei de comer, ela se pôs a falar de Schrader, chorar e beber mais aguardente. No instante seguinte já estava propondo uma nova luta, puxando-me pelo braço. E lá estávamos, novamente, rolando no chão. Até que dei ordem para que ela saísse do meu quarto, mas *Frau* Lipman riu como uma louca e recordou que estava na própria casa e ia me mostrar quem é que mandava ali. E o pugilismo recomeçava. Depois, ela bebia Schnaps, enchia meu copo, chorava, falava de seu finado marido, de Schrader e de outro locatário que teve antes dele. Repetia sem parar que a Alemanha estava *kaputt*,˙ que tudo, aliás, estava *kaputt*, que a religião também estava *kaputt*, não havia mais moral, e o marco não valia mais nada. Falava de como era boa para mim enquanto eu, em contrapartida, era uma pessoa desprovida de coração, Schrader bem que dizia que eu era um arenque morto, ele tinha mesmo razão, eu não amava nada nem ninguém, e que no dia seguinte ela me mandaria para a rua. Então, seus olhos saíam da órbita e ela começava a berrar: "*Raus, mein Herr*! *Raus*!".˙˙ Depois avançava de novo sobre mim e me batia, arranhava, mordia. Uma vez mais, rolávamos no chão, ela me apertava contra seu corpo até quase me sufocar. Minha cabeça girava, parecia que eu estava lutando por horas seguidas contra sua fúria, aquilo se transformara num verdadeiro pesadelo, eu não sabia mais onde estava, nem quem eu era. Finalmente, uma ira insana me dominou, caí sobre ela, enchi-a de pancadas e a possuí.

No dia seguinte, ao amanhecer, deixei a casa como um ladrão e embarquei no trem para M.

˙ Acabada; falida.

˙˙ "Fora, senhor! Fora!"

1922

Em M., fui, sucessivamente, operário de terraplanagem, pedreiro, rapaz de entregas e vendedor de jornais. Mas esses trabalhos nunca duravam muito tempo, e, a intervalos cada vez mais curtos, eu voltava a me juntar à grande massa de desempregados alemães. Dormia em abrigos, empenhava meu relógio de pulso e ia aprendendo a passar fome. Mas na primavera de 1922 surgiu uma oportunidade inesperada: consegui emprego como peão na construção de uma ponte, cuja conclusão era prevista para três meses depois. Durante esse trimestre, consequentemente, eu tinha uma boa chance – se o marco não se desvalorizasse muito mais – de fazer uma refeição a cada duas.

No início, eu descarregava vagões de areia, um trabalho bastante penoso, mas, ao menos, era possível respirar a cada duas pazadas. Infelizmente, depois de dois dias fui transferido para uma das betoneiras, e desde o primeiro instante me perguntava se teria forças para suportar. O vagonete nos trazia a areia e a esvaziava na parte traseira da máquina; com suas pás, quatro homens tinham que alimentar sem interrupção a gigantesca espiral que levava a areia ao misturador, ao mesmo tempo que o cimento. A betoneira girava implacavelmente, era preciso alimentá-la sem parar, não havia um segundo a perder e, cada vez que o metal da espiral emergia, o *Meister* berrava seus comandos.

Eu tinha a impressão atroz de estar preso dentro de uma engrenagem. O motor elétrico roncava sobre nossas cabeças, o camarada que o vigiava – um tal de Siebert – pegava de tempos em tempos um saco de cimento, rasgava, despejava seu conteúdo no funil. Logo, a poeira do cimento se espalhava entre nós, colava na nossa pele, cegava nossos olhos. Eu cavava sem parar, meus rins doíam, minhas pernas tremiam continuamente, e eu não conseguia respirar.

O *Meister* fez soar o apito e alguém disse, à meia-voz:

— Meio-dia e cinco. Esse porco ainda conseguiu nos roubar cinco minutos.

Larguei minha pá, dei alguns passos cambaleantes e me joguei sobre um monte de cascalho.

— Está tudo certo, *Kerl*?* — disse Siebert.

— Tudo bem.

Tirei meu almoço da mochila: pão e um pouco de banha de porco. Comecei a mastigar. Eu tinha fome e, ao mesmo tempo, dor no coração. Meus joelhos tremiam.

Siebert sentou-se ao meu lado. Era muito alto e muito magro, com um longo nariz pontiagudo, lábios finos e orelhas de abano.

— Siebert — disse uma voz —, você vai ter que dizer ao *Meister* que meio-dia é meio-dia.

— Sim, sim, "Casca de limão" — disse Siebert, zombeteiramente.

Eles falavam bem perto de mim, mas suas vozes pareciam muito distantes.

— Aquele porco vai puxar o relógio e dizer: meio-dia em ponto, *mein Herr*!

Ergui os olhos. O sol saía de trás de uma nuvem, iluminando em cheio a betoneira. Ela estava postada a alguns passos de mim. Era nova, pintada de um vermelho vivo. A seu lado, um vagonete repousava sobre os trilhos. Depois, no chão, diante do vagonete, algumas pás plantadas na areia. Do outro lado da betoneira estendia-se uma esteira rolante que levava o cimento fresco até a ponte. Meu coração doía, minhas orelhas tiniam, e eu olhava para tudo vagamente, distraído, enquanto mastigava meu pão, até que senti o medo aflorar. Baixei os olhos, mas era tarde demais: o vagão, a betoneira, as pás, haviam ficado pequenos e minguados como brinquedos, e recuavam no espaço a uma velocidade louca. Um vazio vertiginoso se abriu. À minha frente, atrás de mim, tudo era esse vazio, e no vazio havia

---

* "Rapaz".

uma *espera*, como se algo horripilante estivesse prestes a ocorrer, algo muito pior que a morte.

Uma voz esmurrou meu ouvido. Olhei para minhas mãos: estavam estreitamente cruzadas. Meu polegar esquerdo esfregava o direito em toda sua extensão. Fixei a vista e comecei a contar em voz baixa: "1, 2, 3, 4...", houve um espasmo e tudo se desfez. À direita, vi a grande orelha de abano de Siebert, e alguém falou:

— *Donnerwetter*!* Sabe o que esse porco faz? Antes de meio-dia ele atrasa seu relógio em cinco minutos. Por que você não fala com ele?

A voz passava através de uma barreira densa como algodão, mas mesmo assim era uma voz, eu compreendia o que ela dizia e escutava avidamente.

— *Ach*! Se não tivesse a mulher e a *Mädchen*,** que está doente!

Eles estavam sentados, eu os olhava, fiz um esforço para me lembrar de seus nomes. Siebert, "Casca de limão", Hugo e o pequeno ao lado dele, pálido e moreno, qual era mesmo o nome? Uma náusea me acometeu. Estiquei o corpo. Passado um momento, ouvi:

— Você precisa pelo menos comer, *nicht wahr*?***

— *Ja, ja*.

Eu escutava, agarrava-me às suas vozes e temia que elas se calassem.

— O Senhor Deus não deveria ter criado para nós, alemães, um estômago!

— Ou então, que fosse um estômago que comesse areia, como essa máquina abominável!

Alguém riu. Fechei os olhos e pensei: o pequeno moreno se chama Edmund. Meus joelhos tremiam.

— Está tudo bem, *Kerl*?

Abri os olhos. Um nariz logo e pontiagudo curvava-se sobre mim. Siebert. Era Siebert. Fiz um esforço para sorrir, tentando romper a casca que a poeira, o cimento e o suor tinham formado nas minhas faces.

---

* "Raios".

** "Filha".

*** "Não é?".

– Tudo bem.

E acrescentei:

– *Danke schön.*˙

– É de graça – disse Siebert.

"Casca de limão" riu. Meus olhos fecharam-se novamente. Ouvi o apito rasgar o vento, e em seguida tudo ficou ausente até que alguém me sacudisse os ombros.

– Vamos! Venha! – chamou Siebert.

Ergui-me, peguei minha pá e, com o corpo cambaleante, disse, à meia-voz:

– Não compreendo. Antes, eu era forte.

– *Ach was*! – disse "Casca de limão". – Não é a força, é a sopa! Há quanto tempo está desempregado?

– Um mês.

– Então, é o que eu dizia: a sopa. Veja essa maldita máquina: se você não lhe der de comer, ela para de funcionar. Mas ela, *Mensch*, ela... Nós cuidamos dela! Nós a alimentamos! Ela vale dinheiro!

Siebert baixou o braço esquerdo, o motor roncou e a grandiosa espiral a nossos pés começou a girar pacientemente. "Casca de limão", com sua pá, descarregou um punhado de areia sobre ela.

– Toma! – ele disse, raivosamente. – Come!

– Toma, filha da puta! – gritou Edmund.

– Toma! – retomou "Casca de limão". – Come! Come!

– Come e morre! – concluiu Edmund.

A areia de nossas pás chovia sobre a máquina, furiosamente. Eu pensava: "Edmund. Ele se chama Edmund". Fez-se um silêncio. Olhei de relance para "Casca de limão". Ele passou o dorso do polegar pela testa e sacudiu a mão na direção do solo.

– *Ach was*! – exclamou com amargura. – Somos nós que vamos morrer!

Meus braços estavam sem força. Cada vez que levantava a pá, eu vacilava. Formou-se um buraco em torno de mim, eu não ouvia mais nada e me perguntava, apavorado, se eles continuavam a falar.

˙ "Obrigado".

– Hugo – disse "Casca de limão"...

E foi exatamente como se alguém acabasse de pousar uma agulha sobre o disco. Eu escutava e não queria, não podia, abandonar aquele som.

– Quanto vale uma betoneira?

Hugo deu uma escarrada.

– Não sou comprador.

– Dois mil marcos! – gritou Siebert enquanto rasgava mais um saco de cimento.

A poeira do cimento espalhou-se, envolvendo nossos corpos.

– Cada uma?

– Sim.

Silêncio. Mas... seria um silêncio, de fato? Como saber se eles realmente não falavam?

– E nós? – indagou "Casca de limão". – Quanto valemos?

– Vinte *Pfennigs*.

– E está muito bem pago – concluiu Edmund.

"Casca de limão" lançou raivosamente um punhado de areia.

– Estou só dizendo...

– Está só dizendo o quê?

– Que o homem, esse, é bem barato.

Repeti, sussurrando: "O homem, esse, é bem barato", e, logo em seguida, já não ouvia mais nada.

Cravei minha pá na areia, ela escapuliu, o cabo escapou de minha mão, a cabeça caiu para trás, desmoronei com o corpo reto, e o sol se apagou.

Alguém disse:

– Levante-se, *Herrgott, noch mal!*[*]

Abri os olhos, tudo estava confuso, e o rosto amarelo e murcho de "Casca de limão" dançava aos meus olhos.

– O *Meister* vem aí, levante-se.

Uma voz advertiu:

– Ele vai mandar você embora.

---

[*] "Levante-se, por Deus!".

Os três cavavam como loucos. Eu os olhava, mas não conseguia me mover.

O motor parou de roncar, e "Casca de limão" sentou-se tranquilamente ao meu lado. O cascalho se revolveu atrás dele e eu vi, em meio à bruma, à altura de minha visão, as botas negras e reluzentes do *Meister*.

– O que há?

– Pane – disse a voz de Siebert.

Edmund sentou-se e sussurrou para mim. "Vire as costas para ele. Você está todo branco."

– De novo? – indagou o *Meister*.

– Mau contato.

– *Schnell, Mensch, schnell!*[*]

– Dois minutos.

Fez-se silêncio, depois o ruído do cascalho, e Hugo disse, à meia-voz:

– Adeus, desgraçado.

– Tome – disse a voz de Siebert –, engula isso.

O Schnaps escorreu pela minha goela.

– Siebert – disse Hugo –, eu também estou fraquejando.

– Pode comer areia.

Enfim, consegui erguer o corpo.

– Está melhor? – perguntou "Casca de limão".

Fiz que "sim" com cabeça e ponderei:

– Foi sorte que tenha havido uma pane.

Caíram todos na gargalhada. Examinei-os, um após o outro, com surpresa.

– *Junge*! – gritou "Casca de limão" – Você é ainda mais tolo que o *Meister*!

Olhei para Siebert.

– Você fez isso?

"Casca de limão" virou-se na direção dele e repetiu, com um espanto cômico "Você fez isso?".

---

[*] "Rápido, rápido!"

As gargalhadas redobraram. Siebert sorriu com seus lábios finos e balançou a cabeça positivamente.

– Foi um erro – eu o censurei, secamente.

Os risos cessaram. Hugo, Edmund e "Casca de limão" me encararam, e "Casca de limão" revidou, com uma fúria contida:

– E se eu enfiasse a minha pá no meio da sua cara, seria *um erro*?

– Filho da mãe! – disse Edmund.

Depois de uma pausa, Siebert disse:

– Tudo bem. Ele tem razão. Não seríamos obrigados a fazer isso se o regime de trabalho fosse justo.

– O seu regime – disse "Casca de limão" –, sabe onde eu vou metê-lo?

Siebert olhou amistosamente e sorriu.

– Pane resolvida?

– Vamos! – disse "Casca de limão", num acesso de fúria. – Vamos! Não percamos um único minuto! Não podemos prejudicar o pobrezinho do patrão!

– Tudo bem, *Kerl*? – certificou-se Siebert, olhando para mim.

Acenei com a cabeça, ele baixou o braço esquerdo, e a imensa espiral voltou a girar como uma lentidão implacável.

Nos dias seguintes, minhas crises se multiplicaram, mas com uma mudança notável: as coisas, nessa fase, continuavam a ser o que eram antes. Não havia mais o vazio, somente uma espera. Normalmente, quando ouvimos uma orquestra e o tambor ressoa, há, na sua batida curta e surda, algo de misterioso, solene, ameaçador. Era o que eu sentia. O dia estava repleto, para mim, dessas batidas de tambor. Alguma coisa atroz se anunciava, um nó se formava na minha garganta e eu esperava, esperava, com uma angústia desvairada, algo que não vinha. Quando as batidas de tambor cessavam, eu sentia o mesmo que se experimenta ao sair de um pesadelo: de repente, era como se o mundo não fosse mais de verdade. As coisas haviam sido mudadas por trás do pano e, agora, vestiam máscaras. Eu olhava em volta, embriagado por suspeitas e temores. O sol, refletido no metal de minha pá, mentia. A areia mentia. A betoneira vermelha mentia. E atrás dessas mentiras havia um sentido cruel. Tudo conspirava contra mim, e reinava um silêncio profundo.

Os camaradas murmuravam, eu via seus lábios moverem-se, mas era incapaz de ouvir uma só palavra. Eu sabia perfeitamente que era tudo proposital, que eles moviam a boca sem falar com o intuito de me fazer crer que eu enlouquecera. Tinha vontade de gritar-lhes: "Eu entendo o jogo de vocês, bastardos!". Então abria a boca, mas uma outra voz, de repente, me falava ao ouvido. Uma voz surda e entrecortada. A voz de Pai.

Manejava a pá oito horas por dia. Mesmo à noite, durante o sono, eu a manejava. Com frequência, sonhava que não conseguia cavar rápido o suficiente, o metal branco e brilhante da espiral emergia, gigante, os barridos do *Meister* soavam, eu acordava banhado em suor, as mãos crispadas apertando um cabo invisível. Às vezes eu me dizia, perplexo: "Veja o que você se tornou: uma pá. Você é uma pá!".

Às vezes, refletia: se, desempregado, eu pudesse comer o pouco que comia agora, teria bastado. Infelizmente, precisava trabalhar oito horas por dia para ter esse pouco, mas, ao trabalhar, as forças se esgotavam, o apetite redobrava. Em suma, eu cavava o dia inteiro na esperança de matar minha fome, e isso só servia para aumentá-la.

Assim se passaram alguns dias, e resolvi me matar. Decidi esperar pelo sábado, pois, para comer, havia pedido emprestado a Siebert um adiantamento de meu salário. Desejava pagar minhas dívidas antes de morrer.

O sábado chegou. Paguei a dívida. A quantia que sobrou seria suficiente para comer por três dias, moderadamente. Decidi gastar tudo no mesmo dia: uma última vez ao menos, antes de morrer, mataria minha fome. Fiz o trajeto do bonde e, antes de subir ao quarto, comprei toucinho, pão e um maço de cigarros.

Subi os cinco andares, abri a porta e me lembrei: era primavera. O sol entrava de viés pela janelinha aberta, e pela primeira vez em semanas olhei com atenção para o quarto: um colchão de palha jogado sobre uma base de madeira, uma mesa de lenha branca, uma bacia, um armário. As paredes estavam escuras de tanta sujeira. Eu as tinha lavado, sem sucesso. Seria preciso esfregá-las. Fizera uma tentativa, mas faltaram forças para continuar.

Pus meu pacote de compras sobre a mesa, varri o quarto e saí para pegar água na torneira do andar. Voltei, lavei o rosto e as mãos. Saí novamente para jogar fora a água suja. De volta ao quarto, desfiz dez centímetros da costura do colchão, meti a mão na abertura e tirei de dentro minha pistola.

Desdobrei os lenços que embalavam a Mauser, verifiquei o pente, retirei a trava de segurança e pus a arma sobre a mesa. Empurrei a mesa até a janela de modo que ficasse de frente para o sol e me sentei.

Cortei oito fatias de pão bem fininhas e, sobre cada uma delas, dispus uma fatia de toucinho bem mais espessa. Mastiguei sem pressa, metodicamente. Enquanto comia, olhava as fatias de pão alinhadas sobre a mesa, e cada vez que recolhia uma delas fazia a contagem das que restavam. O sol batia em minhas mãos, e o calor no rosto era bom. Estava usando camisa de mangas curtas, não pensava em nada e me sentia feliz por comer.

Quando terminei, varri as migalhas da mesa e as joguei num velho latão de compota que usava como lixeira. Depois, lavei as mãos. Como não tinha sabão, eu as esfreguei longamente, na esperança de retirar a gordura. Pensei: "Você melou bem a pá; agora, vai quebrá-la". Não sei o motivo, mas tive vontade de rir. Enxuguei as mãos com uma velha camisa em farrapos que eu havia pendurado num prego e usava como toalha. Em seguida voltei à mesa, acendi um cigarro e me posicionei de frente para a janela.

O sol brilhava sobre os telhados de ardósia. Dei uma tragada, soltei parte da fumaça e respirei avidamente seu aroma. Ergui o corpo sobre as pernas: uma vez, ao menos, eu as senti firmes e sólidas sob meu peso. E, de repente, me vi num filme: estava de pé à janela, fumava, olhava os telhados de ardósia; o cigarro se extinguia, eu pegava a pistola, encostava-a ao crânio, e fim.

Alguém bateu à minha porta duas vezes; olhei para a pistola sobre a mesa, mas antes que tivesse tempo de escondê-la, a porta se abriu.

Era Siebert.

Ele parou na soleira e fez uma pequena mesura com a mão. Num pulo, posicionei o corpo à frente da mesa.

– Incomodo?

– Não.

– Passei para dar bom-dia.

Silenciei. Ele esperou um segundo antes de fechar a porta atrás de si e avançar um passo para dentro do quarto.

– Sua proprietária ficou com o ar surpreso quando perguntei por você.

– Eu nunca recebo visita.

– *So!* – exclamou.

Sorriu, seu nariz pontiagudo espichou-se e suas grandes orelhas pareceram descolar-se ainda mais da cabeça. Deu o segundo passo adiante, percorreu o quarto com a vista e fez uma careta. Depois, olhou rapidamente para mim e caminhou na direção da janela.

Contornei a mesa e me interpus entre ele e o móvel. Siebert enfiou as mãos nos bolsos e espiou os telhados de ardósia.

– Você, pelo menos, tem um pouco de ar.

– Sim.

Ele era muito mais alto que eu, e meus olhos ficavam no nível de sua nuca.

– Um pouco frio no inverno, *nicht wahr*?

– Não sei. Estou só há dois meses aqui.

Ele girou o corpo. Seu olhar alcançou um ângulo acima da minha cabeça e, de súbito, ele parou de sorrir.

– *Hallo!* – gritou, surpreso.

Fiz um movimento defensivo, mas ele afastou meu corpo com a palma da mão e agarrou a pistola.

– Cuidado. Ela está carregada! – adverti, energicamente.

Siebert lançou-me um olhar muito vivo, segurou a arma, verificou o pente e me encarou:

– E a trava de segurança não está acionada.

Após um silêncio, ele prosseguiu:

– Você tem o hábito de deixar uma pistola carregada em cima da mesa?

Eu nada disse. Ele pôs a arma de volta e sentou-se diante dela. Fiz o mesmo.

– Vim vê-lo porque tem uma coisa que eu não compreendo.

Permaneci mudo. Ele fez uma pausa e continuou:

– Por que você quis me pagar de uma vez só?

– Não gosto de ter dívidas.

– Você poderia ter quitado metade agora e outra metade semana que vem. Eu lhe disse isso quando emprestei o dinheiro. Não me incomodaria em nada.

– Não gosto de arrastar dívidas.

Ele me olhou.

– *So*! – disse, sorrindo. – Você não gosta de arrastar dívidas. E agora você tem comida para três dias, embora a semana tenha sete dias, *mein Herr*!

Eu nada respondi. Seu olhar percorreu a mesa. De repente, ergueu as sobrancelhas e seus lábios se afinaram.

– Ou dois dias, se contarmos os cigarros.

Ele pegou o maço, examinou-o com atenção e disse, assoviando:

– Isso é coisa fina, hein?

Permaneci mudo, e ele prosseguiu, com escárnio.

– Será que o seu tutor mandou um vale postal?

Desviei a cabeça, olhei para o vazio e disse rápido, secamente:

– Nada disso é da sua conta.

– *Gewiss,* *mein Herr*, isso não é da minha conta.

Voltei-me. Ele mantinha o olhar fixo.

– Realmente, isso não é da minha conta. Você quer pagar tudo que me deve com urgência: isso não é da minha conta. Você tem comida só para três dias com o dinheiro de uma semana: isso não é da minha conta. Você compra cigarros de milionário: isso não é da minha conta. Você tem uma pistola carregada em cima da mesa: *Und auch das,* isso não é da minha conta!

Ele continuava a me encarar. Desviei novamente a cabeça, mas senti seu olhar pesando sobre mim. Era como se fosse Pai, ali, na minha frente. Pus as duas mãos em gancho sob o assento da cadeira, pressionei os joelhos um contra o outro e tive um medo terrível de começar a tremer.

O silêncio durou em longo momento até que Siebert articulou, com um furor contido:

– Você vai se matar.

---

* "Certamente".

** "E isso, também".

Fiz um violento esforço e disse:

– Isso é problema meu.

Ele deu um salto, agarrou a gola de minha camisa com as duas mãos, levantou meu tronco da cadeira e sacudiu meu corpo.

– Filho da mãe! – ele rugiu por entre os dentes. – Você vai se matar!

Seu olhar era fulminante. Desviei o rosto e comecei a tremer, repetindo, à voz baixa:

– É problema meu.

– *Nein*! – ele urrou, chacoalhando meu corpo. – Isso não é um problema seu, bastardo! E a Alemanha?

Abaixei a cabeça e respondi:

– A Alemanha está fodida.

Senti os dedos de Siebert largarem minha camisa e logo soube o que ia acontecer. Ergui o braço direito, mas era tarde demais: num lance rápido, sua mão atingiu em cheio meu rosto. O soco foi tão violento que perdi o equilíbrio, mas a outra mão de Siebert agarrou minha camisa antes que eu caísse – quando, então, ele aproveitou para desferir o segundo murro. Depois, empurrou meu corpo para trás de modo que eu caísse sentado na cadeira.

Minhas duas faces ardiam, a cabeça girava, e, por um instante, pensei que fosse me levantar da cadeira e atacá-lo de volta. Mas não consegui me mover; alguns segundos se passaram, lá estava Siebert, de pé, diante de mim. E um torpor feliz me dominou.

Siebert soltava faíscas pelos olhos, e vi os músculos de sua mandíbula latejarem.

– Filho da mãe – rosnou.

Meteu as duas mãos nos bolsos e começou a andar pelo quarto enquanto gritava, a plenos pulmões: "*Nein*! *Nein*! *Nein*!". Depois, os olhos flamejantes se voltaram novamente para mim:

– Você! – ele gritou. – Você! Você, um ex-combatente dos Freikorps!

Girou o corpo tão furiosamente que achei que fosse me esmurrar de novo.

– Escute bem! A Alemanha não está fodida! Só um porco judeu pensa assim! A guerra continua, entende? Mesmo depois desta safadeza do Tratado de Versalhes, a guerra continua!

Voltou a rodopiar pelo quarto como um louco.

– *Herrgott*! – berrou. – Mas será que não está claro?

Procurava as palavras certas, sua mandíbula arquejava sem parar, os punhos cerravam-se a toda hora, e ele bradava: "Está claro! Está claro!".

– Olhe! – disse, tirando um jornal do bolso. – Eu não sou um orador, mas está escrito aqui, preto no branco!

Siebert esfregou jornal na minha cara.

– *"É a Alemanha que vai pagar*!" Eis o que eles arranjaram! Eles vão roubar todo o nosso carbono! Eis o que eles arranjaram! Olhe bem, está escrito aí! Preto no branco! Eles querem liquidar a Alemanha!

Ele rugiu.

– E você, patifezinho, você quer se matar!

Brandiu o jornal com a mão direita, agitando-o na minha cara.

– Olhe! – ele gritou. – Leia, leia! Leia bem alto!

Apontou seu indicador trêmulo para o texto de um artigo, e eu comecei a ler:

– "Não, a Alemanha não está vencida..."

– De pé, desgraçado! – ordenou. – De pé quando for falar da Alemanha!

Levantei-me.

– "A Alemanha não está vencida. A Alemanha vencerá. A guerra não acabou. Ela apenas assumiu outras formas. O exército foi reduzido a nada, e os Freikorps foram dissolvidos. Mas todo homem alemão, com ou sem uniforme, deve ainda considerar-se um soldado. Deve, mais do que nunca, apelar para sua coragem e para sua decisão inflexível. Quem quer que se desinteresse do destino da sua pátria a está traindo. Quem quer que se deixe levar pelo desespero está desertando diante do inimigo. O dever de todo homem alemão é de lutar e de morrer, onde quer que esteja, pelo povo e pelo sangue alemães!"

– *Donnerwetter*! – gritou Siebert. – Parece até que foi escrito só para você!

Olhei o jornal, sentindo-me devastado. Era verdade: aquilo fora escrito para mim.

– Está claro! – disse Siebert. – Você é um soldado! Você continua a ser um soldado! De que importa o uniforme? Você é um soldado!

Meu coração começou a bater forte, o peito sob pressão, o corpo imóvel, de pé, pregado ao solo. Siebert me olhou com atenção, depois sorriu, seu rosto voltou a alegrar-se e ele envolveu meus ombros com os braços. Uma onda de calor percorreu meus rins. "Está claro!", ele continuava a gritar, como um louco.

— Me deixe um pouco — pedi, com voz calma.

— Deus! Você não vai desmaiar, vai?

— Me deixe um pouco.

Sentei-me, pus o rosto entre as mãos, e disse:

— Estou envergonhado, Siebert.

Um alívio inebriante tomou todo o meu ser.

— *Ach was*! — respondeu Siebert, constrangido.

Deu-me as costas, pegou um cigarro, acendeu-o e plantou-se diante da janela; um longo silêncio se instalou. Depois eu me levantei. Sentei-me à mesa e segurei o jornal com as mãos trêmulas. Procurei o nome: era o *Voelkischer Beobachter*.

Na primeira página, uma caricatura saltava aos olhos. Ela representava "O judeu internacional estrangulando a Alemanha". Quase distraidamente, delineei a fisionomia daquele judeu e, de repente, foi como um choque de violência irreal: eu a reconheci. Reconheci aqueles olhos arregalados, aquele longo nariz adunco, aquelas faces moles, aqueles traços detestáveis e repugnantes. Eu os contemplara com frequência, no passado, na gravura que Pai pregara na porta do banheiro. Uma luz formidável se formou no meu espírito, e compreendi tudo: era *ele*. O instinto da minha infância não me enganara. Eu tinha motivos para odiá-*lo*. Meu único erro fora o de acreditar, sob influência da fé dos padres, que era um fantasma invisível, e que nós não poderíamos vencê-*lo* a não ser por força das orações, das lamúrias, ou pelo imposto do culto. Mas agora eu compreendia: *ele* era bem real, muito vivo, nós cruzávamos com *ele* na rua. O diabo não era diabo. Era o judeu.

Fiquei de pé, e um arrepio percorreu meu corpo da cabeça aos pés. O cigarro aceso queimava meus dedos. Eu o joguei fora. Depois enfiei minhas mãos trêmulas nos bolsos, fiquei ao lado de Siebert na janela e respirei profundamente. Senti seu braço encostado no meu, e sua força me penetrou. Siebert tinha as duas mãos sobre as barras de apoio. Não olhava para mim, nem se movia. O Sol, no horizonte à minha direita, se punha numa orgia de sangue. Girei o corpo, agarrei minha Mauser, elevei lentamente o braço e alvejei o Sol.

– É uma boa arma – disse Siebert, e sua voz era terna e contida.

– *Ja, ja* – murmurei, e deixei a Mauser sobre a mesa. No instante seguinte, eu a peguei de volta. Sua coronha era pesada e familiar ao côncavo de minha mão. Ela tinha um caráter firme e real, seu peso imantava-se à minha palma, e eu pensava: "Sou um soldado. O que importa o uniforme? Sou um soldado".

O dia seguinte era um domingo, e tive que esperar até segunda-feira para ir, após a saída do trabalho, à repartição do registro civil.

Atrás do balcão, um funcionário com uma barbicha e óculos com aros de ferro conversava com um homem de cabelos brancos. Esperei que terminassem e disse:

– *Bitte*, para uma modificação de meu registro civil?

O funcionário com os óculos de ferro respondeu, sem olhar para mim:

– Do que se trata?

– Quero sair da Igreja.

Os dois homens ergueram seus olhares ao mesmo tempo. Depois de um instante, o funcionário de óculos voltou-se para o colega e sacudiu ligeiramente a cabeça. Em seguida olhou para mim de novo.

– Sob que confissão o senhor estava declarado?

– Católica.

– E o senhor não é católico?

– Não.

– Que religião o senhor quer declarar?

– Nenhuma.

O funcionário olhou para o homem de cabelos brancos e meneou a cabeça.

– Por que o senhor não fez uma declaração nesse sentido no último censo?

– Eu não fui recenseado.

– Por quê?

– Estava em Courlande, nos Freikorps.

O homem de cabelos brancos pegou uma régua e estalou-a de leve na palma da mão esquerda. O funcionário disse:

— Isso é totalmente ilícito. O senhor deveria ter feito uma declaração. Agora, está em situação irregular.

— Os Freikorps não foram recenseados.

O funcionário agitou a cabeça com um ar zangado.

— Vou registrar o fato. É inadmissível. O recenseamento é universal. Mesmo esses senhores dos Freikorps não estavam isentos.

— Fui recenseado em 1916 — informei.

O empregado me encarou. Seus óculos faiscavam.

— Então por que o senhor foi declarado católico?

— Foram os meus pais que fizeram a declaração.

— Que idade o senhor tinha?

— Dezesseis anos.

— Logo, tem vinte e dois anos — calculou.

O funcionário suspirou. Ele e o colega se entreolharam, balançando a cabeça.

— E agora — prosseguiu — o senhor não é mais católico?

— Não.

Levantou os óculos sobre a testa.

— Por quê?

Tive a sensação de que ele extrapolava suas funções ao fazer essa pergunta, e respondi, rápida e secamente:

— Minhas convicções filosóficas mudaram.

O funcionário olhou para o colega e repetiu, entre os dentes cerrados: "Suas convicções filosóficas mudaram!". O homem de cabelos brancos levantou as sobrancelhas e, com uma expressão abobada, moveu a cabeça da direita para a esquerda. O funcionário voltou a me encarar.

— Bom, então espere o próximo recenseamento para registrar a sua saída da Igreja.

— Não desejo esperar mais dois anos.

— Por quê?

Como não obtive resposta, ele prosseguiu como se desse fim ao atendimento.

— Pois então, não há razão para toda essa pressa.

Compreendi que precisava encontrar um motivo burocrático para minha ansiedade. Refleti, e pensei ter achado um.

– Não há razão para que eu pague o imposto confessional durante dois anos sem pertencer a nenhum culto.

O funcionário ajeitou-se na cadeira, olhou de relance para o colega. Seus óculos emitiam clarões.

– *Sicher, sicher, mein Herr,** o senhor não pagará o imposto *convencional* por dois anos, mas o regulamento é formal...

Fez uma pausa e anunciou, com o dedo em riste:

– O senhor pagará, por outra, um imposto de compensação superior ao imposto confessional.

Recostou-se em sua cadeira e me considerou com o ar triunfante. O homem de cabelo branco sorriu.

– Para mim tanto faz – desdenhei.

Os óculos do funcionário relampejaram, ele mordeu os lábios e olhou para o colega. Depois curvou-se, abriu uma gaveta, apanhou três formulários e os atirou sobre o balcão.

Peguei os formulários e os preenchi cuidadosamente. Quando terminei, entreguei ao funcionário. Ele me olhou de relance, pigarreou e leu alto, fazendo uma careta:

– *Konfessionslos aber Gottgläubig.*** É exatamente isso que o senhor é?

– Sim.

Ambos se entreolharam.

– Essas são... as suas novas convicções filosóficas?

– Sim.

– Está bem – ele disse, dobrando as folhas.

Fiz uma saudação com a cabeça. Ele não se dignou a notá-la. Apenas olhava para seu colega. Dei meia-volta e me dirigi à porta de saída. Pelas minhas costas eu o ouvi murmurar: "Mais um da nova espécie!".

Na rua, tirei do bolso o *Voelkischer Beobachter* e chequei o endereço do jornal. Era bastante longe, e pegar o bonde estava fora de cogitação.

Caminhei aproximadamente três quartos de hora. Estava muito ofegante. Na véspera tivera que ficar sem nenhuma refeição completa.

---

* "Certamente, certamente, senhor".

** Temente a Deus, mas sem religião determinada. [N.T.]

Ao meio-dia, Siebert tinha me oferecido metade da sua merenda e emprestado alguns marcos. Ao sair do canteiro de obras, comprei um pedaço de pão. Agora minha fome recomeçava a despontar e minhas pernas falhavam.

As instalações do partido ficavam no primeiro andar. Toquei a campainha, a porta se entreabriu e um jovem moreno mostrou o rosto pela fenda. Seus olhos negros brilhavam, atentos.

– O que deseja?

– Me inscrever no partido.

A porta continuou semiaberta. Atrás do jovem moreno avistei as costas de um outro homem jovem, de pé diante de uma janela. O sol formava uma auréola ruiva em volta de sua cabeça. Passados alguns segundos, o homem olhou para trás, fez um pequeno gesto com o polegar e disse:

– Tudo bem.

A porta abriu-se completamente e eu entrei. Umas dez pessoas usando camisas marrons me olhavam. O jovem moreno me tomou pelo braço e disse, com uma voz extraordinariamente doce e educada:

– Venha, por gentileza.

Levou-me até uma pequena mesa. Sentei-me. Ele me entregou um formulário, e comecei a preenchê-lo. Quando terminei, eu o devolvi ao jovem moreno, que, depois de recolhê-lo, foi até o fundo da sala ziguezagueando entre as mesas. Seus movimentos eram vivos e graciosos. Chegou a uma porta cinzenta e desapareceu.

Olhei em volta. A sala era grande e iluminada. Com seus arquivos, suas mesas e suas máquinas de escrever, lembrava, à primeira vista, um escritório comercial como qualquer outro, mas sua atmosfera não era a de um escritório.

Todos os jovens ali usavam camisas marrons, com correias em diagonal e botas. Eles fumavam e conversavam. Um deles lia um jornal. Os outros não faziam nada em especial, e, no entanto, não pareciam desocupados. Tinham ares de quem espera.

Levantei-me, e houve como que uma tensão no ar. Olhei para os jovens de camisa marrom. Nenhum deles parecia prestar atenção em mim, mas eu sentia que, com certeza, nenhum de meus gestos lhes escapava. Fui até a janela, encostei o rosto no vidro e, num instante, meu estômago se contraiu vertiginosamente.

– Belo tempo, *nicht wahr?*

Girei a cabeça, e o jovem ruivo estava bem perto de mim, tão perto que seu braço encostava em minha cintura. Ele sorria de uma orelha à outra com ar cordial, mas seus olhos eram sérios e atentos. Eu disse *"Ja"* e olhei para a rua. Embaixo, sobre a calçada, um jovem magro de camisa marrom, o rosto talhado por uma cicatriz, ia e vinha sem parar. Ao entrar, eu não o havia notado. Na calçada oposta, havia dois jovens diante de uma vitrine. De vez em quando, viravam o rosto e davam uma olhada para o camarada do outro lado da rua. De novo meu estômago se contraiu, e senti a cabeça oca. Achei mais prudente me sentar e, com esse objetivo, girei sobre os calcanhares. Novamente, houve aquela tensão no ar. Olhei em volta, mas nenhum daqueles jovens tinha a vista fixada em mim.

Não tive tempo de me sentar. A pequena porta cinzenta no fundo da sala abriu-se bruscamente. O jovem moreno apareceu e, num movimento rápido e gracioso, deixou passar à frente um homem de uns quarenta anos. Era baixo, gordo e exaltado. Os jovens bateram os calcanhares e ergueram os braços direitos. O homem troncudo respondeu à saudação elevando também o braço direito, depois deixou-o cair e ficou imóvel na soleira da porta, tentando, com um olhar rápido e agudo, checar na memória se já me encontrara antes. Seu peito forte estufava a camisa marrom, os cabelos eram cortados bem curtos e os olhos desapareciam no buraco cavado pelas pálpebras.

Aproximou-se. Caminhava de um modo pesado, oscilante. Quando estava a dois metros de mim, dois jovens se destacaram do grupo e, sem uma palavra, cercaram-me.

– Freddie? – disse o homem troncudo.

O jovem moreno bateu os calcanhares.

– *Jawohl, Herr Obersturmführer?*

– Formulário.

Freddie entregou-lhe um formulário. O *Obersturmführer* segurou-o com a mão enorme e pousou sobre ele o indicador da outra mão.

– Lang?

Fiquei em posição de sentido e respondi prontamente:

– *Jawohl, Herr Obersturmführer.*

---

* Grau dos SA (milícia paramilitar nazista) equivalente ao de tenente. [N.T.]

Seu dedo curto, gordo, com a ponta quadrada, percorreu as linhas do formulário. Depois, ele ergueu a cabeça e me olhou. Seus olhos fundos não deixavam nada aparecer além de uma pequena fenda. Isso lhe dava um ar pesado e sonolento.

— Onde o senhor trabalha?

— Construções Lingenfelser.

— Um dos seus camaradas está inscrito no partido?

— Um, eu creio.

— O senhor não tem certeza?

— Não. No entanto, ele lê o *Voelkischer Beobachter*.

— Como ele se chama?

— Siebert.

O *Obersturmführer* virou-se para Freddie. Não girou o pescoço e sim o busto inteiro, como se o pescoço fosse soldado aos ombros.

— Verifique.

Freddie sentou-se numa mesa e consultou uma pasta. O *Obersturm-führer* pousou o dedo gordo sobre o formulário.

— Turquia?

— *Ja, Herr Obersturmführer.*

— Com quem?

— *Herr* Rittmeister Günther.

Freddie levantou-se.

— Siebert está inscrito — confirmou.

O dedo gordo pulou várias linhas.

— Ah! Os Freikorps!

O ar sonolento desapareceu subitamente.

— Com quem?

— *Oberleutnant* Rossbach.

O *Obersturmführer* sorriu, seus olhos começaram a brilhar através das fendas das pálpebras, e ele projetou os lábios para fora, com um ar guloso.

— Báltico? Ruhr? Alta-Silésia?

— Os três.

— *Gut!*

Deu-me um tapinha no ombro. Os dois jovens que me cercavam afastaram-se e voltaram a sentar-se. O *Obersturmführer* girou como um só bloco na direção de Freddie.

– Prepare a carteira temporária dele.

As fendas dos olhos se estreitaram de novo. O brilho se apagou, e a fisionomia sonolenta voltou à tona.

– O senhor será, primeiro, aspirante SA. Depois, quando julgarmos útil, prestará juramento ao Führer e será investido SA. Tem como pagar o uniforme?

– Infelizmente, não.

– Por quê?

– Há uma semana eu ainda estava desempregado.

O *Obersturmführer* virou-se como um bloco na direção da janela.

– Otto!

O jovem ruivo deu uma volta sobre o próprio corpo e, mancando ligeiramente, bateu os calcanhares. Seu rosto magro, pontilhado de sardas, trazia desenhado um sorriso.

– Você dará a ele o uniforme de Heinrich.

Otto parou de sorrir e seu rosto ficou grave e triste.

– O uniforme de Heinrich ficará muito grande – argumentou.

O *Obersturmführer* encolheu os ombros.

– Ele vai encurtá-lo.

O silêncio recaiu sobre a sala. O *Obersturmführer* percorreu todos com o olhar e vociferou:

– Um Freikorps tem o direito de usar o uniforme de Heinrich.

Freddie entregou-lhe uma carteira dobrada. Ele a abriu, examinou-a, dobrou de volta e me entregou.

– Por enquanto você tem a ordem de continuar no canteiro de obras.

Percebi, com alegria, que ele agora me chamava de *você*.

– Dê seu endereço a Otto. Ele levará o uniforme de Heinrich.

O *Obersturmführer* deu meia-volta, depois mudou de ideia e ficou de frente para mim novamente.

– Um Freikorps com certeza tem uma arma, certo?

– Pistola Mauser.

– Onde você a escondeu?

– No meu colchão de palha.

Ele ergueu os ombros fortes.

– Que infantilidade.

Virou-se como um só bloco na direção dos jovens, piscou o olho e disse:

— Os colchões de palha não são segredo para os *Schupos*.*

Os jovens começaram a rir. Ele permaneceu impassível. Quando o riso cessou, prosseguiu:

— Otto vai mostrar a você como escondê-la.

Freddie tocou meu braço.

— Você pode confiar em Otto. A pistola dele, ele a escondeu tão bem que já não sabe onde está!

Os jovens começaram a rir novamente, e dessa vez o *Obersturmführer* fez eco. Depois, agarrou a nuca de Freddie com sua mão forte e a puxou várias vezes para a frente, repetindo em francês:

— "*Petite canaille! Petite canaille!*"**

Freddie começou a se contorcer, mas sem fazer muito esforço para se libertar.

— *Petite canaille! Petite canaille!* — disse o *Obersturmführer*, e seu rosto ficou apoplético.

Finalmente, com um empurrão, lançou Freddie nos braços de Otto, que, com o choque, quase caiu. Os jovens explodiram em gargalhadas.

— *Achtung!*** — gritou o *Obersturmführer*.

Todos ficaram imóveis. O *Obersturmführer* pôs a mão no meu ombro, seu rosto ficou grave, e ele disse:

— Aspirante SA!

Fez uma pausa. Aprumei-me.

— O Führer espera de você uma devoção sem limites!

— *Jawohl, Herr Obersturmführer.*

O *Obersturmführer* deixou-me, recuou de um passo, ficou em posição de sentido, levantou o braço direito e vociferou:

— *Heil Hitler!*

As vozes de todos ressoaram com força e fizeram meu peito vibrar. Experimentei um profundo sentimento de paz. Encontrara minha

---

* Policiais.

** Expressão afetuosa em geral dirigida a crianças, indeclinável, significando algo equivalente a "pilantrinha". [N.T.]

*** "Sentido!"

estrada. Ela se estendia diante de mim, reta e clara. O dever, em cada minuto de meu porvir, me aguardava.

As semanas se passaram, depois os meses, e apesar do trabalho duro na betoneira, da queda do marco e da fome, eu estava feliz. À noite, assim que deixava a obra, apressava-me em vestir meu uniforme, corria às dependências do *Sturm*,* e minha verdadeira vida começava.

As batalhas com os comunistas eram incessantes. Sabotávamos suas reuniões e eles sabotavam as nossas. Tomávamos de assalto os seus locais e eles nos atacavam de volta. Entre um choque e outro, não chegavam a se passar semanas. Ainda que, em princípio, os dois lados estivessem desarmados, não era raro, no curso dos embates, ouvir-se o disparo de uma pistola. Heinrich, cujo uniforme eu usava, tinha sido morto com um tiro no meio do peito, e tive que costurar os dois rasgões feitos pela bala sobre minha camisa marrom.

Onze de janeiro foi, para os combatentes do partido, uma data decisiva. O governo do presidente Poincaré mandou ocupar o Ruhr. Ele enviou "uma simples missão de engenheiros" – acompanhada de 60.000 soldados – mas cujos objetivos, segundo uma expressão que fez muito sucesso entre nós, eram *"puramente pacíficos"*. A indignação em toda a Alemanha ardeu como uma tocha. O Führer desde sempre havia proclamado que o Tratado de Versalhes não era suficiente para os aliados, e que eles almejavam, mais cedo ou mais tarde, liquidar a Alemanha com o tiro de misericórdia. Esse acontecimento lhe dava razão. As adesões ao partido se multiplicaram e alcançaram, em trinta dias, um número sem precedentes. A catástrofe financeira que logo se abateu sobre o nosso pobre país só acelerou o avanço prodigioso do Movimento.

O *Obersturmführer* gostava de dizer, aos risos, que, pensando bem, deveríamos era erguer uma estátua em homenagem ao presidente Poincaré.

Logo soubemos que o ocupante francês teria que enfrentar uma resistência muito menos passiva do que a proclamada pelo chanceler Cuno. A sabotagem dos trens de mercadorias que levavam o carbono alemão até a França era executada em larga escala. As pontes explodiam,

---

* Unidade de choque dos SA.

as locomotivas saíam dos trilhos, os desvios eram destruídos. Em comparação a esses feitos e aos perigos que eles traziam, nossos combates quase cotidianos com os comunistas perdiam a força.

Siebert, Otto e eu sabíamos que o partido, paralelamente a outros grupos patrióticos, integrava a resistência alemã no Ruhr, e desde os primeiros dias oferecemo-nos como voluntários para as missões secretas na zona de ocupação francesa. A resposta veio na forma de uma ordem: seríamos úteis em M., e era em M. que deveríamos permanecer. De novo, como em W., na época dos Freikorps, tive a impressão de estar mofando numa guarnição monótona, enquanto outros homens arriscavam suas vidas por mim. O que aumentou ainda mais minha impaciência foi saber que muitos dos camaradas e chefes dos Freikorps brilhavam na resistência, em especial o tenente Leo Albert Schlageter.

Schlageter era um nome mágico. O "herói de Riga". Sua audácia não conhecia limites. Tinha combatido em todos os lugares onde era possível combater. Na Alta Silésia, fora cercado três vezes por grupos poloneses, e, nas três ocasiões, conseguira escapar. Soubemos que, no Ruhr, os ataques aos desvios dos trilhos o entediavam: julgava-os fáceis demais. Preferia destruir logo as pontes das estradas de ferro sob o nariz das sentinelas francesas que as vigiavam. E tudo – explicava, gracejando – com fins *puramente pacíficos*.

Em 23 de maio, uma terrível notícia nos lançou numa onda de consternação. Após a destruição de uma ponte na estrada de ferro que ligava Duisburg a Düsseldorf, os franceses haviam fuzilado Schlageter. Passados alguns dias, fui procurado por um grupo patriótico de ex-combatentes do destacamento Rossbach, ligado ao partido. Comunicaram-me que Schlageter havia sido entregue aos franceses por um homem chamado Walter Kadow, professor escolar. E que eu havia sido escolhido, junto com dois camaradas, para executá-lo.

A execução ocorreu num bosque perto de P. Derrubamos Kadow a golpes de cassetete e enterramos seu corpo, mas este não tardou a ser encontrado pela polícia. Fomos detidos, processados e condenados, cada um, a dez anos de prisão.

Cumpri minha pena na prisão de D. A comida era ruim, mas eu conhecera uma muito pior quando estivera desempregado. Junto com os pacotes que o partido enviava, dava para satisfazer a fome. Quanto ao trabalho, que na maior parte do tempo consistia em costurar à máquina trajes militares, era infinitamente menos penoso do que tudo o que eu havia feito até então, com a vantagem de ser realizado no interior da cela. Para mim, trabalhar sozinho era um alívio.

Às vezes, na hora do exercício, ouvia os outros detentos reclamarem dos guardas em voz baixa, mas creio que eles não se esforçavam. Minhas relações com os guardas eram excelentes, e não havia nenhum mérito nisso: eu era educado, deferente, não fazia perguntas, não me queixava de nada e executava na mesma hora tudo o que me mandavam fazer.

No formulário que preenchera ao entrar na prisão, eu havia indicado que era "*Konfessionslos aber Gottgläubig*". Por isso me espantei quando recebi a visita do capelão protestante. Ele primeiramente deplorou que eu tivesse abandonado toda prática religiosa e perguntou em que culto me haviam educado. Pareceu bastante satisfeito de saber que minha formação era católica e perguntou se eu gostaria de ler a Bíblia. Respondi afirmativamente, ele me deu um exemplar e partiu. Um mês depois, a chave girou na fechadura, o pastor reapareceu e me levantei de um pulo. Ele perguntou se eu tinha começado a leitura e se a achara interessante. Respondi que sim. Então, ele quis saber se, em consequência, eu me arrependia de meu crime. Eu disse que não tinha do que me arrepender, pois Kadow era um traidor, e fora por amor à pátria que o havíamos executado. Ele fez notar que só o Estado tinha o direito de executar traidores. Permaneci calado, pensando que ali, onde eu estava, não deveria dizer a ele o que eu pensava da República de Weimar. Mas ele entendeu o sentido de meu silêncio, pois balançou tristemente a cabeça, recitou alguns versículos e foi embora.

Eu não mentira quando respondi ao pastor que a Bíblia me interessara: ela confirmava tudo o que Pai, o Rittmeister Günther e o partido haviam me ensinado a pensar sobre os judeus: era um povo que não fazia nada sem interesse, que utilizava sistematicamente os truques mais desleais e que praticava, no curso mais regular da vida, uma lubricidade repugnante. Realmente, foi com grande mal-estar que li alguns desses relatos, nos quais sempre se tratava, nos termos mais crus, de concubinas e de incestos.

No terceiro ano ocorreu, na minha vida de prisioneiro, um advento extraordinário: recebi uma carta. Eu a retirei febrilmente do envelope. Estava assinada pelo Doutor Vogel e dizia:

Meu caro Rudolf,

Ainda que eu possa legitimamente me considerar desligado de toda obrigação em relação a você pela sua conduta abominável, creio que devo à memória de seu pai esta tentativa de não o abandonar à desonra que atualmente você habita e, no esquecimento de suas injúrias, estender a você uma mão prestativa.

Três anos se passaram desde que Deus fez pesar a mão Dele sobre sua alma, a fim de que não abusasse por demais da liberdade a você concedida para cometer o mal. Esses três anos, com certeza, foram salutares. Durante esse tempo você foi presa de remorsos e suportou o peso das suas faltas.

Dessas faltas nada sei. Você fez questão de mantê-las longe do meu conhecimento ao romper todo e qualquer contato comigo. Mas o que deve ter sido sua vida para que, por fim, o levasse ao assassínio! Não consigo imaginar sem tristeza que espécie de terrível exemplo de preguiça e de sensualidade desenfreada deve tê-la envolvido. É sempre o prazer – um prazer do tipo mais baixo – que desvia um jovem homem do duro caminho do dever e da obediência.

Mas agora, meu caro Rudolf, o castigo inexorável por fim se abateu sobre você. Ele é justo e você sente isso. Mas Deus, em sua infinita indulgência, está pronto para perdoá-lo.

Claro que não é mais possível, a esta altura, executar ao pé da letra a sagrada vontade do moribundo, e sua desonra exclui a graça de poder um dia exercer o magnífico ministério que seu pai outrora sonhou para você. Mas existem vocações mais humildes nas quais você poderá sepultar seus pecados e para as quais nada mais se pede que um coração arrependido e a firme vontade de servir a Deus. É nisso que reside, no momento, sua chance de salvação, e seu pai, que do alto do céu olha por você, não decidiria de outra forma.

Se o arrependimento, como espero, abriu seus olhos, e se você estiver disposto a vencer o orgulho e renunciar à anarquia e ao caos de sua vida, seria, para mim, perfeitamente possível obter uma redução da sua pena. Não me faltam certas influências, e acabo de saber que os pais do jovem W., seu cúmplice no crime, conseguiram, alguns meses atrás, a anistia do filho. Eis para você um precedente feliz sobre o qual com certeza poderei jogar minhas fichas, na medida em que me assegure que o castigo machucou seu coração endurecido e o trará de volta arrependido e dócil aos nossos braços.

Sua tia e suas irmãs não me pediram para enviar-lhe nenhuma mensagem. Você entenderá que essas mulheres inteiramente respeitáveis não desejam por enquanto ter relação com um preso comum. Mas elas sabem que eu lhe escrevo e rezam incessantemente para que seu coração seja tocado pelo remorso. É o que, do fundo de minha alma, eu também lhe desejo.

DOUTOR VOGEL.

Três meses após o recebimento dessa carta, a porta da minha cela abriu-se e o carcereiro-chefe entrou, seguido por um guarda, inspecionou o espaço à sua volta e gritou com uma voz retumbante:

– Para a sala do Diretor! *Schnell*![*]

Abriu espaço para que eu passasse, o guarda fechou a porta, e o carcereiro-chefe continuou a gritar: "*Schnell, Mensch, Schnell!*". Apressei o passo, e seguimos por intermináveis corredores. Minhas pernas tremiam.

O carcereiro-chefe era um ex-suboficial da ativa. Marchava num passo firme, mantendo o corpo bem ereto e exibindo seu bigode à Wilhelm[**] todo branco e bem encerado. Estava uma cabeça à minha frente, e para alcançá-lo eu tinha que dar dois passos enquanto ele dava um. Diminuiu um pouco o ritmo e disse, à meia-voz: "Você está com medo, dragão?". Eu disse: "Não, senhor carcereiro-chefe". Demos mais alguns passos e ele voltou a falar: "Você não fez nada de errado. Se tivesse feito, eu saberia". Respondi: "Obrigado, senhor carcereiro-chefe". Ele diminuiu mais o passo e acrescentou: "Olhe bem, dragão. Preste bem atenção ao que você dirá ao diretor. Ele é um homem muito sábio, mas…" Baixou ainda mais a voz. "… ele é um pouco…". Ergueu a mão direita na altura da cintura e girou o pulso, mostrando alternadamente a palma e as costas da mão. "Além disso" – prosseguiu – "ele é

---

[*] "Rápido!".

[**] Bigode de pontas curvas e acentuadas ao estilo do Kaiser Wilhelm II, último imperador alemão, que reinou até 1918. [N.T.]

um pouco..." Levou o indicador até a testa e piscou para mim. Fez-se silêncio, ele desacelerou ainda mais o passo, mas dessa vez elevou a voz: "Então, atenção: dê as respostas certas!". Piscou novamente. "Porque com ele, veja bem, a gente nunca sabe as respostas que é preciso dar."

Ele balançou a cabeça de um modo sensato e esclarecido e pôs a mão no meu braço: "Assim, veja, por exemplo... você acha que disse uma besteira, mas... nada disso! Ele fica contente". Fez uma pausa. "E de modo inverso..." Recomeçou a caminhar e puxou longamente o bigode. "Então, tome muito cuidado com suas respostas, dragão!" Por fim, deu-me um tapinha nas costas e eu retribuí: "Muito obrigado, senhor carcereiro-chefe".

Ainda tivemos que percorrer mais um longo corredor, o piso de cerâmica foi substituído por tábuas de carvalho bem enceradas, até que passamos por uma porta dupla e eu ouvi os cliques de uma máquina de escrever. O carcereiro-chefe passou à minha frente, ajeitou o paletó, puxando-o para baixo, bateu numa porta pintada de vermelho, entrou, ficou em posição de sentido e gritou com a voz forte: "O prisioneiro Lang está aqui, *Herr* Direktor!". Uma voz disse: "Faça-o entrar!". O carcereiro-chefe me empurrou para dentro da sala, que era muito clara, e a luz intensa da parede branca me cegou.

Levou um tempo até eu conseguir enxergar o diretor. Ele estava de pé diante de uma grande janela, com um livro verde na mão. Era baixo, magro, muito pálido, com uma testa imensa e um olhar extremamente penetrante por trás dos óculos com armação de ouro.

– Lang? – ele disse, e seu rosto foi percorrido por uma torrente de tiques nervosos.

O carcereiro-chefe me empurrou de leve com a palma da mão. Depois diminuiu a pressão, e fiquei a meio metro da escrivaninha. O carcereiro-chefe postou-se à minha direita. Atrás da escrivaninha, a parede tinha livros do chão ao teto.

– Ah! Ah! – exclamou o diretor com uma voz aguda e espalhafatosa.

Depois, de onde estava, lançou o livro verde na direção da superfí-cie da escrivaninha, mas errou o alvo, e o livro atingiu um dos vértices da mesa, caindo em seguida no chão. O carcereiro-chefe fez menção de apanhá-lo.

– *Halte*! – berrou o diretor com sua voz esganiçada.

Seus olhos, seu nariz, sua testa, sua boca, tudo se movia. Com uma vivacidade inacreditável apontou o indicador na direção do carcereiro-chefe e disse:

– Fui eu que derrubei o livro. Logo, compete a mim apanhá-lo. Está claro?

– Está claro, *Herr Direktor* – bradou o carcereiro-chefe.

O diretor deu um salto ligeiro até a escrivaninha, pegou o livro do chão e o colocou ao lado de um cinzeiro repleto de cigarros fumados pela metade. Depois, levantou o ombro direito, olhou-me, pegou uma régua na mesa, deu as costas e se pôs a saltitar em círculos pela sala, numa velocidade tresloucada.

– Então, é Lang! – disse.

Fez-se silêncio, e o carcereiro-chefe, de forma completamente inútil, gritou, referindo-se a mim: *"Jawohl, Herr Direktor!"*.

– Lang – disse o diretor às minhas costas –, tenho aqui uma queixa contra o senhor da parte de *Herr* doutor Vogel.

Ouvi, atrás de mim, a régua bater num objeto macio.

– Ele se queixa de o senhor não ter respondido a uma carta dele, cuja cópia anexou.

– *Herr Direktor*, o doutor Vogel não é mais meu tutor. Sou maior de idade.

Ele agora estava diante de mim brandindo sua régua, com uma careta.

– E esse foi o motivo para o senhor não ter respondido à carta dele?

– *Nein, Herr Direktor*. O motivo é que eu não posso fazer o que ele deseja.

– Se bem entendi (reguada sobre a escrivaninha), a carta que o doutor Vogel lhe escreveu (reguada no encosto da poltrona) – uma carta, se assim posso dizer, muito interessante (reguada na palma da mão) –, a vontade de seu pai era que o senhor se tornasse padre?

– *Ja, Herr Direktor.*

– Por quê?

– Quando nasci, ele fez uma promessa à Santa Virgem nesse sentido.

Houve uma série de reguadas, uma cascata de "Ah! Ah!" muito agudos. Ele se pôs novamente a saltitar.

– E o senhor não estava de acordo?

— *Nein, Herr Direktor.*

Às minhas costas:

— O senhor informou isso ao seu pai?

— Meu pai não perguntava minha opinião.

Reguada no fecho da janela.

— Ah! Ah!

Diante de mim:

— Essa é a razão pela qual o senhor se tornou *konfessionsloss*?

— *Nein, Herr Direktor.*

— Qual foi a verdadeira razão?

— Eu tinha a impressão de que o meu confessor havia traído o segredo de minha confissão.

Reguadas sobre escrivaninha, caretas, saltos.

— A quem, nessa hipótese (reguada na estante de livros), ele revelou o segredo?

— Ao meu pai.

Às minhas costas.

— E era verdade?

— *Nein, Herr Direktor*, mas eu só soube disso mais tarde.

Ainda às minhas costas.

— Mas o senhor não reencontrou a fé?

— *Nein, Herr Direktor.*

A régua roçou num objeto de madeira. "Ah! Ah!" muito agudos. E um grito, súbito e fortíssimo.

— Interessante!

Às minhas costas, grande estalo da régua sobre um objeto de madeira.

— Carcereiro-chefe!

O carcereiro-chefe disse, sem se virar:

— *Jawohl, Herr Direktor!*

— Interessante!

— *Jawohl, Herr Direktor!*

De frente para mim:

— Eu li na carta do Dr. Vogel...

Levantou o papel com a ponta dos dedos e o manteve bem longe de si, com ar enojado.

– ... que ele se empenharia em obter a sua anistia (reguada sobre a carta) se o senhor entrasse nos eixos. O senhor acha que ele faria isso?

– Certamente, *Herr Direktor*. O Dr. Vogel é um sábio, e ele tem muitos...

Sorriso, reguadas sobre a carta, saltos.

– So! *Herr* doutor Vogel é um sábio? E no que *Herr* doutor Vogel é um sábio?

– Em medicina, *Herr Direktor*.

– *So!*

Às minhas costas:

– E por acaso não lhe veio à cabeça a ideia de que o senhor poderia fingir submeter-se à vontade do doutor Vogel e, uma vez anistiado, recuperar sua liberdade?

– *Nein, Herr Direktor*, essa ideia não me veio à cabeça.

– E agora? O que é que o senhor pensa sobre o assunto?

– Eu não farei isso.

– Ah! Ah!

De frente para mim, com a ponta da régua apoiada sobre a mesa e as duas mãos no outro extremo:

– Por quê?

Calei-me por um longo instante, e o carcereiro-chefe disse, num tom severo: "Então! Responda a *Herr Direktor*!". O diretor levantou a régua e disse vivamente: "Dê tempo a ele". O tempo ainda se prolongou um pouco até que eu respondesse:

– Eu não sei.

O diretor fez uma careta, franziu os lábios, lançou um olhar furioso ao carcereiro-chefe, estalou a régua numa pequena estatueta de bronze sobre sua escrivaninha e depois voltou a saltitar em volta de mim a toda velocidade.

– Além do doutor Vogel, o senhor conhece alguém que possa tomar providências para obter sua anistia?

– *Nein, Herr Direktor*.

Pelas minhas costas:

– O senhor sabia que, no seu caso, a anistia incidiria sobre a metade da pena? O senhor cumpriria então cinco anos no lugar de dez.

– Eu não sabia, *Herr Direktor*.

— E agora que sabe, o senhor tem intenção de responder à carta do doutor Vogel?

— *Nein, Herr Direktor.*

— O senhor prefere, então, cumprir cinco anos a mais de pena a submeter-se ao doutor Vogel?

— *Ja, Herr Direktor.*

— Por quê?

— Eu o estaria enganando.

De frente para mim, o ar grave, a régua na minha direção e os seus olhos penetrantes fixando os meus:

— O senhor considera *Herr* doutor Vogel um amigo?

— *Nein, Herr Direktor.*

— O senhor tem por ele algum afeto ou respeito?

— Certamente não, *Herr Direktor.*

Acrescentei:

— No entanto, ele é um grande sábio.

— Deixemos o grande sábio de lado.

Ele prosseguiu:

— Lang, me diga, é um ato lícito matar um inimigo da pátria?

— Certamente, *Herr Direktor.*

— E usar contra ele mentiras?

— Certamente, *Herr Direktor.*

— E os artifícios mais desleais?

— Certamente, *Herr Direktor.*

— No entanto você não quer usar um artifício contra o doutor Vogel?

— Nein, *Herr Direktor.*

— Por quê?

— Não é a mesma coisa.

— Por que não é a mesma coisa?

Refleti antes de responder.

— Porque nesse caso só se trata de mim.

Ele fez "Ah! Ah" num tom agudo e triunfante, seus olhos brilharam por trás dos óculos de armação de ouro, ele jogou a régua sobre a mesa, cruzou os braços e ficou com uma expressão profundamente satisfeita.

— Lang – ele disse –, o senhor é um homem perigoso.

O carcereiro-chefe virou a cabeça e me examinou com o ar severo.

– E o senhor sabe por que é um homem perigoso?

– *Nein, Herr Direktor.*

– Porque o senhor é honesto.

Seus óculos de ouro refletiram a luz, e ele recomeçou:

– Todos os homens honestos são perigosos. Só os canalhas são inofensivos. O senhor sabe por que, carcereiro-chefe?

– *Nein, Herr Direktor.*

– E o senhor gostaria de saber, carcereiro-chefe?

– Certamente, *Herr Direktor*. Eu desejo saber.

– Porque os canalhas só agem por interesse... quer dizer, de forma pequena.

Sentou-se, apoiou os braços nas laterais da poltrona e assumiu de novo aquele seu ar profundamente satisfeito, antes de seguir com seu discurso.

– Lang, estou feliz que esta carta do sábio doutor Vogel (levantou a carta com a ponta dos dedos) tenha chamado minha atenção sobre seu caso. É pouco provável que o sábio doutor Vogel, a esta altura, faça (sorriso) qualquer coisa pelo senhor. Mas eu, entretanto...

Levantou-se, saltou energicamente até a estante de livros e disse, de costas para mim:

– Por exemplo, eu posso pedir, em vista da sua boa conduta, uma redução da sua pena.

Girou o corpo com a astúcia de um símio, apontou a régua na minha direção como um esgrimista, seus olhos brilharam e, subitamente, ele anunciou, com a voz aguda:

– *E eu o farei!*

Devolveu o livro à estante, saltitou até a escrivaninha, ergueu os olhos e, de repente, assumiu um ar que traduzia um grande espanto por nos ver ali. Com um gesto impaciente da mão, ordenou:

– Leve o detento!

E, sem transição, pôs-se a urrar:

– *Schnell*! *Schnell*! *Schnell*!

– *Los*! – gritou o carcereiro-chefe.

E saímos, quase correndo.

O diretor manteve sua palavra, embora eu ainda tivesse que esperar dois anos para sentir seus efeitos. Em 1929, fui informado de que minha pena havia sido reduzida pela metade e saí da prisão quase exatamente cinco anos depois de ter entrado, contados dia após dia.

Eu havia engordado bastante, e meus trajes civis estavam, de novo, muito apertados. Mesmo assim, fiquei satisfeito por já estarmos quase no verão, pois a temperatura amena me livrava do sobretudo do tio Franz.

Além do meu pecúlio, recebi uma ordem de transporte para M. Já dentro do trem, flagrei-me pensando na cela da prisão e, coisa curiosa, com nostalgia. Eu estava no corredor do vagão, olhava através do vidro as lavouras desfilando, elas oscilavam levemente sob o sol e eu pensava: "Estou livre". Era um pensamento estranho, acrescido da constatação de que, no fim das contas, eu devia minha liberdade, de uma forma ou de outra, à carta enviada pelo doutor Vogel.

Minutos depois, voltei ao assento. Minhas mãos vazias pendiam, os minutos passavam um por um, não havia ninguém para me dizer o que era preciso fazer, e isso me entediava. Voltei ao corredor e olhei de novo através do vidro. Os campos de trigo eram lindos, e o vento fazia sua superfície vibrar em pequenos frêmitos, como sobre um lago.

Na saída da prisão, eu recebera cinco cigarros, mas nada para acendê-los. Entrei no meu compartimento, pedi fogo a um viajante e voltei novamente ao corredor. O cigarro não tinha gosto algum e, após algumas baforadas, abaixei o vidro e o joguei o mais longe possível, mas o vento o trouxe de volta, fazendo-o bater no vagão e produzir um feixe de centelhas. Fechei o vidro e olhei mais uma vez as lavouras. Depois que elas passaram, avistei alguns prados em muito bom estado, mas não vi nenhum cavalo.

Poucos segundos depois, lembrei-me do partido. E me vi feliz.

1929

O partido decidiu "me mandar para o mato" por um tempo. Conseguiram-me um emprego no haras do Coronel Barão von Jeseritz, que possuía uma vasta propriedade perto de W., na Pomerânia.

O novo trabalho me encantou. Os animais eram belos e bem tratados. As instalações eram muito modernas, e o Coronel Barão von Jeseritz – nós o chamávamos sempre "*Herr* Oberst", embora ele não estivesse mais no serviço – fazia reinar uma disciplina de ferro. Era alto e magro, o rosto coberto e amarrotado de rugas, e tinha um queixo desmesuradamente longo que, estranhamente, fazia seu rosto parecer-se com o de um cavalo. Os estribeiros, pelas suas costas, o chamavam "Cara de aço", e eu nunca consegui descobrir se era por causa de sua mandíbula ou dos seus olhos. Esses, à primeira vista, nada tinham de insólito. Eram azuis, e isso era tudo. Mas quando von Jeseritz os girava inadvertidamente na direção de alguém, parecia que haviam ligado um interruptor. Seu brilho era insustentável.

Eu já estava a seu serviço havia três meses, e ele não me dirigira a palavra uma única vez. Tendo sido contratado por seu homem de confiança, eu pensava ser completamente desconhecido para ele. Até que numa tarde, quando me encontrava só num prado, fazendo reparos numa cerca, reconheci atrás de mim o trote tão característico de sua égua. Ouviu-se um estalo de língua e, de repente, a égua estava diante de mim, alta e delgada, os músculos projetando-se delicadamente sobre seu belo manto negro.

– Lang!

Endireitei o corpo, fiquei em posição de sentido, e a égua respondeu ao movimento brusco alçando as orelhas. Von Jeseritz a acariciou e disse, sem olhar para mim, como se falasse consigo próprio:

— Tenho uma pequena fazenda em Marienthal... Ela está completamente abandonada...

Calou-se. Aguardei.

— Eu pensei – prosseguiu, com um ar ausente e como se, de fato, estivesse pensando alto – que poderia, talvez, botar lá alguns cavalos, se a terra ainda puder alimentá-los.

Abaixou a ponta do chicote, colocou-o entre as duas orelhas da égua e acariciou o animal com afeto.

— Nos tempos do meu pai, havia cavalos ali. Mas ninguém nunca quis ficar… É um fim de mundo. Água por tudo que é lado. As instalações estão num triste estado. As terras, também. É preciso consertar tudo, recuperar o terreno...

Ergueu a ponta do chicote, e seu olhar azul insustentável recaiu sobre mim.

— Você compreende?

— *Jawohl, Herr Oberst.*

Então, desviou os olhos. Fiquei aliviado.

— Eu pensei em você – disse, inesperadamente.

Coçou a orelha com a ponta do chicote e prosseguiu, num tom seco:

— Eis as condições: para começar, eu lhe dou dois homens e você tenta realizar todos os reparos. Se conseguir, instala-se no local e eu ponho lá alguns cavalos. Ao mesmo tempo, eu lhe dou uma porca, galinhas e sementes. Há um arado. Tudo o que você conseguir cultivar no arado, além da porca, das aves e de dois pequenos bosques que pertencem à fazenda, é para você. A caça também é sua. Mas lembre-se: a partir do momento em que se instalar, nem um *Pfennig*! Está ouvindo? Nem um *Pfennig*!

Brandiu seu chicote, seu olhar penetrante abateu-se sobre mim, e ele gritou, de súbito, furioso:

— Nem um *Pfennig*!

— *Ja, Herr Oberst* – respondi.

Fez-se silêncio, e ele retomou, com uma voz calma.

– Não diga "*Ja*". Pegue um cavalo e vá ver. Depois que tiver visto, você poderá dizer "*Ja*".

– Agora, *Herr Oberst*?

– Agora. E diga a Georg para arranjar-lhe umas botas. Você vai precisar delas.

Girou a rédea e guinou sua égua. Voltei aos alojamentos e disse a Georg que von Jeseritz estava me enviando a Marienthal. Georg contraiu os olhos, balançou a cabeça várias vezes e disse, com um ar misterioso:

– Então é você?

Ele sorriu. Os buracos em seus dentes apareceram e ele ficou, de repente, mais idoso.

– *Ach*, ele é esperto, o velho! Apostou no bom cavalo.

Foi buscar as botas e, enquanto eu as experimentava, advertiu:

– Não se alegre rápido demais. É um fim de mundo. Não diga "*Ja*" se você não achar que pode fazer o serviço.

Agradeci, ele me designou um animal, e parti. Eram dez quilômetros do haras até Marienthal. O céu não tinha uma só nuvem, mas, embora ainda fosse setembro, o ar era extremamente fresco.

Na aldeia, consegui indicações de onde era a fazenda e percorri ainda três ou quatro quilômetros de um caminho muito enlameado e parcialmente tomado por urzes. Não vi uma só casa, um rancho, uma plantação. Tudo era improdutivo e selvagem. O caminho se interrompia diante de uma barreira de madeira completamente podre. Desmontei e amarrei o cavalo num álamo. Ainda que não tivesse chovido em oito dias, o solo era mole e esponjoso.

Dei alguns passos e descobri a casa. Seu teto estava bem esburacado, não tinha nem porta, nem janelas, e o mato brotava do espaço entre as lajes. Percorri o entorno e cheguei à estrebaria: os telhados ainda resistiam, mas uma das paredes estava desmoronada.

Georg tinha me dado um mapa das terras, e comecei a percorrê-las sem pressa. O bosque era um matagal úmido e infértil. À parte a madeira de lenha e a caça, não havia nada ali que pudesse se aproveitar.

No caminho reconheci o que deveria ter sido, um dia, uma plantação: a terra era pobre e arenosa. Depois, cheguei a um pequeno bosque de pinheiros, e contei, com prazer, uma centena de belíssimos exemplares que dividiam espaço com algumas árvores jovens.

Então começavam os prados. Contei, ao todo, cinco, separados por sebes e cercados. Três deles haviam sido invadidos por juncos. Os outros dois, nas encostas de uma trilha enlameada, estavam completamente podres. Não era o caso de me aventurar a percorrê-la, mesmo com as minhas botas. Refiz o caminho e, depois de um quarto de hora de caminhada, cheguei a um lago e compreendi o que devia ter se passado: o lago, antigamente, era contido por um dique, e este fora destruído por uma cheia. A água havia inundado os dois prados mais baixos e se infiltrado nos outros, só que muito mais lentamente, porque uma leve ondulação de terreno havia servido de obstáculo ao seu curso.

Decidi me despir e entrar no lago. A água era geladíssima, e tive que tomar um grande fôlego para submergir. Não demorou para eu encontrar o dique. Subi em sua superfície e fiquei com água até os joelhos. Tateando com os pés, determinei sua direção e comecei a segui-la bem devagar. A água era negra e enlameada, e eu previa, em breve, perder o pé no ponto em que o dique estivesse rompido. De fato, não tinha ainda chegado nem à metade do lago e tive que começar a nadar para atingir, três ou quatro metros depois, o segundo trecho do dique, onde já dava pé. Caminhando sobre esse trecho, foi possível ganhar a outra borda do lago. Não havia mais nenhuma falha na estrutura.

Saí da água e contornei o lago, correndo para recuperar logo minhas roupas na margem oposta. Meus dentes batiam e minhas pernas afundavam no pântano até o tornozelo. O vento, durante a corrida, acabou me secando, e eu estava só um pouco úmido quando me vesti novamente.

Sentei-me numa grande pedra de frente para o lago. O sol já começava a baixar. A fome e a fadiga me dominaram. Tirei meu lanche do bolso e comecei a mastigá-lo lentamente, observando o lago. Ele era envolvido por um círculo de junco e, atrás do junco, a oeste, uma grande nuvem negra emergiu, e lá se foi o sol. A escuridão caiu de uma só vez, um odor de umidade putrefata veio da terra, e tudo se tornou de uma tristeza medonha.

Depois um raio de sol penetrou pela nuvem, sublinhou a água negra, e uma névoa branca começou a elevar-se dos prados mais baixos. A pedra sobre a qual eu me sentava estava meio submersa no lodo;

tudo em volta era frio e viscoso, e tive a impressão de estar perdido num oceano de lama.

Quando voltei à propriedade, Georg puxou meu cavalo pela rédea e disse:

— O velho o espera no escritório. Corra.

Ao notar o meu estado, indagou, à meia-voz: "Então? Que tal? O inverno lá, hein?".

No escritório havia uma grande lareira acesa; diante do fogo, von Jeseritz, com um longo cachimbo na mão estava sentado, ou melhor, deitado sobre uma pequena poltrona, com o traseiro magro na borda do assento e as duas longas pernas, vestidas de botas, estendidas diante de si. Ele girou a cabeça, seus olhos azuis me fixaram e ele exclamou:

— Então?

Fiquei em posição de sentido e disse:

— *Ja!*

Ele se ergueu e firmou-se bem sobre as pernas. Fiquei surpreso: até então, eu só o vira sobre um cavalo.

— Você pensou bem?

— *Jawohl, Herr Oberst.*

Começou a caminhar de um lado para o outro, tragando seu cachimbo.

— Acha que vai conseguir? — disse, num tom contido.

— *Jawohl, Herr Oberst,* se for possível consertar o dique. Ele tem uma brecha de quatro metros de largura.

Ele parou e me observou, curioso.

— Como você sabe que ela tem quatro metros de largura?

— Eu entrei na água.

— E não há outra brecha?

— *Nein, Herr Oberst.*

Ele voltou a caminhar.

— Não está tão mal quanto eu imaginava.

Deteve-se novamente e coçou-se atrás da orelha com o tubo do cachimbo.

— Então, você entrou na água.

— *Ja, Herr Oberst.*

Olhou-me com satisfação:

— Bem... você foi o primeiro que teve a ideia de fazer isso!

Sentou-se, juntou as duas pernas e as estendeu diante de si.

— E depois?

— Depois, *Herr Oberst,* seria preciso drenar os dois prados mais baixos. Os três outros, basta limpar e preencher os buracos.

— Quanto à estrebaria e à casa, você acha que pode consertar sozinho?

— *Jawohl, Herr Oberst.*

Ficou em silêncio. Levantou-se novamente, recostou-se na lareira e disse:

— Escute-me bem agora.

— *Jawohl, Herr Oberst.*

— Para mim, botar alguns cavalos lá é uma ninharia. Isso não é problema. O que é importante... — fez uma pausa, apoiou-se sobre as duas pernas e disse, solenemente — ... é que um pedaço do solo alemão seja produtivo e que uma família alemã viva nele. Você compreende?

Demorei a responder. Ficara surpreso de ouvir a palavra "família", uma vez que era a mim que ele deveria confiar a fazenda.

Von Jeseritz repetiu com impaciência:

— Você compreende?

— *Jawohl, Herr Oberst.*

— Está bem. Você começará amanhã. Georg lhe dará os homens e tudo o que for preciso. Então, está combinado?

— *Jawohl, Herr Oberst.*

— Está bem. Mas lembre-se! Uma vez que estiver instalado no seu pântano, nem um *Pfennig!* Mesmo que você padeça de fome, nem um *Pfennig!* O que quer que aconteça, nem um *Pfennig!*

Precisei de um ano para levar a bom termo o trabalho que havia aceitado. Nem mesmo no exército tinha visto algo tão difícil. As condições de vida eram inacreditáveis, e eu confirmei aquilo que já havia percebido em Courlande: a gente se adapta ao calor, a gente se adapta ao frio, mas à lama, jamais.

O dique nos causou extrema dificuldade. Mal havíamos terminado de consertá-lo, e ele já fora arrastado para outro lugar. Além disso, a partir de outubro os temporais se sucederam sem parar, e tínhamos que trabalhar o dia inteiro com os pés no lago, o corpo maltratado pela chuva. Só ficávamos secos à noite, e dormíamos no chão da casa, sobre as mantas dos cavalos. Havíamos consertado o telhado, mas o duto da lareira funcionava tão mal que tínhamos que escolher entre congelar no frio ou morrer asfixiados. O dique, contudo, ia ficando mais sólido. Porém, compreendi que essa solidez permaneceria sempre aparente e que seria preciso monitorá-lo o tempo todo.

Tive também algumas dificuldades com meus ajudantes. Eles se queixavam de serem comandados de modo excessivamente rude. Pedi a von Jeseritz que despedisse um deles para dar o exemplo, e, depois disso, não tive mais nenhum aborrecimento.

No entanto, o homem enviado para substituir o queixoso pegou uma pneumonia e teve que ir embora. Eu mesmo tive um acesso violento de malária que me derrubou por alguns dias, e por duas vezes quase fui tragado pelas areias movediças do pântano.

Enfim, chegou o dia em que me vi em condições de ir dizer a von Jeseritz que a fazenda estava novamente em condições de uso. Ao entrar em seu escritório, reencontrei o velho Wilhelm. Ele me fez um aceno amistoso com a mão, e fiquei tão surpreso que não consegui responder. O velho Wilhelm era o administrador da fazenda de von Jeseritz, e geralmente os administradores se viam tão acima dos empregados que sequer lhes viria à cabeça a ideia de se dirigir aos subalternos.

Encontrei von Jeseritz deitado em sua poltronazinha, o longo cachimbo na mão e suas pernas vestidas com botas estendidas diante dele. À sua direita, sobre uma pequena mesa baixa, em madeira escura, alinhavam-se seis canecas de cerveja e seis copinhos cheios de Schnaps.

– Acabou, *Herr Oberst*.

– *Gut*! – disse von Jeseritz, apanhando um copo de Schnaps com sua mão direita.

Ele se levantou e me ofereceu o copo. Eu disse "*Danke schön, Herr Oberst*". Apanhou um copo para si próprio, virou-o de um só gole, pegou uma caneca de cerveja e a esvaziou. Quando terminei meu aguardente, pus o copo na pequena mesa, mas von Jeseritz não me ofereceu a cerveja.

– Então, você terminou? – ele disse, passando a manga da camisa sobre os lábios.

– *Ja, Herr Oberst.*

Olhou-me com atenção, e seu rosto franziu-se, dando-lhe um ar malicioso.

– *Nein, nein* – ele disse, enfim, limpando o enorme queixo com as costas da mão –, você não terminou. Ainda falta uma coisa a ser feita.

– O que seria, *Herr Oberst?*

Seus olhos se animaram:

– Quer dizer que você terminou, *nicht wahr?* A casa está pronta, você pode se instalar?

– *Ja, Herr Oberst.*

– Ou seja, você não tem móveis, não tem lençóis, não tem louças e mesmo assim quer instalar-se? Você não pensou em nada disso, não é mesmo?

– *Nein, Herr Oberst.*

– Ou seja, como pode ver, você não terminou.

Ele acariciou a parte inferior do queixo e começou a rir.

– Você vai precisar comprar tudo isso. Mas, com certeza, não tem dinheiro, *nicht wahr?*

– *Nein, Herr Oberst.*

– *Was? Was?* – exclamou ele, com um ar de espanto. – Sem dinheiro? Sem dinheiro? Isso não vai bem, *mein Freund,* isso não vai nada bem. É preciso dinheiro para comprar os móveis.

– Eu não tenho dinheiro, *Herr Oberst.*

– Sem dinheiro – ele repetiu, balançando a cabeça. – *Schade!* *Schade!** – Sem dinheiro, não há móveis, está claro! E sem móveis, não há fazenda!

Seus olhos fixos em mim ficaram severos por uma fração de segundo, depois voltaram a se animar. Senti-me incomodado.

– Eu poderia, talvez, dormir sobre as mantas dos cavalos, *Herr Oberst.*

– O quê? – ele disse, caçoando. – Eu, Coronel Barão von Jeseritz, deixaria meu fazendeiro dormir na dureza? *Nein, nein, mein Freund!* Sem móveis, sem fazenda, está claro!

Seus olhos ficaram indolentes.

---

* "Meu amigo"

** "Que pena! Que pena!"

– Assim, como pode constatar, ainda não terminou. Ainda resta uma coisa a fazer.

– O que, então, *Herr Oberst?*

Ele se inclinou, pegou um copinho de Schnaps, entornou-o de uma só vez, pôs o copo de volta na mesa, pegou uma caneca de cerveja, esvaziou-a num gole, estalou a língua e seus olhos faiscaram.

– Casar-se.

Com a voz trêmula, balbuciei:

– Mas, *Herr Oberst,* eu não desejo me casar.

A fúria desenhou-se, súbita, em seu rosto.

– *Was?* – ele gritou. – Você não quer se casar! Que insolência dos diabos é essa? Você quer ser fazendeiro e não quer se casar! Quem você pensa que é?

– *Verzeihung,** *Herr Oberst,* eu não quero me casar...

– *Was!* – berrou, e ergueu os braços para o alto.

– Dizer "Não!" para mim! Para mim, um oficial! Eu, que tirei você da merda, por assim dizer.

Ele me fulminou com seus olhos penetrantes.

– Você está doente ou algo assim, ao menos?

– *Nein, Herr Oberst.*

– *Herrgott,* você não seria por acaso um desses...

Apressei-me em interrompê-lo:

– *Nein, Herr Oberst.*

– Então, por quê? – urrou.

Eu nada disse. Ele me examinou por um momento e coçou a orelha com o tubo do cachimbo.

– Enfim, você é normal, não?

Eu o olhei.

– Quero dizer, você não é um castrado, eu espero? Você é inteiro?

– Com certeza, *Herr Oberst,* eu sou inteiro.

– E você pode ter filhos, *nicht wahr?*

– Suponho que sim, *Herr Oberst.*

Ele riu, subitamente.

– Como assim, "você supõe"?

---

* "Desculpe-me."

Senti-me horrivelmente incomodado e disse:

– Eu quero dizer que nunca tentei ter filhos, *Herr Oberst*.

Voltou a rir, apontou seu cachimbo para mim e notei, por acaso, que a frente do fornilho representava uma cabeça de cavalo.

– Mas você pelo menos já "deu o primeiro passo", eu espero?

– *Ja, Herr Oberst*.

Aos risos, ele prosseguiu:

– Quantas vezes?

Como eu nada respondesse, ele repetiu, aos berros:

– Quantas vezes?

– Duas vezes, *Herr Oberst*.

– *WAS?* – urrou.

Ele riu estrepitosamente por mais de um minuto. Quando, enfim, conseguiu parar, bebeu um copo de Schnaps gole por gole e uma caneca de cerveja. Sua tez, já bastante bronzeada, corou ainda mais e ele me lançou um olhar animado:

– Espere, vamos ver isso! – exclamou. – Vamos passar isso a limpo! Quantas vezes mesmo?

– Duas, *Herr Oberst*.

– Com a mesma?

– *Nein, Herr Oberst*.

Apontou seu cachimbo para o céu com uma admiração fingida:

– Mas você é um verdadeiro... como é que se diz isso?... Pouco importa!... Um verdadeiro... "Don Juan", é isso? Sim! Uma vez com cada uma! Uma vez! Ha! Ha! Coitadas...! O que foi que elas fizeram contra você?

Eu disse muito rápido, gaguejando:

– Bem... a primeira... ela realmente falava demais, e a segunda era minha proprietária.

– Mas como! – gritou von Jeseritz, esvaziando mais um copinho de Schnaps e uma caneca de cerveja. – Isso é muito bom, uma proprietária! Sem complicações, está sempre por perto do inquilino!

– Bom – eu disse com a voz trêmula –, justamente por isso. Eu tinha medo... que a coisa virasse um hábito.

Mais uma vez ele riu como se jamais fosse parar.

– *Herr Oberst* – eu disse, agora com a voz firme –, não é culpa minha, mas eu não sou sensual.

Ele me olhou. A ideia pareceu impressioná-lo, e ele parou de rir.

– É isso! – respondeu, com o ar satisfeito. – Era o que eu queria dizer. Você não é sensual. Essa é a explicação. Você recusa a fêmea. Já conheci cavalos assim.

Recostou-se na lareira, reacendeu seu cachimbo e me olhou com ar contente.

– Mas nada disso – retomou após um instante –, nada disso explica por que você não quer se casar.

Olhei-o boquiaberto.

– Mas, *Herr Oberst,* me parece que...

– *Bla, bla, bla,* não lhe parece coisa nenhuma. Quando você estiver casado, eu não vou fazer a conta das suas montadas, *nicht wahr*? E se você faz amor uma vez por ano ao longo de cinco anos, você pode perfeitamente ter cinco filhos, e é tudo o que a pátria pede de você. *Nein, nein,* nada disso explica por que você não quer se casar.

Ele me encarou. Desviei a vista e disse:

– É uma ideia, *Herr Oberst.*

– *Was*! – ele gritou, apontando o cachimbo para o alto. – Uma ideia! De repente, você começou a ter ideias!

– Escute, então – prosseguiu –, já que você gosta de ideias, vou enfiar duas na sua maldita cabeça bávara. Primeiro: um bom alemão deve formar uma descendência. Segundo: numa fazenda, é preciso uma mulher. *Stimmr's?**

Eu nada disse. Ele corou e insistiu.

– *Stimmr's?*

– *Jawohl, Herr Oberst.*

E, de fato, de uma maneira geral, ele tinha toda a razão.

– Muito bem – disse, como se a discussão estivesse encerrada –, está tudo combinado.

Depois de uma pausa, argumentei:

– Mas, *Herr Oberst,* mesmo se eu quisesse me casar, o senhor sabe que não conheço ninguém aqui.

Ele voltou a se deitar na sua pequena poltrona e esticou as pernas.

– Não se preocupe com isso. Eu já arranjei tudo.

---

* "Não é verdade?"

Mostrei surpresa.

– Qual a dúvida? – indagou, apontando seus olhos rígidos na minha direção. – Ou você acha que vou deixá-lo morar com qualquer puta na minha fazenda? Para que ela lhe ponha chifres e você vire um bêbado e deixe os meus cavalos morrerem? Isso, jamais!

Atirou as cinzas do cachimbo no fogo, levantou a cabeça e disse:

– Para você, escolhi a senhorita Elsie.

– Elsie! A filha do velho Wilhelm? – espantei-me.

– Você conhece outra Elsie aqui nas redondezas?

– Mas ela não vai querer saber de mim, *Herr Oberst*.

– É claro que ela vai querer saber de você.

Franziu as sobrancelhas.

– Bom, verdade que você é um pouco baixo, mas não é de todo ruim. Afinal, você é robusto. É claro que ela é um pouco alta para você, mas isso vai funcionar como uma espécie de compensação. Com o seu peitoral e as longas patas dela, vocês vão fabricar crianças adequadas. Veja bem...

Passou a mão pela enormidade de seu queixo.

– ... com os cruzamentos, nunca se sabe. Talvez os filhos puxem você e, no fim das contas, tenhamos um bom peitoral e as patas curtas.

Refletiu, levantou-se e retomou sua exposição:

– Mas a questão não é essa, e, pensando bem, para trabalhar a terra é melhor ter as patas curtas. O que importa mesmo, porém, é a raça. Vocês são bons alemães e farão bons alemães, é isso que conta! A Pomerânia não precisa de mais eslavos sujos além dos que já se espalharam por esse canto.

Fez-se silêncio; endireitei minha posição de sentido, engoli a saliva e disse:

– *Wirklich*,[*] *Herr Oberst*, eu não desejo me casar.

Ele me encarou com assombro. Na sua testa, os vasos se incharam. Ficou alguns segundos incapaz de falar, mantendo os olhos azuis insustentáveis fixos sobre os meus. Então, urrou:

– *Du gottverdammtes Arschloch!*[**]

---

[*] "Realmente!"

[**] "Seu cu maldito!"

Em seguida veio até mim, agarrou-me pela lapela do casaco e me sacudiu como um louco.

– Os móveis! – repetiu. – Os móveis! O velho Wilhelm vai lhe dar os móveis!

Depois me largou, jogou o cachimbo sobre a escrivaninha e caminhou até a porta com as mãos cruzadas nas costas.

– *Du Lump*!* – exclamou, voltando-se para mim. – Eu lhe dou uma fazenda impecável! Eu lhe dou uma moça! E você...!

Novamente, avançou sobre mim, e achei que fosse me bater.

– *Du Schwein*! – berrou. – Você não quer se casar! Depois de tudo o que eu fiz por você!

– Certamente, *Herr Oberst*, e sou-lhe muito grato.

– Cale a boca!

Uma nova crise de fúria o dominou, fazendo-o gaguejar enquanto andava de um lado para o outro, socando o próprio peito:

– OS MÓVEIS!

Ele avançou de novo sobre mim e agitou o punho próximo ao meu nariz.

– Um quarto em carvalho, uma mesa de cozinha, um bufê em madeira branca, seis cadeiras de palha, quatro jogos de lençóis, você entende? Lençóis! Você, que nunca possuiu nem um lenço sujo na sua vida! Tudo num valor total de... de... de ao menos seiscentos marcos! E, ainda por cima, uma linda moça! E você!... Mas... eu vou botar você no olho da rua, SA ou não SA! Você vai apodrecer nos asilos noturnos! Você vai comer em panelas sobre carroças, como um mendigo! Você está ouvindo? Vou botar você no olho da rua!

Seu olhar era terrível. Por um instante, tive a certeza de que ele faria o que prometia, e minhas pernas começaram a tremer.

– *Da schlag doch einer...!** – ele recomeçou, fulminando-me com o olhar. – Esse senhorzinho está dispensando Elsie. Uma potranca impecável, ágil ao comando, gentil sob as rédeas, e que fará o trabalho de dois homens! E, além disso, eu lhe dou os móveis! Enfim, é o pai dela que dará, mas é a mesma coisa, já que, para decidir, foi preciso que eu

---

* "Cretino."

** "É de se cair sentado!"

lhe chutasse a bunda até que a água da sua bunda começasse a ferver! *Herrgott*! Eu lhe dou a oportunidade de pôr em ordem uma fazenda excelente, isso me custa o salário de três empregados durante um ano, sem contar o material, mas não falemos de meus sacrifícios, *Schweinhund*! Eu lhe dou minha fazenda! Eu lhe dou os móveis! E você recusa!

De repente, ele se acalmou.

– Aliás – disse, num tom seco, – não sei por que estou discutindo!

Recuou dois passos, endireitou-se e sua voz soou como um chicote:

– *Unteroffizier*!

Fiquei em posição de sentido.

– *Jawohl, Herr Oberst.*

– Você está ciente de que um soldado deve pedir autorização a seu superior para casar-se.

– *Ja, Herr Oberst.*

Ele pronunciou bem as sílabas:

– *Unteroffizier*, eu lhe dou a permissão de casar-se com Elsie Brücker.

E acrescentou, com uma voz poderosa:

– Isso é uma ordem!

Então deu-me as costas, abriu uma pequena porta à direita da lareira e gritou:

– Elsie!

Tentei objetar.

– Mas, *Herr Oberst*...

Olhou-me. Eram os olhos de Pai. Um nó se formou em minha garganta. Era impossível falar.

Elsie entrou. Von Jeseritz girou o corpo, deu-lhe um tapinha no traseiro e saiu sem olhar para trás.

Elsie deu bom-dia com a cabeça, mas não estendeu a mão. Permaneceu ao lado da lareira, reta, imóvel, os olhos baixos. Depois de um instante, ergueu os olhos, voltou-os para mim, e eu me senti pequeno e ridículo.

Após um longo silêncio, eu disse, enfim:

– Elsie...

Lancei-lhe um olhar tímido.

– Posso chamar a senhorita de Elsie?

– Mas claro.

Vi que seu peito arfava ligeiramente; isso me incomodou, e desviei o olhar para o fogo.

– Elsie... Eu gostaria de lhe dizer... Se você ama alguém, é melhor dizer não.

– Não há outra pessoa – respondeu.

Em seguida, como eu nada dissesse, acrescentou:

– É só que eu estou um pouco surpresa...

Fez um leve movimento com o corpo.

– Gostaria de dizer também... Que se eu lhe desagrado, é melhor dizer não.

– O senhor não me desagrada.

Ergui os olhos. Não havia nada para ler na sua expressão. Mirei novamente o fogo e desabafei, envergonhado:

– Sou um pouco baixo...

Ela respondeu vivamente:

– Não olho para isso.

E continuou:

– Acho que o que o senhor fez lá, na fazenda, foi algo muito bom.

Uma onda de orgulho invadiu meu corpo. Era uma alemã, uma verdadeira alemã.

Ela estava ereta, imóvel, deferente. Aguardava que eu dissesse alguma coisa para que pudesse falar mais.

– Tem certeza de que eu não a desagrado?

– Não – disse, com uma voz limpa –, de maneira nenhuma. O senhor não me desagrada nem um pouco.

Eu olhava o fogo, não sabia mais o que dizer. De repente, pensei, surpreso: "Ela é minha, se eu quiser". Mas não sabia se isso me agradava ou não.

Ergui os olhos. Ela me fitava de um modo calmo, sem piscar. Um torpor me impedia de pensar. Aproximei-me, elevei a mão maquinalmente e ajeitei uma mecha loira atrás de sua orelha. Ela sorriu, aconchegou o rosto à minha mão, e compreendi que tudo estava decidido.

***

O primeiro ano na fazenda foi extremamente difícil. Elsie havia recebido uma pequena soma em dinheiro que vinha de uma herança de sua tia, sem a qual nós não teríamos condições de nos instalar. Mesmo assim, antes mesmo de completar seis meses na fazenda, fui obrigado a sacrificar o bosque de pinheiros. Foi de partir o coração ter que derrubá-lo tão rápido, pois, junto com o bosque, nossa única reserva se esvaía.

A maior preocupação, no entanto, não era com o dinheiro, mas com o dique. Dele dependia a segurança da fazenda e, consequentemente, nossa vida a dois, e foi uma luta diária preservá-lo. Bastava chover por um período mais longo, e já nos olhávamos com angústia. Se um temporal violento caía no meio da noite, eu era obrigado a me levantar, calçar minhas botas, pegar a lanterna e ir checar qual era a situação. Às vezes eu chegava no limite do desastre e tinha que chapinhar por duas ou três horas na água tentando conter a inundação de maneira improvisada. Uma ou duas vezes, incapaz de bloquear uma falha que ameaçava se alargar, tive que voltar à fazenda e recorrer a Elsie, que, apesar de já estar grávida, saiu de sua cama sem uma queixa e trabalhou comigo até o amanhecer. Com o dia raiando, mal tínhamos forças para nos arrastar na lama até a casa e acender o fogo para secar nossos corpos.

Na primavera, von Jeseritz foi nos visitar na fazenda e não encontrou um único motivo para reclamar do estado dos cavalos. Depois de ter aceitado beber um copo de cerveja conosco, ele me perguntou se eu desejava aderir ao *Bund der Artamanen*. Explicou que se tratava de um movimento político que propunha a renovação do campesinato alemão. Eu já tinha ouvido falar do Bund, e seu lema – *Blut, Boden und Schwert** – me impressionara como um resumo excelente das doutrinas às quais a ideia de salvação da Alemanha se fiava. No entanto, respondi a von Jeseritz que, uma vez que eu era membro do partido nacional-socialista, não sabia se podia aderir igualmente ao *Bund*. Ele riu do meu dilema. Conhecia todos os chefes SA da região, e podia me garantir que o duplo pertencimento era autorizado pelo partido. Aliás ele mesmo, como eu bem sabia, era membro do partido, mas via mais vantagens em trabalhar sob a égide do Bund que sob o rótulo

---

* "A raça, o solo e a espada."

nacional-socialista, pois os camponeses sempre desconfiavam um pouco dos partidos, mas eram sensíveis às associações históricas que o Bund comportava.

Uma vez tudo esclarecido, concordei com minha adesão, e von Jeseritz pediu que desde então eu aceitasse assumir o secretariado da associação camponesa da aldeia, pois era importante que tal posto fosse ocupado por um membro do Bund. Não vi motivo algum para recusar: ele disse que contava muito comigo para agir politicamente sobre os jovens, e que minha qualidade de suboficial dos Freikorps seria mais efetiva nesse sentido do que qualquer discurso.

O verão chegou, o barômetro estabilizou-se, o dique parou de me preocupar e pude dedicar mais tempo às minhas novas tarefas. Havia na aldeia um pequeno grupo de opositores que no início trouxe dificuldades, mas, assim que consegui reunir em torno de mim um punhado de jovens destemidos, foi possível aplicar contra eles as tá-ticas de choque que o próprio partido havia herdado dos Freikorps. Depois de algumas surras exemplares, a oposição desapareceu. Pude então implementar livremente, à minha maneira, a instrução política e militar dos jovens. Os resultados foram excelentes e, depois de algum tempo, tomei a iniciativa de formar um elemento de milícia montada que me permitia intervir rapidamente nas aldeias vizinhas sempre que o Bund local ou o partido se vissem em apuros. De fato, esse pelotão se tornou rapidamente tão aguerrido que, para se transformar numa verdadeira tropa, a única coisa que faltava eram as armas. Em meu íntimo, eu tinha certeza de que essas armas existiam em algum lugar e que, quando "*o dia*" viesse para a Alemanha, nada nos faltaria.

A gravidez deixava Elsie muito cansada. Ela se arrastava no trabalho, suas feições ficavam torturadas e a respiração, curta. Uma noite, depois do jantar, eu estava sentado diante do fogão à lenha da cozinha, ocupado em encher meu cachimbo (eu havia adquirido o hábito recentemente) enquanto ela tricotava ao meu lado sobre uma cadeira baixa. De repente, pôs a cabeça entre as mãos e come-çou a soluçar.

— Elsie? — eu disse, docemente.

Os soluços redobraram. Levantei-me, peguei as pinças, colhi um pequeno pedaço de brasa no fogão e pus sobre o tabaco. Quando ele estava aceso, agitei levemente o cachimbo sobre o fogo para fazer a brasa cair.

Os soluços cessaram, e eu voltei a me sentar, observando-a. Ela secava as lágrimas com seu lenço. Quando terminou, enrolou-o na forma de uma bola, guardou-o de volta no bolso de seu avental e voltou a tricotar.

— Elsie? — insisti, com delicadeza.

Ela ergueu os olhos e eu prossegui:

— Você poderia me explicar?

— Ah, não é nada.

Olhei-a sem dizer nada e ela repetiu:

— Não é nada.

Pensei que fosse chorar novamente. Mantive-me atento, e ela deve ter compreendido que eu desejava mesmo uma explicação, pois, logo a seguir, sem erguer os olhos e sem parar de tricotar, disse:

— É que tenho a impressão de que você não está contente comigo.

Repliquei vivamente:

— Mas que ideia é essa, Elsie! Não tenho nenhuma queixa, e você sabe muito bem!

Ela fungou como uma menina, retirou o lenço do bolso do avental e assoou o nariz.

— Ah, eu sei que, quanto ao trabalho, faço tudo o que eu posso. Mas não é disso que estou falando.

Aguardei, e, depois de uma pausa, ela concluiu, ainda com os olhos baixos:

— Você está tão distante.

Mantive-me firme. Finalmente, Elsie ergueu a cabeça e nossos olhares se cruzaram.

— O que você quer dizer, Elsie?

— Você é tão calado, Rudolf.

Pensei um pouco no que ela dissera antes de responder:

— Você também não é muito falante, Elsie.

Ela apoiou o tricô sobre os joelhos e esticou-se sobre as costas da cadeira, como se a barriga a incomodasse.

– No meu caso não é a mesma coisa. Eu me calo porque espero que você fale.

Tentei me explicar, docemente:

– Eu não falo muito. É só isso.

Fez-se um silêncio e ela recomeçou:

– *Ach*! Rudolf, não pense de forma alguma que eu estou ralhando com você. Estou só tentando explicar.

Senti-me incomodado pela sua expressão; baixei os olhos e os fixei no cachimbo.

– Bom, então explique, Elsie.

Ela recomeçou:

– Não é tanto que você não fale, Rudolf...

Deteve-se. Ouvi o assovio de sua respiração.

– Você é tão distante, Rudolf! – desabafou, com paixão. – Às vezes, quando estamos na mesa e você olha o vazio com seus olhos frios, tenho a impressão de que eu simplesmente não conto para nada.

"Meus olhos frios." Schrader também falava de meus olhos frios.

– É minha natureza – respondi, com esforço.

– *Ach*, Rudolf! – ela disse, como se não escutasse. – Se você soubesse como é terrível para mim ter a impressão de ser posta de lado. Para você, há o dique, os cavalos, o *Bund*. Às vezes quando você se demora no estábulo, cuidando dos seus cavalos, seu olhar é tão afetuoso que tenho a sensação de serem eles os seus verdadeiros amores...

Tive que me forçar a rir.

– Ah, por favor, que bobagem, Elsie! Naturalmente eu amo você. Você é minha mulher!

Ela me contemplou com os olhos cheios de lágrimas.

– Você me ama, de verdade?

– Mas é claro, Elsie, naturalmente!

Olhou-me por um longo segundo e, num rompante, jogou-se sobre mim e cobriu meu rosto de beijos. Pacientemente, eu a deixei terminar e, com a mão, apoiei sua cabeça sobre meu peito enquanto acariciava seu cabelo. Ela ficou assim sem se mexer, aninhada em meu corpo. Passado um instante, dei-me conta de que já não pensava mais nela.

Pouco depois do nascimento de meu filho, chegou à fazenda um rapaz a cavalo a mando de von Jeseritz. Vinha avisar que seu mestre me chamava com urgência. Selei minha égua e parti. A égua tinha um bom trote, e fizemos rapidamente os dez quilômetros que nos separavam da propriedade. Bati na porta do escritório, a voz de von Jeseritz disse "Entre" e obedeci.

Uma fumaça acre de charuto golpeou minha garganta, e tive dificuldades de distinguir, em torno da escrivaninha de von Jeseritz, meia dúzia de senhores que cercavam um homem em uniforme SS.

Fechei a porta, fiquei em posição de sentido e fiz a saudação.

– Sente-se lá – indicou von Jeseritz.

Mostrou-me uma cadeira atrás dele. Instalei-me e, assim que a conversa recomeçou, percebi que conhecia todos aqueles senhores. Eram grandes proprietários das redondezas, todos membros do *Bund*. Quanto ao SS, as costas de von Jeseritz o escondiam de mim, e eu não ousava inclinar-me de lado para ver o seu rosto. Via apenas suas mãos: eram mãos pequenas e gordas, e ele as cruzava e descruzava sem parar sobre a mesa, num gesto maquinal.

Um dos proprietários apresentou um relatório dos progressos do *Bund* na região e citou o número de adeptos. Quando terminou, os demais fizeram intervenções bastante animadas, até que as pequenas mãos gorduchas bateram sobre a mesa e o silêncio imperou. Compreendi que era o SS que discursava. Sua voz era suave e sem timbre, mas ele falava em abundância, sem parar, sem uma única hesitação, como se lesse tudo num livro. O SS esboçou o retrato da situação política do país, analisou a chance de o partido tomar o poder, citou, também, números de adesões e conclamou os membros do *Bund* a esquecerem as especificidades locais e as questões de quadro de pessoal para se concentrarem em reforçar as conexões com os chefes nacional-socialistas da região. Em seguida houve um curto debate, até que aqueles senhores encerraram a sessão e o escritório subitamente pareceu estar lotado de gente, tamanho o ruído que eles faziam.

Von Jeseritz me chamou:

– Fique. Preciso de você.

Procurei com os olhos o SS. Ele caminhava na direção da porta, cercado por um grupo de proprietários. Num dado momento virou a cabeça e eu notei que usava um *pince-nez*.

Von Jeseritz pediu-me que colocasse lenha no fogo. Obedeci. A porta bateu, o silêncio tomou conta da sala, ergui a cabeça, e o homem de uniforme SS voltou-se para nós. Notei as folhas de carvalho na gola do uniforme e reconheci suas feições: era Himmler.

Bati os calcanhares e levantei o braço direito. Meu coração disparou.

– Esse é Lang – disse von Jeseritz.

Himmler retribuiu minha saudação. Em seguida, pegou um sobretudo de couro negro que estava apoiado no encosto de uma cadeira, vestiu-o, atou metodicamente todos os botões e pôs suas luvas negras. Quando terminou a operação, virou-se, inclinou ligeiramente a cabeça e fixou os olhos em mim. Seu rosto não tinha expressão.

– O senhor participou da execução de Kadow, certo?

– *Jawohl, Herr...*

– Não cite meu título – interrompeu bruscamente, e continuou:

– O senhor serviu cinco anos na prisão de Dachau?

– *Ja.*

– Na qualidade de suboficial dos dragões?

– *Ja.*

– E, antes disso, na Turquia?

– *Ja.*

– O senhor é órfão?

– *Ja.*

– E o senhor tem duas irmãs casadas?

– *Ja.*

Hesitei por uma fração de segundo e me corrigi:

– Não sabia que minhas irmãs haviam se casado.

– Ha! ha! – divertiu-se von Jeseritz. – O partido está bem informado!

Sem a sombra de um sorriso e sem mover um milímetro a cabeça, Himmler prosseguiu:

– Fico feliz de comunicar que as suas duas irmãs são casadas.

Depois, indagou:

– Os senhor organizou no seu setor um pelotão de milicianos do *Bund*?

– *Jawohl.*

– É...

Ele fez uma pausa sem motivo aparente.

– É uma excelente ideia. Recomendo que reforce sua atividade nesse domínio e encarrego-o, desde já, de formar um esquadrão, em conjunto com os chefes do Bund e do partido.

Enquanto falava, ele fixava um ponto determinado no espaço acima da minha cabeça, dando a estranha impressão de que estava lendo aquilo que tinha para dizer.

Fez uma pausa, eu disse "*Jawohl*!", e ele logo recomeçou.

– Convém preparar o espírito dos seus milicianos para a ideia de se tornarem, caso necessário, cavaleiros SS. No entanto você irá abster-se de contar a eles sobre a minha visita. Ela só deve ser conhecida pelos chefes do *Bund* e pelo senhor.

Encostou as duas mãos espalmadas no couro do seu casaco e escorregou seus polegares pela cintura.

– É importante escolher seus cavaleiros a dedo. Você irá me mandar um relatório sobre as capacidades físicas, a pureza racial e as convicções religiosas deles. Os que levam a religião muito a sério devem ser barrados *a priori*. Não queremos SS com conflitos de consciência.

Von Jeseritz caiu na gargalhada. Himmler continuou impassível. Sua cabeça estava ligeiramente inclinada para a direita e seu olhar permanecia fixo no mesmo ponto do espaço. Parecia aguardar pacientemente que von Jeseritz parasse de rir antes de retomar seu discurso exatamente do ponto onde o tinha interrompido.

– *Nein*! *Nein*! – corou von Jeseritz, rindo. – Nós não queremos SS com conflitos de consciência.

Ele se calou, e Himmler recomeçou imediatamente a falar.

– É importante que você cuide com extrema atenção da formação moral dos seus homens. É preciso que eles compreendam que um SS deve estar pronto para executar sua própria mãe, se for essa a ordem recebida.

Fez uma pausa e abotoou as luvas negras. Havia três botões em cada luva, e ele não esqueceu nenhum. Depois, ergueu a cabeça, e seus óculos lançaram um reflexo:

– Eu o notifico de que tudo isso é secreto.

Fez ainda uma última pausa e disse:

– Isso é tudo.

Fiz a saudação, ele a retribuiu impecavelmente, e eu saí do recinto.

Depois do rapaz, nasceram duas meninas, e senti minhas responsabilidades redobrarem. Elsie e eu trabalhávamos sem descanso, mas estava claro: se por um lado aquele pântano nos permitia – a rigor – viver, por outro lado não havia ali futuro para nossa família. Se ao menos os cavalos fossem nossos, ou se von Jeseritz nos tivesse envolvido, minimamente, na sua criação, poderíamos nos sair melhor. Mas o rendimento proporcionado pelos porcos, pelas galinhas e pelo arado nem de longe seria suficiente para, quando as crianças crescessem, educá-las condignamente.

Apesar disso, eu não pensava em renunciar ao trabalho na terra. Muito pelo contrário, havia para mim, no fato de ser fazendeiro, algo verdadeiramente formidável: saber que, todos os dias, eu poderia saciar minha fome.

Era um sentimento que Elsie não poderia compreender, pois sempre vivera numa fazenda. Eu havia conhecido uma outra vida, e, certas noites, era assaltado, com terror, por um pesadelo recorrente no qual von Jeseritz me despedia (concretizando a ameaça que fizera diante de minha recusa inicial a me casar), e lá estava eu, de novo, caminhando à deriva nas ruas de M., sem trabalho e sem abrigo, as pernas frágeis e o estômago torturado pelas cólicas. Acordava tremendo, banhado de suor, e mesmo assim precisava de um bom tempo para me dar conta de que estava no meu quarto, no pântano, e que Elsie dormia ao meu lado. O dia chegava, eu cuidava dos meus animais, mas esses sonhos deixavam uma lembrança dolorosa e perene. Eu refletia então sobre o fato de von Jeseritz ter-se recusado a me conceder um contrato de arrendamento. Consequentemente, ele podia, de fato, nos botar para fora da noite para o dia. Eu falava disso frequentemente com Elsie. No início ela me tranquilizava, dizendo que era pouco provável que von Jeseritz nos mandasse embora, pois com certeza ele não encontraria ninguém para cuidar dos cavalos como eu fazia, e que aceitasse, ao mesmo tempo, as duras condições que ele nos havia imposto. Mas no fim das contas, eu voltava tantas vezes ao assunto que o medo acabou ganhando-a também, e foi decidido que economizaríamos dinheiro a fim de poder, um dia, comprar uma pequena fazenda e ter a tranquilidade que almejávamos para nosso futuro.

"Economizar", com o pouco que ganhávamos, significava ter que guardar cada centavo e nos privar até do necessário. No entanto, foi isso que decidimos fazer, e a partir daquele dia começou, para nós dois e para nossos filhos, um regime de restrições de uma severidade invulgar. Durante três anos não fizemos uma única exceção.

Certamente, levávamos uma vida muito austera, mas, por outro lado, a cada nova privação (mesmo quando foi necessário, por exemplo, que eu renunciasse ao tabaco) eu experimentava um vivo prazer em pensar que pouco a pouco nos aproximávamos de nossa meta e do dia em que uma terra realmente minha estivesse a meu alcance – e eu poderia enfim dizer, com absoluta segurança, que nunca mais passaria fome.

Elsie achava que a associação camponesa e o *Bund* me tomavam tempo demais e, como eu não queria tampouco ser negligente com a fazenda, ela reclamava de me ver mais sobrecarregado a cada ano que passava. Eu sentia nas costas o peso excessivo dessas tarefas e, por vezes, confessava a mim mesmo, envergonhado, que a atividade de militante não me dava o mesmo prazer que antes. Não que meu zelo patriótico ou minha fidelidade ao Führer tivessem arrefecido. De forma alguma. Mas o desejo de ter uma pequena fazenda, de me enraizar e estabelecer minha família havia se tornado tão forte em meu íntimo que eu lamentava com frequência a engrenagem à qual minha vida havia sido lançada pela minha atividade política anterior. Parecia-me evidente, por exemplo, que, se eu não tivesse combatido no Freikorps, militado na SA ou executado Kadow, von Jeseritz, ou Himmler, nunca teriam cogitado me recrutar para o *Bund* ou pensado em mim para a formação de um esquadrão SS. Às vezes, vinha-me a hipótese de que minha dedicação futura à fé política seria sempre dependente, e diretamente proporcional, à dedicação do passado; que não havia mais nenhum meio de escapar disso. Assim, eu provavelmente comprometeria, para mim e para os meus, as chances de uma vida serena.

Porém eu lutava contra essas ideias, compreendia claramente que elas me eram ditadas pelo egoísmo, que o sonho de melhorar minha condição de vida nada mais era que uma ambição mesquinha se comparada ao destino da Alemanha. Coisa curiosa: era do exemplo de Pai que eu extraía, então, a força para enxergar essas falhas. Eu me dizia: se Pai encontrara a coragem para fazer cotidianamente sacrifícios indizíveis a um Deus que não existia, eu – que acreditava num ideal visível, encarnado num homem de carne e osso – teria motivos muito mais fortes para me entregar de corpo e alma à minha *fé*, sacrificando meu interesse pessoal e, se fosse necessário, minha vida.

Apesar disso, persistia em meu espírito uma impressão dolorosa, que seria reforçada por um acidente estúpido ocorrido em abril de 1932.

Fazia já algum tempo que o *Bund* de uma aldeia vizinha à nossa tinha seus progressos barrados pela propaganda de um ferrador de cavalos chamado Herzfeld, que gozava de grande autoridade entre os camponeses, tanto por causa de sua força física quanto de seu repertório de piadas e de sua facilidade com as palavras. Ele tinha escolhido o *Bund* como alvo, ridicularizava abertamente seus chefes e, em geral, dava livre vazão a ideias subversivas e antipatrióticas. Incapaz de cassar sua palavra, o *Bund* local pediu minha ajuda. Consultei meus chefes e eles me deram carta branca. Preparei uma emboscada, Herzfeld caiu na armadilha, e uma dúzia de jovens meus, armados de cassetetes, jogaram-se sobre ele. O homem lutou como um leão e deixou dois deles no chão. Os outros, furiosos de ver tombarem os seus, espancaram-no como loucos. Quando fui interceder, era tarde demais: Herzfeld fora abatido e seu crânio, esmagado.

Foi impossível, nessas condições, evitar um inquérito. Mas os chefes do partido e do *Bund* se defenderam, a polícia conduziu as investigações preguiçosamente, foram encontradas testemunhas capazes de afirmar que se tratava de uma rixa de bêbados a propósito de uma mulher, e o caso foi arquivado.

Dois meses antes, a polícia havia mostrado rigor contra um camarada SA envolvido em circunstâncias similares, e sua atitude mais conciliadora em relação ao nosso caso tinha com certeza a ver com o sucesso triunfal do Führer: havia quinze dias, nas eleições presidenciais, ele ficara em segundo lugar na disputa com o Marechal Hindenburg, ostentando a magnífica soma de 14 milhões de votos. Isso me fez pensar que, se a morte de Herzfeld tivesse acontecido antes das eleições, era provável que a polícia tivesse levado as coisas adiante, o que conduziria a um processo, e eu voltaria à prisão. No que me dizia respeito, eu estava pronto a enfrentar novamente qualquer outro desafio por uma causa justa, mas me perguntava o que minha mulher teria feito nesse caso, sozinha numa fazenda com três crianças pequenas. Ela não poderia, com certeza, esperar mais nada do velho Wilhelm, e, quanto a von Jeseritz, eu o conhecia o suficiente para saber que ele nunca voltaria atrás em sua determinação de não nos ajudar com um *Pfennig*, "o que quer que acontecesse".

Elsie sabia perfeitamente que algo se passava comigo e me interrogava sem parar sobre assuntos que eu evitava, a todo custo, discutir. O que não impedia que a situação me trouxesse grande aflição. Meu abatimento chegava ao ponto de conceber o alívio que seria encontrar um emprego numa região na qual minha atividade política pregressa não fosse conhecida, e onde os chefes do partido, consequentemente, me deixassem tranquilo. Mas logo me dava conta de que isso não passava de uma fantasia infantil. Na Alemanha de então, era impossível encontrar trabalho, e eu bem sabia que se eu não fosse um militante conhecido por sua fidelidade, o partido jamais me teria recomendado a von Jeseritz, e von Jeseritz nunca teria me contratado para, em seguida, me encarregar de uma fazenda.

Consegui, não sem dificuldades, formar o esquadrão de milicianos que Himmler me havia encomendado. Com o pleno consentimento dos meus homens, enviei a Himmler, em nome de cada um deles, uma proposta de candidatura à SS. Essas propostas me tomaram bastante tempo e me deram um enorme trabalho. Especialmente quanto ao estabelecimento da genealogia dos candidatos, que eu havia estudado minuciosamente, sozinho, nas repartições de registros civis. Nessa tarefa, fui o mais longe possível nas linhagens familiares, sabendo a importância que o partido dava, no sistema de recrutamento dos SS, à pureza racial. No entanto, achei importante anotar, no apêndice de meu relatório, que não achava uma boa ideia juntar o meu processo ao de meus homens. Eu estava ciente de não preencher, infelizmente, as condições físicas demandadas: a SS exigia que os candidatos tivessem uma altura mínima de 1,80 m e, nesse quesito, ao menos, eu estava bem longe da meta.

Foi exatamente em 12 de dezembro que recebi a resposta de Himmler. Ele aceitava os candidatos que eu havia proposto e me felicitava pelo cuidado com que tinha preparado as propostas. Além disso, em consideração aos serviços prestados, anunciava ter decidido fazer uma exceção em meu favor quanto às normas físicas requeridas e, portanto, eu seria admitido na tropa de elite do Führer, com o posto de *Oberscharführer.*[*]

Eu estava de pé diante da mesa da cozinha. As linhas da carta dançavam diante de meus olhos. Minha vida inteira ganhava um novo sentido.

Tive muitas dificuldades em fazer Elsie compreender a felicidade inesperada que era, para mim, ser admitido na SS. E, pela primeira vez em nossa vida em comum, tivemos discussões inflamadas, sobretudo quando tive que usar o dinheiro economizado a duras penas para fazer meu uniforme. Expliquei a Elsie que a ideia de comprar uma terra estava superada. Que eu jamais tivera, pensando bem, outra vocação que não fosse o ofício das armas, e eu deveria aproveitar a ocasião que me era oferecida para retomá-la. Ela contra-argumentou que a SS não era a mesma coisa que o exército, que eu sequer receberia um soldo e, sobretudo, que ninguém poderia garantir que a vitória do partido fosse coisa certa, eu mesmo reconhecera que nas eleições que se seguiram às presidenciais o partido perdera muitos votos. Nesse ponto, eu a censurei severamente e cassei sua palavra, incapaz de tolerar que ela pusesse em dúvida, um instante que fosse, o sucesso do Movimento.

Esse sucesso, que eu então evocava com mais fé do que convicção, veio mais cedo do que eu mesmo ousava esperar. Nem um mês se passara após essa discussão quando o Führer se tornou chanceler do Reich. Poucas semanas depois, o partido, destruindo ou abalando toda oposição, instalava-se plenamente no poder.

---

[*] Patente da SS que corresponde mais ou menos à de suboficial. [N.T.]

1934

Em junho, recebi a ordem de ir a S. com meu esquadrão para participar de uma revista de cavaleiros SS. Nas ruas decoradas de bandeiras e suásticas, o desfile transcorreu, conforme planejado, numa ordem magnífica e em meio ao entusiasmo exemplar da população.

Himmler, depois de nos ter inspecionado com esmero, fez um discurso que me produziu uma impressão profunda. Para ser mais exato, as ideias que ele expôs me eram, como a todo SS, familiares desde muito tempo. Mas ouvi-las naquela festa solene, da própria boca do *Reichsführer*, foi como que uma confirmação radiante de sua verdade.

O *Reichsführer* recordou, primeiramente, os meses difíceis que haviam precedido, para os SS e o partido, a tomada de poder, quando "as pessoas nos davam as costas e muitos de nós estavam na prisão". Mas graças a Deus, o Movimento e os SS dominaram a situação. E agora, a vontade da Alemanha nos havia proporcionado, enfim, a vitória.

Essa vitória, afirmou solenemente o *Reichsführer*, não mudava nada, e não deveria mudar nada, no estado de espírito do *Schwartze Korps*.* Os SS continuariam a ser, nos dias ensolarados, aquilo que haviam sido durante a tempestade: soldados inspirados unicamente pela honra. Desde sempre – ele acrescentou –, a partir dos tempos remotos dos cavaleiros teutônicos, a honra fora considerada como o

---

* Denominação alternativa da SS. No original, *Corps noir* – Corpo negro, em francês. Assim como no caso dos Freikorps, o tradutor optou pela expressão em alemão, bem mais comum no Brasil. *Schwharze Korps* era também o título do principal órgão de imprensa da SS. [N.T.]

ideal supremo do soldado. Mas até então sabia-se muito pouco sobre o que era a honra. Na prática, os soldados enfrentavam regularmente dificuldades em escolher, entre diferentes vias, aquela que lhes parecesse a mais honrosa. O *Reichsführer* sentia-se feliz em anunciar que tais dificuldades não existiam mais para os SS. Nosso Führer Adolf Hitler definira de uma vez por todas o que era a "honra SS" e havia feito dessa definição a divisa de sua tropa de elite: "*Tua honra*" – ele dissera – "*é a fidelidade*". Desde então, portanto, tudo se tornara perfeitamente simples e claro. Não tínhamos mais questões de consciência a debater. Bastava sermos fiéis, ou seja, obedecer. Nosso dever, nosso único dever, era obedecer. E graças a essa obediência absoluta, consentida no verdadeiro espírito do *Schwartze Korps*, estávamos agora seguros de jamais nos enganar de novo, de trilhar sempre o caminho certo, de servir inabalavelmente, nos bons e nos maus dias, ao eterno princípio: A Alemanha, a Alemanha acima de tudo.

Após seu discurso, Himmler recebeu os chefes do partido e da SS. Dada a modéstia da minha patente, fiquei surpreso com o fato de ele ter me chamado para a ocasião.

Ele aguardava num salão da câmara municipal, de pé, atrás de uma grande mesa vazia.

– *Oberscharführer* Lang, o senhor participou da execução de Kadow, certo?

– *Jawohl, Herr Reichsführer.*

– O senhor serviu cinco anos na prisão de Dachau?

– *Jawohl, Herr Reichsführer.*

– E antes disso, na Turquia?

– *Jawohl, Herr Reichsführer.*

– Na função de suboficial?

– *Jawohl, Herr Reichsführer.*

– O senhor é órfão?

– *Jawohl, Herr Reichsführer.*

Fui tomado por um forte sentimento de decepção. Himmler lembrava-se perfeitamente de minha ficha, mas não de já tê-la citado antes.

Fez-se um silêncio, ele me olhou atentamente e prosseguiu:

– Eu o encontrei há dois anos na casa do Coronel Barão von Jeseritz?

– *Jawohl, Herr Reichsführer.*

– O Coronel Barão von Jeseritz o emprega como fazendeiro?

– *Jawohl, Herr Reichsführer.*

Seus óculos com *pince-nez* lançaram um reflexo súbito, e ele disse, com uma voz severa.

– E eu já lhe fiz todas essas mesmas perguntas anteriormente?

Balbuciei:

– *Jawohl, Herr Reichsführer.*

Seu olhar, por detrás da lente, atravessou minha consciência.

– E o senhor pensava que eu não me lembrava mais?

Tive que fazer um grande esforço para responder.

– *Jawohl, Herr Reichsführer.*

– O senhor estava enganado.

Meu coração se acelerou, empinei a posição de sentido até que todos os músculos do meu corpo doessem e articulei claramente e com força:

– Eu estava enganado, *Herr Reichsführer.*

Ele respondeu mansamente.

– Um soldado não deve duvidar de seu chefe.

Seguiu-se um longo silêncio. A vergonha me estarrecia. Pouco importava que o objeto de minha dúvida fosse insignificante. Importava a dúvida em si. O espírito judeu da crítica e da difamação havia se insinuado em minhas veias. Eu ousara julgar meu chefe.

O *Reichsführer* novamente me encarou e advertiu:

– Isso não acontecerá novamente.

– *Nein, Herr Reichsführer.*

O silêncio se fez mais uma vez, e ele disse, doce e simplesmente:

– Portanto, não falaremos mais disso.

Senti um frêmito na espinha ao compreender que ele renovava seu voto de confiança em mim. Olhei para seus traços severos, inflexíveis, e um sentimento de segurança me dominou.

O *Reichsführer* fixou seus olhos impassíveis sobre um ponto do espaço um pouco acima da minha cabeça, e prosseguiu, como se lesse:

– *Oberscharführer,* eu tive a oportunidade de formar uma opinião sobre o senhor no que se refere à sua atividade como SS. Fico feliz em dizer-lhe que tal opinião é favorável. O senhor é calmo, modesto, positivo. Não se mostra demais, preferindo deixar os resultados falarem por si. O senhor obedece a ordens pontualmente, e na margem de tempo que lhe é concedida, e tem capacidade de iniciativa e de organização. Nesse sentido, eu apreciei especialmente os relatórios que o senhor me enviou sobre seus homens. Esses documentos são o exemplo de uma verdadeira minúcia alemã.

Então pronunciou, energicamente:

— *Ihre besondere Stërke ist die Praxis.**

Baixou os olhos sobre mim e acrescentou:

— Fico feliz em lhe dizer que sua experiência de vida na prisão pode vir a ser útil à SS.

Seu olhar voltou a fixar-se num ponto acima da minha cabeça e, sem hesitação, sem interrupção e sem jamais procurar uma única palavra, ele continuou sua explanação:

— O partido está em vias de instalar, em diferentes partes da Alemanha, campos de concentração que têm como objetivo regenerar criminosos por meio do trabalho. Nesses campos, seremos também obrigados a aprisionar os inimigos do Estado nacional-socialista, a fim de protegê-los contra a indignação de seus concidadãos. Nesse caso, também, o objetivo será, antes de tudo, educativo. Trata-se de instruir e de corrigir os espíritos pela virtude de uma vida simples, disciplinada, ativa.

— Proponho-me — retomou — a confiar-lhe inicialmente a administração do *Konzentrationslager,*** de Dachau. O senhor receberá o tratamento correspondente à sua patente, assim como alguns subsídios. O senhor ficará, além disso, alojado, alimentado e aquecido. Sua família o acompanhará.

Fez uma pausa.

— Uma vida de família verdadeiramente alemã, a meu ver, é um elemento precioso de estabilidade moral para todo SS que ocupa um posto administrativo de KL.

Olhou-me.

---

* "Seu ponto forte é a prática."

** "Campo de concentração."

— Contudo, você não deve considerar isso como uma ordem, somente como uma proposta. É um direito seu aceitá-la ou recusá-la. Eu, pessoalmente, acho que é num posto desse tipo que sua experiência de prisioneiro e suas qualidades inatas serão mais úteis ao partido. Ao mesmo tempo, em razão dos serviços já prestados, eu lhe deixo a opção de fazer outras propostas.

— *Herr Reichsführer,* eu gostaria de informar que tenho um acordo de dez anos com o Coronel Barão von Jeseritz, firmado através de uma carta.

— Esse acordo é recíproco?

— *Nein, Herr Reichsführer.*

— Ou seja, o senhor não tem, da sua parte, nenhuma garantia de manter o emprego?

— *Nein, Herr Reichsführer.*

— Nesse caso, parece-me que o senhor não perderá nada se for embora, certo?

— *Nein, Herr Reichsführer.* Se ao menos *Herr* von Jeseritz permitir...

— Ele permitirá, pode ter certeza — afirmou com um meio-sorriso antes de concluir:

— Reflita e me escreva sua resposta em oito dias.

Bateu levemente os dedos sobre a mesa.

— Isso é tudo.

Fiz a saudação, ele a retribuiu e eu me retirei.

Voltei ao pântano somente no dia seguinte, à noite. As crianças já haviam se deitado. Jantei com Elsie, depois enchi meu cachimbo, acendi e fui me sentar no banco do pátio. Fazia um tempo agradável, e a noite era extremamente clara.

Um tempo depois Elsie juntou-se a mim, e lhe contei a proposta de Himmler. Ela tinha as duas mãos espalmadas sobre os joelhos e sua cabeça estava imóvel. Depois de uma pausa, expliquei:

— No início, as condições materiais não serão assim tão melhores do que aqui, salvo o fato de que você terá menos trabalho.

— Não se trata de mim.

Continuei:

— A situação irá melhorar quando eu for oficial.

— Você pode vir a ser nomeado oficial?

– Sim. Sou um veterano do partido agora, e os serviços de guerra também contam.

Elsie voltou-se para mim. Estava perplexa.

– Oficial! É tudo o que você sempre quis ser, não é?

– Sim.

– Por que você ainda hesita então?

Acendi meu cachimbo.

– Porque eu não gosto da ideia – respondi.

– Do que você não gosta?

– Uma prisão é sempre uma prisão. Mesmo para o carcereiro.

Ela pôs as mãos uma sobre a outra.

– Bom, nesse caso, é simples: basta você recusar.

Fiquei calado. Instantes depois, Elsie retomou:

– Se você recusar, o *Reichsführer* ficará aborrecido?

– De forma alguma. Quando um chefe deixa a escolha ao soldado, ele não pode, depois, repreendê-lo por sua decisão.

Senti o olhar de Elsie.

– E você? Você gosta da ideia? – indaguei.

Ela respondeu sem hesitar:

– Não. Eu não gosto. Não gosto nem um pouco.

E apressou-se em ponderar:

– Mas você não deve levar em consideração o que eu penso.

Dei várias baforadas no cachimbo, curvei-me, catei um punhado de pedrinhas do chão e as fiz saltarem na palma da mão.

– O *Reichsführer* acha que num KL eu serei mais útil ao partido.

– Um KL?

– *Konzentrationslager*.

– Por que ele pensa assim?

– Porque fui prisioneiro durante cinco anos.

Elsie repousou no encosto do banco e olhou para um ponto diante de si:

– Aqui também, você é útil.

Respondi com lerdeza.

– Certamente... aqui... também sou útil.

– É um trabalho que você ama.

Refleti um instante sobre essa afirmação e respondi:

– Isso não conta. Se sou mais útil ao partido num KL, é para o KL que devo ir.

– Mas será que você não é mais útil aqui?

Levantei-me.

– O *Reichsführer* não pensa assim.

Joguei minhas pedrinhas uma a uma contra a mureta do poço, bati com o cachimbo no cano da bota para esvaziar a cinza e entrei novamente em casa. Começava a me despir quando, no instante seguinte, Elsie chegou. Era tarde. Estava muito cansado, mas não conseguia dormir.

No dia seguinte, após a refeição de meio-dia, Elsie pôs as crianças para dormir antes de lavar as louças. Instalei-me na minha cadeira de frente para a janela e acendi o cachimbo. Elsie deu-me as costas e ouvi os pratos tilintarem docemente uns contra os outros. Diante de meus olhos, os dois álamos, um de cada lado da cancela, brilhavam sob o sol.

A voz de Elsie chegou até mim:

– Então, o que é que você decide?

Virei o rosto na sua direção e vi suas costas. Ela estava curvada sobre a pia.

– Eu não sei.

Percebi que suas costas tinham uma tendência a se arquear. Os pratos tilintaram docemente. "Ela trabalha demais", pensei. "Ela se cansa." Revirei a cabeça e voltei a contemplar os álamos.

Elsie prosseguiu:

– Por que você não entra para o exército?

– Um SS não entra para o exército.

– E você não poderia ter um outro posto na SS?

– Não sei. O *Reichsführer* não disse nada a respeito.

Aproveitei o silêncio para explicar:

– No exército, tem-se muito em conta a instrução para a carreira.

– E na SS?

– Na SS é sobretudo o espírito de corpo que conta.

Virei-me de lado para ela e acrescentei:

– *Meine besondere Stärke ist die Praxis.**

---

* "Meu ponto forte é a prática."

Elsie apanhou um pano de prato e começou a enxugar as louças. Ela sempre começava pelos pratos e os arrumava no bufê, à medida que ficavam secos.

— Por que você não gosta da ideia de ir para um KL?

Ouvi seus passos irem e voltarem atrás de mim. Ela havia tirado seus tamancos e deslizava suavemente sobre o assoalho. Eu disse, sem olhá-la:

— É um trabalho de carrasco.

Depois de uma pausa, acrescentei:

— Além do que, lá não haverá cavalos.

— *Ach*! — disse Elsie. — Os seus cavalos!

Um prato tilintou e ganhou seu lugar na pilha. Os chinelos de Elsie roçaram o chão. Ela parou.

— Nós teremos casa?

— Sim, e aquecimento. E comida. Eu, pelo menos. Além disso, haverá os bônus. E você poderá ficar em casa.

— Ah, isso! — Elsie exclamou.

Eu me virei. Ela estava diante do bufê e me deu as costas.

— Você está com o ar muito cansado, Elsie.

Ela me encarou e empinou o busto.

— Eu me sinto muito bem.

Voltei à posição anterior. A esquadria da janela escondia a metade do álamo da direita. Notei que a cancela necessitava de pintura nova. Elsie recomeçou:

— Os prisioneiros nos KL são maltratados?

— Certamente não. No Estado nacional-socialista esse tipo de coisa não é mais possível.

Eu acrescentei:

— Os KL têm fim educativo.

Uma ave de rapina pousou estrondosamente sobre a copa do álamo da direita. Empurrei a janela para melhor enxergar o pássaro e disse, em voz alta:

— Pai também queria ser oficial. Mas não o aceitaram. Tinha algum defeito nos brônquios.

De repente, foi como se voltasse aos meus doze anos: lavava as grandes janelas do salão e, de tempos em tempos, dava uma olhada nos retratos dos oficiais. Eles estavam, ali arrumados por ordem crescente de hierarquia, da esquerda para a direita. Tio Franz não estava entre eles. Tio Franz também queria muito ser oficial, mas não era suficientemente instruído.

– Rudolf – disse a voz de Elsie.

Ouvi as duas portas do armário da cozinha fecharem-se uma após a outra.

– Ser oficial é o seu sonho, *nicht wahr*?

Respondi com impaciência.

– Mas não assim. Não num campo.

– Então recuse, ora!

Elsie pendurou o pano de prato sobre o espaldar da minha cadeira. Virei o corpo de lado. Ela me olhou, e como eu nada disse, repetiu:

– Recuse, então!

Levantei-me.

– O *Reichsführer* acha que é num KL que serei mais útil.

Elsie abriu a gaveta da mesa e começou a guardar os garfos. Ela os punha de lado, de modo a encaixá-los uns nos outros. Eu a observei realizar essa operação durante um tempo, depois peguei o pano de prato do espaldar da cadeira e enxuguei o traço que minha mão tinha deixado no vidro da janela.

Mais três dias se passaram e, certa manhã, após a refeição de meio-dia, escrevi ao *Reichsführer* que aceitava sua proposta. Pedi que Elsie lesse a carta antes de lacrá-la. Ela a leu demoradamente antes de pô-la de volta no envelope e deixou-o sobre a mesa.

Um pouco mais tarde, Elsie me lembrou de que eu precisava ir a Marienthal para ferrar a égua.

O tempo passou ligeiro e tranquilo em Dachau. O campo estava organizado de modo exemplar, os prisioneiros eram submetidos a uma disciplina rigorosa, e eu reencontrava, com um profundo sentimento de satisfação e paz, a rotina inflexível da vida na caserna. Em 13 de setembro de 1936, dois anos apenas desde minha chegada ao KL, tive a alegria de ser nomeado *Untersturmführer*.[*] A partir dessa

---

[*] Subtenente.

data, minhas promoções sucederam-se rapidamente. Em outubro de 1938, fui promovido a *Obersturmführer*[*] e em janeiro de 1939, a *Hauptsturmführer*.[**]

Eu já podia, então, olhar com otimismo para meu futuro e o de minha família. Em 1937, Elsie tinha me dado mais um filho, que chamei de Franz em memória de meu tio. Isso elevou a quatro o número de meus descendentes: Karl, o mais velho, tinha sete anos, Katherina, cinco anos e Hertha, quatro. Ao ser nomeado oficial, deixamos a metade de alojamento onde morávamos com aperto e ganhamos um casarão inteiro, muito mais confortável e bem situado. O soldo de oficial me permitiu também uma vida mais folgada, e, após todos os longos anos de privação, foi um grande alívio não precisar mais olhar para moedas de um *Pfennig* de perto.

Alguns meses após minha promoção ao grau de *Hauptsturmführer*, nossas tropas entraram na Polônia. No mesmo dia, solicitei minha partida para o *front*.

A resposta veio oito dias depois na forma de uma circular do *Reichsführer*. Ele agradecia aos numerosos oficiais SS dos KL que, no verdadeiro espírito do *Schwartze Corps*, haviam se oferecido como voluntários para a campanha da Polônia. No entanto, eles deveriam compreender que o *Reichsführer* não podia – não sem correr o risco de desorganizar os campos – atender a todos esses desejos. Ele solicitava a esses oficiais, então, que se abstivessem de renovar tais aspirações no futuro, deixando a ele, e só a ele, a tarefa de designar, para a *Waffen-SS*,[***] os oficiais dos quais a administração dos campos poderia, a rigor, prescindir.

No que me dizia respeito, isso significava deixar-me pouquíssima esperança para o futuro, pois eu estava havia cinco anos na administração dos campos, cujas engrenagens conhecia detalhadamente, e tinha ascendido já a todos os escalões. Eram mínimas, portanto, as chances de que a escolha do *Reichsführer* recaísse sobre mim. Enquanto isso, era extremamente difícil me resignar ao destino de funcionário ao qual

---

[*] Tenente.

[**] Capitão.

[***] Ramo militar da SS.

minha vida agora se reduzia, principalmente quando eu pensava na de meus camaradas que se batiam no *front*.

A Polônia, como já era esperado, foi rapidamente liquidada. Depois, a guerra adormeceu, a primavera de 1940 chegou, e começou-se a falar, cada vez mais, de uma ofensiva fulminante. E, no início de maio, o Führer fez um importante discurso no *Reichstag*. Ele declarou que a Polônia, a partir de então, cessava de existir, e que Danzig havia retornado ao seio da pátria-mãe. As democracias – disse – não tinham mais nenhum motivo para não procurar, com o Reich, uma solução pacífica para os problemas da Europa. Se não o faziam, era porque os seus donos, os judeus, se opunham. A conclusão estava clara: o judaísmo* mundial avaliava que o momento era favorável para montar uma coalizão contra o Reich e, com isso, conduzir um ajuste de contas definitivo com o nacional-socialismo. Nesse combate, a Alemanha via-se obrigada, mais uma vez, a apostar seu destino. Mas as democracias e o judaísmo mundial – prometeu – enganavam-se redondamente se pensavam que a vergonha de 1918 se repetiria algum dia. O *III Reich* empreendia sua luta com uma vontade inflexível, e o Führer declarava solenemente que os inimigos do Estado nacional-socialista seriam rápida e implacavelmente castigados. Quanto aos judeus, em todos os lugares onde fosse possível, e onde quer que os encontrássemos em nosso caminho, eles seriam exterminados.

Três dias após esse discurso, recebi do *Reichsführer SS* a ordem de viajar à Polônia e transformar um antigo aquartelamento de artilheiros poloneses em campo de concentração. Esse novo KL deveria se chamar Auschwitz, nome do povoado mais próximo.

Decidi que Elsie e as crianças ficariam, por enquanto, em Dachau, e parti com o *Obersturmführer* Setzler, o *Hauptscharführer*** Benz e um chofer. Cheguei a Auschwitz no meio da noite, dormi numa casa desapropriada e, no dia seguinte, visitei o antigo campo. Estava situado a

---

* No original, "juiverie", em francês, maneira racista de se referir ao conjunto dos judeus, algo como "juderia" ou "judeuzada". [N.T.]

** Ajudante.

199

aproximadamente três quilômetros do povoado. O novo KL, segundo as instruções, deveria se estender bem além das casernas dos artilheiros poloneses e teria que incluir igualmente um outro *Lager*,* localizado num cinturão distinto, perto da localidade de Birkenau. Em torno dos dois campos, uma vasta zona havia sido expropriada para submeter-se à agricultura intensiva ou receber instalações industriais.

Percorri essa zona de uma extremidade à outra. A região era atravessada por pântanos e bosques. Os caminhos estavam em péssimo estado, mal traçados, e perdiam-se em terrenos baldios. As casas eram raras e, naquela planície sem marcações, pareciam minúsculas e engolidas pelo vazio. Durante todo o tempo que durou minha inspeção, não encontrei vivalma. Mandei parar o carro e percorri sozinho, a pé, algumas centenas de metros para esticar as pernas. O ar era monótono, impregnado pelo odor podre dos lodaçais, e reinava um silêncio absoluto. O horizonte se estendia, por assim dizer, rente ao solo. Formava uma linha negra, interrompida, aqui e ali, por agrupamentos de árvores. Apesar da estação, o céu estava bem chuvoso e, acima do limiar, desenhava-se um risco cinzento de nuvens. Até onde a vista chegava, não havia uma única ondulação de terreno. Tudo era plano, deserto, imenso. Fiz o caminho de volta e fiquei feliz de entrar novamente no carro.

As casernas polonesas estavam infestadas de vermes, e minha primeira providência foi mandar lavá-las. A fábrica de inseticidas Weerle e Frischler, de Hamburgo, enviou-me, em forma de cristais, uma quantidade considerável de *Giftgas*.** Como a manutenção desses cristais era extremamente perigosa, a fábrica enviou também dois auxiliares técnicos que se ocuparam eles próprios da desinfecção, cercando-se de todas as precauções indicadas. Um *kommando* de prisioneiros de guerra poloneses foi posto à minha disposição para instalar o arame farpado e as torres de vigilância que, como lhes explicara, deveriam ficar separados entre si – Auschwitz recebendo os prisioneiros judeus, e Birkenau, os prisioneiros de guerra. Pouco depois, as tropas SS chegaram, tomaram posse das casernas, e as primeiras casas de oficiais começaram a ser construídas. E no mesmo dia em que a gloriosa campanha da França

---

* Campo.
** Gás tóxico.

terminava, o primeiro comboio de prisioneiros judeus chegou. Eles receberam imediatamente a tarefa de construir seu próprio campo.

Em agosto, eu já estava em condições de mandar trazer Elsie e as crianças. As casas de oficiais ficavam de costas para o campo e davam direto no povoado de Auschwitz, cuja igreja, com dois elegantes sinos, se destacava na paisagem. Nessa região tão plana, os dois sinos eram um alívio para os olhos, e esse foi o motivo de eu ter orientado as fachadas das nossas casas na sua direção. Eram vastos e confortáveis chalés de madeira construídos sobre alicerces de calcário e decorados com varandas voltadas para o sul, além de jardins. Elsie ficou muito contente com a nova morada e apreciou em especial as instalações modernas do aquecimento central e da água quente, que eu havia providenciado. Ela encontrou sem dificuldades uma empregada em Auschwitz, e dois prisioneiros foram postos à sua disposição para o trabalho mais pesado.

Segundo as ordens do *Reichsführer*, eu deveria garantir, além da construção do campo, o esgotamento dos brejos e dos espaços inundados que se estendiam de cada lado do Weichsel,[*] no intuito de dedicá-los à agricultura. Logo reconheci que seria necessário reproduzir, numa escala bem maior, tudo aquilo que eu fizera nas terras de von Jeseritz, e que nenhuma drenagem seria eficaz se as águas do Weichsel não fossem contidas por uma barragem. Mandei providenciar as plantas e calculei, da maneira mais econômica possível, que, com a mão de obra da qual eu dispunha, precisaria de dois anos para completar o trabalho. Quatro dias depois, a resposta do *Reichsführer* chegou: ele me dava um ano.

O *Reichsführer* tinha o hábito de punir ou até de mandar executar SS por erros tão pequenos que não tive a menor ilusão sobre o destino que me aguardava caso a barragem não ficasse pronta na data prometida. Esse pensamento me deu forças sobre-humanas. Instalei-me provisoriamente no canteiro, não deixava um minuto de folga ao meu estado-maior e fiz prisioneiros trabalharem noite e dia. A mortalidade entre eles se elevou a uma taxa assustadora, mas isso, muito felizmente, não trouxe nenhum embaraço para nós, porque os novos comboios de prisioneiros compensavam automaticamente essa falta. Meus SS

---

[*] Vístula, o maior rio polonês. [N.T.]

também pagaram seus tributos à obra empreendida: muitos entre eles perderam suas patentes por falhas que, em outras circunstâncias, eu teria julgado desprezíveis. E dois *Scharführer* que cometeram negligências mais graves foram fuzilados.

Finalmente, a obra de arte ficou pronta vinte e quatro horas antes da data-limite. O *Reichsführer* veio pessoalmente inaugurá-la e, na presença dos encarregados e de oficiais do KL, fez um discurso. Disse que deveríamos nos considerar como os pioneiros do *Ostraum*,[*] felicitou-nos pela rapidez exemplar "desta magnífica realização" e declarou que o Estado nacional-socialista ganharia a guerra porque sabia, tanto na condução das operações como no esforço para economizar, reconhecer claramente a importância primordial do fator tempo. Dez dias após a visita do *Reichsführer*, recebi o aviso de minha nomeação ao grau de *Sturmbannführer*.[**]

Na sequência, infelizmente, a barragem se ressentiu um pouco da pressa com que a havíamos construído. Duas semanas após a visita inaugural de Himmler, chuvas abundantes caíram sobre toda a região, o Weichsel teve uma cheia repentina, e uma seção da esplêndida obra de arte foi literalmente varrida pelas inundações. Foi necessário solicitar créditos suplementares e iniciar novos trabalhos, em princípio para "consolidá-la" – mas, na realidade, para refazê-la parcialmente. E ainda assim o resultado foi dos mais medíocres, pois, para a barragem ficar realmente sólida, todo o trabalho deveria ter sido refeito desde a base.

Impulsionado por mim, o KL de Birkenau-Auschwitz havia se transformado numa gigantesca cidade. Mas, por mais rápido que o campo tivesse crescido, ele ainda era pequeno demais para receber o fluxo cada vez maior de prisioneiros. Enviei à direção da SS uma carta solicitando que se moderasse o ritmo dos comboios. Informava que não dispunha de barracos suficientes, nem de comida, para alojar e alimentar tanta gente. Todas as cartas ficaram sem resposta, e o transporte continuou a fluir. Em consequência, a situação do *Lager* tornou-se pavorosa, as epidemias espocavam, não havia mais meios de combatê-las, e a taxa de mortalidade subia vertiginosamente. Sentia-me cada vez mais

---

[*] Ala Leste.

[**] Comandante.

impotente na tarefa de fazer frente à espantosa situação criada pela chegada quase diária dos trens. Tudo o que podia fazer era manter a ordem entre a massa de detentos de toda origem que abarrotava o campo. Mas mesmo isso era difícil, pois, à medida que a guerra se prolongava, os jovens e esplêndidos voluntários das unidades "*Caveiras*"* haviam sido chamados ao *front*, e eu recebera, como substitutos, os senhores mais idosos da *SS-Allgemeine*.** Entre esses, encontravam-se, infelizmente, elementos bastante suspeitos, e os abusos e a corrupção em que eles rapidamente submergiram complicaram bastante o meu dever.

Alguns meses se passaram assim, até que, em 22 de junho, o Führer lançou a *Wehrmacht* contra a Rússia; no dia 24, recebi uma circular do *Reichsführer* informando que a partir daquele momento permitiria aos oficiais dos KL solicitarem sua partida para o *front*. Na mesma noite me ofereci como voluntário e seis dias depois fui enviado a Berlim por Himmler.

A viagem foi feita de trem, conforme instruções recentes determinando uma economia severa de combustível. A capital estava febril, as ruas, plenas de uniformes e os trens, lotados de tropas. Eram anunciadas as primeiras vitórias alemãs contra os bolcheviques.

O *Reichsführer* me recebeu no início da noite. O ordenança me fez entrar em seu escritório e saiu, fechando cuidadosamente a porta dupla. Fiz a saudação e, quando o *Reichsführer* a retribuiu, aproximei-me.

O gabinete era iluminado apenas por um abajur com suporte de bronze, que se destacava em sua escrivaninha. O *Reichsführer* estava de pé, imóvel, e uma sombra escondia seu rosto.

Fez um aceno com a mão direita e disse, obsequiosamente:

– Sente-se, por favor.

Sentei-me; o foco do abajur me iluminou, e tive a sensação de que meu semblante estava nu.

No mesmo instante, o telefone tocou. Himmler levantou o fone e me fez sinal, com a outra mão, para eu ficar onde estava. Ouvi o

---

* No original, Têtes de Mort (Cabeças de morto), em francês, Totenkopfverbände em alemão. Unidades de voluntários encarregadas da gestão dos campos, em geral milícias paramilitares. [N.T.]

** SS geral.

Reichsführer mencionar um tal Wulfslang e o KL Auschwitz, fiquei sem graça por testemunhar a conversa e parei de escutar. Baixei os olhos e me concentrei em detalhar o célebre adorno em mármore verde esculpido que decorava sua escrivaninha. Era um presente do KL Buchenwald para a *Julfest.** Havia artistas realmente incríveis em Buchenwald. Pensei que deveria checar se também havia artistas entre os meus judeus.

O fone bateu sobre o suporte e ergui os olhos:

– *Sturmbannführer* – disse Himmler assim que desligou –, fico feliz em lhe dizer que o inspetor dos campos *Gruppenführer*** Goertz me enviou um excelente relatório sobre a sua atividade de *Lagerkommandant**** no KL Auschwitz.

– Por outro lado – continuou –, fui informado de que o senhor me enviou um pedido para ir ao *front*.

– Exato, *Herr Reichsführer*.

– Devo entender que o senhor é movido por um sentimento patriótico, ou que suas funções no KL Auschwitz o desagradam?

– Sou movido por um sentimento patriótico, *Herr Reichsführer*.

– Fico feliz por saber. Está fora de cogitação mudar suas atribuições. Face a certos projetos, considero sua presença em Auschwitz indispensável.

Após um silêncio, ele recomeçou:

– O que vou lhe dizer agora é secreto. Peço-lhe que jure pela sua honra que o senhor guardará o silêncio mais absoluto a respeito.

Eu o olhei. Tantas coisas na SS eram confidenciais – o segredo fazia de tal forma parte de nossa rotina, que exigir um juramento a cada vez parecia desnecessário.

– O senhor deve compreender – prosseguiu Himmler – que não se trata de um simples segredo de serviço, mas (ele enfatizou cada palavra) de um *verdadeiro segredo de Estado*.

Ele recuou ligeiramente na sombra e disse, em tom severo:

---

* Festival criado pelo regime nazista para substituir o Natal, cujas tradições rejeitava. [N.T.]

** General.

*** Comandante de campo.

– *Sturmbannführer*, o senhor jura, pela sua honra de oficial SS, que não revelará esse segredo a ninguém?

Respondi sem hesitar:

– Juro pela minha honra de oficial SS.

– Eu lhe advirto – reiterou, depois de um instante – que o senhor é proibido de revelá-lo a qualquer pessoa, mesmo a seu superior hierárquico, o *Gruppenführer* Goertz.

Senti-me constrangido. Os campos dependiam diretamente do *Reichsführer*, não havia nada de anormal em que ele me desse instruções sem passar por Goertz. Mas era, por outro lado, um tanto espantoso que o fizesse sem o conhecimento dele.

– O senhor não deve se admirar com essas deliberações – esclareceu Himmler, como se lesse meus pensamentos. – Elas não significam nenhum tipo de desconfiança em relação ao inspetor dos campos *Gruppenführer* Goertz. Ele será informado de tudo posteriormente, no momento que eu julgar apropriado.

O *Reichsführer* moveu a cabeça, e a parte baixa de seu rosto se iluminou. Os lábios finos, bem barbeados, estavam apertados um contra o outro.

– O Führer – disse, com voz clara – ordenou a solução definitiva da questão judaica na Europa.

Fez uma pausa e acrescentou:

– O senhor foi escolhido para executar essa tarefa.

Olhei-o. Ele reagiu friamente:

– O senhor parece estarrecido. No entanto, a ideia de acabar com os judeus não é nova.

– *Nein, Herr Reichsführer*. Eu apenas estou admirado que seja eu o escolhido...

Ele me cortou a palavra.

– O senhor saberá os motivos dessa escolha. Eles o honram.

E prosseguiu:

– O Führer julga que se nós não exterminarmos os judeus *agora*, eles exterminarão, mais tarde, o povo alemão. Eis, portanto, como o problema é colocado: eles ou nós.

Himmler então indagou, enfaticamente:

– *Sturmbannführer*, no momento em que os jovens alemães se batem contra o bolchevismo, teremos nós o direito de deixar o povo alemão correr esse risco?

Respondi sem hesitar:

– *Nein, Herr Reichsführer.*

Pôs as duas mãos bem espalmadas sobre o cinto e disse, com um ar de profunda satisfação:

– Nenhum alemão poderia responder de outra forma.

Fez-se silêncio; seus olhos impassíveis fixaram-se num ponto sobre minha cabeça e ele prosseguiu, como se lesse:

– Escolhi o KL Auschwitz como local de execução e o senhor como agente. Escolhi o KL Auschwitz porque, situando-se na junção de quatro vias férreas, é de acesso fácil para os comboios. Além disso, a região é isolada e pouco habitada, oferecendo, portanto, circunstâncias favoráveis à realização de uma operação secreta.

Baixou o olhar sobre mim:

– Escolhi o senhor pelo seu talento de organizador...

Moveu-se na sombra e articulou com clareza:

– ... e por suas raras qualidades de consciência.

– É preciso que o senhor saiba – encadeou – que já existem três campos de extermínio na Polônia: Belzek, Wolzek e Treblinka. Esses campos não nos satisfazem. Primeiro ponto: eles são pequenos e sua localização não permite que os aumentemos. Segundo ponto: os métodos utilizados são, sem dúvida alguma, falhos. De acordo com o relatório do comandante de Treblinka, não foi possível, em seis meses, liquidar mais de 80.000 unidades.

O *Reichsführer* fez uma pausa e disse, implacável:

– Esse resultado é ridículo.

– Em dois dias – continuou –, o *Obersturmbannführer** Wulfslang irá vê-lo em Auschwitz. Ele indicará o ritmo e a quantidade dos comboios nos meses que virão. Após a visita dele, o senhor irá ao *Lager* de Treblinka e, no que toca aos resultados medíocres que temos lá, fará uma crítica construtiva dos métodos utilizados. Em quatro semanas...

---

* Tenente-coronel.

Enfatizou:

– ... em exatamente quatro semanas, o senhor enviará para mim um plano claro e detalhado, à altura da tarefa histórica que lhe cabe.

Fez um pequeno gesto com a mão direita. Levantei-me.

– O senhor tem objeções?

– *Nein, Herr Reichsführer.*

– O senhor tem observações a apresentar?

– *Nein, Herr Reichsführer.*

– Muito bem.

Pausadamente, ele disse, sem elevar a voz:

– *Das ist ein Befehl des Führers!**

E acrescentou:

– O senhor tem agora a dura missão de executar essa ordem.

Fiquei em posição de sentido e respondi:

– *Jawohl, Herr Reichsführer!*

Minha voz me pareceu falha e rouca no silêncio do gabinete.

Fiz a saudação, ele a retribuiu, dei meia-volta e me dirigi à porta. Assim que deixei o círculo de alcance da luz do abajur, a sombra da sala me envolveu e senti um frio incomum.

Peguei o trem de volta tarde da noite. Estava abarrotado de tropas que iam para o *front* russo. Achei um compartimento de primeira classe; estava cheio, mas um *Obersturmführer* logo me cedeu seu lugar. A iluminação estava em penumbra, ante a previsão de ataques aéreos, e as cortinas, cuidadosamente fechadas. Sentei-me, o trem partiu bruscamente e começou a se mover com uma lentidão exasperante. Eu estava exausto, mas não conseguia dormir.

A manhã veio, enfim, e cochilei um pouco. A viagem avançava, interrompida por inúmeras paradas. Às vezes o trem se imobilizava por duas ou três horas, depois partia novamente, muito lento, parava e partia de novo. Por volta de meio-dia, houve uma distribuição de víveres e de café quente.

Fui ao corredor fumar um cigarro. Vi o *Obersturmführer* que me havia cedido seu assento. Ele dormia, sentado sobre sua mochila. Eu o acordei e convidei-o a sentar-se, dessa vez, na cabine. Levantou-se, apresentou-se e

---

* "É uma ordem do Führer!"

conversamos por alguns minutos. Ele era *Lagerführer*[*] no KL Buchenwald, e tinham-no transferido, a seu pedido, para a *Waffen-SS*. Estava a caminho de juntar-se a seu regimento na Rússia. Perguntei-lhe se estava contente. "*Ja, Sehr!*",[**] respondeu, sorrindo. Era alto, loiro, de bela estatura, com as formas bem delgadas. Devia ter vinte e dois anos. Estivera na campanha da Polônia, onde tinha sido ferido, e, saindo do hospital, fora transferido ao KL Buchenwald, onde "entediara-se muito". Mas agora tudo ia bem, ele iria de novo "mexer-se e lutar". Ofereci-lhe um cigarro e insisti para que entrasse na cabine e repousasse um pouco.

O trem ganhou velocidade e penetrou na Silésia. A vista da paisagem tão familiar me apertou o coração.

Lembrei-me dos combates dos Freikorps, com Rossbach no comando, contra os *sokols* poloneses. Como nós lutamos! E que equipe esplêndida formávamos! Eu também: a única coisa que pedia era para "mexer-me e lutar". Eu também tinha vinte anos. Era estranho dizer que já fazia tanto tempo e que tudo aquilo acabara.

Na estação de Auschwitz, telefonei para o campo pedindo que me enviassem um carro. Eram nove horas. Não tinha comido desde o meio-dia e sentia fome.

Um automóvel chegou em cinco minutos e levou-me para casa. A lamparina ardia no quarto dos meninos; evitei tocar a campainha, abri a porta com a minha chave. Pus o quepe no cabide e fui para a sala de jantar. Toquei a sineta, a empregada apareceu imediatamente e pedi para me trazer o que houvesse.

Percebi que não havia tirado as luvas. Retirei-as e voltei ao vestíbulo para guardá-las. Perto do cabide, ouvi um ruído de passos. Ergui a cabeça. Elsie descia a escada. Ao ver-me, ela se deteve assustada, empalideceu, cambaleou e apoiou-se na parede.

– Você está partindo? – ela disse, com a voz apagada.

Olhei-a com espanto.

– Partindo?

---

[*] Chefe de campo.

[**] "Sim, muito!"

— Para o *front*?

Desviei os olhos.

— Não.

— Verdade? Verdade? — titubeou. — Então você não vai?

— Não.

A felicidade iluminou seu rosto, ela desceu de quatro em quatro os degraus da escada e lançou-se em meus braços.

— Ora, ora! Vamos! — eu disse.

Distribuiu vários beijinhos pelo meu rosto. Ao mesmo tempo que sorria, as lágrimas refulgiam em seus olhos.

— Então, você não vai? — repetiu.

— Não.

Ergueu a cabeça e disse, num tom de alegria serena e profunda.

— *Gott sei Dank*!*

Um furor sem nome tomou conta de mim.

— Cale a boca! — bradei.

Girei sobre os calcanhares, dei-lhe as costas e penetrei na sala de jantar.

A empregada acabava de pôr a mesa e servir os pratos. Sentei-me.

Momentos depois, Elsie entrou, sentou-se ao meu lado e me olhou comer. Quando a empregada saiu, ela disse, docemente:

— Naturalmente eu compreendo que para um oficial é muito cruel não poder partir para o *front*.

— Não foi nada, Elsie. Desculpe-me pela maneira como agi há pouco. Estou só um pouco cansado.

No silêncio que se seguiu, comi sem erguer a cabeça, mas percebi Elsie desfazer uma pequena dobra na toalha de mesa e alisá-la com a mão ao terminar.

Então disse, hesitante:

— *Ach*! Estes dois dias, Rudolf!...

Não respondi. Ela continuou:

— Foi para dizer que você não partiria que o *Reichsführer* o fez ir a Berlim?

— Não.

---

* "Deus seja louvado".

– O que ele queria?

– Questões de serviço.

– Importantes?

– Bastante.

Ela puxou novamente a toalha e disse com a voz mais firme:

– Enfim, o essencial é que você ficará.

Não respondi. Ela insistiu.

– Mas você... teria preferido partir, *nicht wahr?*

– Pensava que fosse esse o meu dever. Mas o *Reichsführer* julgou que sou mais útil aqui.

– Por que ele pensa isso?

– Diz que eu tenho talento de organizador e raras qualidades de consciência.

– Ele disse isso? – exclamou Elsie, com o ar contente. – Ele disse "raras qualidades de consciência"?

Fiz que "sim" com a cabeça.

Levantei-me, dobrei cuidadosamente meu guardanapo e o enfiei dentro do seu invólucro.

Dois dias depois, como anunciara o *Reichsführer*, recebi a visita do *Obersturmbannführer* Wulfslang. Era um homem gordo e ruivo, redondo e jovial, que nos honrou à mesa na refeição servida por Elsie.

Após o almoço, ofereci-lhe um charuto, levei-o à *Kommandantur* e tranquei-me com ele no meu gabinete. Ele jogou o quepe sobre minha mesa, sentou-se, esticou bem as pernas, e seu semblante balofo e risonho fechou-se.

– *Sturmbannführer* – disse, num tom oficial –, saiba que meu papel é unicamente o de estabelecer uma ligação oral entre o *Reichsführer* e a sua pessoa.

Fez uma pausa.

– Nessa condição, tenho só umas poucas coisas a lhe dizer. O *Reichsführer* ateve-se em especial a dois pontos: nos seis primeiros meses, o senhor deve tomar providências para atender a um número global de chegadas que alcançará aproximadamente 500.000 unidades.

Abri a boca espantado, ele agitou o charuto diante do rosto e disse, energicamente:

– *Einen Moment, bitte.** A cada carregamento, o senhor fará uma seleção entre os recém-chegados e deixará as pessoas aptas para o trabalho à disposição das indústrias e empresas agrícolas de Birkenau-Auschwitz.

Fiz um sinal de que desejava falar, mas novamente ele agitou imperiosamente o charuto e prosseguiu:

– Segundo ponto: a cada transporte, o senhor me enviará estatísticas do número de inaptos submetidos ao seu tratamento especial. No entanto, o senhor não deverá guardar uma cópia desses documentos. Em outras palavras, o número global de pessoas tratadas pelo senhor durante todo o período de seu comando deverá permanecer ignorado.

Consegui, enfim, objetar:

– Não vejo como isso é possível. O senhor mesmo acabou de falar em 500.000 unidades nos primeiros seis meses.

Ele agitou o charuto com impaciência:

– *Bitte*! *Bitte*! O número que citei, de 500.000 unidades, inclui ao mesmo tempo os aptos ao trabalho e os inaptos. O senhor deverá separá-los a cada chegada de um comboio. É evidente, portanto, que não será possível conhecer *a priori* o número total de inaptos a serem tratados. É desses indivíduos que falamos.

Refleti, e disse:

– Se bem entendi, devo informá-lo, a cada chegada, o número de inaptos submetidos ao tratamento especial, mas não devo deixar traços desse número e devo ignorar, por conseguinte, o número global de inaptos tratados por mim no conjunto dos carregamentos?

Ele fez um sinal de aprovação com o charuto.

– O senhor compreendeu perfeitamente. De acordo com a ordem do *Reichsführer*, esse número global só deve ser conhecido por mim. Em outros termos, é a mim, e só a mim, que compete adicionar os números parciais fornecidos pelo senhor, e enviar ao *Reichsführer* uma estatística completa.

Então, ele concluiu:

---

* "Um momento, por favor".

– É tudo o que eu tenho a comunicar por enquanto.

Aproveitei o silêncio para argumentar:

– Poderia fazer uma observação sobre o seu primeiro ponto?

Ele pôs o charuto entre os dentes e articulou, brevemente:

– *Bitte*.

– Se me basear no número global de 500.000 unidades nos seis primeiros meses, chego a uma média aproximada de 84.000 unidades por mês, ou seja, cerca de 2.800 unidades a serem submetidas em 24 horas ao tratamento especial. É um número enorme.

Ele tirou o charuto da boca e ergueu a mão que o segurava:

– Errado. O senhor esquece que entre essas 500.000 unidades haverá um número provavelmente bem elevado de pessoas aptas ao trabalho, que o senhor não precisará tratar.

Refleti novamente e segui com o raciocínio:

– A meu ver, isso só faz adiar o problema. Segundo minha experiência de *Lagerkommandant,** a duração média de utilização de um prisioneiro no trabalho é de três meses. Depois, ele se torna inapto. Supondo, consequentemente, que num transporte de 5.000 unidades, 2.000 sejam declaradas aptas ao trabalho, é evidente que esses 2.000 voltarão a mim ao fim de três meses, e que será necessário, também, tratá-los.

– *Gewiss.*** Mas você terá ao menos ganhado tempo. E enquanto sua instalação não estiver pronta, essa folga, sem dúvida, será muito preciosa.

Ele pôs novamente o charuto na boca, cruzou a perna direita sobre a esquerda e informou:

– Saiba que, após os seis primeiros meses, o ritmo dos transportes aumentará consideravelmente.

Fitei-o, incrédulo. Ele sorriu, e seu rosto voltou a ficar balofo e risonho.

Insisti:

– Mas é pura e simplesmente impossível!

Seu sorriso acentuou-se. Ele se levantou e começou a calçar suas luvas.

---

* Comandante de campo.

** "Certamente".

– *Mein Lieber** – disse, com um ar jovial e importante. – Napoleão já disse que "impossível" não é uma palavra francesa. Desde 1934 nós tentamos provar ao mundo que não é uma palavra alemã.

Ele consultou o relógio.

– Acho que está na hora de o senhor me acompanhar de volta à estação.

Pegou seu quepe na mesa. Levantei-me:

– *Herr Obersturmbannführer, bitte.*

Ele me encarou.

– *Ja?*

– Eu quis dizer que é *tecnicamente* impossível.

Seu rosto congelou.

– Permita-me – disse, num tom superior. – É ao senhor, e só ao senhor, que compete o lado técnico da tarefa. Eu não tenho que conhecer esse aspecto da questão.

Ergueu a cabeça, baixou as pálpebras até a metade e me olhou de alto a baixo com um ar distante:

– O senhor precisa compreender que não tenho nada a ver com o lado prático da coisa. Peço-lhe, portanto, que, no futuro, não o mencione a mim, nem por alusão. Os números, e só os números, são da minha alçada.

Girou o corpo, apoiou a mão sobre a maçaneta da porta, voltou-se parcialmente e acrescentou, altivo:

– Meu papel é puramente estatístico.

No dia seguinte parti para o campo de Treblinka com o *Obersturmführer*** Setzler. O campo era situado a nordeste de Varsóvia, não muito longe de seu rio Bug. O *Haupsturmführer**** Schmolde o comandava. Como ele nada podia saber dos projetos relativos a Auschwitz, Wulfslang justificara minha visita como sendo uma missão

---

* "Meu querido".

** Tenente.

*** Capitão.

de inspeção e de informação. Schmolde veio nos buscar de carro na estação. Era um homem de meia-idade, grisalho e magro, com um olhar estranhamente vazio.

Ofereceu-nos um almoço na cantina dos oficiais SS, numa sala à parte, desculpando-se por não poder nos receber em casa, pois a esposa estava doente. O almoço era excelente, mas Schmolde abriu a boca raras vezes, e apenas, segundo me pareceu, em deferência a mim. Sua voz era cansada e sem timbre. Dava a impressão de que lhe custava emitir um único som. Quando falava, umedecia continuamente os lábios com a língua.

Após o almoço, serviu-se café. Em seguida, Schmolde consultou seu relógio, apontou para mim os olhos vazios e disse:

— Seriam necessárias longas explicações para descrever a ação especial. Por isso, prefiro mostrar como procedemos. Acho que os senhores entenderão melhor.

Setzler não se moveu, virando o pescoço para o meu lado com veemência. Eu disse:

— Sem dúvida. É uma ótima ideia.

Schmolde umedeceu os lábios e informou:

— Será às duas horas.

Conversamos ainda alguns minutos, Schmolde consultou seu relógio e eu consultei o meu. Eram cinco para as duas. Levantei-me, Schmolde também, lentamente, como se lamentasse. Setzler ergueu-se pela metade sobre sua cadeira e disse:

— Queiram me desculpar, mas ainda não terminei meu café.

Olhei para sua xícara. Ele não a havia tocado.

— Junte-se a nós quando tiver terminado — respondi, com frieza.

Setzler fez que "sim" com a cabeça e voltou a sentar-se. Seu crânio calvo foi ficando progressivamente vermelho. Ele evitava meu olhar.

Schmolde me fez passar à sua frente.

— Incomoda-se de ir a pé? Não é longe.

— De forma alguma.

Fazia um lindo sol. No meio da viela que seguíamos, alongava-se uma linha cimentada sobre a qual duas pessoas podiam caminhar lado a lado.

O campo estava absolutamente deserto, mas, ao passar diante das barracas, ouvi ruídos de vozes no interior. Avistei alguns rostos através dos vidros e compreendi que os detentos estavam confinados.

Notei também que havia duas vezes mais torres de vigilância que em Auschwitz, embora o campo fosse menor, e percebi que a zona cercada de arame farpado era eletrificada. Os fios eram sustentados por pesados postes de cimento que, na extremidade, curvavam-se para o interior. Dessa maneira, os fios superiores pendiam 60 centímetros acima da rede vertical entre dois postes. Era obviamente impossível, mesmo para um acrobata, superar esse obstáculo sem tocá-lo.

Voltei-me para Schmolde:

— A corrente passa constantemente?

— À noite. Mas nós ligamos às vezes durante o dia, quando os detentos estão nervosos.

— Enfrenta problemas, às vezes?

— Frequentemente.

Schmolde umedeceu os lábios e prosseguiu com sua voz lenta e apática:

— Eles sabem o que os espera, compreende?

Refleti e disse:

— Não entendo... como podem saber?

Schmolde fez beiço e disse:

— Em princípio, é ultrassecreto. Mas todos os prisioneiros do campo sabem. Às vezes, mesmo os que chegam já sabem.

— De onde vêm?

— Do Gueto de Varsóvia.

— Todos?

Schmolde inclinou a cabeça.

— Todos. A meu ver, mesmo no Gueto, há pessoas que sabem. O campo é próximo demais de Varsóvia.

Depois do último barraco, havia um grande espaço vazio, em seguida, um *Posten** armado abriu uma cancela de madeira e entramos num caminho de pedras amparado, à esquerda e à direita, por uma dupla fileira de arame farpado. Mais adiante havia outra porteira,

---

* Sentinela.

vigiada por uma dezena de SS. Ela dava para uma parede de arbustos. Nós a contornamos, e um barraco bem comprido apareceu numa parte mais baixa do terreno. Suas janelas estavam hermeticamente fechadas. Uns trinta SS, armados de metralhadoras e acompanhados de cães, cercavam o local.

Alguém gritou "*Achtung!*". Os SS se endireitaram, e um *Untersturmführer* veio nos saudar. Era loiro, com um rosto quadrado e olhos de bêbado.

Olhei em torno. Uma dupla fileira de arame eletrificado circundava completamente o barracão, e formava um segundo cinturão dentro do cinturão do *Lager*. Do outro lado dos arames, arbustos e pinheiros tapavam a visão.

– Quer dar uma olhada? – perguntou Schmolde.

Os SS afastaram-se, e caminhamos na direção do barracão. A porta era de carvalho maciço, armada em ferro e trancada por uma pesada trava metálica. Em sua parte superior, comportava uma vigia de vidro extremamente espesso. Schmolde girou um interruptor embutido na parede e tentou abrir a trava. Não teve sucesso, e o *Untersturmführer* acorreu para ajudá-lo.

A porta se abriu. Ao entrar, tive a impressão de que o teto me caía sobre a cabeça: eu poderia tocá-lo com a palma da mão. Três potentes lâmpadas protegidas por um gradil iluminavam o compartimento. Ele estava completamente vazio. O piso era de cimento. Do outro lado da peça, abria-se mais uma porta, que dava na traseira da construção, mas essa não tinha uma vigia.

– É evidente – disse Schmolde – que as janelas não têm vidros. Como podem ver, elas são inteiriças...

Umedeceu os lábios para completar a frase.

– ... herméticas, e se fecham por fora.

Do lado das lâmpadas sob o gradil, percebi um pequeno orifício circular de aproximadamente 5 centímetros de diâmetro.

Ouvi um som de correria, gritos agudos e ordens de comandos estridentes. Os cães latiram.

– São eles – avisou Schmolde.

---

* Subtenente.

Ele foi na minha frente. Embora seu quepe estivesse ainda a alguns centímetros do teto, ele baixou a cabeça ao atravessar a peça.

Quando saí, a coluna de prisioneiros emergiu, correndo, da parede de arbustos. Os SS e seus cachorros os acompanhavam. Os urros, misturados aos latidos dos cães, irrompiam no ar. Um turbilhão de poeira se ergueu e os SS entraram em ação.

Assim que a ordem se restabeleceu e a poeira dissipou-se, pude ver melhor os detentos. Havia entre eles alguns homens válidos, mas a maioria da coluna era composta por mulheres e crianças. Muitas judias carregavam bebês nos braços. Todos os detentos estavam em roupas civis e nenhum tinha os cabelos cortados.

– Em princípio – disse Schmolde, com a voz baixa – não devemos ter problemas com estes aí. Eles acabam de chegar.

Os SS separaram os detentos em grupos de cinco. Schmolde fez um pequeno gesto com a mão e disse:

– *Bitte, Herr Sturmbannführer* *...

Fomos até a parede de arbustos. Assim ficávamos um pouco à parte e o declive nos permitiria olhar, de relance, todo o conjunto da coluna.

Dois *Hauptscharführer* e um *Scharführer* começaram a contagem dos detentos. O *Untersturmführer* loiro permanecia diante de nós, imóvel. Um prisioneiro judeu, de uniforme listrado e com a cabeça raspada, mantinha-se à direita e um pouco recuado. Ele usava uma braçadeira do lado esquerdo.

Um dos dois *Hauptscharführer* acorreu, ficou em posição de sentido diante do *Untersturmführer* e gritou:

– 204!

O *Untersturmführer* disse:

– Faça sair das fileiras os quatro últimos e os acompanhe aos barracos.

Voltei-me para Schmolde:

– Por que ele faz isso?

Schmolde umedeceu os lábios:

– Para passar confiança aos outros.

---

* "Por favor, meu comandante."

– *Dolmestcher* * – disse o *Untersturmführer*.

O prisioneiro com braçadeira avançou um passo, ficou em posição de sentido e gritou qualquer coisa em polonês, de frente para a coluna.

Os três últimos detentos (duas mulheres e um homem com um chapéu preto achatado) separaram-se, sem dificuldade, da coluna. A quarta era uma menina de uns dez anos. Um *Scharführer* tomou-a pelo braço. Imediatamente, uma prisioneira precipitou-se, arrancou-lhe a menina com as mãos, apertou-a ferozmente contra si e começou a gritar. Dois SS avançaram e toda a coluna começou a protestar.

O *Untersturmführer* hesitou.

– Deixe a criança com ela! – ordenou Schmolde.

Os dois SS voltaram às suas posições. A judia olhou sem entender por que se afastavam. Continuava abraçada à filha.

– *Dolmestcher* – disse Schmolde –, diga-lhe agora que o *Kommandant* permite à sua filha ficar com ela.

O detento com braçadeira gritou uma longa frase em polonês. A judia pôs sua filha no chão, olhou para mim e para Schmolde. Depois um sorriso iluminou seu semblante sombrio, e ela gritou algo em nossa direção.

– O que ela diz? – indagou Schmolde, impaciente.

O *Dolmestcher* deu meia-volta corretamente, encarou-nos e disse, num alemão perfeito:

– Ela disse que os senhores são bons e que agradece.

Schmolde encolheu os ombros. Os três prisioneiros enviados aos barracos passaram por nós, seguidos por um *Scharführer*. As duas mulheres não nos olharam. O homem olhou, hesitou, e enfim ergueu seu chapéu preto achatado com um gesto largo e enfático. Dois ou três prisioneiros riram, e os SS lhes fizeram eco.

Schmolde inclinou-se para o meu lado.

– Acho que vai correr tudo bem.

O *Untersturmführer* voltou-se para o *Dolmestcher* e disse, com um ar cansado:

– Como de hábito.

---

* Intérprete.

O *Dolmestcher* avançou um passo, pôs-se em sentido e fez um longo discurso em polonês.

Schmolde inclinou-se para mim.

– Ele está pedindo para se despirem e fazerem um pacote com as roupas. Vamos enviá-las para desinfecção e, enquanto aguardam que as roupas lhes sejam devolvidas, os detentos serão fechados no barracão.

Assim que o *Dolmestcher* parou de falar, gritos e murmúrios desataram ao longo de toda a coluna.

Voltei-me para Schmolde e o encarei. Ele moveu a cabeça da direita à esquerda.

– Reação normal. É quando eles não dizem nada que é preciso desconfiar.

O *Untersturmführer* ergueu a mão na direção do *Dolmestcher*. O *Dolmestcher* voltou a falar. Depois de poucos instantes, algumas mulheres começaram a se despir. Em seguidas, todas, uma a uma, fizeram o mesmo. Um ou dois minutos se passaram e os homens as imitaram, lentamente, e demonstrando vergonha. Três ou quatro SS se destacaram das fileiras e vieram ajudar a despir as crianças.

Consultei meu relógio. Eram duas horas e meia. Voltei-me para Schmolde.

– Poderia pedir a alguém que vá buscar o *Obersturmführer* Setzler? Acrescentei:

– Ele deve ter se perdido no caminho.

Schmolde fez sinal a um *Scharführer** e descreveu-lhe Setzler. O *Scharführer* se afastou, correndo.

Um odor humano, pesado e desagradável, invadiu o pátio. Os detentos estavam imóveis sob o sol, desajeitados e constrangidos. Algumas moças eram bastante bonitas, dentro das suas características típicas.

O *Untersturmführer* deu a ordem para que entrassem na sala, e prometeu a elas abrir as janelas assim que todos entrassem. O movimento se fez lentamente e de forma organizada. Quando o último detento entrou, o *Untersturmführer*, pessoalmente, fechou a porta de carvalho e baixou a trava. Viu-se, então, aparecerem vários rostos por trás do vidro da vigia.

---

* No contexto dos campos, líder de tropa, equivalente a sargento. [N.T.]

Setzler chegou, rubro e suado, e se pôs em sentido:

– Às suas ordens, *Herr Sturmbannführer*!

– Por que chegou tão tarde? – eu disse, secamente.

E acrescentei, por causa de Schmolde:

– Perdeu-se?

– Sim, eu me perdi, *Herr Sturmbannführer*.

Fiz um sinal, e Setzler se pôs à minha esquerda. O *Untersturmführer* tirou do bolso um apito e soprou duas vezes. Fez-se um silêncio. Em seguida, um motor de automóvel, em algum lugar, deu a partida. Os SS passaram negligentemente as correias de suas metralhadoras por cima do ombro.

– *Bitte, Herr Sturmbannführer* – disse Schmolde.

Ele avançou, os SS afastaram-se, e contornamos a construção. Setzler caminhava atrás de mim.

Um grande caminhão estava estacionado, a parte traseira quase encostada na parede do barracão. Uma mangueira, fixada ao tubo de escapamento, elevava-se verticalmente, depois descrevia uma curva e penetrava no barracão à altura do teto. O motor girava.

– O gás de escapamento – disse Schmolde – embrenha-se na sala pelo orifício situado ao lado da lâmpada central.

Ele ficou escutando o motor por uns instantes, franziu as sobrancelhas e se dirigiu à cabine do condutor. Eu o segui.

Um SS estava ao volante, com um cigarro na boca. Ao ver Schmolde, retirou o cigarro dos lábios e se debruçou sobre a porta.

– Não pise tão fundo no acelerador! – ordenou Schmolde.

O giro do motor diminuiu. Schmolde voltou-se para mim.

– Eles pisam fundo para acabar mais rápido. A consequência é que sufocam os pacientes em vez de fazê-los adormecer.

Um cheiro insípido e desagradável flutuava no ar. Olhei em torno. Tudo que vi foram uns vinte detentos em uniformes listrados, organizados em duas linhas, a alguns metros do caminhão. Eram jovens, bem barbeados e pareciam vigorosos.

– O *Sonderkommando*[*] – disse Schmolde. – Eles se encarregam de enterrar os mortos.

---

[*] Comando especial.

Alguns eram loiros, atléticos. Sua posição de sentido era impecável.

– São judeus?

– Sem dúvida.

Setzler inclinou-se para a frente:

– E eles os ajudam a... Isso é difícil de acreditar!

Schmolde encolheu os ombros de um jeito cansado.

– Aqui, tudo é possível.

Voltou-se para mim:

– *Bitte, Herr Sturmbannführer*...

Eu o segui. Afastamo-nos da construção. À medida que caminhávamos, o fedor ficava mais forte. Percorremos mais ou menos cem metros até chegarmos a uma fossa larga e muito profunda. Centenas de corpos estavam ali, empilhados em três fileiras paralelas. Setzler recuou bruscamente e virou as costas para a vala comum.

– O grande problema – disse Schmolde com sua voz letárgica – são os cadáveres. Em breve, não teremos mais espaço para as fossas. Por isso somos obrigados a cavá-las muito fundas e aguardar que fiquem cheias para fechá-las. Mesmo assim, em breve não vou mais ter espaço suficiente.

Girou os olhos vazios e prosseguiu, com voz desanimada:

– Os cadáveres são inoportunos.

Depois disso o silêncio imperou, até que ele disse:

– *Bitte, Herr Sturmbannführer.*

Dei meia-volta, deixei Schmolde tomar um pouco de distância e me aproximei de Setzler. Seu rosto estava cinzento. Com a voz baixa e seca, falei:

– Peço que se controle.

Alcancei Schmolde. O motor do caminhão ronronava docemente quando chegamos perto do barracão. Mais uma vez, Schmolde se aproximou da cabine e o SS ao volante inclinou-se sobre a porta.

– Acelere agora – ordenou Schmolde.

O giro do motor aumentou brutalmente, e o capô começou a tremer.

Demos a volta no barracão. Agora não havia mais que uns dez SS no pátio.

– Quer dar uma olhada? – indagou Schmolde.

– Certamente.

Aproximei-me da porta e olhei através da vigia. Os prisioneiros estavam deitados, formando montes sobre o cimento. Seus rostos eram serenos e, salvo o fato de os olhos estarem arregalados, pareciam dormir. Consultei meu relógio. Eram três e dez. Voltei-me para Schmolde.

– Quando abrem as portas?

– É variável. Depende da temperatura. Quando o tempo está seco, como hoje, a operação é bem rápida.

Schmolde olhou pela vigia.

– Acabou.

– Como pode saber?

– A coloração da pele: pálida, com uma tonalidade rósea nas maçãs do rosto.

– Já aconteceu de se enganar?

– No início, sim. As pessoas se reanimavam quando abríamos as janelas. Era preciso recomeçar.

– Por que abriam as janelas?

– Para arejar e permitir que o *Sonderkommando* entrasse.

Acendi um cigarro e disse:

– O que acontece em seguida?

– O *Sonderkommando* tira os cadáveres por trás da construção. Um grupo os dispõe na caçamba do caminhão. O veículo os transporta até a fossa e joga-os dentro dela. Um outro grupo se ocupa de arrumar os corpos no fundo da fossa. É preciso arrumá-los cuidadosamente, para que ocupem o menor espaço possível.

Com voz desanimada, ele repetiu:

– Em breve não terei mais terreno.

Voltou-se para Setzler:

– Quer dar uma olhada?

Setzler hesitou, seus olhos arrastaram-se rapidamente para mim e, enfim, disse, com a voz frágil:

– Certamente.

Olhou de relance pela vigia e gritou:

– Mas estão todos nus!

Com a voz displicente, Schmolde explicou:

– Tomaria tempo demais, despi-los, se os matássemos com as roupas no corpo.

Setzler olhava pela vigia. Fazia uma sombra com a mão direita para ver melhor.

– E também – disse Schmolde –, quando os motoristas pisam fundo demais no acelerador, eles morrem sufocados, sofrem demais, ficam cobertos de excrementos. As roupas ficariam contaminadas.

– Eles têm os rostos tão serenos – disse Setzler, a testa colada no vidro.

Schmolde voltou-se para mim:

– Querem acompanhar a sequência?

– Não é necessário, pois o senhor já a descreveu.

Girei sobre os calcanhares, e Schmolde seguiu meus passos. Após alguns metros, virei o rosto e disse:

– Vem conosco, Setzler?

Setzler desgrudou-se da vigia e nos seguiu. Schmolde consultou seu relógio.

– O trem dos senhores parte em uma hora. Talvez sobre algum tempo para nos refrescarmos, certo?

Inclinei a cabeça e fizemos o restante do caminho em silêncio. Na pequena sala da cantina, uma garrafa de vinho do Reno e bolos secos esperavam-nos. Eu não tinha fome, mas o vinho veio bem a calhar.

Passado um instante, questionei:

– Por que não os fuzilam?

– É custoso demais. Além disso, consome muito tempo e muitos homens.

Ele acrescentou:

– Mas nós o fazemos quando os caminhões sofrem alguma pane.

– E isso acontece?

– Com frequência. São velhos caminhões tomados aos russos. Eles já passaram por poucas e boas, e não temos peças de reposição. Outras vezes, falta combustível. Ou o combustível é ruim, e não produz um gás suficientemente tóxico.

Girei o copo entre as mãos e perguntei:

– Na sua opinião, portanto, o procedimento não é seguro?

– Não – disse Schmolde –, não é seguro.

Depois de um silêncio, Setzler replicou:

– Em todo caso, é humano. As pessoas adormecem, e isso é tudo. Eles deslizam suavemente para a morte. Vocês viram suas fisionomias, tão serenas.

– Isso quando eu estou lá – ponderou Schmolde.

Setzler o olhou com ar intrigado.

– Quando eu estou lá, o chofer não acelera fundo – explicou.

Eu o interrompi.

– Não seria melhor utilizar dois caminhões, no lugar de um, para aplicar o gás? As coisas iriam mais rápido.

– Não – disse Schmolde. – Tenho dez câmaras de gás para 200 pessoas cada, mas nunca tenho mais de quatro caminhões em estado de uso. Se utilizar um caminhão por câmara, posso gasear 800 pessoas em meia hora. Com dois caminhões por câmara, eu executaria talvez – talvez! – 400 pessoas em um quarto de hora. Mas mesmo assim não ganharia tempo porque, depois, ainda me restariam 400 pessoas para gasear.

Ele acrescentou:

– Sem falar no fato de que jamais receberei caminhões novos.

Recomecei, após um instante:

– Seria necessário um método mais seguro e mais simples. Um gás asfixiante, por exemplo. Como em 1917.

– Não sei se ainda o fabricam. Não foi utilizado nesta guerra.

Schmolde esvaziou seu copo de um gole e foi até a mesa para enchê-lo novamente.

– Na verdade, o maior problema não é gasear, é enterrar. Não posso gasear mais rápido do que enterro. E enterrar leva tempo.

Bebeu um pouco e continuou:

– Meu rendimento em vinte e quatro horas jamais chegou a 500 unidades.

Balançou a cabeça:

– É verdade que o *Reichsführer* tem motivos para considerar esse resultado medíocre. Por outro lado, é fato que eu jamais consegui caminhões novos.

Percorreu a sala com seus olhos vazios e prosseguiu, com voz apática.

– E temos também as revoltas. Os senhores compreendem, eles sabem o que os espera. Às vezes, simplesmente se recusam a entrar na sala. Outras, chegam a jogar-se sobre nossos homens. Claro que nós os vencemos. Mas isso consome ainda mais tempo.

Após um silêncio, voltei a falar.

— Na minha opinião, se eles se revoltam é porque a preparação psicológica não é boa. Você lhes diz: "Nós vamos desinfetar suas roupas e, enquanto isso, vocês aguardarão nesta sala". Mas, na realidade, eles sabem que em lugar algum as coisas se passam dessa maneira. Normalmente, quando alguém desinfeta suas roupas, você toma um banho. É preciso colocar-se no lugar dos prisioneiros. Eles sabem perfeitamente que não deixarão que vistam novamente as roupas desinfetadas, uma vez que eles mesmos estão empesteados de pulgas. Isso não faz nenhum sentido. Mesmo uma criança de dez anos compreenderia que há algo de muito suspeito nisso.

— Sem dúvida, *Herr Sturmbannführer* – disse Schmolde –, o senhor levantou um ponto interessante. Mas o grande problema...

Esvaziou novamente o copo de um gole, apoiou-o sobre a mesa e completou:

— ... o grande problema é o dos cadáveres.

Lançou-me um olhar significativo e concluiu:

— O senhor verá.

Reagi, secamente:

— Não entendo o sentido dessa sua observação. Eu estou aqui somente para colher informações.

Schmolde desviou a cabeça e disse, num tom neutro.

— Com certeza, *Herr Sturmbannführer*. É exatamente assim que eu entendo sua visita. Devo ter me expressado mal.

Em seguida, fez-se um longo silêncio, até Setzler rompê-lo subitamente:

— Será que ao menos as mulheres não poderiam ser poupadas?

Schmolde sacudiu a cabeça.

— Óbvio que não: são elas, sobretudo, que precisamos destruir. Como se pode suprimir uma espécie conservando as fêmeas?

— *Richtig, richtig* – disse Setzler para, em seguida, acrescentar em voz baixa e indistinta.

---

* Está certo.

– Isso não muda o fato de ser horrível.

Olhei-o. Seu grande corpo arqueado estava dobrado em dois. Seu cigarro queimava sozinho na mão direita.

Schmolde aproximou-se da mesa com passo firme e encheu mais um copo de vinho.

Passei a semana seguinte inteira numa angústia horripilante: o rendimento de Treblinka era de 500 unidades em 24 horas, enquanto o de Auschwitz deveria ser, segundo o programa, de 3.000 unidades por dia; eu dispunha de apenas quatro semanas para remeter ao *Reichsführer* um plano completo sobre a questão e não tinha ainda uma única ideia a respeito.

Havia analisado bem o problema sob todos os ângulos, mas não conseguira sequer ter um lampejo sobre a solução. Minha garganta se apertava dolorosamente pelo menos vinte vezes por dia, na certeza do fiasco. Em pensamento, eu repetia, aterrorizado, que iria fracassar de forma lamentável, desde o início, no cumprimento do dever. Para mim, estava claro que eu deveria obter um rendimento seis vezes mais elevado que o de Treblinka, mas não vislumbrava absolutamente nenhum caminho para alcançar essa meta. Era fácil construir seis vezes mais salas do que em Treblinka, mas isso não serviria para nada: seria necessário também ter seis vezes o número de caminhões, e, nesse sentido, eu não tinha nenhuma ilusão. Se Schmolde, apesar de todas as suas demandas, não havia recebido nenhum montante suplementar, eu tampouco receberia.

Fechava-me no gabinete e passava tardes inteiras tentando me concentrar, mas não conseguia chegar a lugar nenhum. Vinha então a vontade irresistível de me levantar e sair da sala, cujas paredes me sufocavam. Eu me forçava a sentar-me novamente, mas logo meu espírito era ocupado por um branco absoluto e um sentimento profundo de vergonha e de impotência diante da ideia de não estar, nem de longe, à altura da tarefa que o *Reichsführer* me havia confiado.

Finalmente, numa dessas tardes, veio-me a noção de que eu jamais chegaria a lugar algum se continuasse a atirar no vazio, sem nada de concreto para consolidar minhas ideias. Foi quando decidi reproduzir, no meu próprio campo, a instalação de Treblinka, como uma espécie de estação experimental que me permitiria pôr em prática os métodos novos que eu perseguia. No momento em que essas palavras – "estação experimental" – surgiram no horizonte, foi como se, de repente, um véu se rasgasse. O medo do fracasso se dissipou, e um sentimento de energia, de importância e de utilidade penetrou-me como uma flecha.

Levantei-me, peguei meu quepe, saí do gabinete, entrei como um dínamo no escritório de Setzler e disse, com pressa: "Venha, Setzler, preciso de você". Sem aguardar resposta, saí, venci os degraus do alpendre, enfiei-me no automóvel, o chofer se precipitou ao volante e eu disse: "Espere!". Setzler apareceu, sentou-se ao meu lado, eu indiquei o destino: "Birkenau, as fazendas expropriadas". "*Herr Sturmbannführer*", respondeu o chofer, "lá é um pântano só". "Faça o que lhe mando", reagi, rudemente. Ele deu a partida. "Mais rápido!", gritei, inclinando-me para a frente, e o carro disparou. Tinha a impressão de estar agindo num alto grau de rapidez e de eficácia, como se a máquina fosse eu.

O automóvel atolou na lama a duzentos metros das fazendas, em pleno bosque. Escrevi um bilhete para o *Lagerführer* do turno e dei ordem ao chofer de levar a nota ao campo. Ele partiu em disparada e eu tentei me aproximar das fazendas, cujos telhados de ardósia, entre as árvores, era possível enxergar apenas vagamente. Tive que desistir após poucos metros. Minhas botas afundavam até a altura da panturrilha.

Vinte minutos depois, dois caminhões repletos de prisioneiros e de SS chegaram; as ordens de comando ressoaram, os detentos saltaram dos caminhões e puseram-se a cortar galhos e a fazer uma trilha de madeira que levasse até as fazendas. Meu carro foi liberado, e o chofer voltou ao campo para buscar dois outros caminhões. Dei ordem a Setzler de apressar o trabalho. Os SS entraram em ação, ouviram-se golpes surdos, e os detentos começaram a trabalhar como loucos.

A noite caía quando o caminho de troncos alcançou as fazendas. Setzler ocupou-se de instalar holofotes, que precisaram ser ligados ao poste elétrico mais próximo. Fiz uma visita detalhada às duas fazendas. Quando terminei, mandei chamar Setzler; um *Scharführer* partiu

---

* Chefe do campo. (Adjunto ao comandante do campo).

correndo e, dez minutos depois, Setzler apareceu. Mostrei-lhe as fazendas e expliquei o trabalho. Quando terminei, eu o encarei e disse: "Três dias". Ele me olhou boquiaberto, e repeti energicamente: "Três dias!".

Eu só deixava a obra para comer e dormir, revezando com Setzler. Fazíamos o trabalho avançar com uma pressa inimaginável, e na noite do terceiro dia, duas pequenas salas para 200 pessoas estavam prontas.

A bem dizer, eu não tinha resolvido nada. Mas minha missão começava a ser executada. Eu agora dispunha de uma estação experimental graças à qual podia, diariamente, pôr minhas ideias à prova à luz dos fatos.

Promovi, imediatamente, melhorias em relação aos sistemas de Treblinka. Mandei escrever, nas fachadas das duas construções, "Sala de desinfecção" e instalar, no seu interior, saídas de chuveiros e tubulações falsas para dar a impressão aos prisioneiros de que estavam ali para banhar-se. Sempre no mesmo espírito, dava ao *Untersturmführer* de serviço as seguintes instruções: ele deveria anunciar aos detentos que, após o banho, seria servido café quente. Além disso, deveria entrar com eles na "sala de desinfecção" e circular entre os grupos fazendo gracejos (desculpando-se por não poder distribuir sabão) até que todos tivessem entrado.

Pus a instalação para funcionar sem demora, e a experiência mostrou a eficácia das ações. Os prisioneiros não mostravam nenhuma aversão a penetrar na sala, e eu podia, assim, considerar como eliminados os atrasos e os contratempos causados pelas revoltas.

Restava o problema do gaseamento. Desde o começo, eu via a utilização de caminhões como uma segunda opção e, nas duas semanas que se seguiram, procurei, fervorosamente, um procedimento mais rápido e seguro. Retomando a ideia que havia sugerido a Schmolde, pedi que perguntassem ao *Reichsführer*, por intermédio de Wulfslang, se não seria possível me conceder certa quantidade de gás asfixiante. Responderam-me que a *Wehrmacht* guardava estoques do produto (para poder utilizar em represália ou no caso de o inimigo fazer uso primeiro), mas que a SS não podia pedir uma provisão desse gênero sem despertar a curiosidade da *Wehrmacht*, sempre mais ou menos malévola, sobre suas atividades.

Estava praticamente desistindo de encontrar uma solução para essa dificuldade maior quando um acaso providencial a forneceu.

Uma semana antes da data fixada pelo *Reichsführer* para a entrega de meu plano, fui avisado oficialmente da visita do inspetor dos campos, *Gruppenführer* Goertz. Em consequência, mandei realizar uma grande faxina nos locais do KL. Na véspera da inspeção, eu mesmo os vistoriei minuciosamente. Foi assim que me vi, de repente, numa pequena sala onde se estocava uma pilha de latinhas cilíndricas com os dizeres: "*Giftgas*"* e, abaixo, "*Zyklon B*". Eram as sobras do material que a empresa Weerle e Frischler havia trazido, um ano antes, de Hamburgo, para livrar de vermes as casernas dos artilheiros poloneses. Essas latas pesavam um quilo, estavam hermeticamente fechadas e, quando eram abertas, segundo eu recordava, exibiam cristais verdes que, em contato com o oxigênio do ar, liberavam, imediatamente, o gás. Lembrei-me também de que Weerle e Frischler, à época, tinham enviado dois auxiliares técnicos, e que eles vestiram máscaras antigás e tomaram todo tipo de precauções antes de abrir as latas. Concluí, assim, que aquele gás era tão perigoso para o homem quanto para os vermes.

Decidi pôr imediatamente à prova as propriedades do gás. Mandei abrir, na parede de duas instalações provisórias de Birkenau, um buraco de diâmetro adequado e o equipei com uma válvula externa. Assim que conseguimos reunir 200 inaptos dentro da sala, mandei despejar o conteúdo de uma lata pela abertura. Logo ouvimos os berros e, em seguida, pancadas violentas nas paredes. Depois, os gritos diminuíram de intensidade, assim como as batidas, e, ao fim de cinco minutos, um silêncio absoluto reinou. Mandei os SS vestirem suas máscaras de gás e dei a ordem de abrir todas as saídas para estabelecer uma corrente de ar. Aguardei ainda alguns minutos e fui o primeiro a entrar na sala. A morte realizara sua obra.

O resultado do experimento superava minhas expectativas: um quilo de Zyklon B fora suficiente para liquidar, em dez minutos, 200 inaptos. O ganho de tempo era considerável, já que, com o sistema de Treblinka, era preciso meia hora, ou mais, para chegar ao mesmo resultado. Além disso, não ficávamos dependentes do número de caminhões, das panes mecânicas ou da falta de combustível. O procedimento, em

---

* Gás tóxico.

suma, era econômico, já que um quilo de *Giftgas* – como eu logo verifiquei – custava apenas 3 marcos e 50.

Compreendi que acabara de encontrar a solução do problema. Ao mesmo tempo, antevi a consequência capital que daí resultava. De fato, estava claro que era preciso abandonar o sistema de pequenas salas de 200 pessoas, que eu havia trazido de Treblinka. A baixa capacidade dessas câmeras só se justificava pela pouca quantidade de gás que o motor de caminhão podia produzir: só havia desvantagens em fracionar um carregamento de 2.000 inaptos em pequenos grupos de 200 e encaminhá-los para diferentes salas. O procedimento custava tempo, exigia um serviço de ordenamento complexo e, em caso de revoltas simultâneas, poderia acarretar graves problemas.

Sem sombra de dúvida, todos esses inconvenientes eram remediados pelo *Zyklon B*. Não estávamos mais limitados à baixa produtividade do gás de caminhão, e ficava claro que, se utilizássemos o número requisitado de latas de *Zyklon B*, era possível gasear, numa sala única, um comboio inteiro.

Ao considerar a construção de uma sala de dimensões tão grandiosas, compreendi que eu concebia, naquele momento, um método à altura da missão histórica da qual fora incumbido.

Não bastava ir rápido. Era preciso pensar grande, desde o início. Refletindo sobre isso, convenci-me de que a sala deveria ser subterrânea e construída em cimento, tanto para resistir à reação desesperada de um número expressivo de vítimas, como para abafar seus gritos. Daí resultava também que, não dispondo mais de janelas para arejar a sala após o gaseamento, seria necessário prever um sistema artificial de ventilação. Parecia igualmente proveitoso – pensei – preceder essa sala de uma outra, para os detentos se despirem (equipada com bancos, ganchos e cabides), criando um cenário capaz de transmitir calma aos pacientes.

Em seguida, dirigi minha atenção para a questão do pessoal, e nesse ponto pareceu-me que Schmolde havia cometido um grave erro ao não prever que o *Sonderkommando* da SS e o *Sonderkommando* de detentos deviam ser alojados nos próprios locais, e cuidadosamente isolados do resto do campo.

Ficava evidente, aliás, que essa providência nos ajudaria a ganhar tempo e garantiria à operação o sigilo absoluto que ela demandava.

Concluí que era preciso ligar as câmaras de gás à estação de trens, e construir uma via férrea que traria os comboios até a entrada das instalações, tanto para evitar mais perda de tempo quanto para ocultar, da população civil de Auschwitz, o conteúdo dos vagões.

Assim, progressivamente, ganhava corpo no meu espírito, com uma exatidão inebriante, a ideia de uma gigantesca instalação industrial, diretamente servida pelas estradas de ferro e cuja infraestrutura, consistindo em imensas salas subterrâneas, incluiria cantinas para o pessoal, cozinhas, dormitórios, *Beutekammer*,* assim como salas de dissecção e de estudos para os cientistas nacional-socialistas.

Quarenta e oito horas antes da data-limite determinada por Himmler, telefonei ao *Obersturmbannführer* Wulfslang avisando que o plano destinado ao *Reichsführer* ficaria pronto na data prometida, e eu mesmo o escrevi à máquina, do início ao fim. Isso me tomou bastante tempo. Às oito horas da noite, telefonei para Elsie e pedi que não me esperasse. Em seguida liguei para a cantina e mandei que enviassem ao gabinete uma refeição fria, engoli a comida às pressas e continuei meu trabalho. Às onze horas, reli cuidadosamente as folhas, acrescentei minha assinatura e pus num envelope, que fechei com cinco lacres de cera. Meti o envelope no bolso interno do blusão e chamei meu automóvel.

Sentei-me no banco de trás, o chofer deu partida, encostei a nuca no encosto e fechei os olhos.

Houve uma freada brusca e despertei; uma lanterna elétrica apontava para mim, e o carro era cercado por SS. Estávamos sob a torre de entrada do *Lager*.

— Queira me desculpar, *Herr Sturmbannführer* – disse uma voz –, mas é hábito acender a luz do teto.

— *Macht nichts*,** *Hauptscharführer*.

— O interior do carro estava escuro, e eu queria saber quem era. Desculpe-me mais uma vez, *Herr Sturmbannführer*.

---

* Câmeras de despojo.

** "Não é nada".

– *Schon gut** ... É sempre prudente desconfiar.

Fiz um sinal, o *Hauptscharführer* bateu os calcanhares, a dupla porta com arame farpado abriu-se com um rangido e o carro partiu. Eu sabia que havia ainda uma segunda patrulha SS em algum ponto do caminho, e por isso acendi a luz interna.

A 500 metros da casa, mandei o chofer parar, saltei do carro e o enviei de volta ao campo. Temia que o som do motor acordasse as crianças.

Ao caminhar, percebi que havia alguns buracos na estrada e tomei nota mentalmente para mandar, no dia seguinte, uma equipe de prisioneiros tapá-los. Estava exausto, mas aqueles últimos passos me deram prazer. Era uma bela noite de agosto, morna e luminosa.

Abri a porta com minha chave e a fechei suavemente, pus o quepe e as luvas no cabide da entrada e fui para o escritório. Assim eu chamava uma saleta que se abria em frente à sala de jantar e onde eu dormia quando chegava tarde do campo. Tinha uma mesa, uma cadeira de palha, um pequeno toalete, uma cama de campanha e, sobre a mesa, uma prateleira em madeira branca com alguns livros encadernados. Elsie dizia que aquilo parecia o claustro de um monge, mas era como eu gostava.

Sentei-me, tateei maquinalmente o lado esquerdo do blusão para ter certeza de que o relatório continuava lá, tirei as botas, calcei os chinelos e comecei a caminhar silenciosamente pela saleta. Estava muito cansado, mas não tinha sono.

Deram duas batidinhas na porta, eu disse "Entre", e Elsie apareceu. Usava o mais bonito de seus dois robes, e percebi com espanto que tinha se perfumado.

– Não incomodo?

– Claro que não, entre.

Ela fechou a porta atrás de si e eu a beijei na face. Senti-me incomodado de não estar usando as botas, o que me deixava mais baixo que ela.

Eu disse, rispidamente:

– Não vai se sentar, Elsie?

Ela sentou-se sobre a cama de campanha e disse, acanhada:

– Eu esperei você chegar.

---

* "Tudo bem".

– Entrei com cuidado.

– Sim, sim, você sempre entra com cuidado.

Após um silêncio, ela recomeçou:

– Queria falar com você.

– Agora?

Ela respondeu com hesitação.

– Se puder...

Acrescentou:

– Você compreende, eu quase não o vejo mais, ultimamente.

– Não faço o que eu quero.

Ela ergueu os olhos e continuou:

– Você parece exausto, Rudolf. Trabalha demais.

– *Ja, ja.*

Retomei:

– Você tinha algo a me dizer, Elsie?

Ela corou um pouco e falou com voz apressada:

– É sobre as crianças.

– *Ja?*

– Sobre o estudo delas. Quando nós voltarmos à Alemanha, elas estarão atrasadas.

Fiz que "sim" com a cabeça e ela prosseguiu:

– Falei sobre o assunto com *Frau* Bethman e *Frau* Pick. Seus filhos estão na mesma situação, e eles também estão preocupados...

– *Ja?*...

– Então, eu pensei...

– *Ja?*

– ... que poderíamos talvez trazer uma instrutora alemã para os filhos dos oficiais.

Olhei-a.

– Mas é uma ótima ideia, Elsie. Mande trazer uma imediatamente. Eu deveria ter pensado nisso antes.

– Por outro lado – ela disse, hesitante –, eu não saberia onde hospedá-la...

– Aqui em casa, naturalmente.

Tateei maquinalmente o lado esquerdo de meu blusão, e disse:

– Bom, mais um assunto resolvido!

Elsie continuou sentada. Tinha os olhos baixos e as duas mãos abertas sobre os joelhos. No silêncio que se fez, ela ergueu a cabeça e disse, com esforço:

— Não quer se sentar ao meu lado, Rudolf?

Eu a olhei.

— Mas certamente!

Sentei-me ao seu lado e senti novamente seu perfume. Perfumar-se não tinha nada a ver com Elsie.

— Você ainda tem algo a me dizer, Elsie?

— Não — respondeu, balbuciante. — Eu queria só conversar, à toa.

Tomou minha mão. Desviei ligeiramente a cabeça.

— Nós não nos vemos muito ultimamente, Rudolf.

— Estou com muito trabalho.

— Sim — disse, com a voz triste —, mas na fazenda você também trabalhava muito, e eu também, eu trabalhava muito, e não era a mesma coisa.

Após um novo silêncio, ela prosseguiu:

— No pântano, não tínhamos dinheiro nem conforto, nem empregada, carros, mas, mesmo assim...

— Não vamos voltar a isso, Elsie!

Levantei-me bruscamente e disse, com violência:

— Se você não acha que eu também...

Detive-me. Dei alguns passos na saleta e recomecei, com uma voz mais calma:

— Estou aqui porque é aqui que sou mais útil.

Passado um instante, Elsie voltou à tona:

— Não quer se sentar de novo, Rudolf?

Sentei-me na cama de campanha, ela foi se aproximando de mim e tomou-me novamente a mão.

— Rudolf — disse, sem olhar —, é mesmo necessário você dormir aqui todas as noites?

Desviei os olhos.

— Mas você sabe muito bem, eu chego em horários impossíveis. Não quero acordar as crianças.

Ela disse, com doçura:

— Você quase não faz barulho. E eu poderia deixar seus chinelos na entrada.

Respondi sem olhá-la:

— Mas não é só isso. Eu durmo muito mal atualmente. Fico virando de um lado para outro na cama. E às vezes acordo para fumar um cigarro, ou beber um copo d'água. Não quero incomodar você.

Senti seu perfume ainda mais forte e percebi que ela se inclinava sobre mim.

— Você não me incomodaria.

Apoiou o braço sobre meu ombro e disse, sussurrando:

— Rudolf, você nunca ficou tanto tempo...

Reagi num impulso:

— Não fale dessas coisas, Elsie. Você sabe o quanto isso me incomoda...

Houve um longo silêncio, olhei no vazio, e disse:

— Você sabe que não sou sensual.

Sua mão apertou a minha.

— Não é isso. Eu apenas acho que você está mudado. Depois da sua viagem a Berlim, algo mudou.

Respondi energicamente:

— Você é louca, Elsie!

Levantei-me, fui até a minha mesa e acendi um cigarro.

Ouvi sua voz ansiosa atrás de mim.

— Você está fumando demais.

— *Ja, ja...*

Levei o cigarro à boca e acariciei as encadernações na prateleira.

— O que há com você afinal, Rudolf?

— Mas não há nada! Nada!

Voltei-me para ela.

— Você precisa mesmo me atormentar, Elsie?

Ela se levantou, os olhos cheios de lágrimas, e jogou-se nos meus braços.

— Não quero atormentá-lo, Rudolf. Fico só achando que você não me ama mais.

Acariciei seus cabelos e disse, com esforço:

— É claro que amo.

Após um instante ela disse:

– No brejo, no final, nós estávamos realmente felizes. Você deve se lembrar, economizávamos um dinheirinho para a fazenda, eram bons tempos...

Ela me abraçou com mais força. Afastei-me e beijei sua face.

– Vá se deitar agora, Elsie.

Ela aguardou um pouco, e propôs:

– Você não quer dormir lá em cima esta noite?

Respondi com impaciência.

– Não esta noite, Elsie. Não neste momento.

Olhou-me ainda por uns segundos, corou, seus lábios se moveram, mas ela nada disse. Beijou-me na face e saiu.

Fechei a porta, escutei os degraus da escada estalarem sob seus pés. Quando o ruído cessou, girei a trava da porta.

Tirei o blusão, pus no encosto da cadeira e passei a mão no bolso interior para verificar se o envelope continuava lá. Depois, peguei minhas botas, examinei-as com cuidado e constatei que o ferro do calcanhar direito estava gasto. Anotei que deveria substituí-lo já no dia seguinte. Passei a mão pela haste. O couro estava fino e macio. Eu jamais havia facultado a ninguém o cuidado de engraxá-lo.

Fui buscar meu estojo na gaveta da mesa, passei um pouco de cera, estendi as botas com cuidado e me pus a esfregá-las. Esfreguei por muito tempo e com leveza; as botas começaram a brilhar, minha mão ia e vinha num gesto lento e mecânico. Alguns minutos se passaram e uma onda quente de alegria me invadiu.

Dois dias depois – uma quinta feira –, o *Obersturmbannführer*[*] Wulfslang chegou de carro. Entreguei-lhe meu relatório, ele recusou com rudeza meu convite para almoçar e partiu imediatamente.

No início da tarde, Setzler pediu para me ver. Mandei o ordenança trazê-lo. Ele entrou, bateu os calcanhares e fez a saudação. Retribuí implacavelmente o gesto e pedi que se sentasse. Ele retirou seu quepe, deixou numa cadeira a seu lado e passou a longa mão magra sobre o crânio nu. Tinha o ar cansado e preocupado.

---

[*] Tenente-coronel.

— *Herr Sturmbannführer*, é a respeito da estação experimental. Há alguns pontos que me inquietam... sobretudo um.

— *Ja?*

— Será que poderia lhe apresentar um relatório completo sobre seu funcionamento?

— Certamente.

Passou de novo a longa mão sobre o crânio:

— No que se refere à preparação psicológica, não há muito a dizer. No entanto, como nós lhes prometemos café quente após o "banho", tomei a liberdade de mandar trazer uma velha mesinha de rodas para o local...

E concluiu, com um meio sorriso:

— ... para completar o cenário, por assim dizer.

Inclinei cabeça e ele prosseguiu:

— Sobre o gaseamento, gostaria de assinalar que às vezes a operação consome mais de dez minutos. Duas razões: a umidade da atmosfera e a umidade da sala.

— A umidade da sala?

— Dei ordem ao *Sonderkommando* de molhar os corpos após o gaseamento. Eles ficam cobertos de excrementos. Evidentemente, a água em seguida é despejada no exterior, mas sempre sobra um pouco.

Peguei uma folha de papel, destampei minha caneta e retruquei:

— Qual a sua proposta?

— Fazer um declive no cimento e também umas valetas de escoamento.

Refleti um momento e disse:

— Sim, mas isso não seria suficiente. É preciso prever um aquecedor e, além disso, um ventilador potente. O ventilador servirá igualmente para expulsar o gás. Quanto tempo leva para arejar a sala após o gaseamento?

— Era exatamente disso, *Herr Sturmbannführer*, que eu queria falar: o senhor havia previsto dez minutos de arejamento. Mas é um pouco apertado. Os homens do *Sonderkommando* que entram na sala para retirar os corpos queixam-se de dores de cabeça e de doenças, e a produtividade está reduzida.

— Por enquanto, dê a eles todo o tempo necessário. Depois, os ventiladores permitirão abreviá-lo.

Setzler tossiu.

– Outro ponto, *Herr Sturmbannführer*. Os cristais são lançados no chão da sala e, consequentemente, quando os pacientes começam a cair, empilham-se em cima das partículas. Como são muito numerosos, isso impede o gás de se liberar.

Levantei-me, bati o cigarro no cinzeiro e olhei pela janela:

– Qual a sua proposta?

– Por enquanto nada, *Herr Sturmbannführer*.

Tomei nota e fiz um sinal para que ele continuasse.

– Além disso, os homens do *Sonderkommando* têm grandes dificuldades para retirar os corpos. Eles ficam molhados após a lavagem, o que complica o manuseamento.

Tomei nota e olhei para Setzler. Eu tinha a impressão de que ele tinha alguma coisa mais importante para revelar e que retardava o momento de dizê-la.

– Continue – ordenei, impaciente.

Setzler tossiu e desviou o olhar.

– Mais... um pequeno detalhe... *Herr Sturmbannführer*. Após a denúncia de um camarada, tive que revistar um dos homens do *Sonderkommando,* e encontramos com ele vinte alianças furtadas dos cadáveres.

– O que ele pretendia fazer com elas?

– Disse que não poderia fazer esse tipo de trabalho sem ingerir álcool, e que pretendia trocar esses anéis por Schnaps.

– Com quem?

– Com os SS. Então revistei os SS e nada encontrei. Quanto ao judeu, evidentemente, foi fuzilado.

Refleti um pouco sobre o assunto e decidi:

– A partir de agora você mandará recolher todas as alianças após o gaseamento. Está implícito que todos os bens dos pacientes são propriedade do Reich.

Fez-se um silêncio, e olhei para Setzler. Seu crânio calvo enrubesceu lentamente, e ele desviou os olhos. Pus-me a caminhar de um lado para outro:

– É tudo?

– *Nein, Herr Sturmbannführer* – disse Setzler.

Ele tossiu. Continuei meu passeio sem olhá-lo. Alguns segundos se passaram, sua cadeira rangeu, ele tossiu de novo e eu o apressei:

— Então?

Uma inquietação súbita me dominou. Eu jamais tratara mal Setzler. Não era, portanto, de mim que ele tinha medo.

Examinei-o com o canto do olho. Ele esticou o pescoço e disse de uma vez só:

— Quanto ao rendimento global, *Herr Sturmbannführer*, lamento informar que ele não é superior ao de Treblinka.

Parei bruscamente de caminhar e o encarei. Ela passou sua longa mão magra sobre o crânio e continuou:

— É claro que fizemos grandes progressos em relação a Treblinka. Praticamente eliminamos as revoltas, o gaseamento é rápido e seguro e, com nossas duas pequenas salas, podemos, a partir de agora, gasear 5.000 unidades em 24 horas.

— E então? — indaguei, secamente.

— Mas não podemos enterrar mais de 500 no mesmo período.

Ele prosseguiu.

— Realmente, matar não é nada. Enterrar é que consome tempo.

Percebi que minhas mãos tremiam. Eu as escondi atrás das costas e dei a ordem:

— Dobre o número de *Sonderkommando*.

— Queira me desculpar, *Herr Sturmbannführer*, mas isso não serviria de nada. Não é possível retirar mais de dois ou três cadáveres ao mesmo tempo pelas portas. E quanto aos homens que aguardam dentro das fossas para receber os corpos, há um limite impossível de ultrapassar. Sem isso, eles se atrapalham.

— Por que há homens dentro das fossas?

— É preciso arrumar os corpos cuidadosamente para ganhar espaço. Como disse o *Untersturmführer* Pick, é preciso que eles sejam dispostos "como sardinhas dentro de uma lata".

— Abra covas mais profundas.

— Eu tentei, *Herr Sturmbannführer,* mas as escavações, desse modo, tomam muito mais tempo, e o ganho de espaço não se dá na mesma proporção que o de tempo gasto. A meu ver, a profundidade ideal é de três metros.

Setzler desviou a cabeça e recomeçou:

– Outro ponto: as fossas tomam uma extensão enorme do terreno.

Respondi friamente:

– Nós não estamos em Treblinka, não falta terreno aqui.

– *Nein, Herr Sturmbannführer,* mas a questão está além disso: à medida que escavarmos novas fossas, necessariamente nos afastaremos das câmaras de gás, e o transporte de corpos das câmaras até as fossas terminará por trazer um problema a mais e reduzir ainda mais a produtividade.

Fez-se um longo silêncio. Endireitei-me e disse, articulando as palavras com cuidado:

– O senhor tem sugestões?

– Nenhuma, infelizmente, *Herr Sturmbannführer.*

Respondi rápido, sem olhá-lo:

– Está bem, Setzler, pode se retirar.

Minha voz tremera, apesar de todo o esforço. Ele pegou seu quepe, levantou-se e disse, num tom hesitante:

– Naturalmente, *Herr Sturmbannführer,* ainda vou refletir sobre o assunto. De fato, nos últimos dias eu venho me preocupando muito com essas malditas fossas. Se o mencionei foi porque ainda não vejo uma solução.

– Nós a encontraremos, Setzler. Não é culpa sua.

Fiz um violento esforço contra mim mesmo:

– Sinto-me contente em lhe dizer que, no conjunto, aprecio bastante o seu zelo.

Setzler fez a saudação. Retribuí, e ele saiu. Sentei-me examinei a folha sobre a qual havia feito minhas anotações. Apoiei a cabeça entre as duas mãos e tentei relê-las. Depois de um instante, minha garganta apertou. Levantei-me e fui até a janela: o plano grandioso que eu havia enviado ao *Reichsführer* era, no final das contas, inútil. O problema geral persistia. Eu não o solucionara. Havia fracassado completamente na minha tarefa.

Os dois dias que se seguiram foram atrozes. O domingo chegou, o *Hauptsturmführer* Hageman me convidou para um "*musikalischer Tee*"* em sua casa; tive de comparecer por cortesia. A metade dos

---

* Chá musical.

oficiais do campo estava lá com suas mulheres, mas, felizmente, não precisei falar muito. *Frau* Hageman se pôs ao piano e, com exceção de um curto intervalo durante o qual foram servidos refrescos, os músicos tocaram várias peças, uma após a outra. Passou-se um bom tempo e percebi, de repente, que eu realmente prestava atenção à música e, mais que isso, ela me dava prazer. Setzler tocava um solo de violino. Seu grande corpo arqueado curvava-se sobre o arco, sua coroa de cabelo grisalho reluzia sob a lâmpada, e eu sabia com antecedência as passagens que o emocionavam, porque seu crânio calvo, alguns segundos antes, começava a enrubescer.

Após o solo, Hageman foi buscar um grande mapa do *front* russo, que estendeu sobre a mesa. Juntamo-nos ao redor dele e o rádio foi ligado. As notícias eram magníficas, os *Panzer* avançavam em todas as linhas; Hageman movia sem parar sobre o mapa suas bandeirolas com a suástica, e quando o comunicado terminou, imperou um silêncio pleno de recolhimento e de alegria.

Mandei embora meu carro e fiz a pé, com Elsie, o caminho para casa. Não havia uma única luz no povoado; as duas flechas da igreja de Auschwitz destacavam-se, em preto, num canto do céu, e meu sentimento de fracasso voltou de forma esmagadora.

No dia seguinte, Berlim telefonou para me anunciar a visita do *Obersturmbannführer* Wulfslang. Ele chegou por volta de meio-dia, recusou novamente meu convite para almoçar e ficou apenas alguns minutos. Era evidente que pretendia limitar-se estritamente ao seu papel de correio.

Wulfslang partiu. Girei duas vezes o trinco da porta de meu gabinete, sentei-me e abri, com a mão trêmula, a carta do *Reichsführer*.

Ela era redigida em termos tão prudentes que ninguém além de mim, ou Setzler, poderia compreender do que se tratava. O *Reichsführer* aprovava calorosamente minha ideia de uma vasta construção onde "todos os serviços necessários à operação especial seriam reunidos", e me felicitava pela engenhosidade com que eu havia posto em andamento "certos detalhes práticos". No entanto, ele me advertia de que eu não tinha sido suficientemente ambicioso, e que era preciso prever ao menos quatro instalações do gênero, "devendo atingir, em 1942, o rendimento máximo de 10.000 unidades por dia". "Quanto à seção V do relatório", ele rejeitava inteiramente a solução proposta e me dava a ordem de ir imediatamente ao Centro experimental de Culmhof, onde o *Stendartenführer* Kellner me daria as diretivas adequadas.

Li essa última frase com um frêmito de alegria: a "seção V" do meu relatório tratava do sepultamento dos corpos. Ficava claro que o *Reichsführer*, com sua genial inteligência, percebera na hora a dificuldade maior na qual eu me debatia, e que me enviava a Culmhof para que me beneficiasse de uma solução que algum outro de seus exploradores já havia encontrado.

Conforme as ordens recebidas, queimei a carta do chefe, telefonei imediatamente para o campo de Culmhof e marquei um encontro para o dia seguinte.

Fui de carro, levando Setzler comigo. Não quis utilizar o chofer, e Setzler dirigiu ele mesmo o automóvel. A manhã estava belíssima, e, após alguns minutos, decidimos parar e abrir o capô. Era um prazer sentir, no rosto, o vento veloz sob o lindo sol de julho. Depois de todas aquelas semanas de tormento e de excessos no trabalho, estava feliz de poder escapar um pouco do campo e respirar o ar puro do mundo exterior, ao mesmo tempo que tinha quase certeza de que meu martírio finalmente estava próximo do fim.

Contei a Setzler sobre o comunicado do *Reichsführer* SS, expus a ele o objetivo de nossa viagem, e ele passou a dirigir tão rápido que tive que mandá-lo desacelerar durante a travessia das cidades.

Paramos para almoçar num povoado bastante grande, e ali aconteceu um incidente cômico: assim que saímos do carro e os camponeses poloneses viram nosso uniforme, começaram a fugir e fechar apressadamente as janelas. Éramos apenas dois, mas, aparentemente, aqueles aldeões tinham adquirido o hábito de correr dos SS.

Chegando ao centro experimental, fui desagradavelmente surpreendido pelo odor repulsivo que lá reinava: ele nos atingiu antes mesmo de chegarmos à torre de vigilância, foi piorando à medida que avançávamos para dentro do campo e não nos deixou nem mesmo quando a porta da *Kommandantur* fechou-se atrás de nós. Era possível dizer que o odor impregnava as paredes, os móveis e nossas roupas. Era um

---

* Coronel.

cheiro gorduroso e acre que eu jamais havia respirado em lugar algum e que nada tinha a ver com o fedor de um cavalo morto ou de um ossário humano.

Depois de alguns minutos, um *Hauptscharführer* nos guiou ao gabinete do *Kommandant*. A janela estava bem aberta e, ao entrar, um sopro daquele mesmo odor oleoso apertou meu peito. Fiquei em posição de sentido e o saudei.

O *Stendartenführer* estava sentado atrás de sua escrivaninha. Ele retribuiu a saudação negligentemente e apontou para uma poltrona. Apresentamo-nos, sentei-me, e Setzler ficou a meu lado, um pouco atrás, numa cadeira.

– *Sturmbannführer* – disse Kellner com voz polida –, fico feliz de recebê-lo aqui.

Girou o pescoço na direção da janela e ficou um tempo imóvel. Era loiro, com um perfil de medalha, e usava um monóculo. Para um *Stendartenführer*, parecia extremamente jovem.

– Devo dizer-lhe – continuou, com a cabeça ainda voltada para a janela – algumas palavras sobre minha própria missão.

Olhou para mim, apanhou da mesa um estojinho dourado, abriu a tampa e me estendeu. Peguei um cigarro, ele acendeu seu isqueiro e me ofereceu a chama. Inclinei-me para a frente. Suas mãos eram brancas e bem cuidadas.

– O *Reichsführer* – prosseguiu Kellner com sua voz polida – deu-me a ordem de localizar todos os ossários no conjunto do *Ostraum.*˙ Trata-se, bem entendido, de ossários civis...

Interrompeu-se.

– Peço que me perdoe – disse, dirigindo-se a Setzler –, eu não lhe ofereci um cigarro.

Reabriu seu estojo, inclinou-se por cima do tampo da escrivaninha e o estendeu para Setzler. Setzler agradeceu e Kellner acendeu seu cigarro.

– Devo, portanto – prosseguiu, olhando novamente pela janela –, localizar todos os ossários do *Ostraum*, ou seja, não só os da campanha da Polônia...

Fez um pequeno gesto com a mão.

˙ Espaço oriental – no contexto da campanha de guerra, territórios ao leste.

– ... e os demais... mas também aqueles deixados pelo avanço de nossas tropas na Rússia... Os senhores entendem: judeus, civis, membros da resistência, ações especiais...

Com o mesmo gesto negligente, concluiu:

– ... e todas essas coisas.

Fez uma pausa, o rosto sempre voltado para a janela.

– Então, eu devo descobrir esses ossários, abri-los... e fazer os corpos desaparecerem...

Olhou para mim e levantou ligeiramente a mão direita.

– ... e fazê-los desaparecerem, segundo a expressão do *Reichsführer*, de uma maneira tão *total* que ninguém, mais tarde, possa saber quantas pessoas nós liquidamos...

Sorriu com uma expressão amável.

– Foi uma ordem... como dizer?... um pouco difícil de cumprir. Felizmente, obtive do *Reichsführer* um adiamento... para estudar a questão. Daí...

Novamente, o pequeno gesto:

– ... o centro experimental.

Olhou a janela e, de novo, seu perfil impecável se delineou sob a luz.

– O senhor compreende, nada em comum com Treblinka... ou esses terríveis campozinhos do mesmo gênero... Claro, eu também gaseio pessoas, mas é unicamente para obter os corpos.

Fez uma pausa.

– Realizei diversas experiências. Por exemplo, tentei usar explosivos.

Olhou para a janela e franziu ligeiramente as sobrancelhas.

– *Du lieber Himmel!* – disse, à meia-voz. – Que fedor!

Levantou-se, deu alguns passos ligeiros e fechou a janela.

– Queiram me perdoar – disse, num tom cortês.

Sentou-se. O odor continuava ali, acre, gorduroso, repulsivo. Ele prosseguiu:

– Os explosivos, *Sturmbannführer*, foram uma decepção. Os corpos ficavam em pedaços, e isso era tudo. E como fazer desaparecerem os detritos? Não estava lá o desaparecimento *total* que o Reichsführer exigia.

Levantou ligeiramente a mão direita:

---

* Céus!

– Em resumo, uma única solução: queimar os corpos.

Fornos. Como eu não havia pensado nos fornos?

– Fornos, *Herr Stendartenführer*? – indaguei, elevando a voz.

– Sim, sem dúvida. Mas preste atenção, *Sturmbannführer*, esse método nem sempre é conveniente. Se eu descubro um ossário a cinquenta quilômetros daqui, num bosque, nem preciso dizer que não poderei transportar os meus fornos para o local do achado. Era preciso, portanto, achar outra coisa...

Levantou-se e sorriu com um ar cortês.

– Eu achei.

Guardou seu estojo no bolso, apanhou seu quepe e disse:

– *Bitte*.

Levantei-me, e Setzler me seguiu. Kellner abriu a porta, deixou-nos passar à sua frente e fechou-a. Depois disse de novo "*Bitte*", passou à nossa frente e fez sinal a um *Hauptscharführer* para nos seguir.

Uma vez lá fora, Kellner franziu o nariz, fungou de leve e me lançou um olhar:

– Evidentemente, aqui não é exatamente uma estação de cura de ares.

Encolheu os ombros e acrescentou, em francês:

– *Que voulez-vous?**

Caminhei à sua direita. O sol atingia em cheio seu rosto: ele era coberto por uma malha de rugas. Kellner tinha, no mínimo, cinquenta anos.

Parou em frente a uma garagem e mandou o *Hauptscharführer* abri-la.

– O caminhão-gaseador – disse, passando a mão enluvada na parte traseira antes de explicar:

– Pode ver que o gás de escapamento é captado pelo tubo e conduzido ao interior. Suponha agora que a Gestapo prenda trinta resistentes e os ponha amavelmente à minha disposição. O caminhão vai buscá-los e, quando ele chega aqui, eles são mortos.

Ele sorriu.

– Compreende? Matamos dois coelhos com uma cajadada só, por assim dizer: o combustível serve ao mesmo tempo ao transporte e ao gaseamento. Donde...

---

* No contexto, "Também, queriam o quê?". [N.T.]

O mesmo gesto com a mão.

– ... economia.

Fez um sinal, o *Hauptscharführer* fechou a garagem, e voltamos a caminhar.

– Note bem – prosseguiu –, eis um procedimento que não recomendo a ninguém. Não é seguro. No início, abríamos as portas do caminhão, achávamos que o estávamos carregando de cadáveres, mas as pessoas estavam só desmaiadas, e quando as jogávamos nas chamas, elas começavam a gritar.

Setzler fez um movimento, e eu disse:

– *Herr Stendartenführer,* é pela coloração da pele que se reconhece que acabou: eles ficam pálidos com um tom róseo sobre as faces.

– O gaseamento – prosseguiu com um ar sutilmente desdenhoso – não me interessa. Como já disse, eu só uso esse método para obter os corpos. Só os corpos me interessam.

Um longo prédio em blocos de cimento apareceu, ladeado por uma alta chaminé fabril em tijolos vermelhos.

– É lá – disse Kellner.

Abriu espaço diante da porta, polidamente. O prédio estava vazio.

– Os fornos – explicou – são emparelhados.

Manejou sozinho a pesada porta metálica de um dos fornos e nos mostrou o interior.

– A capacidade é de três corpos, e o aquecimento se faz com o uso de coque.* Ventiladores potentes levam em pouco tempo o fogo à temperatura desejada.

Ele fechou a porta do forno, e perguntei:

– *Bitte, Herr Stendartenführer*, quantos fornos seriam necessários para queimar 2.000 unidades em 24 horas?

Ele começou a rir.

– 2.000! *Mein lieber Mann,*** mas o senhor pensa grande, mesmo!

---

* Utilizado na Inglaterra a partir do século 18, o carvão coque é um subproduto do carvão mineral, submetido a altas temperaturas. [N.T.]

** "Meu caro senhor".

Sacou do bolso um caderninho e uma lapiseira folheada a ouro e rabiscou rapidamente alguns números no papel.

– Oito fornos geminados.

Olhei para Setzler. Kellner continuou:

– Eu mesmo só tenho dois.

Elevou a sobrancelha direita, seu monóculo caiu, ele o interceptou com a palma da mão, como um mágico, e acrescentou:

– Mas eu os considero como equipamentos auxiliares.

Após um silêncio:

– *Bitte*.

Pôs de volta seu monóculo e avançou. Deixei Setzler passar à minha frente e dei-lhe um tapinha no ombro.

O carro do *Stendartenführer* aguardava-nos na porta. Setzler sentou-se ao lado do chofer e eu me instalei, à esquerda de Kellner, no banco traseiro.

O odor gorduroso e acre ficou mais forte. O automóvel rodava na direção de um arvoredo de onde saíam espirais de fumaça negra.

Kellner mandou o chofer parar. Uma agradável clareira abria-se diante de nós, mas, ao fundo, uma fumaça espessa subia do chão, cobrindo uma área de cerca de cinquenta metros. No meio da fumaça, silhuetas indistintas de SS e prisioneiros se agitavam. Por vezes, labaredas emergiam do solo, e as silhuetas se tornavam vermelhas. O cheiro era insuportável.

Chegamos perto. A fumaça e as chamas saíam de uma grande fossa onde se amontoavam corpos nus dos dois sexos. Sob efeito das labaredas, os corpos retorciam-se e esticavam-se com sobressaltos bruscos, como se estivessem vivos. Estalos de fritura crepitavam continuamente no ar com uma força inconcebível. As chamas, altas e pretas, soltavam, às vezes, uma luz rubra e clara, viva e irreal, como um fogo-de-bengala.* Nas bordas da fossa, montes de cadáveres nus elevavam-se em intervalos regulares, e os prisioneiros *Sonder* alvoroçavam-se em torno deles. A nuvem de fumaça escondia parcialmente seus gestos, mas, de tempos em tempos, dos dois lados e ao longo de todo o comprimento da fossa,

---

* Fogo de artifício que produz luzes de cores variadas. [N.T.]

os corpos nus eram projetados nos ares, iluminavam-se num relance e caíam de volta no fogo.

A dez metros de mim, vi um *Kapo** girar a cabeça; sua boca abriu-se como uma vala, ele provavelmente gritava uma ordem, mas a voz não se ouvia, os estalos de fritura dominavam tudo.

O rosto de Kellner estava tingido de vermelho pela luz. Ele protegia o nariz com um lenço.

– Venha! – urrou, com a boca quase colada na minha orelha.

Eu o segui. Levou-me até a extremidade da fossa. Cerca de três metros abaixo, um líquido grosso fervia num reservatório assentado entre as paredes da fossa. A superfície borbulhava sem parar, soltando uma fumaça fétida. Um detento fez descer um balde preso numa corda, mergulhou-o no líquido e o puxou de volta.

– A gordura! – urrou Kellner no meu ouvido.

De onde estávamos eu podia ver, sem esforço, toda a extensão da fossa. Os prisioneiros à nossa volta agitavam-se, como numa dança macabra. Um lenço amarrado abaixo dos olhos cobria-lhes o nariz e a boca, de forma que pareciam não ter rosto. Um pouco mais adiante, eles desapareciam nas densas espirais de fumaça, e os corpos nus que lançavam na fossa ressurgiam como que do nada: vinham voando sem cessar, da esquerda e da direita, traçando piruetas, como fantoches. Uma luz intensa os iluminava por debaixo, e eles voltavam a cair, como que tragados pelo fogo.

Um prisioneiro aproximou-se com um balde, desenrolou a corda, e o recipiente mergulhou novamente no líquido. Os estalos eram ensurdecedores.

– Venha! – urrou Kellner no meu ouvido.

Voltamos ao carro. Setzler nos aguardava, encostado na porta. Ao me ver, endireitou-se.

– Desculpe-me – disse –, me perdi de vocês no meio da fumaça.

Tomamos nossos lugares no carro. Nenhuma palavra foi trocada. Kellner estava imóvel. Sua postura mantinha-se perfeitamente ereta, e seu perfil de medalha destacava-se, emoldurado pelo vidro da janela.

---

* Prisioneiro judeu que ocupa a função de capataz.

– Como veem – disse, ao chegarmos, sentando-se de novo atrás de sua escrivaninha –, o procedimento é simples... mas foi preciso tatear muito no escuro para pô-lo em prática... Primeiramente, a fossa deve ter... como dizer? ... dimensões perfeitas.

Levantou a sobrancelha direita, o monóculo caiu, ele o interceptou no ar e se pôs a balançá-lo entre o polegar e o indicador.

– Descobri que uma boa fossa deveria ter 50 metros de comprimento, 6 metros de largura e 3 metros de profundidade.

Elevou a mão que segurava o monóculo:

– O segundo ponto, que me trouxe muitas dificuldades: a disposição dos feixes de lenha e dos corpos. Os senhores compreendem, isso não pode ser feito ao acaso. Eu procedo assim: ponho uma primeira camada de lenha sobre o solo. Sobre essa camada, coloco cem corpos e – eis a questão central, *Sturmbannführer*! – *entre os corpos* eu ponho mais lenha. Em seguida, ateio fogo usando panos embebidos em petróleo, e quando a fogueira está bem acesa, e só então, acrescento mais lenha e jogo mais corpos.

Fez o aceno habitual com a mão.

– E assim sucessivamente...

Levantou seu monóculo:

– Em terceiro lugar: a gordura.

Olhou-me.

– Os senhores devem saber – prosseguiu – que no começo a combustão era obstruída pela enorme quantidade de gordura liberada pelos corpos. Procurei uma solução...

Riu, com polidez.

– ... e encontrei. Faço um declive na fossa, instalo valetas de escoamento e recupero a gordura num reservatório.

Indaguei:

– *Herr Stendartenführer*, os prisioneiros que recolhem essa gordura nos baldes...

Sorriu, triunfalmente.

– Precisamente.

Abriu as duas mãos espalmadas sobre a mesa e olhou-me de modo sagaz:

– Eles regam os corpos. Aí está todo o engenho da coisa. Irrigo os corpos com uma parte da gordura que eles produzem... Por quê?

Levantou a mão direita:

– Gordura demais atrapalha a combustão, mas um pouco de gordura a ativa. Em tempo chuvoso, por exemplo, essa irrigação é preciosa.

Abriu seu estojinho de ouro e me ofereceu um cigarro, um outro a Setzler e acendeu-os. Em seguida, tirou um para si, apagou o isqueiro, acendeu-o novamente e aproximou-o da chama.

Eu disse:

– *Herr Stendartenführer,* qual o rendimento de uma fossa desse tipo em 24 horas?

Ele riu.

– Em 24 horas! Mas, definitivamente, o senhor pensa grande!

Olhou-me de lado, seu rosto ficou sério novamente e ele prosseguiu:

– Compreenda, o rendimento em 24 horas não é uma questão para mim. Jamais tive essas quantidades para tratar. No entanto, posso lhe dizer qual o meu rendimento por hora. É de 300 a 340 unidades; 340 em tempo seco, 300 em tempo chuvoso.

Fiz o cálculo:

– 8.000 corpos em 24 horas!

– Suponho que sim.

– Naturalmente – eu disse, depois de um instante –, a mesma fossa pode funcionar indefinidamente.

– Naturalmente.

Eu e Setzler nos olhamos em silêncio.

O período de tentativas e de angústia estava terminado. Podia agora olhar o futuro com confiança. Tinha certeza de já poder atingir, e mesmo ultrapassar, o rendimento previsto pelo projeto.

No que me dizia respeito, eu podia praticamente me contentar com os fornos. Prevendo 32 para o conjunto das quatro grandes edificações que deveria construir, poderia chegar a um rendimento global de 8.000 corpos em 24 horas, número inferior em apenas 2.000 unidades ao "*rendimento máximo*" previsto pelo *Reichsführer*. Uma única fossa auxiliar, portanto, seria suficiente para queimar, se fosse o caso, as 2.000 unidades restantes.

Na verdade, eu não gostava muito das fossas. O método me parecia grosseiro, primitivo, indigno de uma grande nação industrial. Eu tinha consciência, ao optar pelos fornos, de escolher uma solução mais moderna. Além disso, os fornos tinham a vantagem de melhor assegurar o sigilo, uma vez que a cremação era efetuada não em campo aberto, como no caso das fossas, mas muito mais longe dos olhares.

Por outro lado, parecia-me desejável, desde o início, reunir num mesmo prédio todos os serviços necessários à ação especial. Eu me apegava muito a essa concepção, que também seduzia o *Reichsführer*, a julgar pela sua resposta. Havia de fato algo de gratificante para o espírito na ideia de que, do momento em que as portas do vestiário se fechassem para um grupo de 2.000 judeus ao momento em que esses judeus fossem reduzidos a cinzas, a operação se realizaria sem percalços num mesmo local.

Aprofundando mais a ideia, vi que era preciso, como numa fábrica, pôr em prática uma série contínua, levando as pessoas submetidas ao tratamento do vestiário à câmara de gás, e da câmara de gás aos fornos num mínimo de tempo. Como a câmara de gás era subterrânea e a câmara dos fornos deveria se situar no piso superior, concluí que o transporte dos corpos de um recinto ao outro não poderia ser feito por meios mecânicos. Era difícil imaginar, de fato, os homens do *Sonderkommando* arrastando várias centenas de corpos por uma escada, ou mesmo um plano inclinado. A perda de tempo seria enorme. Reformulei, assim, meu plano primitivo e decidi criar as instalações necessárias para quatro possantes elevadores, cada um com capacidade média de 25 corpos. Dessa maneira, segundo meus cálculos, bastariam 20 viagens para evacuar da câmara de gás os 2.000 corpos. Esse processo deveria se completar, no andar de cima, por carrinhos que se ocupariam da entrega dos corpos na saída dos elevadores, levando-os diretamente aos fornos.

Uma vez meu plano modificado, escrevi um novo relatório para o *Reichsführer*. O *Obersturmbannführer* Wulfslang serviu, uma vez mais, de intermediário, e 48 horas depois trouxe-me a resposta de Himmler: meu plano estava aprovado na íntegra. Créditos vultosos foram abertos, e eu podia me considerar como prioritário no que tocava a todos os materiais de construção.

O bilhete do *Reichsführer* acrescentava que dois dos quatro estabelecimentos deveriam estar em condições de funcionamento "no máximo até o dia 15 de julho de 1942" e os outros dois, até 31 de dezembro do mesmo ano. Eu tinha, assim, pouco mais de um ano para completar a primeira etapa das obras.

Os canteiros de obras foram abertos imediatamente. Ao mesmo tempo, as duas instalações provisórias de Birkenau continuaram a funcionar sob a direção de Setzler, a quem confiei, também, a tarefa de reabrir as antigas fossas e incinerar os ocupantes.

O odor nauseabundo que havíamos respirado em Culmhof estendeu-se também sobre todo o nosso campo. Notei que ele era perceptível mesmo quando o vento soprava do oeste. Quando vinha do leste, o cheiro se espalhava ainda mais longe, até o povoado de Auschwitz e mesmo além, até Bobitz.

Fiz circular o rumor de que um curtume havia sido montado na região, e que era dali que vinham aquelas exalações. Mas não tinha ilusões sobre as chances de sucesso dessa lenda. O mau-cheiro do couro em decomposição não tinha realmente nada a ver com o fedor de banha velha, de carne queimada e de cabelos chamuscados que saía de nossas fossas. Deduzi, com angústia, que seria muito pior quando os altos-fornos dos meus quatro crematórios gigantes cuspissem, 24 horas por dia, sua fumaça pestilenta.

Mas eu não tinha tempo a perder com esse tipo de considerações. Estava sempre no canteiro de obras, e Elsie voltava a se queixar de nunca me ver em casa. Realmente, eu saía às sete horas da manhã e não voltava antes de dez ou onze da noite para me jogar na cama de campanha do escritório e adormecer sem demora.

Os esforços, porém, deram seus frutos. O Natal de 1941 se aproximava, e o grosso das duas primeiras instalações já estava com as obras avançadas o bastante para me dar esperança de terminá-las a tempo. Apesar disso, eu não arrefecia em meus esforços, e no meio de todas as preocupações trazidas pela extensão contínua dos dois *Lagers*, pela chegada quase diária de novos comboios e pela indisciplina dos *Allgemeine* SS (que me fazia sentir cada vez mais falta dos meus esplêndidos "Caveiras" de antigamente), eu encontrava tempo, todos os dias, para ir várias vezes ao canteiro de obras.

No início de dezembro, um de meus *Lagerführer* de Birkenau, o *Hauptsturmführer* Hageman, pediu para falar comigo. Eu o recebi imediatamente. Ele fez a saudação e eu o convidei a sentar-se. Seu rosto vermelho e lunar era puro embaraço.

– *Herr Sturmbannführer* – ele disse, com a voz ofegante –, tenho algo... a lhe dizer... relacionado com... Setzler...

Repeti:

– Setzler?

Enfatizei minha surpresa, e Hageman ficou ainda menos à vontade.

– Precisamente, *Herr Sturmbannführer*... Tendo em conta que o *Obersturmführer* Setzler não está sob meu comando... mas diretamente sob o vosso... talvez fosse... mais correto...

Ele fez menção de se levantar.

– É uma questão de serviço?

– Certamente, *Herr Sturmbannführer*.

– Nesse caso, o senhor não precisa ter qualquer escrúpulo.

– Certamente, *Herr Sturmbannführer*, foi o que eu pensei, no fim das contas... Por outro lado, é bastante delicado... Setzler (ele ficou ainda mais esbaforido) é um amigo pessoal... eu aprecio muito suas qualidades de artista...

Eu disse, secamente:

– Isso não está em questão. Se Setzler cometeu uma falta, seu dever é de trazê-la a meu conhecimento...

Ele prosseguiu, um pouco aliviado:

– De forma alguma eu culparia Setzler pessoalmente... ele tem um serviço duríssimo e imagino que sinta necessidade de abrandá-lo... No entanto, é uma falta... diante de seus homens... certamente... como eu diria?... uma grave falta de dignidade... Claro, se fosse da parte de um simples *Scharführer*, isso não teria tanta importância assim... mas no caso de um o-fi-ci-al!...

Levantou as duas mãos, seu rosto lunar ganhou um ar importante e perplexo, e ele disse de uma vez só:

---

* Capitão.

– Por isso eu pensei que era o mais correto, enfim...

– Então? – inquiri, com impaciência.

Hageman passou seu dedo grande e gordo por dentro do colarinho e olhou na direção da janela:

– Eu ouvi falar... Naturalmente, *Herr Sturmbannführer*... não me permitiria iniciar uma investigação sem a sua anuência... uma vez que Setzler não está sob minhas ordens... No entanto, o senhor compreende, não há nenhuma dúvida, quanto a mim...

Uma nova pausa, e ele desabafou.

– Enfim, eis os fatos: quando um comboio se despe diante da instalação provisória... Setzler... naturalmente, ele está lá para cumprir o serviço... não há nenhuma dúvida disso... em suma, ele põe à parte... uma moça judia... em geral, a mais bonita... a moça está nua, veja bem... o que torna a coisa ainda menos correta... ele a leva a uma sala separada... e ali...

Passou de novo o dedo no interior do colarinho.

– ... ali ele a amarra... pelos pulsos, a duas cordas que mandou fixar no teto... Eu vi as cordas, *Herr Sturmbannführer*... Enfim, a moça está nua, os pulsos atados às cordas... e Setzler a alveja com uma saraivada de tiros de pistola... Evidentemente, todos os SS estão a par...

Ele acrescentou, com um ar indignado e infeliz:

– ... eles escutam os gritos da moça e os tiros... e Setzler usa todo o tempo do mundo, por assim dizer...

Hageman suspirou.

– A rigor, o senhor compreende, da parte de um simples *Scharführer*...

Apoiei o dedo sobre um dos botões do meu telefone interno, levantei o fone e disse:

– Setzler? Precisamos falar.

Hageman levantou-se de um pulo. A consternação cobria seu rosto lunar.

– *Herr Sturmbannführer,* será que eu deveria realmente... diante dele...

Respondi com calma:

– Pode se retirar, Hageman.

Ele faz a saudação apressadamente e saiu. Um minuto se passou e bateram na porta. Gritei: "Entre!". Setzler apareceu, fechou a porta e fez a saudação. Olhei-o fixamente, e seu crânio calvo começou a avermelhar-se.

Eu disse, com rigor.

— Escute, Setzler, eu não vou censurá-lo nem pedir explicações. Mas quando está a serviço na instalação provisória, peço-lhe, salvo em caso de revolta, que não utilize sua pistola.

Seu rosto ficou sem cor.

— *Herr Sturmbannführer...*

— Não lhe peço explicações, Setzler. Apenas considero a prática em questão incompatível com sua dignidade de oficial, e ordeno que acabe com isso, e é tudo.

Setzler passou sua mão longa e magra no crânio, e disse com uma voz baixa e apática:

— É para não ouvir os gritos dos outros que eu faço isso.

Ele inclinou a cabeça para a frente e acrescentou, envergonhado:

— Não posso mais.

Levantei-me. Não sabia o que pensar.

Setzler prosseguiu:

— É sobretudo aquele abominável odor de carne queimada. Estou impregnado dele o tempo todo. Mesmo à noite. Ao acordar, parece que meu travesseiro está empesteado. Claro que não passa de um delírio...

Ergueu a cabeça e disse, num lamento doloroso:

— E os gritos! No momento em que despejamos os cristais... E os socos nas paredes!... Eu não podia suportar isso... Era preciso fazer alguma coisa.

Olhei para Setzler. Não o compreendia. A meu ver, sua conduta era um poço de contradições.

Eu lhe disse, pacientemente:

— Escute, Setzler, se você fosse só um *Scharführer*... Mas entenda bem, você é oficial, é inaceitável, os homens com certeza falam disso entre si.

Desviei a cabeça e acrescentei, constrangido:

— Se ao menos a moça estivesse vestida...

Sua voz elevou-se de repente:

— Mas o senhor não está compreendendo, *Herr Sturmbannführer*... eu não posso simplesmente ficar ali, escutando os gritos...

Eu o cortei, friamente:

— Não há nada para compreender. Apenas não faça mais isso.

Setzler corrigiu sua posição, endireitou-se e disse com uma voz mais firme:

— É uma ordem, *Herr Sturmbannführer?*

— Certamente.

Fez-se silêncio. Setzler estava imóvel, em posição de sentido, a fisionomia rígida.

— *Herr Sturmbannführer* — disse, com uma voz neutra e oficial —, anuncio que vou lhe pedir que transmita ao *Reichsführer* minha solicitação de transferência para uma unidade do *front*.

Eu estava pasmo. Desviei energicamente os olhos e sentei-me. Peguei minha caneta e rabisquei algumas cruzes no meu bloco de notas. Instantes depois, ergui a cabeça e encarei Setzler:

— Existe alguma relação entre a ordem que acabei de dar e o pedido de transferência que o senhor tenciona me apresentar?

Seus olhos deslizaram na minha direção e recaíram sobre a luminária da minha escrivaninha.

— *Ja* — ele disse, em voz baixa.

Larguei minha caneta:

— Desnecessário dizer que mantenho minha ordem.

Olhei-o.

— Quanto a seu pedido de transferência, é meu dever transmiti-lo, mas não vou esconder que eu o farei com um parecer desfavorável.

Setzler fez um movimento e eu elevei a mão:

— Setzler, estamos juntos, em toda essa história, desde o começo. É o único, além de mim, que tem a competência necessária para dirigir a instalação provisória. Se partir, será preciso que eu treine e instrua pessoalmente um outro oficial...

Prossegui, energicamente:

— Não há tempo para isso! Tenho que me dedicar inteiramente às obras até o mês de julho.

Levantei-me:

— Até então, seu serviço me é indispensável.

Depois de uma pausa, acrescentei:

– Se até a data em questão a guerra durar, coisa que, aliás, considero pouco provável, eu apoiarei seu pedido.

Calei-me. Setzler permanecia imóvel, o rosto rígido, petrificado. Depois de um momento, concluí:

– Isso é tudo.

Ele me saudou de forma tensa, girou o corpo corretamente e saiu.

Minutos mais tarde, Hageman apareceu, vermelho, lunar, esbaforido. Trazia papéis para assinar. Os papéis nada tinham de urgente. Peguei minha caneta e disse:

– Ele não negou.

Hageman olhou-me com a expressão alegre.

– Naturalmente... um homem tão franco... tão leal...

– Mas o assunto o afetou profundamente.

– *Ach*! Sim! – ele disse, admirado. – Realmente!... Mas é um artista, *nicht wahr*? Talvez exatamente por isso tenha...

Ele arfou.

– Se me permite exprimir uma hipótese, *Herr Sturmbannführer*... Certamente, é um artista, é isso que explica tudo...

Assumiu uma expressão devota e compungida.

– Quando pensamos!... Um o-fi-ci-al, *Herr Sturmbannführer*! Que fantasia inacreditável! É um artista, eis a razão...

Ele continuou, elevando suas mãos gordas com um ar de triunfo.

– E note bem, *Herr Sturmbannführer*, a coisa "o afetou profundamente"... como o senhor fez questão de enfatizar... *Er ist eben Künstler...*[*]

Tampei minha caneta.

– Hageman, conto com sua ajuda para que o caso não se espalhe.

– Perfeitamente.

Levantei-me, peguei meu quepe e saí para inspecionar os canteiros de obras.

O *Obersturmführer* Pick foi encontrar-se comigo. Era um homenzinho moreno, calmo e frio.

Retribuí sua saudação.

– O senhor procedeu à pesquisa entre os prisioneiros?

---

[*] Justamente, é um artista!

– *Jawohl, Herr Sturmbannführer*. É bem como o senhor pensava: eles não têm nenhuma ideia da finalidade da obra.

– E os SS?

– Pensam que serão abrigos antiaéreos. Chamam os dois estabelecimentos de "*bunkers*" ou, então, como são idênticos, de "*bunkers gêmeos*".

– É uma ótima ideia. Nós os chamaremos assim também, daqui para a frente.

Pick prosseguiu, após uma pausa:

– Uma pequena chateação, *Herr Sturmbannführer*. Na planta, os quatro grandes elevadores que levam as pessoas da "sala de duchas" chegam a uma grande sala – a futura sala dos fornos. E essa sala, evidentemente, não prevê uma saída. Um dos arquitetos ficou espantado com o fato. Evidentemente, ele não sabe que a sala deverá abrigar fornos, e que é pelos fornos que...

Pick exibiu um meio sorriso.

– ... as pessoas sairão.

Refleti e perguntei:

– O que respondeu a ele?

– Que eu não entendia o motivo, mas que essas eram as ordens.

Inclinei a cabeça, lancei-lhe um olhar significativo e disse:

– Se o arquiteto voltar a fazer perguntas, não se esqueça de me avisar.

Pick retribuiu meu olhar e eu me aproximei das obras. Estavam na etapa de instalar as chaminés de cimento que estabeleciam a comunicação entre as câmaras de gás subterrâneas e o ar livre.

Essas chaminés deveriam desembocar no pátio interno do estabelecimento e receber uma tampa hermética. No meu pensamento, as coisas deveriam se passar assim: uma vez os detentos trancados na câmara de gás, os SS encarregados iriam até o pátio com as latas de *Giftgas*, vestiriam suas máscaras protetoras, abririam as latas, destampariam as chaminés, despejariam os cristais no seu interior e encaixariam as tampas novamente. Depois, bastaria tirar as máscaras e fumar um cigarro, se assim desejassem.

– O problema – disse Pick – é que os cristais serão jogados no chão. O senhor com certeza se lembra, *Herr Sturmbannführer*, que o *Obersturmführer* Setzler fez essa crítica em relação à instalação provisória.

— Lembro-me.

— A consequência é que as pessoas, atingidas pelo vapor desabam sobre os cristais e a liberação do gás não é tão boa.

— Exato.

Houve um silêncio. Pick corrigiu ligeiramente sua posição e disse:

— *Herr Sturmbannführer*, se me permite, posso apresentar uma sugestão?

— Claro.

— Poderíamos prolongar as chaminés com colunas de tela perfurada apoiadas no piso das câmaras de gás. Dessa maneira, os cristais, lançados pelas chaminés, cairiam no interior das colunas, e os vapores do gás seriam liberados pelas aberturas da tela. Não seriam, assim, obstruídos pelo acúmulo dos corpos. Vejo duas vantagens nesse dispositivo. Primeira: aceleração do gaseamento. Segunda: economia de cristais.

— Sua ideia me parece excelente. Peça a Setzler para experimentar esse dispositivo numa das salas de instalação provisória, e deixar a outra inalterada. Isso nos permitirá, por comparação, calcular a economia de cristais e o ganho de tempo.

— Jawohl, *Herr Sturmbannführer.*

— Nem é preciso dizer que se a economia for considerável, adotaremos seu dispositivo nos *Bunkers.*

Examinei Pick. Era um pouco mais baixo que eu. Só falava quando lhe dirigiam a palavra. Era calmo, correto, positivo. Era possível que até então eu não tivesse dado o devido valor a Pick.

Refleti e disse:

— O que vai fazer no Natal, Pick?

— Nada de especial, *Herr Sturmbannführer.*

— Minha mulher e eu faremos uma pequena festa. Ficaríamos contentes de tê-lo entre nós, assim como *Frau* Pick.

Era a primeira vez que eu o convidava à minha casa. Sua tez pálida coloriu-se ligeiramente, e ele disse:

— Certamente, *Herr Sturmbannführer,* nós ficaremos muito...

Percebi que ele não sabia como terminar a frase, e completei, bondosamente:

— Então, contamos com vocês.

Na véspera do Natal, no início da tarde, Setzler veio me procurar. Depois da conversa anterior, nossas relações, aparentemente, haviam permanecido normais. Mas nos vimos muito pouco desde então, e somente em ocasiões de serviço.

Ele fez a saudação, eu a retribuí e pedi que se sentasse. Com um gesto, ele recusou.

— Se me permite, *Herr Sturmbannführer*, meu assunto é muito rápido.

— Como preferir, Setzler.

Eu o observei. Havia mudado muito. Suas costas estavam ainda mais arqueadas e as faces, muito encovadas. A expressão dos olhos me assustou.

Eu disse, amavelmente.

— Então, Setzler?

Ele encheu o peito de ar, abriu a boca como se sufocasse, e nada disse. Estava extremamente pálido.

Tentei ajudá-lo.

— Tem certeza de que não quer se sentar, Setzler?

Fez que "não" com a cabeça e acrescentou em voz baixa:

— Obrigado, *Herr Sturmbannführer*.

Passaram-se alguns segundos. Ele estava completamente imóvel, alto e curvo, seus olhos febris fixados sobre mim. Tinha a aparência de um fantasma.

— Então? — insisti.

Encheu novamente o peito, sua garganta se contraiu e ele disse, com voz espremida:

— *Herr Sturmbannführer*, tenho a honra de solicitar que transmita ao *Reichsführer* SS meu pedido de transferência a uma unidade no *front*.

Pegou um papel do bolso, desdobrou o documento, deu dois passos à frente como um autômato, pôs o papel sobre minha mesa, deu dois passos para trás e ficou em posição de sentido. Não toquei no papel. Depois de um momento, respondi:

— Vou transmitir seu pedido com um parecer desfavorável.

Ele pestanejou algumas vezes, seu pomo de adão elevou-se no pescoço magro, e isso foi tudo.

Bateu os calcanhares, fez a saudação, deu a meia-volta regulamentar e dirigiu-se à porta.

– Setzler?

Ele girou a cabeça.

– Até à noite, Setzler.

Fixou-me com os olhos candentes.

– À noite?

– Minha mulher e eu o convidamos à nossa casa, *nicht wahr*? E também *Frau* Setzler. Para a árvore de Natal, certo?

Ele repetiu:

– Para a árvore de Natal?

E deu uma risadinha.

– Certamente, *Herr Sturmbannführer,* agora me lembro.

– Contamos com vocês assim que seu serviço noturno terminar.

Inclinou a cabeça, fez de novo a saudação e saiu.

Saí para inspecionar as obras. O vento soprava de leste, e a fumaça das fossas de Birkenau impregnava o campo. Puxei Pick para um canto.

– O que dizem do odor?

Pick fez uma careta.

– Reclamam muito, *Herr Sturmbannführer.*

– Não é isso que estou lhe perguntando.

– Bom – disse Pick, constrangido –, nossos SS repetem que é um curtume, mas sei que não acreditam nisso.

– E os prisioneiros?

– *Herr Sturmbannführer*, não ouso questionar muito os *Dolmestcher.* Isso talvez fizesse soar o alarme.

– *Gewiss*, mas poderia falar casualmente com eles.

– Exatamente, *Herr Sturmbannführer,* sempre que faço menção ao odor, eles ficam mudos como carpas.

– Mau sinal.

– É o que me permito pensar, *Herr Sturmbannführer* – disse Pick.

Deixei-o. Eu estava inquieto e descontente. Era evidente que a ação especial, ao menos no interior do campo, não permaneceria secreta por muito tempo.

---

* Intérpretes.

Fui até o local em que eram feitas as chamadas. Tinha dado ordem, para o Natal, de erguerem um pinheiro para os detentos.

Hageman veio ao meu encontro, gordo, alto, importante. As dobras balofas de seu queixo alcançavam a parte baixa do pescoço.

– Quanto ao pinheiro, peguei o maior que encontrei... Considerando as dimensões da praça de chamada.

Ele bufou.

– ... um pinheirinho ficaria ridículo, *nicht wahr*?

Fiz que "sim" com a cabeça e me aproximei. A árvore estava deitada no chão. Dois detentos, sob a direção de um *Kapo*, cavavam um buraco. O *Rapportführer* e dois *Scharführer* observavam. Assim que me viu, o *Rapportführer* gritou: "*Achtung*!"; os dois *Scharführer* ficaram em posição de sentido, o *Kapo* e os detentos tiraram às pressas suas boinas e ficaram imóveis.

– Continuem.

O *Rapportführer* gritou "*Los*! *Los*!", e os detentos puseram-se a trabalhar como loucos. Seus traços não me pareceram especialmente semitas. Mas tal impressão talvez se devesse à sua extrema magreza.

Olhei para a árvore, calculei aproximadamente sua altura e seu peso e voltei-me para Hageman:

– Que profundidade terá o buraco?

– Um metro, *Herr Sturmbannführer*.

– Para ficar mais seguro, cavem a 1,30 m. O vento pode ficar mais forte esta noite.

– *Jawohl, Herr Sturmbannführer*.

Observei os detentos trabalhando por um ou dois minutos, depois dei meia-volta, Hageman repetiu minha ordem ao *Rapportführer* e me alcançou. Ele resfolegava para acompanhar meu passo.

– Teremos neve... eu creio...

– *Ja*?

– Eu sinto... nas minhas juntas – disse, com uma risadinha contida. Depois, tossiu. Caminhamos ainda alguns minutos, e ele rompeu o silêncio:

– Se me permite... uma hipótese, *Herr Sturmbannführer*...

– *Ja*?

– Os detentos talvez preferissem... uma ração dupla de sopa, esta noite.

– Preferissem a quê?

Hageman corou e começou a bufar. Prossegui:

– Onde o senhor encontraria a ração dupla, poderia me dizer?

– *Herr Sturmbannführer* – ele disse, precipitadamente –, não foi uma sugestão... expressei-me mal... Na verdade, eu não sugeri absolutamente nada... Era uma simples hipótese... uma hipótese de ordem psicológica, por assim dizer... O pinheiro é, certamente, um belo gesto... mesmo se os detentos não o apreciarem...

Respondi com impaciência:

– A opinião deles não me interessa. Nós fizemos aquilo que é conveniente, isso é o essencial.

– Certamente, *Herr Sturmbannführer* – disse Hageman –, fizemos o que é conveniente.

Meu gabinete cheirava um pouco a mofo. Tirei o sobretudo, pendurei-o no cabide junto com meu quepe e abri bem a janela. O céu estava cinzento e algodoado. Acendi um cigarro e sentei-me. O pedido de Setzler continuava onde ele o havia posto. Puxei-o, li o documento, tirei a tampa da caneta e escrevi embaixo, à direita: *"Opinião desfavorável"*.

A neve começou a cair e alguns flocos voaram para dentro do cômodo. Pousavam com leveza no chão e derretiam imediatamente. Depois de alguns instantes, senti o frio me assaltar. Li mais uma vez o pedido de Setzler, sublinhei com um traço os dizeres *"Opinião desfavorável"*, escrevi logo abaixo: *"Especialista indispensável (Instalação provisória)"* e assinei.

Uma rajada de vento projetou flocos de neve até minha mesa, e, ao erguer a cabeça, notei que se formava uma pequena poça de água diante da janela. Guardei o pedido de Setzler num envelope, e o envelope, no meu bolso. Depois, puxei uma pilha de papéis. Minhas mãos estavam azuis de frio. Esmaguei o cigarro no cinzeiro e comecei a trabalhar.

Passado um instante, ergui os olhos. Como se aguardasse um sinal, a neve cessou. Levantei-me, fui até a janela, agarrei a fechadura, encaixei os batentes um no outro e os empurrei com a mão. No mesmo instante, vi Pai, negro e rijo, os olhos brilhantes: a chuva havia cessado, e ele podia, então, fechar a janela.

Minha mão direita doeu. Percebi que eu girava o trinco para o lado errado com todas as minhas forças. Fiz uma pequena pressão no sentido inverso, o que provocou um pequeno ruído surdo e deslizante. Contornei a escrivaninha, liguei com raiva o aquecedor elétrico e comecei a caminhar de um lado para o outro.

Passado um momento, sentei-me novamente, puxei uma folha de papel e escrevi: "Meu caro Setzler, poderia me emprestar sua pistola?". Chamei a sentinela, entreguei-lhe o bilhete e dois minutos depois a sentinela voltou com a pistola e um bilhete: "Com os cumprimentos do *Obersturmführer* Setzler". A arma de Setzler tinha uma mira extraordinária, e os oficiais do KL a pediam emprestada com frequência para se exercitarem.

Chamei o carro e mandei me levarem até o *stand*. Atirei por um quarto de hora, aproximadamente, a distâncias variáveis, em alvos fixos e móveis. Guardei a pistola em seu estojo, mandei trazer a caixa onde guardava meus alvos e comparei a nova série de disparos às precedentes: eu as superara.

Saí e parei no limiar do *stand*. A neve voltara a cair, e eu me perguntava se deveria voltar ao gabinete. Consultei o relógio. Eram sete e meia da noite. Entrei no carro e mandei Dietz me levar para casa.

Ela estava brilhantemente iluminada. Entrei no escritório, pus o cinto na mesa, pendurei meu sobretudo e meu quepe no cabide. Lavei as mãos e segui para a sala de jantar.

Elsie, *Frau* Müller e as crianças estavam à mesa. Só as crianças comiam. *Frau* Müller era a preceptora que havíamos trazido da Alemanha. Era uma mulher de idade mediana, grisalha e recatada.

Parei no limiar e disse:

– Trago-lhes a neve!

O pequeno Franz olhou minhas mãos e disse com sua voz clara e gentil:

– Onde ela está?

Karl e as duas meninas começaram a rir.

– Papai deixou na porta – disse Elsie. – Ela estava fria demais para entrar.

Karl riu novamente. Sentei-me ao lado de Franz e o olhei comer.

– *Ach*! – disse *Frau* Müller. – Um Natal sem neve...

Interrompeu-se, lançou um olhar constrangido a sua volta, como se tivesse saído de seu papel.

– Existe algum Natal sem neve? – indagou Hertha.

– *Sicher!** – respondeu Karl. – Na África não neva nunca.

Frau Müller tossiu:

– A não ser nas montanhas, naturalmente.

Karl repetiu com segurança:

– Naturalmente.

– Não gosto da neve – declarou Katherina.

O pequeno Franz levantou sua colher, girou a cabeça na minha direção e disse com um ar de espanto:

– Katherina não gosta da neve.

Assim que terminou de comer, Franz puxou-me pela mão para mostrar o belo pinheiro na sala. Elsie apagou o lustre, ligou um fio e pequenas estrelas luziram na árvore. As crianças olharam por um bom momento.

Depois Franz lembrou-se da neve e pediu para vê-la. Olhei para Elsie e ela disse, em tom emocionado:

– A primeira neve dele, Rudolf...

Acendi a lâmpada da varanda e abri as portas de correr. Os flocos apareceram, brancos e brilhantes, sob a luz da lâmpada.

Depois, Franz quis acompanhar os preparativos da recepção, e deixei todos entrarem na cozinha. A grande mesa estava toda coberta por um amontoado de sanduíches, doces e cremes.

Cada um ganhou um bolo, e eles subiram para se deitar. Estava combinado que os acordaríamos à meia-noite para comerem um pouco de creme e cantar *O Tannenbaum* com os adultos.

Subi também, para trocar de uniforme. Depois desci e fui ao escritório, tranquei-me e folheei um livro sobre criação de cavalos que Hageman me havia emprestado. Instantes depois, comecei a pensar na fazenda e senti a tristeza emergir. Fechei o livro e comecei a andar de um lado para o outro.

Um pouco mais tarde, Elsie veio à minha procura e comemos uma refeição leve num canto da mesa na sala de jantar. Ela já usava seu vestido de noite, e seus ombros estavam nus. Quando terminamos, passamos ao salão e ela acendeu as velas espalhadas por toda parte, apagou o lustre

---

* Sem dúvida!

e sentou-se ao piano. Eu a escutei tocar. Elsie começara a ter aulas de piano em Dachau, quando fui nomeado oficial.

Quando eram dez para as dez, mandei meu carro à casa dos Hageman e, às dez, pontualmente, os Hageman e os Pick chegaram. Em seguida o carro foi buscar os Bethman, os Schmidt e *Frau* Setzler. Quando todos haviam chegado, mandei a empregada ir chamar Dietz para aquecer-se na cozinha.

Elsie levou as senhoras ao seu quarto, e os senhores deixaram seus sobretudos no escritório. Depois eu os convidei para beber no salão enquanto aguardávamos as senhoras. Falamos dos acontecimentos na Rússia, e Hageman disse:

— Não é curioso?... Na Rússia, o inverno começou cedo demais... e aqui... ao contrário...

Debatemos um pouco sobre o inverno russo e as operações, e todos concordaram em dizer que terminaríamos na primavera.

— Se me permitem — disse Hageman —, vejo as coisas do seguinte modo: para a Polônia, uma primavera... Para a França, uma primavera... E para a Rússia, como ela é bem maior, duas primaveras...

Depois disso, todos começaram a falar ao mesmo tempo.

— *Richtig*! — disse Schmidt com sua voz esganiçada. — A extensão! O verdadeiro inimigo é a extensão!

Pick pontuou:

— O russo é muito primitivo.

Bethman apertou seu *pince-nez* no nariz descarnado:

— Por isso, não há dúvida quanto ao resultado do conflito. Racialmente, um alemão vale por dez russos. Isso sem falar na cultura.

— *Sicherlich*[*] — bufou Hageman. — No entanto... se posso me permitir uma observação...

Ele sorriu, levantou as mãos gordas e esperou que a empregada saísse.

— ... ouvi falar que nas regiões ocupadas, nossos soldados... estão tendo grandes dificuldades... para ter relações sexuais com as mulheres russas. Elas não querem saber disso... Compreendem?... Ou, então, é preciso uma longa amizade... Mas...

---

[*] Sem dúvida.

Ele agitou a mão e concluiu com a voz baixa:

– ... para o *passe*... vocês me entendem?... Nada a fazer...

– É extraordinário – disse Bethman com um risinho gutural –, elas deveriam sentir-se honradas...

As senhoras entraram, os senhores levantaram-se e todos ocuparam seus lugares. Hageman sentou-se ao lado de *Frau* Setzler.

– Se me permite... vou aproveitar que a senhora está viúva esta noite... para fazer-lhe um pouco a corte, por assim dizer...

– Se estou viúva, a culpa é do *Kommandant* – disse *Frau* Setzler, ameaçando-me gentilmente com o dedo.

Retruquei:

– Mas de forma alguma, *gnädige Frau*, não tenho culpa nenhuma. Era só o turno de serviço dele.

– Ele estará conosco, sem dúvida, antes de meia-noite – disse Hageman.

Elsie e *Frau* Müller serviram os sanduíches e os refrescos; depois, quando os assuntos começaram a escassear, *Frau* Hageman instalou-se ao piano, os senhores foram buscar os instrumentos que haviam deixado na entrada e começaram a tocar.

Uma hora depois, fez-se um intervalo, os doces foram servidos, falou-se de música, e Hageman contou anedotas sobre os grandes compositores. Às onze e meia mandei *Frau* Müller acordar as crianças, e logo em seguida nós as vimos através da grande porta envidraçada que separava o salão da sala de jantar. Elas se instalaram em volta da mesa. Tinham ares solenes e sonolentos. Todos as observamos por um tempo pela cortina da porta, e *Frau* Setzler, que não tinha filhos, disse, num tom comovido: "*Ach*! Como são gentis!".

Dez para meia-noite, fui buscá-las. Elas passearam pelo salão e cumprimentaram os convidados muito corretamente. Depois, a criada e *Frau* Müller trouxeram uma grande bandeja com taças e duas garrafas de champanhe. "O champanhe é cortesia de Hageman" – anunciei, causando um ruído alegre. Ele sorriu, orgulhoso.

Quando as taças estavam à mão, levantamo-nos, Elsie apagou o lustre, iluminou a árvore de Natal e todos fizeram um semicírculo em volta da mesa à espera da meia-noite. Fez-se silêncio, os olhos todos fixos nas estrelas do pinheiro, quando senti uma mãozinha agarrar minha mão esquerda. Era Franz. Inclinei-me e lhe disse que em breve ia haver um barulhão porque todo mundo cantaria ao mesmo tempo.

Alguém tocou levemente meu braço. Voltei-me. Era *Frau* Müller. Ela disse ao meu ouvido: "Alguém o chama ao telefone, *Herr Kommandant*". Pedi a Franz que procurasse sua mãe e me retirei do grupo.

Frau Müller abriu a porta do salão e sumiu na cozinha. Tranquei-me no escritório, deixei minha taça na mesa e levantei o fone.

– *Herr Sturmbannführer* – disse uma voz –, é o *Untersturmführer* Lueck.

A voz era distante e sóbria.

– Então?

– *Herr Sturmbannführer*, não o teria incomodado não fosse por um motivo grave.

Repeti, com impaciência:

– Então?

– O *Obersturmführer* Setzler está morto.

– Como?

– O *Obersturmführer* Setzler está morto.

– O senhor disse que... ele está... morto?

– *Ja, Herr Sturmbannführer.*

– O senhor avisou ao *Lagerazt*?[*]

– Precisamente, *Herr Sturmbannführer*, é bem estranho... não sei se deveria...

– Estou indo, Lueck. Aguarde-me em frente à torre de entrada.

Desliguei o telefone, saí pelo vestíbulo e empurrei a porta da cozinha. Dietz levantou-se. A empregada e *Frau* Müller olharam-me, espantadas.

– Vamos, Dietz.

Dietz começou a vestir seu sobretudo. Eu disse:

– *Frau* Müller.

Fiz sinal para ela me seguir. Fomos até o escritório.

– *Frau* Müller, sou obrigado a ir ao campo. Assim que eu tiver partido, avise à minha mulher.

– *Ja, Herr Kommandant.*

---

[*] Médico do campo.

Ouvi os passos de Dietz no vestíbulo. Atei meu cinto, vesti meu sobretudo por cima e peguei meu quepe. *Frau* Müller olhava-me.

– Más notícias, *Herr Kommandant?*

– *Ja.*

Abri a porta e voltei-me:

– Avise minha mulher discretamente.

– *Ja, Herr Kommandant.*

Prestei atenção. O salão estava totalmente silencioso.

– Por que não cantam?

– Provavelmente, esperam pelo senhor, *Herr Kommandant.*

– Diga à minha mulher que não me esperem.

Passei rapidamente pelo vestíbulo, desci correndo os degraus da varanda e me enfiei no automóvel. Havia parado de nevar e o ar estava glacial.

– Birkenau.

Dietz acelerou. Um pouco antes de chegar à torre de entrada, acendi a luz interna. A sentinela abriu a porta de arame farpado virando nervosamente o pescoço na direção do corpo de guarda. Dali vinham gargalhadas e sons de cantoria.

A silhueta atlética de Lueck emergiu da sombra. Pedi que entrasse no carro.

– É na *Kommandantur, Herr Sturmbannführer.* Eu...

Pus a mão no seu braço e ele se calou.

– *Kommandantur,* Dietz.

– Quanto ao corpo de guarda – disse Lueck –, perdoe-me, eu não achei que deveria... Naturalmente, eles estão em falta...

– *Ja, ja.*

Na *Kommandantur,* desci e mandei Dietz voltar à torre de entrada e me aguardar. Ele partiu e voltei-me para Lueck.

– Onde ele está?

– Eu o transportei até o escritório.

Subi os degraus e atravessei rapidamente o corredor. A porta de Setzler estava trancada.

– Permita-me, *Herr Sturmbannführer* – disse Lueck –, achei mais prudente bloquear a porta.

Ele abriu e acendi a luz do cômodo. Setzler estava esticado no chão. Suas pálpebras cobriam os olhos pela metade, seu rosto estava sereno e ele tinha o ar de quem dormia. Não precisei olhar duas vezes para saber como ele tinha morrido. Fechei a porta, abaixei a persiana da janela e disse:

— Fale.

Lueck endireitou sua posição. Eu o interrompi.

— Um momento, Lueck.

Fui sentar-me atrás da escrivaninha de Setzler, peguei uma folha de papel e a inseri na máquina de escrever. Lueck disse:

— Às onze horas, ao sair da *Kommandantur*, escutei o som de um motor de carro em giro lento na garagem número 2...

— Mais devagar...

Aguardou alguns segundos e prosseguiu:

— A porta de ferro estava fechada... Não dei importância... Fui à cantina, bebi um copo...

Fiz um sinal para Lueck interromper-se, apaguei "copo" e digitei, no lugar, "refresco".

— Continue.

— ... escutando discos... Quando voltei à *Kommandantur*, o motor continuava a girar... Consultei meu relógio... Eram onze e meia. Achei aquilo estranho...

Levantei a mão, escrevi "onze e meia" e perguntei:

— Por quê?

— Pareceu-me estranho que o motorista deixasse o motor ligado por tanto tempo.

Digitei: "Achei estranho que o motorista deixasse o motor ligado por tanto tempo". Fiz um aceno e Lueck continuou:

— Tentei levantar a porta de ferro. Estava trancada por dentro... Fiz a volta pelo corredor da *Kommandantur* e abri a porta que leva à garagem... O *Obersturmführer* Setzler estava arriado atrás do volante... Desliguei a chave... Depois, tirei o corpo do carro... e o transportei até aqui.

— Sozinho?

Lueck elevou seus ombros largos.

— Sozinho, *Herr Sturmbannführer*.

— Continue.

— Em seguida, apliquei respiração artificial.

— Por quê?

– Estava claro que o *Obersturmführer* Setzler havia sido vítima de uma intoxicação pelo gás do escapamento...

Escrevi essa frase, levantei-me, dei alguns passos no cômodo e olhei para Setzler. Ele estava estendido sobre as costas, as pernas um pouco separadas. Ergui os olhos:

– O que pensa de tudo isso, Lueck?

– É uma intoxicação, como lhe disse, *Herr...*

Interrompi secamente:

– Não é sobre isso que estou falando.

Olhei-o; seus olhos azul-claros se perturbaram, e ele disse:

– Não sei, *Herr Sturmbannführer.*

– Não lhe vem nenhuma ideia?

Após um silêncio, Lueck disse, devagar:

– Bem... há duas hipóteses: é um suicídio ou um acidente.

Ele ia concluindo, ainda mais devagar:

– Quanto a mim, eu penso...

Interrompeu-se, e eu completei a frase:

– ... que é um acidente.

Ele se apressou em responder:

– É exatamente o que eu penso, de fato, *Herr Sturmbannführer.*

Sentei-me e digitei: "A meu ver, foi um acidente", e disse:

– Poderia assinar o seu relatório?

Lueck contornou a escrivaninha, eu lhe estendi minha caneta e ele assinou sem mesmo dar-se ao trabalho de ler. Levantei o fone.

– *Kommandant.* Diga ao meu chofer para vir aqui.

Desliguei, e Lueck devolveu minha caneta:

– Pegue o carro e vá procurar o *Hauptsturmführer* Hageman em minha casa. Não comente o assunto no carro.

– *Jawohl, Herr Sturmbannführer.*

Ele já estava à porta quando o chamei novamente.

– Chegou a revistar o corpo?

– Eu não me permitiria, *Herr Sturmbannführer.*

Fiz um sinal e ele partiu. Levantei-me para trancar a porta após sua saída. Depois agachei-me e revistei Setzler. No bolso esquerdo de seu blusão encontrei um envelope endereçado a mim, e o abri. A carta era escrita à máquina e de acordo com as fórmulas regulamentares.

Do SS-Obersturmführer Setzler
KL Auschwitz
ao SS-Sturmbannführer Lang
Kommandant do KL Auschwitz

Mato-me porque não posso suportar este abominável odor de carne queimada.

R. Setzler
SS-Ostuf.

Esvaziei o cinzeiro na lixeira de papéis, pus a carta e o envelope no cinzeiro e aproximei um fósforo. Quando tudo estava queimado, levantei a cortina, abri a janela e espalhei as cinzas.

Voltei a sentar-me atrás da escrivaninha, um momento se passou sem pensamentos, depois me veio à mente a pistola de Setzler. Retirei-a de seu estojo e a guardei numa das gavetas. Em seguida, comecei a revistar todas as gavetas, uma após a outra, e encontrei finalmente o que procurava: uma garrafa de Schnaps. Ela mal havia sido tocada.

Levantei-me e fui esvaziar dois terços da garrafa no lavabo, despejei umas gotas na parte da frente do blusão de Setzler, e outro bocado logo abaixo do pescoço. Deixei escorrer um pouco de água no lavabo, tampei a garrafa e a coloquei sobre a escrivaninha. Ela continha ainda dois dedos de Schnaps.

Tirei a trava da porta, acendi um cigarro, sentei-me atrás da escrivaninha e aguardei. De onde eu estava, podia ver o corpo de Setzler. Meus olhos fixaram-se em seu sobretudo. Estava pendurado num gancho, e o gancho estava preso a um cabide à direita da porta. Entre os dois ombros, o enchimento do forro fazia uma corcova no local onde Setzler habitualmente se curvava.

Ouvi passos no corredor. Hageman entrou primeiro, o rosto pálido e perturbado. O *Lagerarzt Hauptsturmführer* Benz o seguia. Lueck vinha atrás dele. Era uma cabeça mais alto.

– Mas como?... Como?... Não consigo compreender... – exclamou Hageman, gaguejando.

Benz abaixou-se, levantou as pálpebras do morto e sacudiu sua cabeça. Depois ergueu-se, tirou os óculos, enxugou-os, colocou-os de volta, alisou os cabelos brancos brilhantes com a palma da mão e sentou-se sem dizer uma palavra.

Rompi o silêncio:

– Pode se retirar, Lueck. Eu o chamarei se for preciso.

Lueck saiu. Hageman estava de pé, imóvel, olhando o corpo. Eu disse:

– Naturalmente, uma terrível infelicidade.

Prossegui:

– Vou ler-lhes o relatório de Lueck.

Dei-me conta de que ainda tinha o cigarro à mão e, constrangido, girei o corpo e o esmaguei rapidamente no cinzeiro.

Li o relatório de Lueck e voltei-me para Benz.

– Como vê as coisas, Benz?

Benz olhou para mim. Estava claro que ele tinha compreendido.

– A meu ver – disse, lentamente –, foi um acidente.

– Mas como?... Como?... – balbuciou Hageman, exasperado.

Benz mostrou com o dedo a garrafa de Schnaps.

– Ele exagerou um pouco na celebração. Foi ligar o motor. O frio o atingiu, perdeu os sentidos e não acordou mais.

– Mas eu não compreendo... – disse Hageman. – Normalmente, ele mal bebia...

Benz encolheu os ombros.

– Basta sentir o cheiro.

– Mas, se posso me permitir – insistiu Hageman, arfando –, há, de toda forma, alguma coisa... bem estranha... Por que Setzler não chamou um chofer, como todo mundo faz? Não tinha nenhum motivo para ligar o motor ele mesmo...

Interrompi energicamente:

– Você sabia muito bem que Setzler não fazia as coisas como todo mundo.

– *Ja, ja...* – disse Hageman. – Era um artista, por assim dizer...

Olhou-me e disse, apressadamente:

— Com certeza, também acho que foi um acidente.

Levantei-me.

— Eu o encarrego de conduzir *Frau* Setzler até a casa dela e contar--lhe tudo. Pegue o automóvel. Benz, eu gostaria de receber seu relatório amanhã cedo, para juntá-lo ao meu.

Benz levantou-se e inclinou a cabeça. Eles saíram, telefonei para a enfermaria, pedi que enviassem uma ambulância, sentei-me atrás da escrivaninha e comecei a datilografar meu próprio relatório.

Assim que os enfermeiros retiraram o corpo, acendi um cigarro, abri bem a janela e recomecei a digitar.

Pouco depois, levantei o fone e liguei para a casa do *Obersturm-führer* Pick. Uma voz feminina atendeu.

— *Sturmbannführer* Lang. Poderia, por favor, chamar seu marido, *Frau* Pick?

Ouvi o ruído do fone que ela deixou na mesa, e os sons dos passos de Pick. Os passos diminuíram, uma porta bateu em algum lugar, fez-se silêncio, até que uma voz fria e calma soou na escuta:

— *Obersturmführer* Pick.

— Eu o acordei, Pick?

— De forma alguma, *Herr Sturmbannführer*. Nós acabamos de chegar.

— Já está sabendo?

— Sim, estou, *Herr Sturmbannführer*.

— Pick, eu o espero amanhã de manhã, às sete horas, no meu gabinete.

— Estarei lá, *Herr Sturmbannführer*.

— Tenho a intenção de mudá-lo de função.

Fez-se um breve silêncio, e a voz replicou:

— Às suas ordens, *Herr Sturmbannführer*.

Os dois crematórios gêmeos ficaram prontos alguns dias antes da data limite, e em 18 de julho de 1942, o *Reichsführer*, em pessoa, veio inaugurá-los.

Os carros oficiais deviam chegar a Birkenau às duas horas da tarde. Às três e meia eles ainda não estavam lá, e esse atraso provocou um incidente muitíssimo sério.

Evidentemente, eu desejava que a ação especial na presença do *Reichsführer* fosse realizada sem falhas. Por esse motivo, não queria usar como pacientes os inaptos do campo. Eles eram, de fato, mais difíceis de tratar que pessoas estranhas ao campo, uma vez que a finalidade dos crematórios era bem conhecida deles, àquela altura. Organizei-me, por isso, para que viesse, do Gueto polonês, um comboio de mil judeus. O trem chegou em bom estado pouco antes do meio-dia, e ordenei que o grupo ficasse mobilizado, sob a guarda dos SS e de cães, no grande pátio interno do crematório 1. Quando faltavam dez para as duas, anunciamos a esses judeus que eles tomariam um banho, mas, como o *Reichsführer* não chegava e a espera se estendia, os judeus, extremamente incomodados pelo calor tórrido no pátio, começaram a ficar nervosos e inquietos, pediram para comer e beber e, um pouco depois, já se agitavam e gritavam.

Pick manteve o sangue-frio. Ele me telefonou e, discursando para a multidão a partir de uma das janelas do crematório, explicou, por intermédio de um intérprete, que a caldeira dos chuveiros sofrera uma pane e que os reparos estavam sendo feitos. Fui até o local, nesse meio tempo, e mandei imediatamente levarem baldes de água para dar de beber aos judeus, prometi que seriam distribuídas rações de pão após o banho e telefonei a Hageman para mandar trazer sua orquestra de detentos. Minutos depois ele chegou, os músicos instalaram-se num canto do pátio e começaram a executar árias vienenses e polonesas. Não sei se foi só a música que os acalmou, ou se o próprio fato de tocarmos as árias os deixava mais confiantes em relação às nossas intenções, mas, pouco a pouco, o tumulto arrefeceu, os judeus pararam de se inquietar e concluí que, quando Himmler chegasse, eles não criariam dificuldades para descer ao vestiário subterrâneo.

Estava menos seguro no que se referia à passagem do vestiário para a "sala da ducha". Desde que os crematórios gêmeos haviam sido concluídos, eu fizera vários ensaios da ação especial, e, três ou quatro vezes, observei, no momento em que a multidão penetrava na "sala da ducha", um intenso movimento de recuo – que foi preciso coibir a coronhadas e soltando os cães, naturalmente. A fila do rebanho foi então tocada para a frente, as mulheres e as crianças foram pisoteadas, tudo acompanhado de berros e pancadas.

Seria, evidentemente, deplorável que um incidente desse gênero atrapalhasse a visita do *Reichsführer*. Contudo, eu me sentia, no início, impotente para preveni-lo, pois não sabia exatamente a que atribuir esse movimento de recuo, a não ser a um instinto obscuro, pois a "sala da ducha", com sua rede de encanamentos falsos, seus ralos e seus vários chuveiros não tinha absolutamente nada que pudesse levantar suspeitas.

Finalmente, decidi que, no dia da visita de Himmler, os *Scharführer* entrariam com os judeus na "sala da ducha", distribuindo pequenas barras de sabão. Ao mesmo tempo, mandei os *Dolmestcher* espalharem a novidade no vestiário enquanto os detentos se despissem. Eu não ignorava que, para os prisioneiros, um pedacinho de sabão, por menor que fosse, era um tesouro inestimável, e contava com isso para atraí-los.

O estratagema foi um sucesso: assim que Himmler chegou, os *Scharführer* atravessaram a multidão com grandes caixas de papelão, os *Dolmestcher* anunciaram as boas novas em alto-falantes, ouviu-se um murmúrio de contentamento, os pacientes despiram-se em tempo recorde e todos os judeus, com uma pressa alegre, precipitaram-se na câmara de gás.

Os *Scharführer* saíram um a um, procederam a uma contagem entre si, e Pick trancou a pesada porta de carvalho atrás dos pacientes. Perguntei ao *Reichsführer* se ele desejava dar uma olhada pela vigia. Ele inclinou a cabeça, afastei-me e, no mesmo instante, os gritos e as pancadas surdas contra as paredes tiveram início. Himmler consultou seu relógio, fez sombra com a mão no vidro da vigia e olhou por um bom momento. Seu rosto estava impassível. Quando terminou, fez um sinal aos oficiais da sua comitiva para que pudessem espiar também.

Em seguida, eu o conduzi ao pátio do crematório e mostrei-lhe as chaminés de cimento pelas quais os cristais tinham acabado de ser despejados. A comitiva de Himmler juntou-se a nós, levei o grupo à câmara de aquecimento e continuei minhas explicações. Após um momento, uma campainha estridente soou e eu disse: "É Pick, que pede que liguemos o ventilador, *Herr Reichsführer*. O gaseamento terminou". O encarregado baixou uma alavanca, um ronco surdo e possante agitou o ar, e Himmler consultou de novo seu relógio.

Voltamos à câmara de gás. Mostrei ao grupo as colunas de tela perfurada, sem esquecer de dar a Pick todo o crédito pela inovação.

Detentos do *Sonderkommando*, usando longas botas de borracha lançavam fortíssimos jatos de água sobre os montes de cadáveres. Expliquei a Himmler os motivos disso. Às minhas costas, um oficial de sua comitiva cochichou com uma voz zombeteira: "Bom, no final das contas, eles estão tendo a sua ducha!". Ouviram-se dois ou três risos abafados. Himmler não virou a cabeça, e seu rosto permaneceu impassível.

Voltamos ao térreo e dirigimo-nos à sala dos fornos. O elevador número 2 chegou de imediato, a grelha abriu-se automaticamente, e os detentos do *Sonder* começaram a posicionar os corpos nos carrinhos. Esses passaram em seguida por um *Kommando* que recolhia os anéis, um *Kommando* de barbeiros que lhes cortavam os cabelos, um *Kommando* de dentistas que lhes arrancavam os dentes de ouro. Um quarto *Kommando* levava os corpos ao forno. Himmler observou a operação, fase após fase, sem dizer uma só palavra. Levou um pouco mais de tempo contemplando os dentistas: sua destreza era exemplar.

Depois, conduzi Himmler às salas de dissecção e de pesquisa do Crematório 1. O gosto vivaz do *Reichsführer* pelas ciências era conhecido, e eu havia me dedicado com esmero para que o conjunto de salas e de laboratórios estivesse à altura, verdadeiramente, da universidade mais moderna. O *Reichsführer* olhou tudo cuidadosamente, escutou com a máxima atenção minhas explicações, mas, também ali, não fez qualquer comentário, e sua expressão nada revelou.

Quando saímos do crematório, o *Reichsführer* começou a apressar o passo e entendi que não tinha a intenção de visitar o campo. Caminhava tão rápido que seu estado-maior ficou para trás, e eu mesmo tive alguma dificuldade para segui-lo.

Ao chegarmos diante de seu carro, ele parou, ficou de frente para mim, seus olhos se fixaram num ponto do espaço um pouco acima da minha cabeça, e ele disse, com uma voz lenta e mecânica:

– É uma dura missão, mas devemos cumpri-la.

Endireitei minha postura e disse:

– *Jawohl, Herr Reichsführer*.

Fiz a saudação, ele a retribuiu e enfiou-se no carro.

Doze dias depois, exatamente em 30 de julho, recebi de Berlim a seguinte carta:

Segundo comunicação do Chefe do Amtsgruppe D, o Reichsführer SS, após sua visita do 18 de julho de 1942 ao KL Auschwitz, decidiu promover o Lagerkommandant SS-Sturmbannführer Rudolf Lang à patente de SS-Obersturmbannführer, com efeito a partir de 18 de julho.*

Abri imediatamente os canteiros de obras dos dois outros crematórios. Graças à experiência adquirida na construção dos primeiros, tinha a certeza de terminá-los bem antes da data estipulada. A necessidade disso, aliás, era premente, pois logo após a visita do *Reichsführer,* o RSHA começou a me enviar comboios num ritmo tão acelerado que os crematórios gêmeos mal atendiam à demanda. Como só os inaptos eram gaseados e o restante ia engrossar o efetivo já bastante numeroso do campo, os detentos amontoavam-se em barracões estreitos demais, a higiene e a alimentação se tornavam cada dia mais deploráveis e as epidemias – principalmente a escarlatina, a difteria e o tifo – sucediam-se continuamente. A situação era desesperadora, porque as fábricas que começavam a brotar como cogumelos na região – atraídas pela mão de obra abundante e barata fornecida pelos detentos – absorviam, naquele momento, apenas um efetivo ínfimo em relação à enorme população dos campos.

Solicitei ao RSHA, mais uma vez, e repetidamente, que diminuísse o ritmo dos comboios, mas todas as minhas demandas foram em vão, e eu soube, por uma indiscrição de uma repartição, que, de acordo com a ordem formal do *Reichsführer,* todo chefe SS que, voluntariamente ou não, reduzisse, ainda que um pouco, o programa de extermínio, seria fuzilado. Na verdade, os comboios de judeus deviam ser considerados, onde quer que fosse, como prioritários, passando à frente mesmo dos transportes de armas e de tropas para o *front* russo.

A única opção era obedecer. Não era, contudo, sem desgosto que eu via os campos sob meu comando, no início organizados de forma exemplar, transformarem-se, a cada semana, num caos indescritível. Os prisioneiros morriam como moscas, as epidemias matavam quase tantas pessoas quanto as câmaras de gás, e os corpos empilhavam-se

---

* Tenente-coronel.

tão rapidamente diante dos barracos que as equipes especiais que os levavam aos crematórios estavam sobrecarregadas.

Em 16 de agosto, um telefonema de Berlim informou que o *Standartenführer* Kellner havia sido autorizado a fazer uma visita de informação às instalações do KL Birkenau. No dia seguinte, de fato, bem cedo, Kellner chegou de automóvel; eu lhe fiz as honras do local, e ele se mostrou bastante interessado pela ação especial e pela organização dos crematórios. Ao meio-dia, eu o levei para almoçar em minha casa.

Instalamo-nos no salão à espera de que a empregada anunciasse a mesa posta. Depois de um instante, Elsie apareceu. Kellner levantou-se rapidamente, bateu os calcanhares, retirou seu monóculo, dobrou-se em dois e beijou-lhe os dedos. Depois, sentou-se tão rápido quanto tinha se erguido, virou o rosto para a janela, seu perfil impecável se evidenciou e ele disse:

— E o que a senhora está achando de Auschwitz, *gnädige Frau*?

Tão logo Elsie moveu os lábios para falar, ele a interrompeu:

— *Ja, ja*, naturalmente, há esse cheiro desagradável...

Fez um pequeno gesto:

— ... e todas essas coisas. Mas nós temos os mesmos pequenos dissabores em Culmhof, pode apostar...

Pôs de volta seu monóculo e olhou à volta com um ar vivo e amável.

— Mas a senhora está bem instalada... Está notavelmente bem instalada, *gnädige Frau*.

Lançou um olhar à sala de jantar pelo vidro da porta.

— E vejo que a senhora tem um bufê esculpido...

— O senhor gostaria de ver, *Standartenführer*? – propôs Elsie.

Entramos na sala de jantar. Kellner postou-se diante do aparador e olhou longamente o trabalho.

— Tema religioso... — ele disse, franzindo a vista. — Muita angústia... concepção judaico-cristã da morte...

Fez um curto gesto com a mão:

— E todas essas velharias... Claro, a morte só tem importância se presumirmos, como eles, a existência de um além... Mas que acabamento, *mein Lieber*! Que execução!

– Foi um judeu polonês, *Herr Standartenführer,* que fez essa peça – informei.

– *Ja, ja* – disse Kellner –, ele deve pelo menos ter uma pequena dose de sangue nórdico nas veias. Sem isso, jamais teria sido capaz de executar essa maravilha. Os cem por cento judeus são incapazes de criar, nós sabemos disso há muito tempo.

Leve e amorosamente, ele passou suas mãos bem-cuidadas pelos entalhes.

– Ah! – prosseguiu. – Trabalho característico de prisioneiros... Não sabem se um dia sobreviverão à sua obra... E para eles, naturalmente, a morte é importante... Guardam, em vida, essa ignóbil esperança...

Ele pareceu amuado, e perguntei, constrangido:

– O senhor pensa, *Herr Standartenführer,* que eu deveria ter proibido esse judeu de abordar um tema religioso?

Kellner voltou-se para mim e começou a rir:

– Ha! Ha! Lang... – disse, com malícia. – Você nem desconfiava que seu aparador fosse tão contrário à doutrina...

Virando o rosto, olhou mais uma vez para o móvel e suspirou:

– Sorte sua, Lang, com o seu campo. Com tanta gente, deve ter verdadeiros artistas.

Sentamo-nos à mesa, e Elsie disse:

– Mas eu pensava que o senhor comandava também um campo, *Standartenführer.*

– É diferente – respondeu Kellner, desdobrando seu guardanapo. – Eu não tenho, como seu marido, prisioneiros permanentes. Os meus estão todos...

Deu uma risadinha:

– ... de passagem.

Elsie olhou-o com espanto, e ele mudou de assunto rapidamente:

– A pátria-mãe não lhe faz falta demais, eu espero, *gnädige Frau?* A Polônia é um país triste, *nicht wahr?* Mas nós não ficaremos aqui por muito tempo, eu acho. Na velocidade com que avançam nossas tropas, elas logo estarão no Cáucaso, e a guerra não vai se arrastar mais.

– Desta vez, nós teremos terminado antes do inverno. É o que todos pensam aqui, *Herr Standartenführer* – complementei.

– Em dois meses – disse Kellner, com voz firme.

– Um pouco mais de carne, *Standartenführer*? – perguntou Elsie.

– Não, obrigado, *gnädige Frau*. Na minha idade...

Deu uma risadinha:

– É preciso cuidar da forma.

– Oh! Mas o senhor ainda é jovem, *Standartenführer* – respondeu Elsie, amavelmente.

Ele girou seu perfil lapidar na direção da janela:

– Precisamente – disse, com voz melancólica. – *Ainda* sou jovem.

Depois de um silêncio, recomeçou:

– E no seu caso, Lang, o que fará depois da guerra? Não haverá mais campos, esperemos.

– Penso em pedir ao Reich uma terra no *Ostraum*, *Herr Standartenführer*.

– Meu marido – disse Elsie – foi fazendeiro do Coronel Barão Von Jeseritz na Pomerânia. Nós cultivávamos um pedaço de terra e tínhamos cavalos.

– Ah, sim! – disse Kellner, tirando seu monóculo e lançando-me um olhar comprido. – A agricultura! A criação! Você tem mais de uma carta na mão, Lang!

Voltou o rosto para a janela, e seus traços ficaram nobres e severos:

– Muito bem – disse, com voz grave –, muito bem, Lang. O Reich precisará de colonos, quando os eslavos...

Deu uma risadinha.

– ... tiverem desaparecido. Você será... Qual é mesmo a frase do *Reichsführer*?... O pioneiro alemão exemplar do *Ostraum*. Aliás – acrescentou –, acho que quando ele o disse, referia-se à sua pessoa.

– Verdade? – exclamou Elsie, os olhos cintilantes. – Ele disse isso de meu marido?

– Mas sim, *gnädige Frau* – confirmou Kellner com voz polida –, tenho a impressão de que se tratava do seu marido. Aliás, pensando bem, agora tenho certeza. O *Reichsführer* é um bom juiz.

– Oh – disse Elsie –, fico feliz por Rudolf! Ele trabalha tanto! É tão meticuloso com tudo!

– Deixe disso, Elsie! – respondi.

Kellner riu, olhou para um e para outro enternecidamente e ergueu para o alto as mãos bem cuidadas:

– Que prazer é estar ao lado de uma verdadeira família alemã, *gnädige Frau*!

E prosseguiu, num tom lastimoso:

– Sou solteiro. Não tive a vocação, de certa maneira. Mas, em Berlim, tenho amigos casados muito simpáticos...

Arrastou o fim da frase. Levantamo-nos e fomos ao salão para o café. Era um verdadeiro pó de café, que Hageman recebera da França e havia presenteado Elsie com um pacote.

– Extraordinário! – disse Kellner. – Vocês vivem realmente como príncipes, em Auschwitz! A vida dos campos tem um lado bom... não fosse...

Fez uma careta de desgosto.

– ... toda essa feiura.

Girou a colher na xícara com o ar absorto.

– Eis o grande inconveniente do campo: a feiura! Eu pensava nisso esta manhã, Lang, quando você me mostrava a ação especial. Todos esses judeus...

Eu disse, apressadamente:

– Desculpe-me, *Herr Standartenführer*. Elsie, será que você poderia ir buscar os licores?

Elsie olhou para mim com expressão admirada, levantou-se e passou para a sala de jantar. Kellner não ergueu a cabeça. Continuava girando a colher. Elsie deixou a porta envidraçada semiaberta depois de passar por ela.

– ... como eles são feios! – prosseguiu Kellner, os olhos sempre fixos na xícara. – Eu os olhei com atenção quando entraram na câmara de gás. Que espetáculo! Que nudez! As mulheres, sobretudo...

Eu tentava desesperadamente encará-lo, mas ele mantinha os olhos baixos.

– E as crianças... tão magras... com seus rostinhos de macacos... da espessura de um polegar... Que anatomias! Realmente, eles são assustadores... E quando o gaseamento começou...

Eu olhava para Kellner e para a porta, desamparado. O suor escorria pelo meu rosto, e eu não conseguia falar.

– Que posturas asquerosas! – recomeçou, girando maquinalmente, com vagar, a colher. – Uma pintura de Breughel, realmente! Nem que fosse por serem tão feios, eles já mereciam a morte. E pensar...

Uma risadinha.

– ... que eles fedem ainda mais depois da morte do que vivos!

Nesse ponto, fiz um gesto de audácia inesperada: toquei em seu joelho. Ele teve um sobressalto, inclinei-me energicamente, mostrei-lhe com a cabeça a porta entreaberta e disse muito rápido, num sopro: "Ela não sabe de nada".

Kellner abriu a boca e ficou um momento em suspenso, a colherinha na ponta dos dedos, perplexo. Houve silêncio, e esse silêncio era pior que tudo.

– Breughel – ele prosseguiu, fingidamente –, conhece Breughel, Lang? Não Breughel, o Velho... não, nem o outro... mas Breughel do Inferno, como era chamado... exatamente porque ele pintava o inferno...

Olhei para minha xícara. Ouviu-se o ruído dos passos e o da porta de vidro batendo. Fiz um violento esforço para não erguer os olhos.

– Ele gostava de pintar o inferno, imagine só – continuou Kellner, elevando a voz. – Tinha um talento especial para o macabro...

Elsie pôs a bandeja com os licores na mesinha de centro e eu disse, com uma gentileza exagerada:

– Obrigado, Elsie.

No silêncio, Kellner me lançou um olhar encoberto.

– Oh! Oh! – disse, com um ânimo forçado. – Mais coisas boas! Inclusive, licores franceses, estou vendo.

A muito custo, respondi:

– É o *Hauptsturmführer* Hageman que recebe, *Herr Standartenführer*. Tem amigos na França.

Minha voz soava falsa, apesar de todo o esforço. Deslizei a vista para Elsie. Tinha os olhos baixos e seu rosto nada dizia. A conversa ficou de novo em suspenso. Kellner olhou para Elsie e disse:

– Um país maravilhoso, a França, *gnädige Frau*.

– Conhaque, *Standartenführer*? – disse Elsie, com a voz serena.

– Só um pouco, *gnädige Frau*, o conhaque deve ser degustado...

Levantou a mão.

– ... à francesa. Um pouco de cada vez, e lentamente. Os nossos brutamontes que estão lá provavelmente o bebem a grandes goladas...

Deu uma risadinha que soou forçada, depois me olhou de um modo que parecia indicar que desejava ir embora.

Elsie o serviu, depois encheu meu copo até a metade. Eu disse:

– Obrigado, Elsie.

Ela não ergueu a cabeça, e o silêncio retornou.

– No *Maxim's* – continuou Kellner – eles bebem conhaque em grandes copos redondos e com a base grossa, assim...

Com as duas mãos ele desenhou, no ar, a forma do copo. O silêncio persistiu e ele retomou o relato, com evidente incômodo:

– Maravilhoso, Paris, *gnädige Frau*. Devo confessar...

Um risinho.

– ... que às vezes morro de inveja de *Herr* Abetz.

Discorreu ainda um pouco sobre o Maxim's e sobre Paris e, em seguida, levantou-se e se despediu. Percebi que sequer havia esvaziado seu copo. Deixamos Elsie no salão, desci a varanda com Kellner e o levei até o carro.

Ele partiu, e lamentei não ter pegado meu quepe no cabide: eu teria aproveitado logo para também sair.

Abri a porta de meu escritório e parei, espantado. Elsie estava lá, de pé, lívida, a mão esquerda apoiada sobre uma cadeira. Fechei maquinalmente a porta e desviei a cabeça. Meu quepe estava sobre a mesa.

Passou-se um longo segundo, peguei o quepe e girei o corpo. Elsie não me deixou sair.

– Rudolf.

Voltei-me. Seu olhar era medonho.

– Então – ela disse – é isso que você faz!

Desviei a cabeça.

– Não sei do que você está falando.

Quis dar meia-volta, sair, cortar o assunto. Mas eu estava ali, congelado, pétreo e incapaz de encará-la.

– Então – prosseguiu, com voz baixa –, você os mata com gás!... E este cheiro horrível... são *eles*!

Abri a boca, mas não consegui falar.

– As chaminés! – continuou. – Agora eu compreendo tudo.

Olhei para o chão e disse:

– Sim, é claro que nós queimamos os mortos. Nós sempre queimamos os mortos na Alemanha, você sabe disso. É uma questão de higiene. Não há nada de novo nisso. Principalmente com as epidemias...

Ela gritou:

– Você mente! Você os mata com gás!

Ergui a cabeça, perplexo.

– Eu minto? Elsie! Como você ousa?

Ela retrucou sem me ouvir:

– Os homens, as mulheres, as crianças... todos juntos... nus... e as crianças parecem *macaquinhos*...

Retesei-me.

– Não sei do que você está falando.

Fiz um violento esforço e consegui me mover. Girei o corpo e dei um passo na direção da porta. Imediatamente, com uma velocidade inesperada, ela tomou a frente, jogou-se contra a porta e colou-se a ela.

– Você! – gritou. – Você!

Seu corpo todo tremia. Seus olhos imensos e candentes me alvejavam. Elevei a voz:

– Você acha que isso me agrada?

De súbito, uma onda de vergonha me envolveu: eu acabara de trair o *Reichsführer*. Revelara à minha mulher um segredo de Estado.

– Então é verdade! Você os mata!

E repetiu, berrando:

– Você os mata!

Como um raio eu agarrei seus ombros, cobri sua boca com a palma da mão e disse:

– Mais baixo, Elsie, por favor, mais baixo!

Seus olhos pestanejaram; soltou-se, tirei a mão de sua boca, ela prestou atenção e ficamos um momento escutando os ruídos da casa, imóveis, silenciosos, cúmplices.

– *Frau* Müller saiu, acho – ela disse, em voz baixa, normal.

– E a empregada?

– Está lavando roupas no subsolo. As crianças estão dormindo.

Ficamos ainda um tempo escutando em silêncio, depois ela se voltou para mim, e foi como se lembrasse subitamente de quem eu era: o horror tomou de novo sua fisionomia, e ela jogou mais uma vez as costas contra a porta.

Eu disse, com um esforço gigantesco:

– Escute, Elsie. É preciso que você compreenda. São somente os inaptos. E não temos alimento para todo mundo. É muito melhor para eles...

Seus olhos duros, implacáveis, estavam fixos sobre mim. Continuei:

– ... tratá-los assim... do que deixá-los morrer de fome.

– Então foi isso – ela disse, em voz baixa – que você imaginou!

– Mas não fui eu! Não tenho culpa nisso! É uma ordem!...

Ela replicou com desprezo:

– Quem poderia dar uma ordem dessas?

– O *Reichsführer*.

A angústia apertou meu coração: mais uma vez, eu o traía.

– O *Reichsführer*! – exclamou Elsie.

Seus lábios começaram a tremer, e ela disse com voz sufocada:

– Um homem... em quem as crianças confiavam tanto!

Balbuciou.

– Mas por quê? Por quê?

Encolhi os ombros:

– Você não tem como entender. Essas questões lhe escapam completamente. Os judeus são nossos piores inimigos, você sabe perfeitamente. Foram eles que desencadearam a guerra. Se não os liquidarmos agora, serão eles, mais tarde, que exterminarão o povo alemão.

– Mas que estupidez! – ela disse, com uma vivacidade formidável. – Como é que eles vão nos exterminar, uma vez que ganharemos a guerra?

Olhei-a, boquiaberto. Eu jamais refletira sobre isso, não sabia o que pensar. Desviei a cabeça e disse, depois de um instante:

– É uma ordem.

– Mas você poderia solicitar uma outra missão!

Repliquei vivamente:

– Eu fiz isso. Voluntariei-me para o *front*, você deve se lembrar. O *Reichsführer* não quis.

– Ora, então! – disse ela em voz baixa, mas com uma violência inacreditável. – Você tinha que ter se recusado a obedecer!

– Elsie! – exclamei, tentando não gritar.

E, por segundos, fui incapaz de encontrar as palavras.

– Mas... – eu disse, com a garganta apertada. – Mas Elsie!... O que você está dizendo é... é contrário à honra!

– E aquilo que você faz?

– Um soldado, recusar-se a obedecer! E, mesmo assim, de nada teria adiantado! Teriam me rebaixado, torturado, fuzilado... E você, o que seria de você? E das crianças?...

– Ah! – disse Elsie. – Tudo! Tudo! Tudo!...

Eu a interrompi:

– Mas isso não serviria para nada. Se eu tivesse me recusado a obedecer, outra pessoa qualquer o teria feito no meu lugar!

Seus olhos faiscaram.

– Sim, mas você – retrucou –, *você* não teria feito!

Eu a olhei, atônito, estúpido. Meu espírito era um vazio absoluto.

– Mas, Elsie...

Não conseguia pensar. Estiquei-me até que todos os meus músculos doessem, fixei os olhos à minha frente e, sem vê-la, sem ver nada, articulei, com firmeza:

– É uma ordem.

– Uma ordem! – disse Elsie, com sarcasmo.

E, bruscamente, escondeu o rosto entre as mãos. Após alguns instantes, aproximei-me e tentei segurá-la pelos ombros. Ela estremeceu violentamente, me repeliu com todas as suas forças e disse, com voz hostil:

– Não me toque!

Minhas pernas começaram a tremer, e gritei:

– Você não tem o direito de me tratar assim! Tudo o que eu faço no campo, eu faço cumprindo ordens! Não sou o responsável!

– É você quem faz o que faz!

Olhei-a, desesperado.

– Você não compreende, Elsie. Sou apenas uma engrenagem, nada além. No exército, quando um chefe dá uma ordem, é ele o responsável, só ele. Se a ordem é má, é o chefe que é punido, nunca o executor.

– Então – disse, com uma lentidão devastadora –, essa é a razão que o fez obedecer: você sabia que as coisas iam mal, mas não seria jamais punido.

Gritei:

– Eu jamais pensei isso! É apenas que eu não posso desobedecer a uma ordem. Compreenda! Isso é, para mim, fisicamente impossível!

– Ou seja – raciocinou Elsie, com uma calma pavorosa –, se lhe dessem a ordem de fuzilar o pequeno Franz, você o faria.

Olhei-a, assustado.

– Mas isso é uma loucura! Jamais me dariam uma ordem semelhante!

– E por que não? – respondeu, com um riso selvagem. – Você recebeu ordens de matar criancinhas judias! Por que não as suas? Por que não Franz?

– Mas imagine! O *Reichsführer* jamais daria uma ordem semelhante! Nunca! Isso é...

Eu ia dizer: "É impensável!", mas, de repente, as palavras se bloquearam na minha garganta. Lembrei-me com terror que o *Reichsführer* tinha dado ordem de fuzilar seu próprio sobrinho.

Baixei os olhos. Era tarde demais.

– Você não tem certeza! – disse Elsie, com um desprezo horrível. – Está vendo? Não tem certeza! E se o *Reichsführer* mandasse você matar Franz, você o faria!

Ela arreganhou os dentes, pareceu dobrar-se sobre si própria, e seus olhos puseram-se a brilhar com uma luz feroz, animal. Elsie, tão doce, tão calma... Eu a olhava, paralisado, pregado ao chão diante de tanto ódio.

Não sei dizer o que se passou então. Juro que eu desejava responder: "Naturalmente, não!", juro que tinha a mais clara e formal intenção de dizê-lo, e, no lugar disso, as palavras se sufocaram na garganta, e eu disse:

– Naturalmente.

Achei que ela fosse se atirar sobre mim. Um tempo infinito se passou. Ela me olhava. Eu não conseguia falar. Eu desejava desesperadamente me repreender, me explicar... Minha língua estava presa, colada no palato.

Ela virou-se, abriu a porta, saiu, e eu a ouvi subir rapidamente a escadaria.

Passado um instante, puxei lentamente o telefone para perto, disquei o número do campo, pedi meu carro e saí. Minhas pernas estavam moles e fracas. Tive tempo de caminhar algumas centenas de metros antes de ser alcançado pelo carro.

Estava em meu gabinete havia poucos minutos quando a campainha do telefone soou. Atendi.

– *Herr Obersturmführer* – disse uma voz fria.

– *Ja*?

– Pick, Crematório II. Para relatar que os judeus do comboio 26 se revoltaram.

– O quê?

– Os judeus do comboio 26 se revoltaram. Avançaram contra os *Scharführer* que os vigiavam enquanto se despiam, tomaram suas armas e arrancaram os cabos elétricos. Os guardas do exterior abriram fogo e os judeus responderam.

– E depois?

– Está difícil dominá-los. Estão no vestiário, e atiram na escada que dá acesso à sala cada vez que veem um par de pernas.

– Certo, Pick. Estou a caminho.

Desliguei, saí rapidamente e enfiei-me no carro.

– Crematório II.

Inclinei-me.

– Mais rápido, Dietz.

Dietz acenou com a cabeça, e o automóvel disparou. Eu estava chocado. Era a primeira vez, até aquele dia, que uma revolta era registrada no campo.

Os pneus cantaram no cascalho do pátio do crematório. Saltei do carro. Pick estava lá. Pôs-se à minha esquerda e caminhamos apressadamente na direção do vestiário.

– Quantos *Scharführer* eles conseguiram desarmar?

– Cinco.

– Como os *Scharführer* estavam armados?

– Metralhadoras.

– Os judeus atiraram muito?

– Bastante, mas ainda devem ter munição. Consegui fechar as portas do vestiário.

Acrescentou:

– Tenho dois mortos e quatro feridos. Sem contar os cinco *Scharführer*, evidentemente. Esses...

– Que medidas você propõe?

Depois de uma pausa, Pick disse:

— Podemos vencê-los pela fome.

Respondi secamente:

— De forma alguma. Não podemos imobilizar o crematório por tanto tempo. Ele precisa funcionar.

Passei o olhar pelos fortes cordões de SS que cercavam o vestiário.

— E os cães?

— Eu tentei... mas os judeus arrancaram os cabos, o vestiário está mergulhado na escuridão, e os cães não querem entrar.

Refleti e disse:

— Traga um holofote.

Pick gritou a ordem. Dois SS partiram apressados. Prossegui:

— O *Kommando* de ataque terá sete homens. Dois homens abrirão a porta rapidamente, usando-a como proteção em seguida. Esses não correm perigo algum. No centro, um homem irá segurar o holofote. À sua direita, dois atiradores de elite vão alvejar os judeus armados. À sua esquerda, outros dois irão metralhar à vontade. O objetivo é liquidar os judeus armados e impedir os outros de recuperar as armas. Cabe a vocês preparar desde já um segundo comando para substituir o primeiro.

Fez-se um silêncio e Pick argumentou, com sua voz fria:

— Não dou um tostão pela alma do homem que vai segurar o holofote.

Prossegui:

— Escolha seus homens.

Os dois SS chegaram correndo com o holofote. Pick ligou-o ele mesmo na tomada externa e desenrolou o cabo.

Observei:

— O cabo deve ser muito longo. Se o ataque der certo, será preciso penetrar bastante no vestiário.

Pick inclinou a cabeça. Dois homens estavam já em posição atrás da porta. Cinco outros alinhavam-se no primeiro degrau da escada. O do centro, um *Scharführer*, segurava o holofote encostado no peito. Os cinco homens estavam imóveis, os rostos tensos.

Pick gritou uma ordem de comando, eles desceram a escada numa formação perfeita, e o cabo elétrico se desfez atrás deles como uma serpente. Pararam a cerca de 1,5 metros da porta. Cinco outros SS logo ocuparam suas posições no primeiro degrau. O silêncio imperou no pátio.

Pick inclinou-se sobre a escada, falou em voz baixa com o *Scharführer* que segurava o holofote e levantou a mão.

Eu o interrompi:

– Um instante, Pick.

Ele me olhou e abaixou a mão. Andei até a escada, os homens do *Kommando* 2 abriram espaço e desci os degraus.

– Dê-me isso.

O *Scharführer* olhou para mim, perplexo. O suor cobria seu rosto. Um segundo depois, ele se recompôs e disse:

– *Jawohl, Herr Obersturmbannführer.*

Entregou-me o holofote e eu disse:

– Está dispensado.

O *Scharführer* me olhou de novo, bateu os calcanhares, deu meia-volta e começou a subir os degraus.

Esperei que ele chegasse ao topo e olhei os homens do *Kommando* um após o outro.

– Quando eu disser *"Ja"*, vocês abrem as portas, nós avançamos dois passos, vocês se deitam no chão e começam a atirar. Os atiradores de elite devem disparar sem interrupção.

– *Herr Obersturmbannführer*! – disse uma voz.

Voltei-me e ergui a cabeça. Pick olhava do alto. Seu rosto estava transtornado.

– *Herr Obersturmbannführer*, mas é... impossível! É...

Eu o encarei fixamente e ele se calou. Voltei à posição anterior, olhei para a frente e disse:

– *Ja.*

Os dois batentes da porta moveram-se para trás. Apertei o holofote contra o peito, dei dois passos, os homens jogaram-se no chão e as balas começaram a assoviar em torno de mim. Pequenos pedaços de cimento caíram a meus pés, e as metralhadoras de meus homens entraram em ação. Movi lentamente meu holofote da esquerda para a direita, e os atiradores de elite aos meus pés dispararam duas vezes. Girei o foco de luz para a esquerda, devagar, os projéteis soaram raivosamente, e eu pensei: "É agora". Girei o foco para a direita e ouvi, sob o crepitar ininterrupto das metralhadoras, duas detonações surdas dos atiradores de elite.

O assovio das balas cessou. "Vamos!", gritei. Entramos no vestiário e, depois de avançarmos poucos passos, mandei cessar fogo. Vimos os judeus semidespidos compactados num canto do vestiário. Estavam aglutinados em uma massa enorme e confusa. Os projetores iluminavam seus olhos arregalados.

Pick apareceu ao meu lado. Senti-me extremamente cansado de um momento para o outro. Passei o holofote a um atirador e voltei-me para Pick.

— Assuma o comando.

— *Zu Befehl, Herr Obersturmbannführer*! Devemos retomar o gaseamento?

— Teriam dificuldades. Faça-os sair um por um pela pequena porta, leve-os até a sala de dissecção e fuzile todos. Um por um.

Subi lentamente as escadas que levavam ao pátio. Quando apareci, reinou um silêncio mortal, e todos os SS ficaram em posição de sentido. Fiz o sinal de "descansar". Eles relaxaram, mas permaneceram em silêncio, e seus olhos não me abandonaram. Compreendi que admiravam o que eu acabara de fazer. Entrei no carro e bati a porta com raiva. Pick tinha razão: eu jamais deveria ter corrido tamanho risco. Os quatro crematórios estavam prontos, mas seu bom funcionamento, durante um tempo ainda, dependia de minha presença. Eu havia traído meu dever.

Voltei ao meu gabinete e tentei trabalhar. Meu espírito estava vazio, e eu não conseguia me concentrar em nada. Fumei um cigarro atrás do outro. Às sete e meia, pedi que me levassem para casa.

Elsie e *Frau* Müller davam de comer às crianças. Eu as beijei e disse:

— Boa noite, Elsie.

Houve uma pequena pausa até ela responder, com uma voz perfeitamente natural:

— Boa noite, Rudolf.

Escutei por alguns instantes as crianças tagarelarem, depois me levantei e fui para o escritório.

Um pouco mais tarde, bateram à porta e a voz de Elsie disse:

– Jantar, Rudolf.

Ouvi seus passos diminuírem, saí e entrei na sala de jantar. Sentei-me. Elsie e *Frau* Müller me imitaram. Sentia-me extremamente cansado. Como de hábito, enchi os copos e Elsie disse:

– Obrigada, Rudolf.

Frau Müller começou a falar das crianças, e Elsie debateu com ela as suas aptidões. Instantes depois, ela me disse:

– Não é, Rudolf?

Ergui a cabeça. Não havia escutado o que diziam e respondi, ao acaso:

– *Ja, ja.*

Olhei para Elsie. Não havia nada a ler nos seus olhos. Ela desviou a cabeça de um modo natural.

– Se me permite, *Herr Kommandant* – disse *Frau* Muller –, Karl também é inteligente. Apenas, ele se interessa muito pelas coisas e pouco pelas pessoas...

Fiz que "sim" com a cabeça e parei de escutar.

Após a refeição, levantei-me, pedi licença a Elsie e *Frau* Müller e tranquei-me no escritório. O livro sobre criação de cavalos estava sobre a mesa; eu o abri ao acaso e li um pouco. Instantes depois, pus o livro de volta na estante, descalcei as botas e comecei a andar de um lado para outro.

Às dez horas, ouvi *Frau* Müller dar boa-noite a Elsie e subir. Minutos depois, reconheci os passos de Elsie na escada, escutei o pequeno estalido seco do interruptor que ela desligava, e tudo caiu no silêncio.

Acendi um cigarro e abri bem a janela. Não havia lua, mas a noite estava clara. Fiquei um tempo debruçado e depois decidi ir falar com Elsie. Esmaguei o cigarro, passei pelo vestíbulo e subi cuidadosamente a escada.

Pus a mão na maçaneta da sua porta, girei-a e dei um pequeno empurrão. Estava trancada. Bati levemente uma vez, e, segundos depois, dei duas pancadinhas um pouco mais fortes. Não houve resposta. Aproximei meu rosto da fresta e prestei atenção, tentando escutar. O quarto estava tão silencioso quanto o leito de uma morta.

1945

Os crematórios III e IV ficaram prontos na data estipulada, e de janeiro de 1943 ao fim do mesmo ano, as instalações dos quatro crematórios funcionaram em sua capacidade máxima.

Em dezembro de 1943, fui nomeado inspetor dos campos; deixei Auschwitz e acomodei minha família em Berlim. Mas voltei a Auschwitz e passei ali uma parte do verão de 1944 para ajudar meu sucessor a resolver problemas com o tratamento especial de 400.000 judeus húngaros.

Minha última rodada de inspeção ocorreu em março de 1945, quando visitei Neuengamme, Bergen-Belsen, Buchenwald, Dachau e Flossenburg, e levei pessoalmente aos comandantes desses campos a ordem do *Reichsführer* de interromper a execução de judeus e fazer o impossível para descontinuar a mortandade.

Bergen-Belsen, em especial, estava num estado horripilante. Não havia mais água, alimentos, as latrinas transbordavam, e nas vielas do campo mais de 10.000 cadáveres apodreciam ao ar livre. Além disso, era impossível alimentar os detentos, pois a seção de abastecimento do distrito recusava-se a enviar o que fosse. Mandei o comandante colocar as coisas em ordem, expliquei-lhe como queimar os cadáveres nas fossas e, passado um tempo, as condições sanitárias melhoraram. No entanto, a comida ainda faltava, e os detentos morriam como insetos.

No fim de abril de 1945, a situação chegou a tal ponto que veio de Berlim a ordem de transportar o *Amtsgruppe* do qual eu fazia parte

---

* Departamento.

para o KL Ravensbrück. Os carros dos chefes SS e de suas famílias, assim como os caminhões levando os arquivos e o material, partiram em caravana pelas estradas. Elas estavam apinhadas de civis que fugiam dos bombardeios. De Ravensbrück fomos até Reusburg, onde o máximo que consegui para alojar todo o grupo foi um estábulo. No dia seguinte, porém, as mulheres e seus filhos puderam dormir numa escola.

A partir desse momento, o êxodo se tornou um verdadeiro pesadelo; os russos chegavam de um lado, os anglo-saxões do outro, e nós tínhamos que recuar a todo momento diante do avanço inimigo. Em Fleusburg, lembrei-me, de repente, de que nossa antiga preceptora em Auschwitz, *Frau* Müller, morava em Apenrade. Enviei Elsie e as crianças para lá, e *Frau* Müller teve a bondade de hospedá-las.

Segui caminho, tendo a meu lado apenas Dietz – o chofer –, até Murwick, onde, em companhia dos principais chefes do *Amtsgruppe*, encontrei Himmler pela última vez. Ele declarou que não tinha mais nenhuma ordem para nos dar.

Pouco depois, enviaram-me uma caderneta da marinha com um nome falso e arrumaram-me uma farda de cabo. Seguindo as instruções, eu a vesti, mas decidi manter na bagagem meu uniforme de oficial SS.

Em 5 de maio, recebi a ordem de me dirigir a Rantum. Cheguei ao local no dia 7 e, poucas horas depois, soube que o Marechal Keitel acabara de assinar, em Reims, a rendição incondicional da *Wehrmacht*.

De Rantum, transferiram-me para Brunsbüttel. Permaneci quatro semanas ali, e, como trazia na minha ficha a informação de que trabalhara como fazendeiro em meus tempos de civil, recebi baixa em 5 de julho e fui enviado a uma fazenda em Gottrupel, pertencente a um certo Georg Pützler.

Trabalhei por oito meses nessa fazenda. Era um belíssimo terreno que possuía alguns cavalos em ótimo estado, e quando Georg soube que eu fora empregado de um haras, deixou os animais aos meus cuidados. Assumi com grande prazer a tarefa, e Georg, que me hospedava em sua própria casa, dizia, rindo, que se eu não dormia na cocheira com meus bichos, era unicamente para não o ofender.

Georg era um homenzinho já bem velho, mas bastante robusto e nodoso, com um queixo de bruxa contrastando com olhos azuis penetrantes. Soube logo que ele havia ocupado, anos antes, um posto muito importante na SA, e contei-lhe que integrei a organização. A partir daquele momento, ele passou a agir como um amigo, e travávamos longas conversas quando sua mulher não estava em casa.

Certa manhã, estava só com os cavalos num prado, quando ele apareceu, de repente, a meu lado. Apoiou-se sobre as pernas tortas, olhou-me e disse, num tom cerimonioso:

– Prenderam Himmler.

Balbuciei:

– Eles o pegaram!

– Não, não é nada disso – retrucou Georg. – Escute só: foi ele que os pegou! No momento em que iam interrogá-lo, suicidou-se!

Olhei-o, estarrecido.

– Escute só! – continuou Georg, fazendo uma careta de hilaridade, batendo as mãos uma contra a outra. – A inteligência de Himmler! Tinha uma ampola de cianureto na boca. Uma dentada, e acabou-se!

Em seguida exclamou, com alegria:

– Ah! Ele os pegou!

Repeti:

– Então, matou-se!

– Mas o que você tem? – reagiu. – Que cara é essa? Ele pregou-lhes uma boa peça, é tudo! Ou vai dizer que ele agiu errado?

Olhei-o sem responder. Georg coçou o queixo e me examinou com embaraço.

– Não o compreendo. É adequado a um grande chefe se suicidar quando é capturado, *nicht wahr*? É o que todos dizem aqui. Lembre que Paulus[*] foi muito repreendido por não o ter feito, depois de Stalingrado.

Meu silêncio persistiu, deixando-o inquieto:

– Bom, o que é que você tem, afinal? Diga algo, ao menos. Tem o ar petrificado. Não vá dizer que acha que ele errou!

A dor e a raiva me cegavam. Senti Georg me sacudir com força pelo braço e disse, com voz apagada:

– Ele me traiu.

---

[*] Friedrich Wilhelm Ernst Paulus, marechal alemão que comandou o 6º Exército durante a Batalha de Stalingrado, e cujo fiasco marcou o ponto de virada da campanha alemã na Frente Oriental. [N.T.]

Ouvi sua voz exclamar:

– O *Reichsführer*?

Os olhos de Georg tombaram sobre mim, cheios de censura. Reagi, elevando a voz:

– Você não compreende! Ele deu ordens terríveis e, agora, deixa-nos sós para enfrentar o vexame!

– O *Reichsführer*! – disse Georg. – Você fala assim do *Reichsführer*!

– Em vez de erguer-se... em vez de dizer... "Sou eu o único responsável"... Em vez disso, veja o que ele fez!... Como é fácil, assim! A gente morde uma ampola de cianureto e deixa nossos homens em apuros!

– Mas... você não está dizendo que...

Comecei a rir:

– *Maine Ehre, heisst Treue*!* *Ja, ja*! Não para ele! Para nós, a prisão, a vergonha, a corda...

– Então vão enforcá-lo? – exclamou, pasmo.

– O que você imagina? Mas, enfim, para mim tanto faz! A morte é menos que nada para mim. O que me enlouquece é pensar que ele...

Agarrei Georg pelo braço:

– Quer dizer que você não entende? Ele se esquivou!... Ele, que eu respeitava como a um pai.

– Bom... sim... – disse Georg com um ar de dúvida. – Ele se esquivou... E daí? Se tivesse ficado, isso não salvaria a sua vida.

Eu o sacudi furiosamente.

– Quem está falando de viver? Para mim não tem a menor importância se me enforcarem. Mas eu morreria junto com ele! Com meu chefe! Ele teria dito: "Fui eu quem dei a Lang a ordem de *tratar* os judeus!". E ninguém teria nada a acrescentar!...

Não consegui dizer mais nada. A dor e a vergonha me sufocavam. Nem o êxodo nem a derrota tinham me abalado a esse ponto.

Nos dias que se seguiram, Georg começou a se queixar por eu ter me tornado "ainda mais silencioso que antes". Na verdade, eu estava preocupado, porque as crises que eu sofrera tempos antes, após a morte de Pai, tinham voltado bruscamente e sucediam-se a intervalos cada vez mais curtos, tornando-se progressivamente mais violentas.

---

* "Minha honra é a fidelidade." Lema dos SS.

E até mesmo quando me sentia num estado perfeitamente normal, uma angústia surda pesava sobre mim. Percebia também que, mesmo fora dessas crises, eu trocava frequentemente uma palavra por outra; às vezes até gaguejava, ou uma frase inteira se bloqueava, subitamente, na garganta. Esses transtornos deixavam-me com mais medo ainda que as próprias crises, pois eu não os havia jamais experimentado, ao menos não naquele grau, e temia que se agravassem e que as pessoas em torno de mim notassem.

Em 14 de março de 1946, eu almoçava com Georg e sua mulher quando ouvimos um automóvel estacionar no pátio da fazenda. Georg empinou o queixo e disse:

— Vá ver quem é.

Levantei-me, contornei com pressa a casa e praticamente tropecei nos dois soldados americanos que ali estavam: um loiro, de óculos, e um de baixa estatura, moreno.

O moreninho sorriu e disse, em alemão:

— Não tão rápido, *mein Herr*!

Ele brandia sua pistola na ponta da mão. Olhei-o, depois examinei o moreno e vi, pelas presilhas em seus ombros, que ambos eram oficiais.

Fiquei em posição de sentido e perguntei:

— O que desejam?

O loiro de óculos apoiou-se desdenhosamente sobre uma perna, tirou uma fotografia do bolso, olhou-a e entregou-a ao moreninho. O moreninho deu uma olhada, voltou-se para o loiro e disse "*Yep*". Em seguida, mordeu os lábios, balançou a pistola na ponta da mão e indagou:

— Rudolf Lang?

Era o fim. Movi a cabeça afirmativamente, e um alívio estranho me dominou.

— O senhor está preso — disse o moreninho.

Depois de um silêncio, repliquei:

— Poderia ir buscar minhas coisas?

O moreninho sorriu. Parecia um italiano.

— Passe à frente.

Quando chegamos ao limiar da cozinha, um dos dois me deu um empurrão violento; dei alguns passos trôpegos, quase caí, mas consegui me apoiar sobre a mesa. Quando ergui a cabeça, vi o oficial de óculos de pé às costas de Georg, com a pistola à mão. Senti o cano de uma arma nas costas e compreendi que o moreninho estava atrás de mim.

– Georg Pützer? – perguntou o de óculos.

– *Ja* – disse Georg.

– Ponha as duas mãos sobre a mesa, *mein Herr*.

Georg espalmou as mãos bem abertas nas laterais de seu prato.

– A senhora também, Madame.

A mulher de Georg olhou para mim, depois para Georg, e obedeceu, lentamente.

– Passe à frente – disse o moreninho.

Subi as escadas e entrei no meu quarto. O moreninho postou-se à janela, assoviando. Vesti meu uniforme SS.

Quando terminei, peguei minha mala, apoiei sobre a cama e ia apanhar as roupas no armário. Assim que abri o armário, o moreninho parou de assoviar. Pus as roupas na cama e as arrumei na mala. Foi nesse momento que me lembrei da pistola. Estava sob o travesseiro, a um metro de mim apenas, com a trava de segurança levantada. Fiquei imóvel por um segundo, até que um enfado monumental tombou sobre mim.

– Pronto? – disse o moreninho.

Fechei a mala e com as duas mãos enfiei os trincos em suas fendas, produzindo estalos secos. Eles rasgaram o silêncio de um modo excêntrico.

Descemos, entrei na cozinha. A mulher de Georg viu meu uniforme, pôs as duas mãos na boca e olhou para o marido. Georg não se moveu.

– Vamos! – disse o moreninho, e me empurrou de leve à sua frente.

Atravessei a peça, voltei-me para Georg e sua mulher, e disse:

– Até logo.

Georg disse baixinho, sem virar a cabeça:

– Até logo.

O moreninho sorriu e comentou, com escárnio:

– Isso me surpreenderia...

A mulher de Georg não disse nada.

Os americanos me levaram até Bredstedt. Paramos em frente a um antigo hospital e atravessamos um pátio cheio de soldados. Eles fumavam e caminhavam em pequenos grupos. Nenhum deles saudou os oficiais que me escoltavam.

Subimos ao primeiro andar. Fizeram-me entrar numa pequena sala. Havia uma cama, duas cadeiras, uma mesa e, no centro, um fogãozinho e um balde de carvão. O moreninho me fez sentar numa das cadeiras.

Minutos depois, um soldado entrou. Tinha quase dois metros e era proporcionalmente largo. Saudou os dois oficiais com uma desenvoltura inacreditável. Eles o chamaram de "*Joe*" e falaram com ele em inglês por um bom tempo. Depois foram até a porta. Levantei-me e fiquei em sentido, mas eles saíram sem sequer me olhar.

O soldado fez um sinal para que me sentasse e sentou-se ele mesmo na cama, lenta e pesadamente. A cama rangeu, ele afastou as pernas e encostou-se na parede. Depois, sem parar de me vigiar, tirou um pequeno tablete do bolso, desembrulhou, enfiou-o na boca e começou a mascar.

Um longo tempo se passou. O soldado não tirava os olhos de mim, o que me incomodava. Desviei a cabeça e me fixei na janela. Tinha os vidros foscos, através dos quais nada se via. Olhei para o forno. Havia um radiador no cômodo, mas o aquecimento central, provavelmente, estava fora de funcionamento. O forno estava aceso e fazia muito calor.

Passou-se uma hora e, enfim, um oficialzinho alerta e vivaz entrou como um raio, sentou-se atrás da mesa e começou imediatamente a me interrogar. Eu disse tudo o que sabia.

Em seguida, fui arrastado de prisão em prisão. Não fui infeliz nesse período. Era bem alimentado, e minhas crises haviam cessado completamente. No entanto, eu às vezes sentia que o tempo se alongava um pouco demais, e vinha-me uma pressa de que tudo se acabasse. No início, também me preocupava muito com Elsie e as crianças. E foi um grande alívio saber que os americanos não as haviam trancafiado, como eu esperava, num campo de concentração. Na verdade, recebi várias cartas de Elsie e pude, também, escrever para ela.

Pensava às vezes em minha vida passada. Coisa curiosa, só minha infância parecia real. Sobre todas as coisas que se passaram em seguida a ela, eu tinha lembranças extremamente precisas, mas eram como as memórias que guardamos de um filme marcante. Eu me via nesse filme, agindo e falando, mas tinha a impressão de que não fora comigo que as cenas aconteceram.

Fui obrigado a repetir meu depoimento, como testemunha de acusação no processo de Nuremberg, e foi ali que vi, pela primeira vez, no banco dos acusados, alguns altos dignitários do partido que até então eu só conhecia pelas fotos nos jornais.

Em Nuremberg recebi, em minha cela, várias visitas, especialmente a de um tenente-coronel americano. Ele era grande e rosado, com olhos de cerâmica e cabelos brancos. Queria saber o que eu pensava de um artigo escrito a meu respeito na imprensa americana, que ele me traduziu. O texto dizia que eu "nascera com o século, e que eu simbolizava, de fato, muito bem, tudo o que meio século de história alemã comportava de violência e de fanatismo..."

Eu disse:

– ... e de miséria, *Herr Oberst*.

Ele disse, vivamente:

– Não me chame de "*Herr Oberst*".

Depois me examinou por um instante em silêncio e recomeçou, enfatizando o *senhor*.

– *O senhor* foi miserável?

Olhei-o. Ele era rosado e limpo como um bebê bem cuidado. Era óbvio que não tinha qualquer ideia do mundo no qual eu vivera.

Respondi:

– Sim, bastante.

Ele replicou, com um ar grave.

– Não é uma desculpa.

– Não preciso de desculpas. Eu obedeci.

Depois, balançou a cabeça e disse em tom severo e triste:

– Como o senhor explica que se possa ter chegado a isso?

Refleti, e disse:

– Fui escolhido pelo meu talento de organizador.

Ele me encarou. Seus olhos eram azuis como os de uma boneca. Balançou a cabeça e prosseguiu:

– O senhor não compreendeu minha pergunta.

Passado um instante, recomeçou:

– O senhor continua convencido de que era necessário exterminar os judeus?

– Não. Não estou mais convencido disso.

– Por quê?

– Porque Himmler suicidou-se.

Olhou-me atônito, e concluí:

– Isso prova que ele não era um verdadeiro chefe, e se não era um verdadeiro chefe, poderia perfeitamente ter mentido ao apresentar o extermínio dos judeus como uma medida necessária.

Ele retrucou:

– Portanto, se fosse para fazer novamente, o senhor não refaria?

Respondi energicamente:

– Refaria, se me fosse dada a ordem.

Olhou-me por um longo segundo; sua coloração rosada avermelhou-se ao extremo, e ele disse, com um ar indignado:

– O senhor agiria contra sua própria consciência!

Fiquei em posição de sentido, olhei direto à minha frente e disse:

– Desculpe-me, creio que o senhor não compreende meu ponto de vista. Não cabe a mim me ocupar do que eu penso. Meu dever é obedecer.

Ele gritou:

– Mas não a essas ordens terríveis!... Como o senhor foi capaz?... É monstruoso... Essas crianças... essas mulheres... O senhor então não sentia nada?

Eu disse, com enfado.

– Não param de me fazer essa pergunta...

– Bom, o que o senhor responde, em geral?

– É difícil de explicar. No início, eu experimentava uma sensação dolorosa. Depois, pouco a pouco, fui perdendo toda a sensibilidade. Talvez isso fosse necessário, e, sem isso, eu não pudesse ter continuado. Entenda, eu pensava nos judeus em termos de unidades, jamais em termos de seres humanos. Concentrava-me no aspecto técnico de minha missão.

Acrescentei:

– Um pouco como um aviador que solta suas bombas sobre uma cidade.

Ele respondeu, ofendido:

– Um aviador jamais liquidou um povo inteiro.

Refleti a respeito, e respondi:

– Ele o faria, se fosse possível e se recebesse uma ordem nesse sentido.

Ele encolheu os ombros, como que para espantar essa hipótese, e insistiu:

– O senhor não sente então nenhum remorso?

Respondi com calma.

– Não me cabe ter remorsos. O extermínio foi, possivelmente, um erro. Mas não fui eu que o ordenei.

Balançou a cabeça.

– Não é isso que estou querendo dizer... Desde sua captura, deve ter acontecido ao senhor, algumas vezes, de pensar nessas centenas de milhares de pobres coitados que enviou para a morte...

– Sim, algumas vezes.

– Então, quando isso acontece, o que o senhor sente?

– Não sinto nada de particular.

Seus olhos azuis me fulminaram com uma intensidade incômoda, ele balançou mais uma vez a cabeça e disse, em voz baixa, numa estranha mistura de pena e de horror:

– O senhor está completamente desumanizado.

Nesse ponto, virou-me as costas e foi embora. Fiquei aliviado ao vê-lo partir. Essas visitas e discussões me exauriam, e eu as achava inúteis.

Após meu depoimento no processo de Nuremberg, os americanos me entregaram aos poloneses. Eles queriam muito a minha pele, já que Auschwitz era em seu território.

Meu processo começou em 11 de março de 1947, quase um ano após minha captura. Ele ocorreu em Varsóvia, numa grande sala de paredes brancas. Um microfone era posicionado à minha frente e, graças aos fones de ouvido dos quais eu dispunha, ouvia imediatamente a tradução em alemão de tudo o que se dizia de mim em polonês.

Quando terminaram a peça de acusação, pedi a palavra, fiquei em posição de sentido e disse:

– Sou responsável por tudo o que se passou em Auschwitz. Meus subordinados não estão em causa.

Acrescentei:

– Gostaria apenas de retificar certos fatos que me são imputados pessoalmente.

O juiz disse, com voz seca:

– O senhor falará na presença das testemunhas.

E o longo desfile de testemunhas teve início. Fiquei espantado que os poloneses tivessem citado, e se dado ao trabalho de fazer virem todas aquelas pessoas, provavelmente a alto custo, dos quatro cantos da Europa: sua presença era perfeitamente inútil, pois eu não negava os fatos. A meu ver, aquilo era uma perda de tempo e de dinheiro, e eu não conseguia acreditar, ao vê-los agir assim, que os eslavos pudessem um dia ver nascer em seu solo uma raça de chefes.

Algumas dessas testemunhas pronunciaram, aliás, bobagens que me fizeram, mais de uma vez, perder a calma. Foi assim quando um deles afirmou que tinha me visto bater em um *Kapo*. Tentei explicar ao tribunal que, ainda que eu tivesse sido o monstro em que essas testemunhas queriam me transformar, eu jamais faria uma coisa semelhante: era contrário à minha dignidade de oficial.

Uma outra testemunha afirmou que tinha me visto dar o tiro de misericórdia em detentos que fuzilávamos. Expliquei de novo que era uma coisa absolutamente impossível. Cabe ao chefe de pelotão SS dar o tiro de misericórdia, e não ao comandante do campo. O comandante do campo tinha o direito de assistir às execuções, se desejasse, mas não de, ele mesmo, atirar. O regulamento, quanto a isso, era claríssimo.

Evidente que o tribunal não dava qualquer valor às minhas negativas e que tentava, ao contrário, usar contra mim tudo o que eu dizia. Num dado momento, o procurador gritou: "O senhor matou 3 milhões de pessoas!". Pedi a palavra e retruquei: "Peço-lhe desculpas, mas matei apenas 2 milhões e meio". A sala então encheu-se de murmúrios, e o procurador disse que eu deveria me envergonhar de meu cinismo. Tudo o que eu fizera, no entanto, fora retificar um número inexato.

A maior parte de meus diálogos com o procurador se deu dessa forma. Sobre o envio de meus caminhões a Dessau para buscar garrafas de *Giftgas*, ele perguntou:

– Por que o senhor estava tão ansioso para mandar os caminhões a Dessau?

– Quando as reservas de gás começaram a baixar, eu deveria, naturalmente, fazer tudo o que estivesse a meu alcance para renovar meu estoque.

– Em suma – disse o procurador –, para o senhor, eram como reservas de pão e de leite?

Respondi pacientemente:

– Eu estava lá para isso.

– Então – esbravejou o procurador com ar de triunfo –, o senhor estava lá para que houvesse a maior quantidade de gás possível para exterminar o maior número possível de pessoas.

– Era uma ordem.

O procurador então voltava-se para o tribunal e observava que eu não apenas aceitara liquidar os judeus, mas que minha ambição fora a de liquidar o maior número possível deles.

Nesse sentido, pedi mais uma vez a palavra e fiz notar ao procurador que o que ele dissera não era exato. Eu jamais aconselhara Himmler a aumentar o número de judeus que me enviava. Ao contrário, eu solicitei várias vezes à RSHA que diminuísse o ritmo dos comboios.

– Mas o senhor não pode negar – disse o procurador – que foi especialmente zeloso e pleno de iniciativa em sua tarefa de exterminá-los.

– Fiz prova de zelo e de iniciativa na execução das ordens, mas nada fiz para provocar tais ordens.

– O senhor tomou alguma providência para tentar liberar-se dessas horríveis funções?

– Solicitei transferência para o *front* antes que o *Reichsführer* me confiasse a missão de liquidar os judeus.

– E depois?

– Depois, a questão não se apresentava mais. Iria parecer que eu estava querendo fugir.

– Então, era essa a missão que mais o agradava.

Respondi com franqueza:

– De forma alguma. Ela não me agradava nem um pouco.

Ele fez então uma pausa, olhou-me no fundo dos olhos, abriu os braços e perguntou:

– Bom, então, diga-nos o que o senhor pensa disso. Como o senhor enxerga esse tipo de tarefa?

O silêncio imperou. Senti todos os olhares fixos em mim, refleti e disse:

– Era um trabalho entediante.

O procurador deixou caírem os braços, e os murmúrios encheram a sala novamente.

Um pouco adiante, o procurador disse:

– Leio em seu depoimento o seguinte: "As judias frequentemente escondiam as crianças sob suas roupas, em vez de levá-las consigo às câmaras de gás. O *Sonderkommando* dos prisioneiros tinha, portanto, a ordem de revistar essas roupas sob a vigilância de SS, e as crianças encontradas eram jogadas nas câmaras de gás.

Ergueu a cabeça.

– Foi o que o senhor disse, não é?

– Sim.

Acrescentei:

– No entanto, sinto-me na obrigação de fazer uma retificação.

Ele fez um gesto com a mão, e continuei:

– Eu não disse que as crianças eram "jogadas". Disse que eram "levadas" às câmaras de gás.

O procurador perdeu a paciência.

– Pouco importa a palavra!

Depois, prosseguiu:

– Não lhe causavam nenhum tipo de emoção ou de piedade os gestos dessas pobres mulheres que, aceitando a própria morte, tentavam, desesperadamente, salvar seus bebês, confiando na clemência de seus carrascos?

Respondi:

– Eu não podia me permitir sentir emoções. Eu tinha ordens. As crianças eram consideradas como inaptas ao trabalho. Eu devia, portanto, gaseá-las.

– Jamais lhe veio a ideia de poupá-las?

– Jamais me veio a ideia de desobedecer a minhas ordens.

Acrescentei:

– Aliás, o que eu faria das crianças num KL? Um KL não é um local para criar bebês.

Ele retomou:

– O senhor mesmo é um pai de família?

– Sim.

– E o senhor ama os seus filhos?

– Certamente.

Ele fez uma pausa, percorreu lentamente a sala com o olhar, e voltou-se para mim:

– Como o senhor concilia o amor que tem pelos seus próprios filhos com sua atitude em relação às criancinhas judias?

Refleti um instante e respondi:

– Não há nenhuma relação. No campo, eu me conduzia como soldado. Mas em casa, evidentemente, eu me comportava de outra forma.

– O senhor quer dizer que sua natureza é dupla?

Hesitei um pouco e respondi:

– Sim, suponho que a coisa possa ser expressa dessa maneira.

Mas foi um erro responder assim, pois, no curso de seu interrogatório, o procurador aproveitou várias vezes para falar de minha "duplicidade". Mais tarde, fazendo alusão ao fato de eu ter me enervado com algumas testemunhas, ele gritou: "Essa duplicidade emerge até nas mudanças súbitas de expressão facial do acusado, que aparece ora como um pequeno funcionário calmo e escrupuloso, ora como um brutamontes incontrolável".

Ele disse também que, não contente em obedecer às ordens que haviam feito de mim "o maior assassino dos tempos modernos", eu havia mostrado, além disso, na execução de minha missão, uma horrível mistura de hipocrisia, cinismo e brutalidade.

Em 2 de abril, o juiz deu sua sentença. Eu a escutei em posição de sentido. Era a sentença que eu esperava.

O julgamento especificava, além disso, que eu deveria ser enforcado não em Varsóvia, mas no próprio campo de Auschwitz, e num cadafalso que eu mesmo havia mandado construir para os detentos.

Passado um momento, o guarda que estava à minha direita tocou-me no ombro. Retirei os fones do ouvido, deixei-os na cadeira, voltei-me para meu advogado, e disse: "Obrigado, senhor advogado". Ele inclinou a cabeça mas não apertou minha mão.

Saí com meus guardas por uma pequena porta à direita do tribunal. Atravessei uma longa sequência de corredores que, até então, jamais havia percorrido. Eram iluminados por grandes janelas, e a parede que lhes fazia face quase explodia de tanta luz. Fazia frio.

Instantes depois, a porta de minha cela fechou-se às minhas costas. Sentei-me na cama e tentei refletir. Muitos minutos se passaram, e eu nada sentia. Parecia que minha própria morte não mais me dizia respeito.

Levantei-me e comecei a caminhar na cela de um lado para o outro. Instantes depois, percebi que estava contando meus passos.

Posfácio do tradutor:

O ofício de traduzir a morte

Quando chegou à minha mão o original francês de *La mort est mon métier*, de 1952, segundo romance do francês Robert Merle, perguntei-me: onde estava com a cabeça ao considerar assumir tal trabalho? Naturalmente, eu sabia que Merle – um dos ases da literatura francesa e autor de *best-sellers* que ganharam as telas – era, sabidamente, um humanista. Mestre do romance histórico e dos relatos de guerra, ele mesmo vivera seus horrores: prisioneiro durante a retirada de Dunquerque, amargara três anos nas mãos dos alemães. Seu romance de estreia, *Fim de semana em Zuydcoote*, vencedor do Prêmio Goncourt em 1949, é um testemunho pungente desse período. Mesmo assim, eu resistia, questionando: deveria um jornalista e escritor judeu ocupar-se do ofício de traduzir, em primeira pessoa, a saga do oficial SS responsável por arquitetar o método de extermínio de 5 milhões de prisioneiros nas câmaras de gás de Auschwitz, e por comandar sua execução?

Depois de ler as 350 páginas do monólogo de Rudolf Lang – codinome do personagem histórico Rudolf Hoess –, fiquei impactado tanto pela força artística da obra quanto pela sordidez dos atos e dos pensamentos que o protagonista partilha ao longo de sua vida, que Merle decidiu tematizar. Pensei em dizer *não* à proposta, mas algo me forçava a prosseguir. Algum sentido profundo, racional, que a emoção obscurecia. Mas qual?

Decifrar esse enigma mantendo-me fiel à minha consciência tornou-se, para mim, a válvula motora do trabalho, que, afinal, aceitei.

Outros fatores contribuíram: a obra mais controversa de Merle permanecia inédita no Brasil, e sua única tradução para o português (Lisboa, 1960) estava fora de catálogo. Além disso, 2022 marca os 70 anos de sua aparição, na França.

O romance já era um sucesso entre os jovens quando, em 1972, Merle lançava *Malville*, ficção sobre um grupo de pessoas encurralado num castelo após uma catástrofe nuclear. O próprio Merle vivia encurralado por críticos, historiadores e parte do público que, duas décadas depois do lançamento de "*La mort...*", ainda não o perdoavam por ter dado voz a Rudolf Hoess. Por isso, naquele ano ele decidiu escrever um "prefácio do autor" (que pode ser lido no início deste volume) para, nas edições futuras, se defender e explicar seus motivos.

O autor de fato fizera uma aposta arriscada, sobretudo ao assumir o prontuário das sessões de Rudolf Hoess com o psicólogo Gustave Gilbert, na sua cela em Nuremberg, como verdade factual, em meio a outras fontes primárias. As pessoas se perguntavam o que era, afinal, aquela obra. Uma ficção? Ou uma contrafação biográfica? Um formato híbrido, em cima do muro da História? E mais: seria lícito ter transformado o Holocausto em matéria romanesca, num período em que as feridas da mortandade ainda estavam abertas e frescas? Essa postura estética representava, para muitos, um estratagema literário oportunista e cruel.

As memórias estimuladas do assassino, por sinal, remontam à infância e à adolescência dele. Um período em que a fabulação domina a narrativa do sujeito e, mais ainda, a pena do autor que a transforma em ficção "baseada em fatos reais". Isso acaba enredando o público (e o tradutor) na tentação repulsiva da empatia pelo pequeno Rudolf – uma criança torturada pelo pai e mentalmente abduzida pelo espírito do tempo. Pois bem sabemos que, capítulos mais tarde, o menino, em sua *versão* adulta, irá sem remorso tomar as rédeas da famigerada "solução final da questão judaica", ordenada por Adolf Hitler.

Tendo como amuleto o prefácio do autor – com sua justificativa "benigna" –, segui em frente, à espera de mais pistas. Foi quando, na transição da infância para a adolescência de Rudolf Lang, dei-me conta de algo extraordinário: mesmo protegido pelo privilégio da primeira pessoa, o protagonista não tinha o monopólio da narrativa.

O carrasco não estava só! Havia, nas entrelinhas, um segundo narrador, poderoso, onipresente, rasgando-lhe as entranhas: Robert Merle.

Ao deixar correr, de forma seletiva, a lógica de uma mente pusilânime que massacra a própria consciência, o autor dá a chave para decifrar a fórmula do inimigo. E a senha para combater, onde quer que germine, a utopia do extermínio. Por meio da náusea, pela indignação e pelo vislumbre dos valores ceifados na lâmina totalitária, Merle provoca, no leitor, a revolta e o desejo de engajamento na luta cívica e na resistência política.

No brilhante ensaio crítico "La mort est mon métier: l'oeuvre à contre-courant" (*Revista de Estudos Judaicos Tsafon*, 2016), a escritora Anne Wattel identifica, nessa dinâmica, duas instâncias narrativas que se contrapõem ao longo do texto: a "*voz in*" (carrasco) e a "*voz off*" (Merle). Como observa Wattel, "sistematicamente e a todo momento da narração, é Rudolf Lang que observa e apresenta os acontecimentos de maneira distanciada, sem manifestar o menor sinal de sentimento".

Essa ênfase na ausência de sentimento (escolha criativa do autor) percute na voz do carrasco (narrador), revelando sua verdadeira natureza, seca e glacial. É como um duplo espelho que, em vez de multiplicar a imagem ao infinito, converge para um único retrato, cru e nítido, da "experiência do mal".

Estamos aqui não só diante de um grande romance, mas de um manifesto humanista singularíssimo e, em certos aspectos, mais eficiente que qualquer propaganda. Isso fica evidente quando observamos que, 70 anos após sua criação, as graves questões que Merle levanta em *La mort...* persistem. O que dá uma atualidade aterradora ao livro.

Ora, três quartos de século depois do fim da Segunda Guerra, um antissemitismo aferrado aos mais velhos embustes segue flagelando o mundo. Cemitérios são profanados, atentados mortais a sinagogas se multiplicam, e grupos declaradamente neonazistas agem à luz do dia. Nos últimos dez anos, a França de Merle, por exemplo, viu um êxodo inédito de sua população judia, tipicamente internacionalista, para outros países.

O negacionismo em relação ao Holocausto assume novas facetas, influenciando a agenda de figuras de Estado de perfil extremista. Teses exóticas – como a de que a perseguição dos nazistas contra os judeus era uma "guerra de homens brancos" sem conotações raciais – são ofertadas por formadores de opinião.

Contudo, o esquema geral é ainda mais perverso. No novo milênio, o populismo de extrema-direita abre o guarda-chuva do ódio a um campo unificado e difuso: se nos anos do nazismo Hitler elegeu como inimigos os judeus e os comunistas, hoje os alvos são todas as minorias, toda diferença, toda pluralidade, artificialmente associados a um "comunismo" fantasmagórico.

Com o mesmo canhão do passado, combate-se a democracia, as noções de justiça social e dos direitos humanos, em suma, todas as conquistas civilizatórias que se julgou, até recentemente, sedimentadas. O *movimento* reproduz, em escala global, a propaganda e as táticas que outrora infestaram a Europa. O código da morte está dado, movendo mentes anônimas numa dinâmica flutuante, "líquida". Como detê-lo?

A torcida para que a *voz off* de Merle vença a *voz in* de Rudolf não evita o mal-estar que assalta o leitor, que já sabe onde é que isso tudo vai dar. Nas páginas de *La mort...*, o veneno e o antídoto estão entrelaçados, num pacto perigoso. Somos impelidos a perguntar por que correr o risco de nos expor a essa maléfica alquimia, sem obter uma resposta.

Mas a resposta pode estar numa constatação simples: não basta, como se diz, cultivar a memória para evitar que um evento como o Holocausto se repita. É preciso entender, *a fundo*, que mecanismos fazem com que o grosso de uma sociedade, em determinado momento, apoie um projeto de poder que a desumaniza.

Nesse sentido, Merle antecipou Hannah Arendt onze anos antes de ela cunhar o conceito de *banalidade do mal* nas páginas de *Eichmann em Jerusalém*. A tese do *mal banal* – confundida por muitos com uma minoração do mal – mostra, na verdade, o oposto: que o mal é transmitido numa cadeia de valores e símbolos que se automatiza sem conflito moral, naturalizando-se no cotidiano.

Merle é um visionário que não teoriza: ele percorre a trajetória de uma psique em particular num contexto histórico geral. Numa sociedade em crise, uma psique maníaca e metódica, assaltada por medo, preconceitos e tabus, é facilmente moldada pelo edifício da moral do tipo nazista. Este é calcado no darwinismo social (que Darwin repudiava); em códigos de honra e de lealdade que redundam em autoaniquilação;

em delírios raciais supremacistas; e num coletivismo sustentado pela "verdadeira família".

Esse "positivismo" estúpido está na base da automação do mal.

Tal exercício ("entender" o mal e seu emissário) costuma, a priori, ser rejeitado pela maioria das pessoas. É mais fácil eleger como culpado um "monstro exemplar" – uma *exceção* – para ofuscar a eventual monstruosidade do vizinho, do ente querido, do amigo do peito, ou, por vezes, de si próprio.

Ele não é humano é o sofisma clássico dessa fuga purgatória. Seu suprassumo é Adolf Hitler. Fora de Hitler, tudo é *bom e humano*: eis o mito. Chuta-se assim para escanteio uma hipótese terrível: a de que Hitler fosse apenas *mais um*. Um receptáculo de forças coletivas, usado para fazer a transição da *massa* com o *movimento*.

Beira o insuportável perceber que no seu grupo na internet, na mesa de bar, no trabalho, em casa, é capaz de emergir (e emerge!) o monstro. Não se opor ao monstro, contudo, é algo que, como tudo na vida, se escolhe. Exatamente como faz Rudolf nos momentos em que sua consciência tenta emergir, e ele a fuzila.

A outra tentação é a de culpar *um povo*. Assim, por exemplo, muitos defendem que personalidades como as de Hitler, Himmler ou Rudolf Hoess carregam um traço comum a todo alemão.

O racismo nunca foi prerrogativa de uma nação ou um povo (hipótese que, paradoxalmente, reinicia o racismo). Tampouco o antissemitismo, que descreve um longo arco da Antiguidade à expulsão de Roma, passando pelas Cruzadas, pela Inquisição, pelos pogroms, por Dreyfus e, enfim, pelo Holocausto.

Ora, na mesma Alemanha – hoje um farol para a democracia e um exemplo de enfrentamento do passado – floresceu um novo idealismo na filosofia; viveram Gutenberg, Goethe, Schiller, Mann, Brecht, Weill, Fassbinder, Herzog, Wenders; germinaram a Bauhaus e o Expressionismo; nasceram os judeus Marx, Zweig, Benjamin, Arendt. Lá, a Igreja alemã resistiu o quanto pôde ao avanço das práticas do Reich, e muitos arriscaram suas vidas.

Em *La mort...*, por sinal, é visível, no entorno do protagonista, a herança dessa Alemanha plural, que resiste: vários personagens, diferentemente de Rudolf, escolhem um outro caminho, ou, pelo menos, desconfiam daquilo que, para o *rebanho*, é uma verdade pétrea. Infelizmente, eles não eram a maioria, ou não tiveram a necessária coragem.

No seio de toda sociedade doente há uma sociedade pensante, que, em algum momento, é subjugada por uma outra, mais determinada. Qual a natureza dessas pessoas mais facilmente subjugáveis? Serão todas, como Rudolf, frutos de um certo tipo de educação e de uma cultura circundante que carrega códigos *malditos*? Ou têm algo de inato, que as faz mais vulneráveis em sua individualidade? Eis a complexa questão a enfrentar quando as trevas afligem nosso desejo de progredir na ética.

A resposta permanece envolta em mistério.

Todos os crimes contra a Humanidade (o genocídio indígena, o tráfico negreiro, a escravidão...) devem ser igualmente condenados. A especificidade do que se viu na Alemanha dos anos 1930-1945, de caráter desgraçadamente inaugural, emblemático, parece estar no mecanismo criado para mover a engrenagem do ódio: um complexo industrial da morte de alta performance.

Enraizado nos modelos vitoriosos desde a Revolução Industrial, o rigor lógico e o desenho de produção da máquina nazista foram atualizados e adaptados à Era da Informação. Hoje, assemelham-se ao padrão que o utilitarismo moderno vai forjando nas redes sociais, cada vez mais automatizadas.

Na ânsia de promover "engajamento", os grandes provedores se prestam à manufatura do medo, do preconceito e da mentira, altamente rentáveis e *virais*. Conquanto suas fortunas continuem a crescer, não se importam de servir de plataforma a colossos estatais comprometidos com os projetos mais nefastos, entre os quais imperam os novos fascismos.

Nesse ambiente, predominam as ideologias da exclusão, a nostalgia do extermínio, o sexismo, a xenofobia, o racismo, o rancor e o ressentimento, tudo traduzido num ânimo inquisicional que ressuscita os porões e os cadafalsos do passado.

Infelizmente, num solo mais afeito à mistificação que ao esclarecimento, a consciência cívica tem maior dificuldade para florescer e subsistir. Assim o mal se replica, na impostura e na usurpação, ressignificando-se em nome de velhas bandeiras – ora nomeadas *nação, família, segurança, Deus* ou *liberdade.*

Nesse vespeiro, os milhões de Rudolf Hoess dos dias de hoje atendem a comandos precisos e seguem marchando, muitas vezes disfarçados em "homens de bem". Desmascará-los será sempre um dever e, se necessário, um ofício.

Rio de Janeiro, março de 2022.
Arnaldo Bloch

Este livro foi composto com tipografia Adobe Garamond Pro e impresso em papel Off-White 80 g/m² na Formato Artes Gráficas.